域外文学论丛

人物事情画他山
——域外文学论丛

Essays on Foreign Literature

主　编◎洪庆福

副主编◎李英姿　王　威

上海交通大学出版社
SHANGHAI JIAO TONG UNIVERSITY PRESS

内容提要

　　本书为江苏省外国文学学会的学术论文集，共收录论文 26 篇，融汇各家观点，聚焦学术热点探讨外国文学研究的新方法和新观念。本书适合外国文学研究者及爱好者阅读。

图书在版编目（CIP）数据

人物事情画他山：域外文学论丛 / 洪庆福主编. —上海：
上海交通大学出版社，2016
ISBN 978 - 7 - 313 - 16077 - 5

Ⅰ.①人…　Ⅱ.①洪…　Ⅲ.①外国文学-文学研究-学术
会议-文集　Ⅳ.①I106-53

中国版本图书馆 CIP 数据核字（2016）第 262229 号

人物事情画他山——域外文学论丛

主　　编：洪庆福			
出版发行：上海交通大学出版社		地　　址：上海市番禺路 951 号	
邮政编码：200030		电　　话：021 - 64071208	
出 版 人：郑益慧			
印　　刷：凤凰数码印务有限公司		经　　销：全国新华书店	
开　　本：787mm×1092mm　1/16		印　　张：12.25	
字　　数：292 千字			
版　　次：2016 年 11 月第 1 版		印　　次：2016 年 11 月第 1 次印刷	
书　　号：ISBN 978 - 7 - 313 - 16077 - 5/I			
定　　价：42.00 元			

编委会名单

序　言

　　2014年11月14日至16日,江苏省外国文学学会在常熟理工学院召开了2014年年会暨学术研讨会。会间,来自省内外60余所高等院校、研究机构和编辑出版机构的200多位专家和学者围绕外国文学经典与中国文学经典比较研究、当代中国文学外译与当代西方文学中译研究、西方现代主义与后现代主义文学作家与作品研究、外国文学作品中的中国形象研究,以及文学批评范式研究等五个主题展开了热烈的讨论,感于其所述陈、激于其所思辨,特将提交本次此大会讨论的主要篇章整理成辑,谓之曰《人物事情画他山》。

　　提笔之际,"致敬"二字就自然地跃于纸上,因为正如《〈昨日当我们盛年〉的三维空间叙事》一文中的"盛年"两个字所示,无论是青春绽放的青年学者,还是硕果累累的研究专家,参加本届年会的他们或是独立成篇,或是新老合作,汇合成一宏遥望九天、敢作天人之问的气派。他们对其所关照的亚里士多德所谓的"创造性表现"的文学作品中形形色色的人的研究作了一维、二维、三维,甚或更多维度的审视与评述,研究者主体和作为研究对象的作家及其所创作的人丰满而生动:《奥瑟罗形象的书写与创造》中的奥瑟罗与《〈帝王女人〉中的女权主义辨析》中的帝王女人交相辉映;从《心理分析视角下〈凡人〉中主人公的犹太性研究》到《索尔·贝娄在六十年代的保守态度》,凡人、圣人尽入尺牍;透过《异化的婚姻,物化的自我——华顿纽约小说研究》、《空间与身份建构——克·乔·罗塞蒂与方令孺作品解读》,以及《异化的婚姻,物化的自我——华顿纽约小说研究》等研究成果,我们不难发现,学者们在以文字为镜,透视着"他者"与"自我"的当下,其实也是在研究诸如《〈给樱桃以性别〉中女性主体身份的后现代重构》一文所提出和试图回答的人的身份重构的问题,而这一重构的问题在女性主义研究领域尤是取得了不俗的成就。古云:"开卷有益"。打开本辑,扑面而来的不仅有母亲原型、妖魔原型、天使原型的分析,还有从赛珍珠揣摩的"帝王女人"到亨利·詹姆斯刻画的"有闲阶级"贵妇,再到《20世纪末美国女性小说的盛宴》所分析的作品《女勇士》中的"无名女子",充分展示了我省域外文学研究者广泛而细腻的女性触角以及敏锐而通达的文化感知,使作品具备了多重解读的可能性。世界是物质的,精神的世界本质上也是物质使然的。本辑收录的论文对外国文学作品中的世界这一"物"的对象表现出多姿多彩的理论关切,在穿越时空、纵横捭阖之时,亦如其所分析的作品本身,作者们总是尝试着构架过去——现在——未来之间的联系,欲将贯通现实世界、非现实但可能的世界与既非现实又非可能的世界。《〈乌辛的流浪〉:放逐、找寻与回归》是如此,《〈谁主沉浮〉:群体喧嚣下的个体挣扎》亦是如是。如果说乌辛经过三百年流浪,先后游历了年轻岛、胜利岛和健忘岛,参与本届年会的所有研究人员更是在两天之间替代性地经历了这三座岛屿所分别代表的人一生中的三个阶段:青年、中年和老年;或者说,就像约翰·昂特雷克所认为的那样,体验了这三座岛所分别代表的三种人所体验的世界:恋爱中的人、精力充沛的人和好沉思的人。广义而言,恰如《〈时时刻刻〉中的多维度空间》一文所披呈,文学这一"物"的世界交织着困惑空间、束缚空间、压抑空间,以及交叉空间。试问"谁主沉浮"? 诚然,文学给不了答案,但是,我们毕竟可以讨论麦卡锡小说《血色子午线》中的颠覆与重构,或者,可以像《长日留痕》中的管家那样在这一"物"的世界上行走一段"朝圣之旅",不论生存空间与自我之间存在着怎样错综复杂的关系,也不论社会空间的失衡或个体文化身份的丧失会给个体带来怎样的身份焦虑。

人在物质的世界上生存既需要行事又需要寄情。对域外文学作家和文学作品中的人之所为之事的描述及其所含之情的袒露加以解剖和评析,这是本届年会所呈现出来的另一大观。在就"事"论"是"方面,透过《〈乌辛的流浪〉:放逐、找寻与回归》等文,我们再一次面对着青年与老年的对立,现实与梦幻(或理想)的对立,以及精神与物质的对立;读罢《解析索尔·贝娄的〈耶路撒冷去来〉》,我们恍若贝娄一样不断地迎接着"召唤视野"。同样可喜的是,学者们对文学作品的叙事展开了多个角度的研究,例如,《论德拉布尔〈红王妃〉中作为伦理活动的叙事》,以及《隐性的遥契:〈西厢记〉与〈伪君子〉的叙事话语》,等等。在"因事而牵情"和"情感的精神寄托"的论述等方面,本辑所刊批评文本不求"泱泱然",但求"焕然一新"。例如,《〈帝王女人〉中的女权主义辨析》和《和陀思妥耶夫斯基、俄罗斯文学"谈情说爱"的梦幻之旅》等文深刻揭示了对生命的热爱、对英雄主义的向往,以及在真实与虚构之间搭建"爱"的虹桥的不懈努力;《鲍里斯·维昂:反叛与颠覆》一文对于维昂作品中的反叛和颠覆精神的探寻不独就情而谈情,而是在对"反叛与颠覆"加以论述的同时,点睛式地刻画了维昂本身的情感方向和情感态度;《穿越世俗生活的炼狱——黑塞〈荒原狼〉的救赎思想研究》一文从精神救赎的角度切入《荒原狼》,分析了处于时代夹缝中的哈里的精神危机的缘由,阐述了哈里在现代社会中通过赫尔米娜与不朽者的引导最终穿越世俗生活的炼狱而获得精神救赎的过程。搁笔自问:这样的过程又何尝不是普罗大众或多或少需要或必然要经历的心路历程?

他山之石可以攻玉,但不只是用来攻玉。贝娄在耶路撒冷曾写道:"宇宙在你眼前,在乱石嶙岩的山谷及其尽头的死水的空廓中诠释自我。"作为一个整体,我省广大域外文学研究者对于外国文学的研究长期以来一直表现出主体的自觉性和内省的批判性,旨在发展我省外国文学研究对于我国外国文学研究的建构性。昆德拉曾经说过:"小说审视的不是现实,而是存在。而存在并非已经发生的,存在属于人类可能性的领域,所有人类可能成为的,所有人类做得出来的。小说家画出存在地图,从而发现这样或那样一种人类可能性。"见于本辑的各种探究正是从类似的"人类可能性"出发,对"存在"进行了卓有成效的研究。作者们一笔一笔地"画"出"他山",其中有"多元共生"的世界观与"和而不同"等审美观的准备;有古典、现代、后现代,以及"后—后现代主义"等运笔姿态;有包含《〈特别响,非常近〉中的儿童视角》等在内的等多种多重视角;有各种各样的文学理论的笔架;有对空间与权力话语之间微妙关系诠释的笔触;有清淡如水的白描手法;有体裁辨析、艺术构造、叙事图景以及文学魅力组合而成的画像;有以基于尼古拉斯·玛札的理论为主的《当代欧美诗歌疗法管窥》等为代表的诗学风格……看着这座山,我们似乎能够透过画中的每一个年代的每一堵墙、每一个家庭、每一个生命和每一个心灵,体触到文化接触、碰撞、交汇、冲突等现象引发的困境和痛苦、希望和渴求。用《形与神的交融——论〈呼啸山庄〉与中国山水画》一文的作者所言,我们也似乎能在这样的"他山"画作中,感受到人与自然的交融性,当然,也有人与社会的矛盾性。

　　《黑人美学视阈下的〈爵士乐〉语言策略研究》一文告诉我们，文学之美是用心灵来感受的，是用语言来研究的。本届年会的交流与研讨，特别是本辑所含一应篇什，清晰地表明，在王教授守仁会长的带领下，伴随着队伍的不断成长和壮大，我省域外文学研究者已经形成并正在发展出鲜明的研究特色和研究话语风格，蕴含、传承，并不断展露出日益丰富的文化密码。如果说《荒芜、邪恶与死亡——科马克·麦卡锡后9·11小说〈路〉中的后启示世界》一文给了我们某种启示，那么，我省外国文学研究同仁就有充分的理由来相信：时间永不停息，通向未来无限！

洪庆福

2015 年 6 月写于常熟聆湖

目　录

《昨日当我们盛年》的三维空间叙事

赵　岚　王晓英

摘　　要：本文以爱德华·索亚的第三空间叙事理论为依托，从小说《昨日当我们盛年》的文本场景空间、文本意义空间和可能世界空间三个空间层次上对小说文本进行空间叙事分析。文章建立可视的小说文本三维空间叙事模型，从而更为直观地剖析了当代美国作家安·泰勒小说创作的后现代空间叙事特征。

关 键 词：安·泰勒;《昨日当我们盛年》;空间叙事

作者简介：赵岚，南京信息工程大学语言文化学院讲师，南京师范大学外国语学院博士研究生，研究方向为美国文学。王晓英，南京师范大学外国语学院博士生导师、教授，研究方向为美国文学，女性文学。本文为江苏省社会科学基金《安·泰勒与当代美国小说艺术研究》(12WWB004)及江苏省普通高校研究生科研创新计划项目《安·泰勒小说研究》(CXLX11_0848)的阶段性成果。

作为在美国"第二次南方文艺复兴"(Linda Tate 语)时期脱颖而出的作家之一，安·泰勒(Anne Tyler 1941—)已成为当代美国文坛举足轻重的作家，她的作品语言清新、结构精致、笔法细腻,善于使用多种叙事技巧增加小说的艺术表现力。泰勒的小说创作大致可以分为以下三个阶段:1964 年至 1977 年她共创作七部小说作品，其中《寻找凯莱布》(*Searching for Caleb*,1975)被约翰·厄普戴克(John Updike)所肯定和推介,使泰勒的作品受到严肃评论界所关注;1980 年至 1998 年她创作的七部小说受到评论界的高度评价,其中《摩根的逝世》(*Morgan's Passing*,1980)获得卡夫卡奖,《思家饭店的晚餐》(*Dinner at the Homesick Restaurant*,1983)获得普利策小说奖、福克纳文学奖以及美国图书奖的最终提名,《意外的旅客》(*Accidental Tourist*,1985)获得美国国家书评家小说奖、大使小说奖、普利策小说奖最终提名;《呼吸,呼吸》(*Breathing Lessons*,1988)获得普利策小说奖、《时代杂志》年度最佳图书奖;2001 年至今其创作的七部小说则展现出更为明显的后现代叙事特征,并为她赢得了2012 年英国《星期日泰晤士报》杰出文学奖,彰显了其在美国文学界的代表性地位。《昨日当我们盛年》(*Back When We Were Grownups*,2001)(简称《昨日》)正是这一阶段的开篇之作。这部小说讲述了人到中年的女主人公因反思年轻时的人生选择而引发的自我怀疑与困惑,作者以后现代空间叙事手法不仅深刻展现了人物复杂的心路历程,还再现当代南方城镇生活的无序与碰撞。本文依据爱德华·索亚(Edward W. Soja)的第三空间理论,从空间叙事的角度入手,通过建立可视的三维空间叙事模型来直观地分析《昨日》的叙事手法与叙事结构,阐述这部小说呈现出的并置的、对称的、立体的空间叙事特征。小说的第一空间分别是三个沿纵轴对称交替重复的地理空间,它们展示了小说的文学地理学景观;小说的第二空间则是两条以横轴对称、震荡交错的曲线,标示着小说两大文本意义空间的并置与交汇;小说的第三空间为其可能世界空间,它作为小说空间叙事模型的三维竖轴,实现了小说文本的空间叙事从现实叙事向虚拟叙事的扩展,现实空间、回忆空间、想象空间在其中共生,最终呈现出第三空间文学景观。

一、"三元辩证法"下的空间叙事理论

文学文本的历时性和线性叙事方式,一度使得时间要素在叙事研究中的重要性尤为彰显。20 世纪现代主义小说打破时间与空间的界限,不再遵循传统现实主义的单一时间顺序,显示出其独有的艺术魅力。这就对传统小说理论提出挑战,使得小说的叙事研究不得不进行相应调整。空间认识论为小说空间叙事理论的发展提供了理论基础。索亚提出"将文本看作一副地图——通过空间逻辑而不是时间逻辑扭结在一起的具有诸种同存性关系和同存性意义的地理"(《后现代地理学》1)。他致力于解构刻板的历史叙事,指出语言是顺序性的连接,句子陈述的线性流动妨碍对具有同时性的真实空间的表述和再现;他认为文学文本的空间叙事研究应在情节与文本的线性流动之下,对空间的"诸种同时发生的事件和侧面图绘作偶然性描述,这样才有可能几乎在任何时候都有可能叙述而又不失去总体目标这一主线,从而建立更具批判性的能说明问题的方式,观察时间与空间、历史与地理、时段与区域、序列与同存性等的结合体"(《后现代地理学》2)。

索亚继承了亨利·列斐伏尔(Henri Lefebvre)的"空间三元辩证法"思想,认为同时存在三个维度的空间,分别是:可感知(perceived)的物质空间,也称空间实践(spatial practice);构想的(conceived)逻辑抽象与形式抽象的精神空间,也称空间的再现(representations of space);以及逻辑—认识论的生活的(lived)空间,也称再现的空间(spaces of representation)。第三者并非前两者的简单叠加,而是对它们螺旋上升的超越。索亚的"第三空间"理论囊括了空间研究的两个向度,即:可被标识或分析的具体形式,以及关于意义表征的精神构建。前者为第一空间,偏重空间的地理学意义,对应本文所述的"文本场景空间";后者为第二空间,偏重精神意义及指涉,通过话语建构的空间再现完成,对应本文所述的"文本意义空间"。第一空间和第二空间界限模糊,相互融合,共同建构小说的文本空间。索亚认为,第三空间是"一种独特的批判性空间意识,正可适应空间性—历史性—社会学重新平衡之三维辩证法中体现新范域、新意义"(《第三空间》12)。第三空间源于对第一空间—第二空间二元论的肯定性解构和启发性重构,彻底开放且充满想象,是容纳多种同存性的空间,对其"探索可被描述和刻写进通向'真实—和—想象'地方的旅程"(《第三空间》13)。

二、文本场景空间

小说场景作为空间叙事的基本单位,对叙事有两个方面的影响:一是对叙事时间的干预,二是场景之间的转移及衔接形成了小说叙事结构。小说文本的场景空间更具客观性及物质性,是文学以地理学方式最直观的构建,囊括了角色互动的诸种语境、范围以及具有结点的集中。不同空间场景展示不同文学地理学,然而文学地理学是文学与地理学的结合,是谓文学景观,而非单纯的对外部世界的反映。文学是社会的产物,同时也是一个具有重要意义的社会发展过程(迈克·克朗 72)。文本场景空间不仅仅是对外部环境的直观展示,也是作者借以表现时间,展示叙事结构,推动小说叙事的要素。

小说《昨日》的主角雷贝嘉年过半百,寡居多年,某天她梦到与一位陌生的少年在火车上同行,梦中她隐约觉得这少年仿佛她的骨肉至亲。当她对这个梦百思不得其解之时,女儿明芙一句"你是梦到如果你选了另一条岔路的话,结果会怎样"(39)惊醒了她。她回忆起少年时与初恋男友维尔·艾伦比在马凯顿读大学并计划毕业后结婚,一次偶然的派对让雷贝嘉认识了离异的专业派对筹办人乔·戴维奇,两人热恋并迅速结婚。乔去世后,雷贝嘉忙于在戴维奇老宅"热情洋溢"中承办派对,以谋生计,抚养女儿和继女们。这一梦境使得雷贝嘉思考过往的人生,拷问自己如何"变成这个其实不是我的人?"(21)小说随后在缅怀先夫乔·戴维奇的回忆空间和假设与维尔·艾伦比当初结合的可能空间中并置展开。就在雷贝嘉与维尔似乎要重新结合之时,她猛然醒悟到乔对她人生的意义,遂与维尔分手,一切复归原处。在场景空间上,小说《昨日》以巴尔的摩戴维奇家老宅为主要场景发生地,间插雷贝嘉娘家"教堂谷"和维尔居住地"马凯顿"两个城镇,采用了动态场景空间叙事的手法。小说的场景空间在上述三个地理空间之间转换:戴维奇家老宅,巴尔的摩的"热情洋溢",标记为场景空间 A,雷贝嘉娘家"教堂谷",标记为场景空间 B,以及维尔居住地"马凯顿",标记为场景空间 C。按篇章分析,小说《昨日》空间场景结构如图 1 所示。

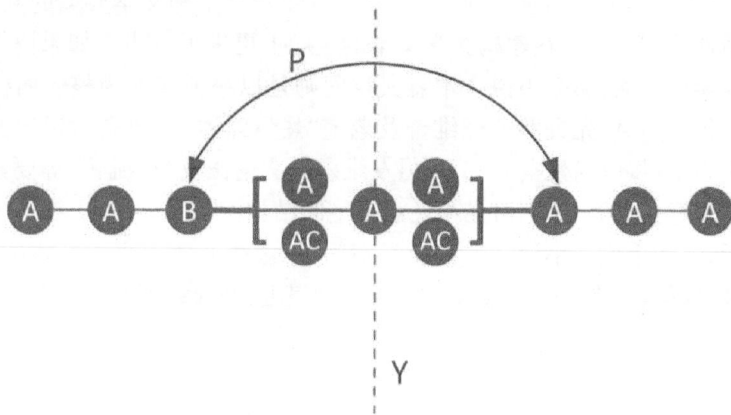

图 1　文本场景空间

小说的场景空间分章节做如下动态切换:第一章(场景空间 A)→第二章(场景空间 A)

→第三章(场景空间 B)→第四章(场景空间 A)→第五章(场景空间 A 及 C)→第六章(场景空间 A)→第七章(场景空间 A)→第八章(场景空间 A 及 C)→第九章(场景空间 A)→第十章(场景空间 A)→第十一章(场景空间 A)。这一空间叙事节奏变换以场景空间 A 为中心,在三个场景空间变换及重复下,形成了除线 P 所指向的场景空间 A 与场景空间 B 外,以纵轴(Y)对称的空间叙事结构。

而在线 P 上并置的场景空间 A 与场景空间 B 分别指涉了迈克·克朗所称的"行旅主题"的冒险空间与家园空间。教堂谷的娘家(场景空间 B),带有原初的家园意义;而巴尔的摩的"热情洋溢"老宅(场景空间 A),则是雷贝嘉当初毅然放弃一切奔向的地方,相对而言成了其冒险空间。雷贝嘉从家园空间(场景空间 B)出走至冒险空间(场景空间 A),并历经种种(丈夫早殇、独自抚养继女、经营"热情洋溢"),而后渴望回归家园空间(寻找当初的岔路口);而这一主题正是传统南方小说的主题特征。不同的是,小说并未如传统南方小说般在家园回归处止步,在小说《昨日》中,回归是小说的开端而非结局,雷贝嘉"回归"的只是又一个冒险空间(场景空间 C),最后,她终于意识到自己内心的真正自我,成为"闹哄哄的大家庭的一员,一如儿时的梦想"(81),也认识到场景空间 A 才是她心灵的家园,小说的行旅过程自此结束——"思乡的痛,就在她自己家里"(305)。因此,于线 P 上并置的两个场景空间作为冒险空间和家园空间而言,界限模糊,可说是亦此亦彼,超越了克朗"行旅主题"的二元空间,迈向了三元空间的叙事领域。这三大场景空间有节奏地动态交替,弱化了读者对小说时间流的关注,通过小说文本的地理学景象层层描绘推进叙事进程,其叙事结构的对称轴即为小说三维空间叙事模型的纵轴。

三、文本意义空间

尽管场景空间是文学文本空间叙事的基本要素,但文学文本毕竟是一张纷繁复杂的意义之网,而非对客观世界的简单映射。场景、人物、情节与意象等可共同构成文学文本的意义空间;相对于具体和客观的场景空间,文本意义空间乃是多种文学要素的共同投射,是主体的、内省的、精神的、意象的,在建构文学文本的主题上更进了一步。如果说场景空间是小说空间叙事的描绘层的话,那么小说文本意义空间则是以小说文本为整体而构建的空间形式。如果将以场景空间 A、先夫乔·戴维奇及老宅"热情洋溢"等要素为标记的文本意义空间标识为意义空间Ⅰ,将以场景空间 C、旧男友维尔·艾伦比及"马凯顿"等要素为标记的文本意义空间标识为意义空间Ⅱ,则可见小说意义空间结构。

如图 2 所示,实线Ⅰ代表小说文本的意义空间Ⅰ,虚线Ⅱ代表小说文本的意义空间Ⅱ,它们以横轴 X 对称震荡交错,在节点 N1、N2、N3 处逼近,并最终汇聚成一条线。节点 N1 是雷贝嘉年少时对意义空间Ⅰ与意义空间Ⅱ选择的质疑,表现在其与陌生少年同行梦境的隐喻中。如果当时选择了虚线Ⅱ所代表的可能世界,一切会如何发展?这一念头成为雷贝嘉对现实生活思考反省乃至逃离的节点,它不仅将雷贝嘉的生活,更将小说文本架构成两个平行世界。意义空间Ⅱ因与"昨日"及"母亲"更为接近,而被认为是回归家园空间的途径,巴尔的摩则是当年离开家园空间而闯入的冒险空间。雷贝嘉与维尔的重逢是小说的另一节点 N2,它猛然将意义空间Ⅰ与意义空间Ⅱ的现实世界与可能世界的身份调转,意义空间Ⅱ因雷贝嘉与维尔的密切接触而成为当时的现实世界,意义空间Ⅰ则变成了以回忆支撑的虚拟世界,雷贝嘉在不断追问"如果乔还在的话……"中缅怀。此时,意义空间Ⅰ与意义空间Ⅱ事实上均是冒险空间,雷贝嘉还依旧在寻求家园的意义,踌躇着"要选择当谁"。在将维尔正式介绍给全家人的见面会后,"她脸孔朝前,往外凝望。街灯映照下,每样东西都蒙上轻柔、灰濛濛的感觉,就像回忆。她觉得这些自己以前全都经历过。她知道她经历过:那样子浇她冷水;那种给压制给圈住的感觉……"(258)。在这一节点 N3,雷贝嘉猛然顿悟意义空间Ⅱ并非其家园空间,而是另一个冒险空间;相反,意义空间Ⅰ却是她少时就期盼的"热闹的大家庭",她明白了"他(乔·戴维奇)救了她逃离什么"(282),震荡曲线在此处汇聚融合,雷贝嘉最终回到了家园空间。

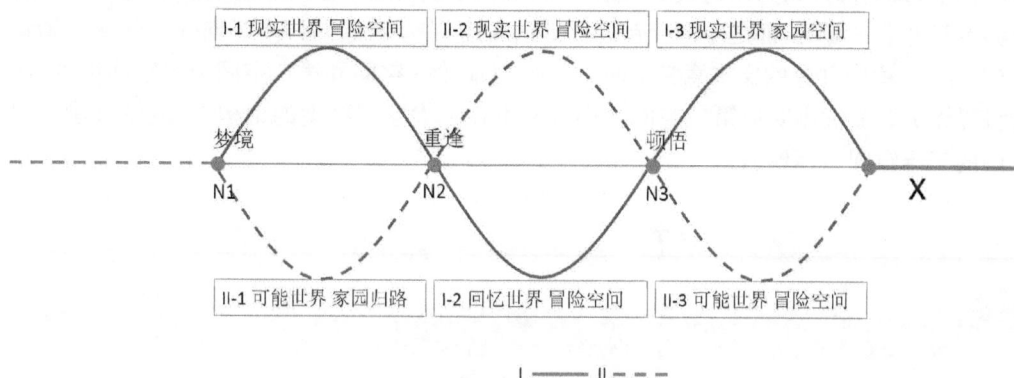

图 2　文本意义空间

"时间永远分岔,通向无限的未来"(博尔赫斯),传统南方小说文本相对自足,虚拟文本中虚拟世界的运动轨迹单一,现实化程度较高,缺乏容纳更多偶然性与可能性的空间,而在《昨日》中,安·泰勒却选择将两条并置的虚拟事件线索现实化。就特定节点而言,虚拟态都处于本体论上的平等地位,沿时间轴线向未来延伸,分裂成若干个平行的可能世界。故此其小说叙事不可看作是对既定故事的呈现,而是将叙事的线性时间展开及非线性空间展开看作故事世界的建构过程和故事情节的生成过程。在小说《昨日》中,以乔·戴维奇和维尔·艾伦比标识雷贝嘉生活中现实世界与可能世界的两个平行世界,小说每一章均在意义空间Ⅰ和意义空间Ⅱ的空间内转换叙事,显现出文本的平行空间结构。在传统叙事手法的小说创作中,线性情节推动故事的发展,而在小说《昨日》中,文本平行并置的空间结构增强了小说文本意义空间的开放性及故事发展的潜力。图2中震荡交错的实线Ⅰ与虚线Ⅱ所标示的意义空间Ⅰ与意义空间Ⅱ在小说的每一章节中以拼贴补缀的方式展现,体现出空间叙事的共时性特征,模糊了两者二元对立的界限,其对称轴 X 即为小说三维空间叙事模型的横轴。

四、可能世界空间

索亚认为第一空间因聚焦于直接的表面现象而无法超越自身,是对空间性的近视阐释,是为空间性的错位;而第二空间则歪曲性地处于远位置的视点,空间性生产被表征为认知和心理设计,被还原为单一的心理构想、思维方式或观念作用的过程,是为空间的错位;总之,他认为二元的第一和第二空间缺乏更好体现出空间同存性和冲突性的基础,应重新将空间性聚焦于第三空间。索亚指出第三空间"源于对它们(第一空间与第二空间)所假定的完整性的拆解和临时重构"(《后现代地理学》77),是主体性与客体性、抽象与具象、真实与想象、可知与不可知、重复与差异、精神与肉体、意识与无意识全部汇聚在一起的多元空间,(《后现代地理学》13)是"走向开放的抉择"(《后现代地理学》6)。他申引列斐伏尔的观点称:第三空间反映了真实世界,"实际的空间是另一个世界,一个彻底开放的元空间……一个'他性'的空间,一个超越已知的和理所当然的空间之外的战略性的和异类的空间"(《后现代地理学》42)。简言之,第三空间是真实的,不是固定僵化的空间,而是不断臻于完善的连续体。在小说《昨日》中,泰勒同样致力于通过雷贝嘉的生活反映现代南方城镇的真实世界,她亦认为真实世界本身并非平面的,而是空间交错。如前所述,在小说《昨日》中纵向并置的文本场景空间(Y 轴)与横向并置的文本意义空间(X 轴)对应第一空间和第二空间两大空间维度,而可能世界无穷开放性则对应第三空间。小说文本在三大空间维度的架构中,最终可建立起如下图的三维空间坐标模型:

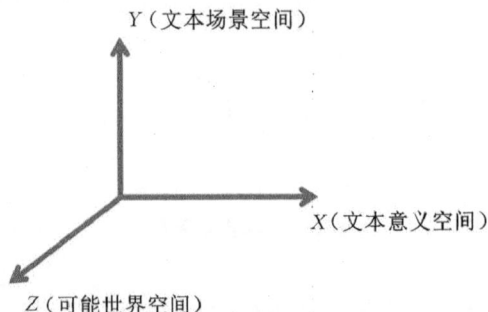

图 3　三维叙事空间

　　小说通过 Y 轴和 X 轴构成对称的场景空间与意义空间,小说叙事在雷贝嘉的现实世界和梦境世界这两大并置的空间结构中穿行,叙事的线性顺序被打破。自梦境开始的可能世界与现实世界交错,家园空间与冒险空间对峙,彼此界限模糊,形成亦此亦彼的空间整体,亦是泰勒用以描绘真实世界的可能世界体系。"可能世界(Possible Worlds)"概念由莱布尼兹茨(Gottfried Leibniz)提出,经由戴维·刘易斯(David Lewis)、索尔·克里普克(Saul Kripke)等学者发展。可能世界理论可表述为一个世界体系,包括作为系统中心的现实世界(the actual world)以及周遭的众多可能世界,而现实世界只是众多世界中的一个,是得到事例化(instantiation)的某个可能世界。布赖德雷(Raymond Bradley)和施瓦尔茨(Norman Swartz)认为可能世界体系有三重:现实世界、非现实(non-actual)但可能的世界、既非现实又非可能的世界(Bradley & Swartz 4)。故此可以认为小说的意义空间Ⅰ和在意义空间Ⅱ分别对应雷贝嘉世界体系中的现实世界以及非现实但可能的世界,它们无限逼近,震荡交换。德勒兹认为,梦幻、想象、记忆等构建可能世界同现实世界一样是真实的,只是并非所有的可能都能成为现实;可能世界之所以是真实的,是因为可能世界能够对现实产生影响(Deleuze 148)。可能世界空间是彻底开放的体系,包含无穷的世界。小说文本的叙事本身即是虚构的,故事世界的任务和时间并不具有自足的意义,而是在它与后来时间中的联系中逐渐呈现意义;即使是已经现实化的事态,其意义也不是确定的,而是表现为在叙事达到封闭之前的一种虚拟性。在小说《昨日》中,泰勒将故事的叙事范围从实际发生的时间线扩展到各种虚拟叙事,赋予小说文本极大的开放性,展现了"第三空间"的"真实"魅力。

综上所述,小说《昨日》的文本意义空间、文本场景空间及可能世界空间逐级深入却又有机统一。在对文本的这三大空间层次分析的基础上,本文建立了可视的三维空间叙事模型,更为直观地剖析该作品的空间叙事特征。小说自梦境起,就在现实空间、回忆空间、想象空间、可能空间、家园空间、冒险空间中交错并置,现实世界与虚拟世界的分界不甚明晰,回忆与现实纠缠,假设与想象共生,两者互相交缠,有无相生,使得小说的叙事空间呈现出一种既可能又不可能微妙的第三空间文学景观。这一小说文本的三维空间叙事模型,不仅是对索亚第三空间叙事理论的立体展示,也体现了安·泰勒 21 世纪以来在小说艺术创作手法上的后现代突破。

参考文献

[1] BRADLEY Raymond,NORMAN Swartz. Possible Worlds:An Introduction to Logic and its Philosophy[J]. Oxford:Basil Black,1979.

[2] 迈克·克朗. 文化地理学[M]. 杨淑华,宋慧敏,译. 南京:南京大学出版社,2003.

[3] DELEUZE Gilles. "The Actual and the Virtual." Trans. Eliot Ross Albert. Gilles Deleuze and Claire Parnet (Dialogues Ⅱ)[M]. London:Continuum,2002.

[4] 索亚.后现代地理学:重申批判社会理论中的空间[M]. 王文斌,译. 北京:商务印书馆,2004.

[5] 索亚.第三空间:去往洛杉矶和其他真实和想象地方的旅程[M]. 陆杨,等,译. 上海:上海教育出版社,2005.

[6] 安·泰勒. 昨日当我们盛年[M]. 易萃雯,译.台北:时报文化出版社,2003.

《帝王女人》中的女权主义辨析

张 媛

摘　　要：《帝王女人》在史料和民间传说基础上，艺术性地讲述了慈禧太后如何从一
个普通女子成长为主宰一国权力代表的过程。但《帝王女人》中的慈禧并非
绝对真实的历史人物，而是赛珍珠从女权主义角度、从人性的角度对慈禧展
开的描写。在男权至上的封建社会，慈禧形象从多个侧面彰显了女权主义
特征：其强烈的情欲，特别是权欲，凸显了女性的价值和力量；其强烈的英雄
主义情怀，具有男女平权的女权主义典型特征；其知性和智慧，为女性赢得
了荣誉和尊敬。《帝王女人》中的女权主义特色与作者的女权主义主观倾
向、慈禧形象透露的女权主义信息、文本残留的男权文化传统印记有关。慈
禧形象为现代女性树立了榜样，对根深蒂固的中国男权社会产生巨大冲击，
对追求建立"男女平等"的现代社会不无启迪。

关 键 词：《帝王女人》；历史真实；慈禧形象；女权主义；女权主义特色；现代意义

作者简介：张媛（1973—），女，重庆人，江苏科技大学讲师，硕士，主要从事赛珍珠和英
美文学研究。

"《帝王女人》是赛珍珠最长的一部小说，也是惟一描写历史人物的小说。"（赛珍珠 5）对
于《帝王女人》的研究，相较于对《大地》的研究，显得相对冷清（张媛 40 - 46），只有马悦（马悦
24 - 26）、黄橙（黄橙 155 - 161）对此有过探讨，笔者在细读文本的基础上，对《帝王女人》的慈
禧形象蕴含的女权主义特色展开辨析。

一、历史真实中的慈禧与《帝王女人》的慈禧形象

历史真实中的慈禧是中国人耳熟能详的公众政治人物、历史人物，将其与女权主义挂
钩，多少给人荒诞和赶时髦的感觉。因此，有必要将历史真实中的慈禧形象与《帝王女人》的
慈禧形象做一个区分和界定。

历史真实中的慈禧无论是作为政治人物，还是作为历史人物，无疑都应被归类为强势人
物之列，关心其逸闻轶事的人很多，描写慈禧的书也很多。随便翻检笔者所在大学图书馆的
藏书，就有近 50 种有关慈禧的图书。不仅赛珍珠对慈禧有兴趣，其他外国人对慈禧的兴趣
也非常浓厚，如（美）艾萨克·泰勒·黑德兰著有《慈禧和她的亲人们：美国人眼中的晚清宫

廷》(新华出版社 2014 年版),(英)约翰·奥特维·濮兰德、艾特蒙德·白克豪斯著有《慈禧秘闻》(华中科技大学出版社 2013 年版),(英)威廉姆斯著有《慈禧的面子》(江苏文艺出版社 2014 年版),(英)菲利普、裕德龄、濮兰德、贝克豪斯等著有《慈禧全传》三部(新世界出版社 2013 年版),(美)何德兰著有《慈禧与光绪:中国宫廷中的生存游戏》(中华书局 2004 年版),等等。中国关于慈禧的书更多,有演义性质的,比如蔡东藩的《慈禧太后演义》(安徽师范大学出版社 2013 年版)、《慈禧秘史》(上海科学技术文献出版社 2006 年版),高阳的《慈禧全传》(中国友谊出版公司 1984 年版)、《慈禧前传》(华夏出版社 2004 年版)、《瀛台落日》上下册(华夏出版社 2004 年版)、《母子君臣》(华夏出版社 2004 年版)、《玉座珠帘》上下册(华夏出版社 2004 年版)、《清宫外史》上下册(华夏出版社 2004 年版)、《胭脂井》上下册(华夏出版社 2004 年版),等等。有慈禧近亲、近侍回忆录性质的,如(美)裕德龄的《慈禧恋爱纪实》(作家出版社 1989 年版)、《慈禧太后私生活实录》(海南出版社 1994 年版)、《慈禧私生活回忆录:我在太后身边的两年》(哈尔滨出版社 2013 年版)、《慈禧御苑外史》(中国人民大学出版社 2012 年版)、《慈禧与我:晚清宫廷私生活实录》(文化艺术出版社 2004 年版),叶赫那拉·根正、郝晓辉的《我所知道的慈禧太后》(金城出版社 2005 年版),等等。还有不少传记作品,如陈澄之编著的《慈禧西幸记》(云南人民出版社 1981 年版),刘奇主编的《慈禧身世》(中国社会出版社 2008 年版),陈捷先编著的《慈禧写真》(商务印书馆 2011 年版),徐彻编著的《慈禧大传》(国际文化出版公司 2012 年版),陈玉潇编著的《慈禧传》(三秦出版社 2013 年版),欧阳茱莉编著的《慈禧全传》(华中科技大学出版社 2013 年版),等等。

慈禧作为持续影响晚清咸丰、同治、光绪三个朝代的重要历史人物和公众人物,作为影响中国近代政治进程的政治人物,作为 19 世纪中叶闭锁的男权化中国君临天下的女强人,受到世人的关注无疑是极为正常的现象,人们对其作出各种评价与解读同样合乎逻辑,亦属于正常现象。

《帝王女人》的慈禧形象虽然有部分历史真实性,但作家着力描写的女主人公并不是历史真实中的政治人物、历史人物慈禧。对于众所周知的历史人物,历史小说如何处理其历史真实性和文学虚构性,是一个众说纷纭也最容易引起误会的问题,处理不好就会犯鲁迅曾经批评王渔洋误把《三国演义》的虚构当历史真实的错误:"如王渔洋是有名的诗人,也是学者,而他有一首诗的题目叫'落凤坡吊庞士元',这'落凤坡'只有《三国演义》上有,别无根据,王渔洋却被它闹昏了。"(鲁迅 29)《帝王女人》是与《三国演义》相似的历史小说,其中涵盖了慈禧生活时代发生的重大真实历史事件,如第二次鸦片战争、火烧圆明园、辛酉政变、太平天国运动、甲午中日战争、戊戌维新、义和团运动、辛丑条约的签订等等,有真实的历史人物,如咸丰皇帝、同治皇帝、光绪皇帝、荣禄、恭亲王奕䜣、曾国藩、李鸿章、洪秀全、康有为等等,以真实历史事件与真实历史人物为背景展开的故事、塑造的人物形象很容易让人产生误会。20 世纪法国文学理论家保罗·瑞克尔认为,在文学虚构与历史真实的关系问题上存在三种关系:第一种即柏拉图所说的"复制";第二种是亚里士多德提出的"创造性表现";第三种是作者的文学世界和读者的文学世界的交叉(Ricoeur5)。《帝王女人》不是柏拉图所说的"复制",而是亚里士多德提出的"创造性表现"。直白地说,《帝王女人》是"赛珍珠根据自己听到的逸闻轶事,参考相关的历史资料"(赛珍珠 5)写就的历史小说,"是一部虚构化的慈禧传记"(Conn339),是在史料和民间传说基础之上艺术性地讲述慈禧如何从一个普通的满族女子成长为主宰一国权力代表人物的传奇故事,带有戏说、八卦的色彩。赛珍珠用丰富的想象力、西方女人的眼光和价值观讲述了一个东方女人的传奇故事。因此,《帝王女人》的慈禧形象只能被当作小说人物看。这是我们研究《帝王女人》分析慈禧形象时首先应该界定清楚的。

二、《帝王女人》的慈禧形象蕴含的女权主义

《帝王女人》中的女权主义主要通过主人翁慈禧这个人物形象来展现。《帝王女人》着力表现慈禧的主要内容,从其标题就可以简单看出。从"叶赫那拉"到"慈禧"再到"皇太后",最后到"皇后"和"老佛爷",赛珍珠通过标题展现了慈禧波澜壮阔的一生。但《帝王女人》并非严格意义上的人物传记,赛珍珠虽然写了慈禧经历的大大小小的政治事件,虽然写了慈禧参与政治及其在政治斗争中的浮沉,但主要还是从人、从女人的角度对慈禧展开描写。小说从兰花入宫选秀拉开序幕,一直写到兰花成为"老佛爷",描写了一个人,特别是一个女人的奋斗历史。虽然慈禧形象不完全等同于历史真实,却非常符合文学真实。在慈禧这个人物身上,作者有意无意展示了一个女权主义斗士的坚韧刚烈。慈禧形象蕴含的女权主义,或者说女性意识贯穿人物性格发展的整个历程,主要表现在以下几个方面:

首先,慈禧具有强烈的欲望,其欲望具体而言体现为强烈的情欲、权欲。慈禧强烈的情欲是贯穿《帝王女人》的线索,权欲则是慈禧最本质的特征。强烈的欲望,显示了慈禧旺盛的生命力,彰显了女性自强、自立、自尊、自制、自我实现的愿望与追求,凸显了女性的价值和力量。

慈禧的情欲是贯穿《帝王女人》的线索。作者描写了慈禧与荣禄长达几十年的生死依恋关系,展现了慈禧作为一个女人对爱情的渴望、坚守。慈禧与荣禄儿时就在一起玩耍,自小订婚,是表兄妹也是相知的朋友,这种青梅竹马、两小无猜的感情基础,决定了慈禧对荣禄的终身依恋。虽然客观条件限制了他们,但她始终坚守他们的爱情:"一种如此无望、如此永恒和如此强烈的爱,没有什么能够摧毁他们之间的爱情。"(赛珍珠 276)每到关键时刻,慈禧最先想到的总是荣禄。这种依恋并没有随着慈禧地位的变化而有些许改变。赛珍珠煽情地描写了荣禄离世前与慈禧最后一次见面:"现在他们更加亲近,他们俩超出了婚姻本身使他们亲近的程度。他们拒绝了肉体,但他们心里的每种想法早已交织在一起,他们的心灵在每种情绪中也已经默契契合,他们的相知是完美的。"(赛珍珠 352)

如果仅仅停留在这种情欲的描写上,无疑离历史真实太远,赛珍珠把握了慈禧的本质特点,表现了慈禧更为重要的欲望——权欲。支配慈禧作出选择、斟酌取舍、采取行动的核心和内在动机是权欲,是对权力的渴望和追求。慈禧本可以嫁给荣禄过平凡幸福的生活,可她选择奋斗,选择权力、权宜与权谋,选择拥有主动权、话语权。为了权力,她放弃了自己的爱情:"她下了决心……做荣禄的妻子,做他的孩子的母亲……还是做皇帝的小妾?不过,他只爱她,她也爱他,但还爱别的东西。"(赛珍珠 5)为了权力,她拒绝深爱的荣禄做丈夫:"她只爱一个人,她至死不渝地爱着他。他是她期盼的情人,但她拒绝他做丈夫。"(赛珍珠 178)"她不能充分爱任何男人到放弃一切和追随爱情的程度。"(赛珍珠 180)为了权力,她不惜巧取豪夺:"没有女人可以生来就坐在龙位上,而她只能为自己夺取。"(赛珍珠 178)为了权力,她藐视所有妨碍她的人:"她知道只有她自己有足够的力量才能迎来新的黎明。她必须藐视他

们,无论敌人还是朋友。"(赛珍珠 57)为了权力,她放弃做完满的女人:"为什么她不是一个完满的女人呢?为什么她不愿意放弃皇位做自己所爱之人的妻子?最终她看清了自己,一个有着隐秘需求与欲望的女人,一个有比爱情更多欲望的女人。地位与权力,凌驾于一切之上的狂妄,这些都是她所需要的。"(赛珍珠 179)她梦寐以求的是做皇后,宁愿忍受凄冷孤寂:"在这种冷漠孤独中,她不可能愉快,只能不断梦想未来的日子。某一天,某一天,她可能成为皇后!如果她成为皇后,她就可以随心所欲。"(赛珍珠 16)因为她坚信,权力能够带给她自由:"你上升得越高,你的自由越多,只有皇后才能控制一切。"(赛珍珠 41)因此,对于权力的不停追逐成为她的终极目标:"她曾经雄心勃勃使自己成为皇后,现在她必须为她儿子撑起一个帝国,她的雄心是多么大呀。"(赛珍珠 73)"她,而且只有她,必须成为摄政者。"(赛珍珠 119)慈禧追逐权力,终于如愿以偿登上了权力的顶峰:"老佛爷……她身处男女之外,超越了他们所有人,成了佛爷。"(赛珍珠 288)总之,对于权力的追逐,是慈禧最本质的特征。

赛珍珠还真实地表现了慈禧在情欲、权欲纠结之中的矛盾:"她后悔自己选择了荣华富贵,如果她知道这种荣华富贵的代价,她决不想得到它。"(赛珍珠 37)"我对谁都不在乎,包括任何东西,只要自己能重新获得自由……我们全都在监狱里。"(赛珍珠 38-39)"她好想从高位上下来像以前那样说话,她渴望在家里跑来跑去,像以前一样自由。"(赛珍珠 85)但这种对自由的渴望,最终还是让位于对权力的渴求:"如果她失去了权力和自由,那么美景又有什么用。"(赛珍珠 309)实际上,这种强烈的情欲和权欲,与马斯洛提出的需求层级理论不无关联。慈禧的情欲与权欲,正是马斯洛推崇的需求最高层级——自我实现的需要(马斯洛 53)。这种高级需求比低级需要具有更大的价值(马斯洛 163)。它彰显了女性自强、自立、自尊、自制、自我实现的愿望与追求,凸显了女性的价值和力量。在这个意义上,《帝王女人》的慈禧形象与女权主义产生了密切的联系。

第二,慈禧一改中国传统男权社会纤弱女子的形象,具有诸多男性化的特征,如态度强硬、意志坚定、敢于冒险、不屈不挠、自我中心主义等等,表现了强烈的英雄主义情怀,具有男女平权的女权主义的典型特征。这些典型特征主要表现在以下诸方面:

如态度强硬、个性刚烈。这从她刚入宫时旁人的反应可见一斑:"从未见过这么硬的心肠。"(赛珍珠 9)"她有一颗残酷的心。"(赛珍珠 10)"这个女孩子性子烈……她做女人太强。"(赛珍珠 13)"她要让自己不怕任何人。"(赛珍珠 17)"她是不能被强制的。"(赛珍珠 35)"我从没有见过这么烈性的女人。"(赛珍珠 36)甚至连皇帝她也不怕:"你是第一个抬着头进这个屋子的女人……你为什么不怕我?"(赛珍珠 28)即使是对自己钟爱的儿子,当感受到他的蔑视时,她同样报以蔑视:"眼里是蔑视,胸膛里的心也变得坚硬起来,她的儿子竟敢全然蔑视她。"(赛珍珠 249)这种强硬的态度、刚烈的个性,正是在男权社会下女性争取自己地位的必要和唯一的手段。

如意志坚定、性格坚强。赛珍珠多次情不自禁地在文本中插入议论,表现慈禧的坚定与坚强:"一旦她决定了她是多么坚定不渝和不可改变。"(赛珍珠 111)"她的意志坚定如钢,冷酷如石。"(赛珍珠 127)"她总是由愤怒而变得坚强。"(赛珍珠 223)"无人能够坚强到承受她目前为自己所设定的生活。"(赛珍珠 165)"她的意志像一把锋利的长剑,将再次劈开通往权力之途。"(赛珍珠 251)慈禧坚定的意志、坚强的性格,是她取得成功、实现自己目的的重要保证。这种带有典型男性性格特征的表现同样与在男权社会下女性争取自己地位的特殊环境相关。

如敢于冒险的精神。儒家文化使中国人日趋保守,冒险精神即使在男性身上也相当罕见,而慈禧的一生就是一连串冒险串联起来的传奇:"她的思想一向活跃并随时准备进行新的冒险。"(赛珍珠132)越是艰难越能激发她的斗志:"艰难的时刻到来时她会振奋精神,坚强有力。"(赛珍珠154)面对碰到的各种危机,慈禧表现了镇静、镇定、骄傲:"他们惊叹她高傲的镇静。"(赛珍珠340)"始终坚定冷漠而镇定。"(赛珍珠342)"没有谦卑,而是充满不自觉的骄傲。"(赛珍珠347)慈禧面对危机的冒险、斗志、镇静自若这些具有男权文化标记的特征,同样具有主张男女平权的女权主义印记。

如不屈不挠的意志品质。慈禧性格强悍,与生俱来的坚定意志确保了她对中国将近五十年之久的绝对统治:"他知道她的不屈不挠的意志。"(赛珍珠111)"她谁都不怕,依靠她的魅力和力量所有的人都屈服了。"(赛珍珠157)"如果爱情不是她的保护,那么恐惧必定是她的武器。她在孤独中执政,无人靠近她,全都惧怕她。"(赛珍珠277)"没有人敢爱她,让人惧怕是她唯一的武器。"(赛珍珠250)慈禧这种强悍的性格,在与洋人打交道时同样显露无遗:"尽管她极其恐惧,几近绝望,然而在她原有的强悍性格的控制下,她从未表现出自己的恐惧。"(赛珍珠327)"我们的思想是坚定的,我们不能再忍受了,在体面与尊严方面,这些外国人的要求令人发指。"(赛珍珠328)"向外国人屈从,不,那太过分了,我做不到!那我的生命的全部意义就成了灰烬。"(赛珍珠338)慈禧主张"师夷长技以制夷",她的强悍反而赢得外国人的尊敬:"甚至外国人也说,与强悍的女人打交道胜过与软弱的男性统治者,因为力量可以信赖,而软弱总是可疑的。"(赛珍珠313)

如自我中心主义思维方式。慈禧无疑具有强烈的自我中心主义思想,她在政治斗争中总是首先考虑自己的利益:"她首先想到了自己,她如何再次得到最高权力。"(赛珍珠261)"她不让自己对任何人心慈手软。"(赛珍珠294)她对自己的力量充满自信:"只要我们有决心,我们就有办法。"(赛珍珠89)"她太确信自己的力量了。"(赛珍珠138)"斗争令人兴奋,而且她还会赢得胜利。"(赛珍珠299)"她的权力依赖于她自己和她自己的内在力量。"(赛珍珠266)"这个女人有一种力量……而时代确实需要力量。"(赛珍珠89)自我中心主义同样带有男权文化的色彩。

总之,在清朝后期政治盛衰沉浮中,慈禧面对诡谲多变的复杂政治局面,利用一切资源充分发掘女性的巨大潜能,以其强硬的态度、刚烈的个性、坚定的意志、坚强的性格、勇于冒险的精神、不屈不挠的意志品质、自我中心主义的思维方式,在充满敌意的男权社会对男权社会话语进行反叛和挑战,独立自主地做出自己的人生选择,始终如一地坚持自我,从不退缩,绝少回望,其自我中心思维正是女权主义者的典型特征,她有"一个女人的身体而有一个男人的精神"(赛珍珠79),"她超常的美丽中充满了活跃的精神力量……只是个女人,然而无人与她匹敌"(赛珍珠106),表现了强烈的英雄主义情怀。由此,一个具有女性独立意识、不安于平庸、特立独行的女性形象跃然纸上,显示出不同凡响的人格魅力。

第三,慈禧具备达成目的的知性和智慧,为女性赢得了荣誉和尊敬。为了实现自己的抱负,她步步为营,用实际行动和成就戳穿并挣脱了传统男权社会强加的"女子无才便是德"的谎言和枷锁。

慈禧以其独立特行赢得皇帝、皇太后的关注:"无论别人做什么她都不做。她要独立特行。"(赛珍珠7)以其聪明伶俐赢得皇帝、皇太后的欢心:"她一定要聪明伶俐,谨慎小心,皇帝的母亲必须成为她的工具。"(赛珍珠14)"她要调动皇帝的兴趣,逗他高兴,给他唱歌,给他讲故事,在他们之间构建精神和肉体的每一种联结。"(赛珍珠 19)她具有强烈的求知欲:"她决心要了解一切,越是她欠缺的,她就越想知道。"(赛珍珠 182)她具有强烈的自制能力:"她要统治别人,首先要约束自己。"(赛珍珠 79)她具有知人善任的眼光和能力:"她身上的伟大就像磁石一样,寻找和发现别人的不凡之处。"(赛珍珠 200)她具有高度的伪装能力:"她几乎可以装什么像什么,打算是什么样就是什么样。"(赛珍珠 67)"她要把自己心里的想法隐蔽起来。"(赛珍珠 127)她具有超常的预测能力:"她善于赌博,她知道怎么赢,但也很清楚什么时候不赢。"(赛珍珠 301)她具有抓住事物核心和本质的能力:"我们必须先行动,玉玺——我们必须首先找到皇帝的大印——那时我们就有了权力。"(赛珍珠 140)她具有顺应时代发展、与时俱进的能力:"她使失败变成胜利,她不再是斗争而是让步,态度宽容,思想活跃。"(赛珍珠 354)她更有自知之明:"如同她知道自己的伟大一样,她也清楚自己的狭隘性,但她接受了自己的本性,没有改变自己。"(赛珍珠 305)总之,赛珍珠从不同角度展示了慈禧的知性和智慧,颠覆了女性智力低劣于男性的骗人神话。

综上所述,慈禧强烈的欲望,彰显了女性自强、自立、自尊、自制、自我实现的愿望与追求,凸显了女性的价值和力量;慈禧身上诸多男性化的特征,表现了强烈的英雄主义情怀,具有男女平权的女权主义的典型特征;慈禧身上显示的知性和智慧,为女性赢得了荣誉和尊敬。这些无疑带有女权主义的色彩和印记。

三、辨析《帝王女人》中的女权主义及其现代意义

就像上面分析的,赛珍珠塑造的慈禧形象无疑带有女权主义色彩和印记,但其中也留有男权文化传统的印记。辨析《帝王女人》中的女权主义,牵涉到三方面的问题:一是作者的女权主义主观倾向,二是慈禧形象透露的女权主义信息,三是文本残留的男权文化传统印记。

首先,是赛珍珠的女权主义主观倾向。《帝王女人》出版于 1956 年,属于赛珍珠晚期作品。赛珍珠作为西方女性,写作时无疑受到西方女权主义(feminism)的影响。女权主义泛指女性争取与男性同等社会权利的主张。女权主义思潮的各个理论派别都承认女性受歧视受压迫的历史事实,思辨方向直指男权传统,呈现出重视与倡导男女社会权利平等的时代特征(孙绍先)。女权主义经历了长期而复杂的发展历程,第一波女权主义运动始于 19 世纪末,而法国女性主义思想家西蒙娜·德·波伏娃(Simone de Beauvoir)于 1949 年提出"人造女性"(即女性是人为建构的)的著名论点,催生了一大批女性主义批评家,后者开始关注大众传媒如何与父权制"合谋"建构、塑造和推崇一个软弱无能的小女人形象。这些话语批评家相信,对父权制度的批评应该从对父权制话语的批评开始。赛珍珠撰写和出版《帝王女人》的 20 世纪 50 年代无疑是受到西蒙娜·德·波伏娃女权观念影响的时代。但赛珍珠的女权主义与经典的女性主义、女权主义是存在差别的,女性主义起源于政治运动,提出的是男女平等[11],而慈禧则是君临天下、君临男性世界的另类。

第二,是慈禧形象透露的女权主义信息。虽然《帝王女人》描写的慈禧是生活于 19 世纪中叶闭锁男权化中国的女性人物,但从上面的分析可以看出,慈禧的欲望、性格、智慧无疑带有强烈的女权主义色彩。赛珍珠在前言里对慈禧形象有个总的定位:"善和恶在她身上交织在一起,但总是有英雄的一面。"(赛珍珠)前言在慈禧的"性格中有两个自我,慈祥的圣母与

冷酷的杀手"(赛珍珠 166),慈禧用其成功的奋斗"感受到大胆、自由和太多的胜利"(赛珍珠 315),由此"证明女人是优秀的"(赛珍珠 164)。这就像王逢振先生在《帝王女人》的译序里所说:"女人不亚于男人,女人通过学习可以超越男人,妇女的劣势是社会文化造成的……慈禧作为女人的价值和力量,至少应该唤起人们的思考。"(赛珍珠 6)史丹达尔也曾说:"如果女人被需要所迫,她可以和男人一样,巧妙地运用。"(Beauvoir 386)因此,把"胸有帝王之气"(赛珍珠 168)的慈禧与女权主义挂钩大致还不算太离谱。

第三,是文本残留的男权文化传统印记。《帝王女人》描写的慈禧是生活于 19 世纪中叶的女性人物,其生活的背景是闭锁的、有着根深蒂固男权化传统的中国,因此不可避免地,"小说情节的发展和语言的修辞,都透射出了男权制的文化传统。"(赛珍珠 6)慈禧的身上无疑也折射出某些男权文化传统的印记。从母系氏族体系崩溃,中国进入父系社会开始,在长达五千年的封建社会进程中,女性一直处于被贬低、被排斥的边缘化状态。如孔子有"唯女子与小人难养也"之说,到了西汉董仲舒的"三纲五常"有"夫为妻纲"之论,再到宋代程朱理学对于女性的压制更是变本加厉,甚至有"在家从父,出嫁从夫,夫死从子"的仪礼规定,女性完全丧失了主体性地位。《帝王女人》的慈禧生活在东方的男权社会里,是不可能完全跳出男权主义的藩篱的。臂如"由于儿子的出生,她儿子现在确认了她的命运"(赛珍珠 73),她为儿子规划一切,她为儿子规划一切,这是明显带有男权社会特征的行为。事情的诡吊也恰在于此,慈禧能够在封建统治的男权社会登上权力的巅峰与当时的儒家政治伦理及皇帝年幼密切相关。这给慈禧干政提供了便利和基础。从汉代的吕后始直至往后历朝历代都出现过女性干政的局面。慈禧更是这些女性独裁者中的个中翘楚。其实按照现代观念,"女人即便身为母亲,最重要的核心,依然是需要有自己的生活。"(安妮宝贝 12)事实上,赛珍珠一直在男权语境与女权意识的矛盾中游走,刻画的慈禧形象也就显示出多面性、立体性、复杂性,这避免了以前赛珍珠话本小说人物的类型化倾向,也就规避了福斯特所说的"扁形人物""体液性人物"的缺陷(童庆炳 232)。

今天,我们分析《帝王女人》的女权主义,更应该关注其对当代中国社会的影响,关注其蕴含的现代意识。笔者认为,《帝王女人》的女权主义的现代意义主要体现在以下方面:

首先,《帝王女人》里展示的女权主义,无疑对根深蒂固的男权社会产生巨大冲击。事实上,男权意识不仅在封闭的中国,甚至在开放的西方世界都一度是主流文化思想。如叔本华在《论女人》中断言:"女人本身是幼稚而不成熟的,她们轻佻琐碎、缺乏远见",她们习惯于牵着男性的衣襟走路,而同性之间却"往往充满着敌对情绪",因此他认为"女性的缺陷是没有正义感",认为女性是个永远也不能发育成熟的"孩子","因为女人本身就像个孩子,既愚蠢又浅见——一言以蔽之,她们的思想是介于男性成人和小孩之间"(Schopenhauer 152)。尼采在《查拉图斯特拉如是说》说:"你到女人那里去吗? 不要忘了带着你的鞭子!"(Nietzsche 69)叔本华、尼采的观点无疑具有代表性。因此,女性的真正解放仍旧任重道远,女性的解放也意味着对男性的解放。女性自尊自省自爱自觉自理自治,要求男性辅助女性摆脱蒙昧和压制,走向等位同格。因为女性受难的同时也会拖累男性受难,宣扬女性解放亦即倡导男性思想的解放,乃至全人类的解放(张媛 43 - 48)。

第二,《帝王女人》里塑造的慈禧,其对实现自我价值的追求、身体力行地推行男女平权所显示的英雄主义情怀以及知性和智慧,无疑为现代女性的奋斗树立了榜样。其形象展示的女性力量,对更新人们的观念、建立"男女平等"的现代社会不无启迪。

综上所述,《帝王女人》描写的慈禧虽然不是信史,但其形象蕴含的女权主义,对于转型期的中国人,特别是对中国女性的发展与进步无疑将产生积极而有益的影响,对建立更加公平正义平权的男女关系无疑具有启示意义。

参考文献

[1] 安妮宝贝.我们彼此的人生是独立的[J].读者,2014(17):12.

[2] 西蒙·德·波伏娃.第二性[M].桑竹影,南珊译.长沙:湖南文艺出版社,1986:11.

[3] CONN P,PEARL S. Buck—A Cultural Biography[M]. London:Cambridge University Press,1996:339.

[4] 黄橙.自传与别传:从《我的几个世界》和《帝王女人》看赛珍珠对慈禧的书写[J].文艺争鸣,2013(10):155 - 161.

[5] 鲁迅.中国小说史略[M].北京:人民文学出版社,1973.

[6] 马斯洛.动机与人格[M].北京:华夏出版社,1987.

[7] 马斯洛.自我实现的人[M].北京:生活·读书·新知三联书店,1987.

[8] 马悦.他者身份多重性下的自我实现——从人物称号的变化看赛珍珠的《帝王女人》[J].吉林师范大学学报(人文社会科学版),2012(2):24 - 26.

[9] 尼采.查拉图斯特拉如是说[M].余鸿荣译.哈尔滨:北方文艺出版社,1988.69.

[10] 赛珍珠.帝王女人———中国最后一位皇后的故事[M].王逢振,王予霞,译.上海:东方出版中心,2010.

[11] RICOEUR Paul. Temps et Recit[M]. Paris:Seuil,1983.5.

[12] 叔本华.叔本华论说文集[M].北京:商务印书馆,2004 .

[13] 孙绍先.女权主义[J].外国文学,2004(5):48 - 56.

[14] 童庆炳,赵勇.文学理论新编[M].北京:北京师范大学出版社,2005:232.

[15] 王艳芳.女性写作与自我认同[M].北京:中国社会科学出版社,2006:19.

[16] 张媛.赛珍珠《大地》研究综述——基于"中国知网"的数据[J].常州工学院学报(社会科学版),2014(6):40 - 46.

[17] 张媛.从《榆树下的欲望》探讨尤金·奥尼尔对女性的人文关怀[J].江苏科技大学学报(社会科学版),2014(3):43 - 48.

和陀思妥耶夫斯基、俄罗斯文学
"谈情说爱"的梦幻之旅

——茨普金《巴登夏日》中作家主体与传主生命汇织的叙事流图景探析①

张 艺

摘　　要： 俄罗斯作家茨普金的抽屉写作《巴登夏日》是一本"让理性冷静的苏珊·桑塔格热血沸腾"的书。桑塔格不遗余力为其在世界文学史上的地位热情推介，并称赞小说为"二十世纪最后一部伟大的俄语小说"，"仅仅通过一本书便体验到俄罗斯文学的深刻与力量"。本文从体裁辨析、艺术构造、叙事图景以及文学魅力四个方面探析小说的文本结构和艺术风貌，指出，茨普金以想象之力将自己的生命和传主的生命汇织成源源不断、激情澎湃的叙事流，又以作为恋人的作者在场谱写梦幻狂想曲，通过毫不掩饰的情话对话体传递作家本人作为陀思妥耶夫斯基和俄罗斯文学的朝圣者对生命、对灵魂慷慨、对精神生活的尊重和热爱。阅读这本"伟大的杰作"，我们读者的情感之河随着作者的叙事流波澜高涨，不由自主在内心升腾起对精神生活的致敬和对文学本身的感激之情。

关 键 词： 茨普金；《巴登夏日》；俄罗斯文学；桑塔格；叙事流图景；梦幻之旅

在世界文学的历史长河中，身为批评家的文学家，意外撞见被湮没的文学家，会为此谱写怎样的热情序曲，甚至是不遗余力为此确立其在世界文学史上的地位？苏珊·桑塔格（Susan Sontag, 1933—2004）在伦敦查令十字街二手书店随手翻拣到湮没于俄罗斯审查制度的列昂尼德·茨普金（Leonid Tsypkin, 1926—1982）抽屉写作的《巴登夏日》，旋即"愿意视之为一个世纪以来有价值的小说和类小说中写得最漂亮、最令人兴奋，同时也是最具独创性的成果之一"（桑塔格，"爱陀思妥耶夫斯基" 1）。从小就说戴有绿松石珠子的小印第安布娃娃无法与伟大的俄罗斯小说媲美的桑塔格，在俄罗斯文学海洋中徜徉的桑塔格，居然会说，如果读者想仅仅通过一本书便体验到俄罗斯文学的深刻与力量，阅读《巴登夏日》吧。究竟是哪些因素打动读者和批评家的作家本人，为在本国受到冷遇的作家搭建向美欧推介其人其作的文学友爱之桥的呢？身为桑塔格批评者的笔者，又会在他们这一次的"文学会晤"中，聆听到哪些他们之间跨时空的旅行对话？被苏珊·桑塔格称为在人们密切关注的几大语种

---

① 本文为江苏省哲学社会科学青年基金项目《苏珊·桑塔格与诺斯替主义研究》（11WWC010）和南京理工大学自主科研项目《"图像"与"叙述"：桑塔格旅行创作"对话性"研究》（30920130132033）的系列成果之一，并受到中央高校基本科研业务费专项资金资助。

里似乎不太可能还有什么杰作有待去发现的"例外",她那被俄罗斯流放的文学知己约瑟夫·布罗茨基也同意"这是一流的小说","尽管令俄罗斯批评家感到难堪,要不是一个外国人的推荐,国人恐怕至今还不知道这部'被埋没的巨作',这'20世纪最后一部俄罗斯小说'、'关于陀思妥耶夫斯基的一切'——此类名至实归的评价现在倒是纷至沓来"(乌斯季诺夫,176),究竟是一部什么样的作品?

一、体裁辨析:"梦幻小说"和"私小说"的糅合

2012年南海出版公司出版的由万丽娜译出的《巴登夏日》封底记载着茨普金的这部小说最初在美国出版时评论界的反应,《华盛顿时报》曾评价"这是一个狂热天才的编年史"。我们知道,编年史的拉丁文为 annales,意为"年鉴"。就文类而言,编年史指的是一种特殊的、中世纪的历史编纂样式。就内容而言,在这种编撰样式中,无需表明文学志向,不用留意结构模式,只需将每年发生的人文史与自然史发面的事件与传记式素材串联补缀、完整呈现。可是,打开《巴登夏日》,无论是职业评论者、文学爱好者,还是普通读者,亲身阅读的经验,都会告诉我们,这本受到安德烈·乌斯季诺夫赞誉,称其为"一部和萨拉马戈、博尔赫斯、拉什迪和贝克特作品媲美的小说",与"编年史"的客观衡量标准正好相反,桑塔格指出小说的框架结构——叙述者去陀思妥耶夫斯基生活过的及其小说中涉及的不同地点所作的旅行,糅进作者本人的生平故事和内心经验,就文体而言属于"代表作者勃勃雄心的亚小说"(桑塔格,"爱陀思妥耶夫斯基" 11),而小说扑面而来、摄人心魂、精湛而勃发的叙述结构自然会吸引桑塔格的青眼,俄罗斯社会当年发生的文学事件并没有在小说中得到谋篇布局,相反作者以想象之力创造性地重述传主陀思妥耶夫斯基到德累斯顿去的旅行,镶嵌进自己内心世界隐秘的"内在真实"的文学图景展现在读者面前。被外界视为美国共和党政府的护卫舰,思想上一贯右倾的《华盛顿时报》之所以会发出与小说文本事实不一致的评论声音,就其深层原因,反映出当时美国社会刚刚结束越南战争,伴随自由主义的终结,各种民权运动层出不穷地涌现,一种对"战争中的社会史"亟待梳理的思潮与情绪。籍着评说这部"被发现"、"被挽救"的俄罗斯小说,表达美国社会当时流行的情绪特征,却没有"认真地对待"这部小说本身的艺术特点及文学宗旨。

桑塔格在基于文本细读的基础上,为推介这部小说所写的评论文章"爱陀思妥耶夫斯基",从文学的角度矫正了《华盛顿时报》的"政治误读"。桑塔格注意到,作者主要搭建的情节结构——对陀思妥耶夫斯基夫妇的旅行的叙述,不仅基于叙述者所做的细致的研究,而且糅合进作者对自己生活中种种经历的描绘。根据传统的传记文学观念,虚构与真实泾渭分明。用桑塔格的话来说,"由于虚构与事实对照鲜明,我们倾向于依靠风格框架,将虚构的故事(小说)与对真实生活的叙述(纪实和自传)加以区分。这是一个惯例——但只是我们的惯例。"(桑塔格,"爱陀思妥耶夫斯基" 9)桑塔格的意思是说,当时美国本土的文学评论界对传记小说作为一种文学体裁的认知,很大程度上还停留在对于传记文学的"虚构(文学性)与纪史(真实性)"标准的讨论,而没有注意到其实这种类型的小说,在其他地域的接受情况,比如在日本文学中这类文体是作为一种主流的小说形式流行于文坛的。这种基于传记材料的组织,糅合进虚构成分的小说类型,拥有一个似乎是不入流的称谓,即"私小说"。

在日本,私小说是产生于大正年间(1912—1925)的一种独特的小说形式,又被称为"自我小说"。在日本,这种文类的小说,非但不是"非主流"或者"不入流",反而是始终被尊为日本"纯文学"的正宗。对于"私小说"的概念与定义,在日本文学评论界并没有一个统一的说法,很大程度上因为评论家对私小说的审视往往是因人而异。但是,"私小说"作为一种类型的文本实践,其特征还是具备相当稳定而鲜明的特点及风格的。日本私小说并非"Ich Roman"(德语:第一人称小说)的翻译,倒是另外可以称之为"自叙"小说。说白了,就是作家把自己直截了当暴露出来的小说,与美国自白派小说具有某种家族上的相似性,但是与"自传"、"自白"又不尽相同。私小说必须名副其实的是小说,不是自传式散文,也不是自白式诗歌。这个评价标准并不是一句赞语,因为可以称之为小说的文本必须具备艺术虚构性的特点;同时,私小说必须是结合"心境问题"、或者反映作者内心真实的写作。这一条微妙的联接线正是分别艺术与非艺术的境界线。私小说文学空间的繁荣,与日本民族传统的审美观念有关。日本人偏爱自然、朴实,比起华丽的外表更喜欢内在的美,桑塔格在"关于美的辩论"一文中曾探讨过审美品味在知识共识背后的私人性质。私小说正是饱蘸这种美,它以写"我"为中心,描写"我"自身的精神生活,而不涉及社会风潮,它以勾勒人的心境描写为主,对人物的外部处境一笔带过,为当时文坛吹起了一股质朴、清新的"蕙之风",开创了一种"自叙传"的抒情小说形式。

《巴登夏日》的作者显然没有运气能接触和阅读日本私小说,然而人类的情感和艺术的创作往往在不同的地域、不同的历史中,却可以奏响异曲同工、艺旨相通的乐章。《巴登夏日》小说的独创性在于它推进的方式,即在始终没有指名道姓的叙述者的位移中,穿插对巡游的陀思妥耶夫斯基夫妇的讲述,几个"真实的"世界在内心意识流的涌动中被描绘、创造出来。与 J·M·库切的杰作《圣彼得堡的大师》不同,《巴登夏日》不是陀思妥耶夫斯基式的幻想小说,也不是纪实小说,尽管作者坚持在细致研究的基础上"核实"所有素材,尽管作者对于"逼真"的艺术效果有着最朴素的理念。小说凭借想象之力重现了陀式夫妇离开圣彼得堡的一段旅途,在重现这段旅途的叙述流中,作者对自身生活中种种经历的思忖交织其中,总体上说来,小说是以私小说的形式组织文本、呈现主题的。小说又是一本"梦幻小说",桑塔格在序言中指出,"梦者是茨普金本人,他以想象之力将自己的生命和陀思妥耶夫斯基的生命汇织成源源不断、激情澎湃的叙事流"(桑塔格,"爱陀思妥耶夫斯基" 4)。梦幻小说并不是西方文学的专利,清代小说评论家王希廉曾经说过:"从来传奇小说,多托言于梦"。一语道破中国古典小说中"梦幻"同样频出的实质。特别的是,"梦者"茨普金在旅途梦境中,"梦"到了陀思妥耶夫斯基与屠格涅夫激烈争辩的场景,"梦"见了 20 世纪俄罗斯文学和道德挣扎中的杰出人物群像,他们是茨维塔耶娃、索尔仁尼琴、萨哈罗夫和邦纳等等。以私小说的形式书写作者内心的真实,从世界文学的角度来看并不少见,然而以私小说的形式做了一场关于陀思妥耶夫斯基与伟大的俄罗斯文学的梦,梦者的思绪以及评论还不时在梦境中闪现、登场,并凭借叙述之流的推进,展现了一幅在迭出的回忆交响曲中,踏上文学与命运"还乡"旅途的梦幻图景。《巴登夏日》蕴含了至少三种不同的文类成分:私小说的叙述手法、梦幻小说的主题,以及他传与自传相结合的叙述。其文类含混的丰富性,正是作者的独创性所在:作者以精湛的艺术构造,缜密糅合了各种文类的质料,缝缉筑室、架构起小说具有的文类多声部的复调结构。就像弗吉尼亚·伍尔夫的《奥兰多》一样,用传统归类——历史小说、传记小说、小说化传记——看待列昂尼·茨普金的《巴登夏日》都是不恰当的。若称之为历史小说,难免有被矮化之嫌,因为小说把故事设置在过去,乃是为了检视它与现在的关系,而这是非常现代的写法。《巴登夏日》甚至具有后现代的风格和特征,小说关注的是内心真实和梦幻狂想,然而这又不是一部纯然后现代主义的作品。茨普将它写成了一部糅合了"私小说""传统"和"梦幻小说"写法以及多种文类的"复调小说"。虚虚实实、亦真亦幻,茨普金将传记、历史和小说三种体裁巧妙地糅合在一部作品中,凭借卓绝的艺术想象力和高超的叙事技巧,接织了"私小说"和"梦幻小说"文类的界限,在"旅行时空"的穿越中展现了对现实的思索。

二、艺术构造:双重叙事和旅行叙事的时空体

作家在考虑如何创作出一个作品时,首先是"巧媳妇难为无米之炊",有了艺术素材,接下来就该考虑文本的艺术构造问题了。所谓"艺术构造",也就是结构主义者眼中的"艺术本文的构造方式"。"艺术构造"并不是莫斯科—塔尔图符号学派的独创,我们中国五四时代的文学批评家多谈到"结构"。只不过,俄苏结构主义者重体系,中国文艺批评者重平衡。茅盾在《漫谈文艺创作》一文中曾说道:"结构指全篇的架子。既然是架子,总得前、后、上、下都是匀称的、平衡的,而且是有机性的。匀称指架子的局部美和整体美,换言之,即架子的整体和局部应当动静交错,疏密相间,看上去既浑然一气,而又有曲折。平衡指架子的各部分各有其独立性而不相妨碍,非但不相妨碍而且互相呼应,相得益彰。有机性指整个架子中的任何部分,不论大小,都是不可缺少的,少了任何一个,便损伤了整体美,好比自然界中的有机整体,砍掉它的任何小部分,便使这有机整体成为畸形的怪物。"(茅盾,3)只有精心构思,巧妙结构,艺术作品才能成为匀称、平衡、和谐、统一的整体。由于现实生活的丰富复杂性,艺术家对生活的认识和艺术修养的不同,结构的方式也多种多样,常见的有纵式结构、横式结构、复式结构、三迭式结构、连环式结构、包孕式结构、串连式结构等。独特的艺术结构来自执著于创造性的艺术构思,取决于艺术家"多元共生"的世界观、"和而不同"的审美观和"在路上"未完成的生活经历、精湛娴熟的艺术技巧。

安德烈·乌斯季诺夫在《巴登夏日》后记中说,"列昂尼德·茨普金在小说中描写的从夏日圣彼得堡到冬日列宁格勒的旅行,实际上是一段向往永生之旅"(乌斯季诺夫,215)。苏珊·桑塔格在《巴登夏日》序言中则说,"茨普金去列宁格勒的旅途,也是在费佳和安娜的灵魂、躯体中穿行的路途"(桑塔格,"爱陀思妥耶夫斯基"10)。事实上,《巴登夏日》拥有"同时"的特点,从彼得堡到列宁格勒的旅行时空,是陀思妥耶夫斯基夫妇的旅途,同时也是茨普金的朝圣之旅。从开篇起,小说就采用了双重叙述的手法。时间是冬天,12月下旬,具体日期没有提供,只是一种"现在时"。叙述者在开往列宁格勒的火车上。而时间同时又是1867年4月中旬。新婚燕尔的陀思妥耶夫斯基夫妇——费奥多尔("费佳")和年轻的妻子安娜·格里戈里耶夫娜——离开圣彼得堡,正在去往德累斯顿的途中。作者坐在开往列宁格勒的火车上,看着沿途当时苏联的荒凉景象,在拜谒陀思妥耶夫斯基的心境中,以奇妙、非同寻常的移情思维模式,在真实与虚构之间穿针引线,编织出一场"同时"进行的文学之旅、生命之旅和爱之旅。故事既发生在过去又发生在现在,第一人称叙述和第三人称叙述自由混合,与之具有"家族式的相似性"艺术构造的小说还有苏珊·桑塔格为推介意大利作家安娜·班蒂所做的"双重命运:论安娜·班蒂的《阿尔泰米西亚》"。苏珊·桑塔格在"同时:小说家与道

德考量"一文中曾阐述过小说家的性质："小说家是带你去旅行的人。穿越时间的旅行。穿越空间的旅行。小说家带领读者跃过一个豁口，使事情在无法前进的地方前进。"（乌斯季诺夫，184）茨普金正是一位带读者去俄罗斯旅行的人，"他乘火车周游了俄罗斯文学的经典之路，完成了一次独特的瞻仰和拜谒"（桑塔格，《同时：随笔与演讲》188）。他带着我们穿越了俄罗斯的历史，穿越了从彼得堡到列宁格勒的旅途，带领读者跃过历史现实，凭想象之力和叙述之流推进着对"永恒的问题"的拷问。俄罗斯著名符号学理论家巴赫金认为，"经过作家的精心构思，空间标识和时间标识融为一个具体的整体。时间似乎变得厚重，有血有肉，成为可见的艺术元素；空间则变得意味深长，呼应时间、情节、历史的运动。时间轴和空间轴相交叉，时间标识和空间标识相融合，这就是艺术时空体的特征"（Bakhtin，4）。而小说家能运用叙述策略和语境设计，穿越时间的长河，连接不同的空间，创造出人群相遇的"想象社区"（Bakhtin，148 - 149）。茨普金一路上继续寻找着陀思妥耶夫斯基的足迹，作为一个与陀思妥耶夫斯基处于不同时代的人，能有勇气重新继承俄罗斯文学最主要的传统——"提出永恒的问题"，充分说明了他对陀思妥耶夫斯基心理分析方面独一无二天才的赞同。对于茨普金来说，在旅途的空间中所寻到的陀思妥耶夫斯基的文学遗产就是一种保存下来的文化；而"时间"在整部作品中通过各种细节、暗示和引文出现在读者面前。茨普金从"当代心理阅读"的角度对十九世纪俄罗斯文学做了一次伟大的回顾和朝圣，小说中，19 世纪是以"当代现实阅读的音叉身份"（乌斯季诺夫，184）存在，"其中时间界限和体裁的限制都不存在"（乌斯季诺夫，184），在"永恒的问题"的牵引下，"时间"在"叙述"中通过各种细节、暗示和引文不时出现在未来的读者面前。对于自己灵魂的拷问，这些问题是思想层面的，桑塔格说过"你能想象莎士比亚放松吗？"；但跟读者周旋的时候，作者变得不紧不慢、从容不迫，从不逼着读者立刻去解决。这些问题在作品中"无孔不入"，与叙述缠绕在一起同步；而读者在一开篇就能读出整部作品的思维走向，"顺从思维之模式，我们谁都无能为力"（乌斯季诺夫，186）。茨普金开辟小说叙述的鸿蒙，开端就让双重叙事手法登台，两个旅行是从同一个地点出发的：他写了一系列从莫斯科到彼得堡的一路上的见闻，由于 20 世纪下半叶 20 年的剧变，这一旅行的路线在说法上改变了，即是从彼得堡到列宁格勒。小说中时间的现实意义同行于再现陀思妥耶夫斯基旅行细节的意义。"火车从站台上缓缓启动，车厢里就像过起了日子：吃饭、睡觉、吸烟、看书，最主要的是聊天。你完全不必担心因插嘴而打扰了别人的兴致，你大可以对旅伴一敞心扉。"（乌斯季诺夫，189）《巴登夏日》的作者在旅途是孤身一人，没有同伴，没有聊天对象，他的内心自白最后变成了小说，而其由头则是一本书——1923 年问世的作家妻子的日记《安娜·格里戈里耶夫娜·陀思妥耶夫斯卡娅日记》。茨普金通过阅读陀思妥耶夫斯基妻子只为自己而记的日记，以作家妻子的眼睛去看作家 1867 年夏天的生活。茨普金在火车启动的忆念中就看到："陀思妥耶夫斯基 1863 年第一次来巴登，和另一个女人一起。四年后，他跟安娜·格里戈里耶夫娜又故地重游。他们于 1867 年 4 月 14 日早上五点从圣彼得堡起程前往柏林。6 月 21 日（7 月 3 日），从德累斯顿再次上路，中途在莱比锡、法兰克福和沃斯站转车，于第二天到达巴登，在那里待到 8 月 11 日（23 日）（乌斯季诺夫，195）。陀思妥耶夫斯基旅行了多久，茨普金就在火车上待了多久。"就这一层面而言，时间的衡量标准不是终点，而是事件，它们可以很容易地切换"（乌斯季诺夫，196 - 197）；而空间的衡量标准，既是现实的，也是心理的，其中请出场或对话或争执的俄罗斯文学家群像。小说的叙述节奏基本上与旅行的动态同步，茨普金在俄罗斯文学中有关"时间"最贴切比喻的"火车"上伴随着列车的减速、启动时急剧的一颠和行驶过程中的来回摇晃,以一定的节奏阅读《日记》,议论和回忆也是流动、纵横浮想的。茨普金以朝圣俄罗斯文学的情结投入到在旅途上"和陀思妥耶夫斯基灵魂散步"、重绘后者和屠格涅夫等的会面的文学实验中,结合心灵体裁的抽象性和自我感受的自叙性探索"体裁"和"叙述","这种'超越时空'的旅行"(乌斯季诺夫,212)不仅继承了俄罗斯散文的传统,同时还创新发展了俄罗斯小说的经典模式。"散文"和"小说"在"超越时空的旅行"中携起手来——如今"文学分类"这一概念已不存在于俄罗斯——精湛演绎纯文学的原始力量。

三、叙事图景:作家主体与传主生命汇织的叙事流

苏珊·桑塔格在为《巴登夏日》所写的序言中,曾指出,"《巴登夏日》属于那种难得一见的、代表了作者勃勃雄心的亚小说。"(桑塔格,"爱陀思妥耶夫斯基"11)她进一步解释,"这一文体通过重述另一个时代中事业有成的真实人物的生活,揉进作者本人现在的生平故事;作者是在仔细琢磨并试图更加深入那个人的内在生活,这个人的命运不仅具有历史意义,也还具有纪念碑的意义。"(桑塔格,"爱陀思妥耶夫斯基"11)阅读量浩瀚的桑塔格很快联想到另一例——20世纪意大利文学的杰作——安娜·班蒂的《阿尔泰米西娅》。在"双重命运:论安娜·班蒂的《阿尔泰米西娅》"一文中,苏珊·桑塔格曾称赞,在《阿尔泰米西娅》中,"一位小说家对主角的激情,从未如此热烈地表达过。像弗吉尼亚·伍尔夫的《奥兰多》一样,小说是某种与其主角的共舞:作者所能发明的与其迷人的传主的全部关系都在舞中穿梭。"(桑塔格,《同时:随笔与演讲》40)而列昂尼德·茨普金的这部《巴登夏日》也是诞生于小说家对主角陀思妥耶夫斯基持续的激情。小说是小说家与其主角的一路同行,作者发明了与其迷人的传主同路谈话的想象力所及的全部关系,并在这段"感伤的旅程"中共同走向"向往永生"。茨普金不仅重构了陀思妥耶夫斯基的"原味生活"(桑塔格,"爱陀思妥耶夫斯基"13),"过去的陀思妥耶夫斯基尽情徜徉于自己记忆中的场景和早年生活的激情之中,而现在的叙述者也在激活他自己的记忆"(桑塔格,"爱陀思妥耶夫斯基"15),并将自己亲身经历的时光以及对一直以来沉思于陀思妥耶夫斯基的文学和生活世界的回忆穿插、镶嵌其中。文学批评家、陀思妥耶夫斯基传记作者约瑟夫·弗兰克曾强调:"一个作家的生平资料有着跟其作品一样伟大的意义"(乌斯季诺夫 202)。"在这部小说中作家的生平资料被建设性地运用,而并非逐字逐句地照搬。读过小说后的最大感觉就是,这不是'戏说陀思妥耶夫斯基',也不是小说式传记"(乌斯季诺夫 202),而是一部凭借叙事之流,在推进叙事的激流中汇织了作家主体的经历以及思考与传主文学以及生活世界的叙述杰作。

小说是作者和陀思妥耶夫斯基的"同路"旅行,茨普金通过在开往列宁格勒的火车上对一本宝贵的书——陀思妥耶夫斯基的第二任妻子安娜·格里戈里耶夫娜·陀思妥耶夫斯卡娅的《日记》——的阅读而与小说建立紧密的关系。茨普金作为他的主角的一位热切的朝圣者、叙述者在旅行中漫游、沉思,但他本人仍停留在他自己的时代。是陀思妥耶夫斯基变成时间旅人、幽灵,他是如此真实,甚至可以在作者的叙述中被具体地量度。为了传达自己对于"真实"最朴素的理念,创作这部作品前,作者精心构思,做了大量的准备工作。作者用了多年时间查阅档案,到与陀思妥耶夫斯基生活有关的地方,到陀思妥耶夫斯基笔下人物经常

光顾的地方拍照。在作品一开篇,作者就热情邀请陀思妥耶夫斯基夫妇幽灵般地进入他的现在,使得推进关于作者到列宁格勒的旅行的叙述的每一步骤,都充满情感紧迫力,要求与难以进入的过去建立一种不同寻常的亲密度。因此,旅行的节奏拥有了道德审美和文学意义,而陀思妥耶夫斯基夫妇的出场必须满足于作者接下去的叙述。作者是一位出发寻找他的人物的作者,而不是那种相反的、皮尔德娄式的追求——仿佛陀思妥耶夫斯基的文学热忱、陀思妥耶夫斯基的生活激情、陀思妥耶夫斯基的特殊习性,竟可由生于 1926 年明斯克的非专业作家、医生列昂尼德·茨普金复活并真正理解。这种移情的天赋和理解的能力,决定了《巴登夏日》绝不仅仅是一部传记式小说,或曰"新传记",而是真正的"知音之作"——乌斯季诺夫称之为"作者一辈子都在跟陀思妥耶夫斯基散步"(乌斯季诺夫 179)。读者打开小说,则进入了一幅由作者精心绘制的波澜壮阔的叙事图景,我们可以随意拣选其中激越的叙述浪花——一段又一段具有托马斯·伯恩哈特那样的叙述力量和澎湃激情的茨普金发明的"长句",透视到作者重构出的传主陀思妥耶夫斯基夫妇关于文学的热情对话以及充满热情蜜意的生活场景,同时聆听到在真实人物的生活的"虚构版本"这一伪装下作者对俄罗斯的文学、历史、文化的评论以及思考。

细读文本,我们发现,作者显然在熟稔传主的文学事实和生平资料方面颇下了一番研究的功夫,在此基础上,或根据原始材料转述,或借鉴回忆录巧用,或依据书信活用,或根据日记手稿破解,于传主的真实资料和作者的想象重构之间,再现了传主的鲜活生命和文学世界。例如,《回忆录》中陀思妥耶夫斯基跟屠格涅夫的会面被作者巧为运用,在场景再现中,作者暗讽了知识分子故事里的迂腐论调;而小说中反复出现的"紫色帽子"形象和情节,作为小说的文学实验,则是根据陀思妥耶夫斯基本人 1858 年 8 月 24 日从特维尔给弟弟的一封信中提到的"给妻子订做一顶帽子,一定要灰色或淡紫色的"(乌斯季诺夫 204)的"请求"艺术加工的,传达了传主对妻子的爱意,并且这种重复成为铺陈情节的基础。小说中另外一个重复出现的意象,即红葡萄,传主一开始在巴登吃过的葡萄,后来在去巴泽尔的火车上又吃了一次,到了沃斯站的时候,安娜·格里戈里耶夫娜写道,"看到一个小姑娘在卖红葡萄,他又想去买点了"(乌斯季诺夫 207)。关于这串传主在临终前还提及的红葡萄,虽然在《回忆录》中找不到与此相对应的蛛丝马迹,但是以"作为另类的回忆录式的幻象"(乌斯季诺夫 307)呈现在文本中的。作者虚构这样的生活细节,不仅连缀了传主的旅行路途和生命旅程,而且增添了小说的可读性以及人物的生动性。

作者娴熟地驾驭、组织所掌握的传主材料的同时,以一位穿越时空的叙事大师的姿态构架着过去和现在之间的联系,自由穿梭于传主的生命和自己的心境,以不事雕琢、浑然天成的叙事风貌吸引并征服了读者的阅读期待视野。在重现传主到德累斯顿去的旅行、其文学和生活世界的叙述"面具"之下,作者自白的声音掩匿其中,包括作者对苏联历史的个人的有感而发、阅读传主作品、聆听吉丽雅阿姨的故事、亲历列宁格勒的大街小巷后产生的想法。这种作者有意识的"批评的参与",不仅弥合了虚构小说和评论散文的体裁的分水岭,而且提升了作品作为整体的思想性,展现了传主和传者作为叙述主体之间对话的复调小说特色。作者还在回忆、重现传主的生活具体情景中穿插进对自己过去时光的描述和回忆,两颗心灵以同步的脉搏跳动,在不安和激越的情绪中,流淌出浓烈饱满而表现力强的叙事流,令读者"喘不过气来"(乌斯季诺夫 211),被作者的叙述激情所撞击、震撼,被作者的叙事风格所吸引、挟裹,一下子跃入这幅陀思妥耶夫斯基和茨普金生命融合、汇织在一起的关于"伟大的俄罗斯文学"的叙事图景之中,不由自主地同行于他们的旅行,以他们的"合视之眼"回望了俄罗斯那一段历史的旅程,对纯文学的致敬之情和对历史的思悟的沉静之心融入作者的叙述中,通过阅读,生命的感悟得到了洗礼,艺术的灵性得到了升华。

四、文学魅力:在真实与虚构之间搭建"爱"的虹桥

苏珊·桑塔格评价,这部小说是"一本关于爱、关于夫妻之爱、也是关于文学之爱的书"(桑塔格,"爱陀思妥耶夫斯基" 12)。她认为,"这几种爱并未被联结在一起,也未互相比较,却得到了充分的描绘,为小说注入了燃烧的激情"(桑塔格,"爱陀思妥耶夫斯基" 12)。这几种爱还是有关联的。茨普金笔下的陀思妥耶夫斯基,生活激情主要不是来自赌博冲动和写作热情,也不是来自对宗教生活的虔诚,而是来自夫妻之爱的那种灼热和慷慨的绝对性。陀思妥耶夫斯基"把自己锁在书房里不出来,但半夜又来向她'告别'"(茨普金,34)。作者将他们夫妻的床笫之欢描绘成"游泳的意象":

> 他温柔地把她摇醒,轻轻地抚摸、亲吻她的脸颊,因为她是他的,他左右着她的幸福,他意识到自己可以随心所欲地控制这个不谙事的少妇,这种感觉就像对待一只温顺的小狗,只要伸手摸摸它,它就奉承地摇着尾巴,把身子紧紧地贴在地上,不停地颤抖,——他抱着她,他抱着她,吻着她的胸,开始畅游——他们一大针脚一大针脚地游着,胳膊同时甩出水面,并同时大口吸气,投身汹涌的海浪中,离海岸越来越远。(茨普金,34 - 35)

茨普金依据安娜的《回忆录》中对"睡前激情'告别'的小插曲"(乌斯季诺夫,194)的描写与记录,虚构了他们夫妻伉俪情深的"游泳意象"。安娜在《回忆录》中遵循了忠实原则,除了删去了一些家庭琐事和自己对丈夫暴躁性子的争执。安娜记录自己不仅是丈夫忠实的妻子,同时还是丈夫第一时间的读者、作品的誊写员、文学道路的同路人。在茨普金的叙述以及语气中,读者很难分辨哪一个是主人公。费佳和安娜两个都是,他们是合二为一的一个整体,密不可分,在生活的道路上,同甘苦、共患难,见证彼此无悔的爱情;在文学的道路上,安娜从始至终都仰慕、理解和支持着自己的丈夫,并且作为同伴和守护者一直陪伴费佳的左右。引用瓦西里·阿克肖诺夫在评论中提及的弗拉基米尔·科尔尼诺夫《妻子》中的诗行:

柔情蜜意——
替代了固执,
天使——
怎也不如妻子。
就像速记本身,
永远依存于口授。
这份勇敢和忠诚
未和手艺嫁接。

俄罗斯文学
再也没有此种幸运。(茨普金,192－193)

这种夫妻之爱的"绝对",不仅基于妻子对丈夫文学事业的热忱,而且是传者茨普金对陀思妥耶夫斯基忠实的文学之爱的隐喻。桑塔格指出,"妻子对丈夫那无比宽厚、又始终不失尊严的爱,与文学信徒茨普金对陀思妥耶夫斯基的爱可谓异曲同工"(桑塔格,"爱陀思妥耶夫斯基"11)。然而,茨普金叙述的基调透露,茨普金没有将陀思妥耶夫斯基描绘成自己崇拜的偶像,就像陀思妥耶夫斯基最为亲近的、忠实而恭顺的妻子对费佳的炙热情感一样,都是一种平等的爱。

费佳和安娜的夫妻之爱并非耽于肉欲的情欲之爱,而是一种源于彼此灵魂的慷慨的爱。沐浴在这种类似宗教圣爱的合二为一的爱中,作家费佳得以完全克服作家易于滑向灵魂自恋舞蹈的惯习,亲身体验到更宽广的普适意义的人类之爱。作为叙述者,茨普金和《阿尔泰米西娅》的叙述者班蒂一样,是一个"也许可以被称为某种恋人的作者"(桑塔格,《同时:随笔与演讲》41),将不可避免地是一个坚持在场的人——在她的书中沉思、打断、流连"(桑塔格,《同时:随笔与演讲》41)。茨普金以"作为恋人的作者"在场,以陀思妥耶夫斯基妻子的"眼睛"看作家,想象中体会作家的文学和生活图景,谱写了一曲爱的狂想曲及热情恋歌,并通过毫不掩饰的"情话对话体",传达作者本人作为陀思妥耶夫斯基和俄罗斯文学的朝圣者,对生命的内在丰盛、对灵魂的慷慨、对精神生活的尊重和热爱之情。费佳对文学的热爱、妻子对其的深爱,触动了茨普金的创作韵律,促使他动笔写下了被称为"爱之书"的这部《巴登夏日》。

茨普金在这部"爱之书"中使真实材料成为撑架文本的骨干,想象虚构成为纵横流淌的血液,搭建了一座联结"神圣之爱—夫妻之爱—文学之爱"三位一体的爱的虹桥,不仅传达了本人对于纯文学的信念和对精神生活的捍卫,同时实践着作家对传记写作的思考和理想——对传主的爱与艺术创新的"永恒姻缘"(Woolf,149－153)。这"永恒姻缘"涉及传记文学的真实性与艺术性的关系问题,而这也是当前学界关注的热点之一。如英国评论家艾伦·谢尔斯顿所言,传记文学被广泛地作为一种"艺术样式"来进行探索的历史并不久远。到了二十世纪,传记写作在作者与传主的关系等方面发生了"欣悦"的变化,"新传记"的作者们既可以表现有关传记主的"实在的物质与现实的真相"(Woolf,149－153),又可以"让艺术性自由驰骋"(Woolf,149－153)。伍尔夫曾对这种糅合事实与虚构、撮合"花岗岩般坚硬的真实与品性如彩虹般难以捉摸的彩虹"(Woolf,149－153)"联姻"(Woolf,149－153)的"新传记"(Woolf,149－153)满怀着赞许与期待,而桑塔格极力为我们推荐的这部《巴登夏日》正是和谐了传记形式、创造发挥和生活素材三方面的对话。在这部传记中,作者沟通了三种爱的泾渭,奏起了狂想的曲目,真实不再是冰冷冷的文学事实,而是随着作者轻柔地挥动起了想象的翅膀,在作者早已充盈的思维和文字中,释放出爱的感人、震撼、净化的力量。想象与真实在爱的至福境地中携手起舞,激情而又轻灵地演绎出传主的精神品性以及传者的价值观念,实现了文学旅行在时空维度的跨越。正如桑塔格所言,茨普金做了一次伟大的旅行。而我们读者,在阅读他的旅行,同时也是陀思妥耶夫斯基的"新传记"的时候,要铭记伍尔夫说过的"阅读不是为了熟悉名人,而是为了唤醒、锻炼我们的创造力"(Woolf,263)。桑塔格之所以热情推介这部被历史尘封的俄罗斯作品,在世界文学的历史上,奏响了关于文学阅读的一次"正本清源":阅读不仅是为了砥砺我们的艺术创造能力,更主要是为了回归对纯文学的尊重、对精神生活的致敬和对文学本身的感激之情。

参考文献

[1] 安德列·乌斯季诺夫.后记:从彼得堡到列宁格勒的旅行[M]//列昂尼德·茨普金.巴登夏日.万丽娜,译.海口:南海出版公司,2007.

[2] 列昂尼德·茨普金.巴登夏日.万丽娜,译.海口:南海出版公司,2007.

[3] 茅盾.漫谈文艺创作[J].红旗,1978,5:2-19.

[4] BAKHTIN Mikhail M. The Dialogic Imagination:Four Essays [M]. Austin:University of Texas Press,1981.

[5] 苏珊·桑塔格.序言:爱陀思妥耶夫斯基[M]//列昂尼德·茨普金.巴登夏日.姚君伟,译.海口:南海出版公司,2007.

[6] 苏珊·桑塔格.同时:随笔与演讲[M].黄灿然,译.上海:上海译文出版社,2009.

[7] WOOLF Virginia. Collected Essays. Vol.1[G]. New York:Harcourt,Brace&World,Inc.,1967.

去兮来兮,精神追寻

——解析索尔·贝娄的《耶路撒冷去来》

马 岚

摘　　要:《耶路撒冷去来》是索尔·贝娄的一部传记,该传记记述了贝娄在 1976 年的
耶路撒冷之行。该作品以一种奇特而迷人的方式沿袭了美国人对圣地的态
度,反映了大多数美国人对以色列的传统观念,即拒绝将以色列看作是一个
实体之地;该作品鲜明地体现了贝娄对精神上的以色列的追寻。

关 键 词:索尔·贝娄;《耶路撒冷去来》;精神追寻

作者简介: 马岚〈mariana6@163.com〉,文学硕士,南京理工大学继教院讲师,研究方向
为英美文学。

　　从诸多方面来看,索尔·贝娄都是一位优秀的美国犹太作家;然而贝娄却一直不愿接受
"犹太作家"这个称号,他更愿被看作是一位美国作家,虽然犹太历史无可厚非地影响着贝娄
的作品。对于这一点,一个直接的例证便是贝娄的一部传记性作品《耶路撒冷去来》,该作品
记述了贝娄在 1976 年的耶路撒冷之行。在该传记的开头,贝娄便清楚地表明了他与犹太国
家的特殊关系。也许只有犹太人才更懂得犹太历史,而贝娄则十分客观地展现了世人对犹
太人及犹太国家的态度。然而,即使是在如此明确的一部"犹太"作品中,贝娄仍清晰地表达
了他的非犹太人的而是美国人的创作态度。显然,《耶路撒冷去来》以一种奇特而迷人的方
式沿袭了美国人对圣地的态度,它反映了大多数美国人对以色列的传统观念,即拒绝将以色
列看作是一个实体之地。

　　为了能够理解贝娄的这次朝圣,也许我们该先了解一下在美国传统中先于贝娄的两次
主要的朝圣,即赫尔曼·麦尔维尔的《克莱尔:一首诗与圣地朝圣》和马克·吐温的《傻子国
外旅行记》中所体现的对耶路撒冷的内涵的理解。《克莱尔:一首诗与圣地朝圣》和《傻子国
外旅行记》这两部作品均有别于 19 世纪的其他关于圣地之行的作品,这种区别不仅体现在
这两部作品均小心翼翼地使其主题远离宗教动机——而体现宗教动机正是其他对圣地的描
述性作品的一大特色,而且体现在这两部作品均想反驳 19 世纪以前的有关于美国和以色列
的关系(这种关系在美国历史诞生之初就已有之)的描述。以色列在美国人心目中的地位有
着深刻的含义,不管是在那些有着独创精神的人们中间,还是在那些没有独创精神的人们中
间。众所周知,萨克凡·博科维奇曾在他的《美国清教徒的起源》一书中指出,17 世纪在新
英格兰定居的清教徒们是想要建立一座让世人瞩目的"上帝之城"。在博科维奇看来,那些

清教徒更有点像是 20 世纪的犹太复国主义者。对他们而言，以色列不是一个只属于历史的遥远王国；在他们看来，那是一个活生生地存在着的、要在美国实现的一种诺言和预言。他们远渡重洋到达美国，途径了荒芜之地；途中他们被自己心中的摩西、约书亚和尼希米记引领着，并用《旧约》的条款构想着他们自己。他们把自己称作"选民"，他们把自己逃离在英国的奴役描述成他们自己的"《出埃及记》"。对他们来说，圣经般的比拟并不仅仅是一种隐喻；他们认为自己是在重现《旧约》历史，重书契约。博科维奇指出，用那些清教徒们自己的话来说，美国即是他们的"希望之乡"，他们的"新英格兰的以色列"。在此，他们将建立一个圣人的社会，圣人们要建立一个完完全全的"新耶路撒冷"。

然而，从 19 世纪起，美国的文学文化已开始持续性地反对早年美国人的犹太复国主义思想。19 世纪的美国作家，诸如纳撒尼尔·霍桑、赫尔曼·麦尔维尔和马克·吐温，已为其本民族的文学下了定义，并将基督教与犹太教同时置于文学创作的中心。麦尔维尔的《克莱尔：一首诗与圣地朝圣》和马克·吐温的《傻子国外旅行记》中那些反对耶路撒冷的激烈措辞并不是在恢复对圣地的简单描述，而是在明确阻止美国人想要成为犹太人的愿望。马克·吐温在《傻子国外旅行记》中曾这样描写耶路撒冷：

"我们越往前走，阳光就变得越灼热，眼前呈现出一派多岩石的、光秃秃的、令人厌恶的、阴郁沉闷的景象。……四处几乎没有一棵树和一株灌木丛。甚至是橄榄树和仙人掌这些贫瘠土地上常有的植物在这个国家也几乎没有。在临近耶路撒冷时所看到的景象要比其他任何一种景象都更令人厌倦。……

最后，到了下午的时候，道路上开始出现古老的墙块和破碎的拱门——我们又使劲爬上了一座山，每一位朝拜圣地者和每一位罪人（道德、宗教上的）都在高处挥舞着帽子！耶路撒冷！

我们停歇在此城的永恒的山上，白色、圆顶、坚实的山上，山的周围围着灰墙，这座历史悠久的城市在阳光中弈弈生辉。如此小的一座城市！"

人们决不想否认马克·吐温有权去表达他对耶路撒冷的幽默感，人们也绝不会忘记吐温笔下对耶路撒冷的爱的片断，但或许对圣城潜在的指责也是没有错的。在吐温的眼中（在《傻子国外旅行记》中），圣城是个"哀痛的、沉闷的、无生气的"地方，"破烂、悲惨、贫穷与肮脏"是它的特征，城市中满是"麻风病患者、跛子、瞎子和白痴"，还有"残疾者、畸形者和病人。"于是吐温总结说，"我不想在此生活"，在一个显然如此没有生气的地方。

在《克莱尔：一首诗与圣地朝圣》中，麦尔维尔则瞥见了吐温眼中的死一般的圣城背后的历史环境。麦尔维尔暗示说，吐温如此诙谐地所反映出的耶路撒冷的无生气，其实对这个地方而言也许并非偶然，而是耶路撒冷在过去决定埋葬自我的一种直接的结果。《克莱尔：一首诗与圣地朝圣》表达了这种自我毁灭的欲望是一种冲动，美国本身对此并不陌生。从克莱尔将目光投向耶路撒冷的"空荡荡的、空荡荡的塔楼"的那一刻起，他便发现了吐温所描述的无生气即是一种凄凉。并非偶然，克莱尔在耶路撒冷的向导名叫尼希米记，而尼希米记正是《圣经》中受托去履行犹太人盟约命运的一位领导者，他带领犹太人从巴比伦返回了"希望之乡"。在《克莱尔：一首诗与圣地朝圣》中，尼希米记的犹太对手名叫内森，内森则表达了一种狂热和对实体上的耶路撒冷与精神上的耶路撒冷之间的混淆，而那正是清教徒的犹太复国主义者所展示给麦尔维尔的。

在《克莱尔：一首诗与圣地朝圣》中，当麦尔维尔在描述内森的犹太复国主义者梦想时，虽说语言有点过时,但是其思想观念从总体上讲还是犹太复国主义者所认可的。简单地说,这种观点的核心点便是内森接受了"明年要在耶路撒冷"的命令。为此,内森带着他的家人离开了他在伊利诺伊的农场而来到了耶路撒冷,一路上,内森、艾格和他们的女儿露丝从其自身经历中了解了耶路撒冷。在故事的末了,内森和他的家人们都死了,而作品所表述的是他们在圣城的生活起初就是垂死的;麦尔维尔由此暗示出复活过去也许就是将生命转换成空壳。就此,人们可以看出,麦尔维尔是在明确地表达一种反犹太复国主义的观点,那是他对美国清教徒历史的一种直接的回应。

与吐温和麦尔维尔不同,贝娄是以朋友和犹太人的身份来到耶路撒冷的;他希望去完成他对犹太人民的责任。虽然贝娄显然是想引用吐温和麦尔维尔的关键性论点去挑战他们,但是贝娄所表达的对耶路撒冷的态度却实际上再现了吐温和麦尔维尔作品的显著特征。和他的前辈们一样,贝娄开始要去揭穿一个有关于实体以色列的危险的神话;因此,贝娄以对一群哈西得派犹太教徒的描述开始了他对耶路撒冷之旅的叙述就决非偶然了,他明确将这群人比作了十七世纪的"清教徒"。就像吐温和麦尔维尔一样,贝娄承认在耶路撒冷有一种太熟悉的美国人的冲动;因此,他的旅程常以那些微妙的和难以琢磨的方式充满了与吐温和麦尔维尔相似的反亲犹太复国主义者的偏见。从贝娄登上飞往以色列的班机的那一刻起,他就已进入了一个让他恐惧的世界;这并不仅仅是因为他将例举的客观政治现实,而是因为以色列让他回到了一套同他的理性主义的设想相矛盾的信仰和义务之中——以色列让贝娄回到了犹太人的童年。虽然贝娄生于加拿大,但他从幼年时就在美国成长,所以他认为自己已经成熟。而当贝娄写道"他们那宽沿帽子、鬓发和流苏对我来说,并不陌生。它们勾起了我对童年的回忆。……上帝指示摩西对以色列的子孙们说,'要他们在衣边上饰以流苏。'四千年后的今天,他们仍然是这样穿着。"(9)时,他认为自己很快会让他的犹太同胞与美国同胞一起成熟。当贝娄引用《圣经》文本中有关于"犹太儿童"这一点时,他的未声明的巨大攻击目标出现了。因为贝娄的耶路撒冷之旅是一段对于所有"犹太儿童"的旅程,不管那些儿童是否继续"在他们的衣边上饰以流苏"。对于所有的以色列人来说,不管他们是世俗的还是笃信宗教的,从一种简单的意义上讲,他们都是"犹太儿童"。虽然也许他们没有接受《圣经》中上帝关于流苏的训诫,但他们一定会接受《圣经》中上帝关于土地的训诫。至此,在贝娄看来,他们失去了象征性的东西,而很讲实际。贝娄拒绝承认他对那些哈西得派犹太教徒的间接性回应,这反映出美国人对那些"儿童"的深深的矛盾心理。贝娄曾引用他的一个向导的话说:"你不能完全确信预言家耶利米曾从这里经过,即从我们现在站立的地方经过。"这个引用正是贝娄对吐温在《傻子国外旅行记》中的一个类似喜剧性的片段的共鸣;吐温在那个喜剧性的片段中这样写道:"这个十字架是在16世纪被发现的。后来有牧师说它很久以前就被另一教派的牧师偷了;但我们知道它没被偷,因为我们曾在意大利和法国的几座大教堂里亲眼看见过它。"不难看出,贝娄与吐温一样,主张实际的、神圣的历史只是出于幽默,而并不是出于崇敬。

如果曾经的一些对耶路撒冷的朝圣是提升了耶路撒冷的话,那么,贝娄的此次朝圣则是对耶路撒冷有所贬:"沙哈尔领着我从这里走到希诺姆山谷,而希诺姆山谷曾经是崇拜英洛克神的人们献祭儿女的地方。……耶路撒冷当局已经把希诺姆山谷改建成了公园。……只见卡车的挡泥板正在那里生锈,20世纪的金属碎屑就这样搀杂到了伟大的耶路撒冷的尘埃之中了。"(18-19)贝娄嘴上把20世纪耶路撒冷的景象说成是繁华大都市的景象,市政当局已将死谷变成了游戏场，但是贝娄无法确定到底是该为此感到恐惧还是觉得有趣；而那些在片刻之后突然出现的一些年轻的阿拉伯"恶棍"则暗示出贝娄更多感受到的是恐惧。同样，他也随意地认同了耶路撒冷与世界上其他地方之间的精神上的差异。贝娄说："在其他地方，人死而瓦解；在这里，人死而融合。"(18)而那细微的差异所带来的小小的慰藉，很快就使贝娄镇定下来了，因为贝娄认为："当你在死谷中死去并融入其中，你的命运就如同烧尽的汽车一样，而并非如同先知和圣人一样。"

在耶路撒冷，贝娄写道："宇宙在你眼前，在乱石巉岩的山谷及其尽头的死水的空廓中诠释自我。"(18)而耶路撒冷所呈现的诠释是令人不舒服的。"圣人说，耶路撒冷的空气，就是这里的空气，能让人产生灵感。我倒愿意相信。我知道这里的空气肯定有它的特殊意义。柔和的光线也令我动心。我的目光越过起伏不平的岩石和鳞次栉比的小房子，投向了死海。岩石和房子都跟土地一个颜色，融融的空气就像一个人的体重那样压迫在一片奇怪的死寂之上。"(18)像吐温一样，贝娄并不渴望在那儿生活，理由很简单，那个地方是无生气的。因此，他把焦点集中在似乎对他来说是弥漫了整个耶路撒冷的那种绝望上。一味地只是描述圣城的无生气，贝娄的想象并不仅仅体现在他对现代以色列社会政治和经济现状的反应上，这些反应只是贝娄的一些策略，让他可以将耶路撒冷描写成一个无法生活的、确实无生气的地方。

有许许多多的例子可表明贝娄的特别的绝望，比如那个一位朋友失去了儿子的例子；这个例子所透射出的那种悲剧或者说是贝娄的恐惧是永无止境的。贝娄对那位失子之父的痛苦的描述使得生活本身成了被告，使得耶路撒冷成为生活中最邪恶的背叛之地："即使是在阳光灿烂的上午，耶路撒冷的石头建筑物依然使你觉得手脚冰凉。刚走出来时，我感到有点麻木，就像秋天的马蜂。"(32)在贝娄的描述中，耶路撒冷不仅见证了哀悼和悲伤，而且促成了死亡，因为之后贝娄又写道："傍晚的阳光照射在石头上，只能添加它的坚硬感。现在它们成灰黄色，已经达到了它们的最终颜色；阳光对它们也不起任何作用了。"(37)"我的朋友已经死了。"出租汽车司机说。"我们就是这样过日子的，先生！不是吗？我们就是这样生活的。"(53)贝娄以此十分清楚地想要表达的是一种死亡的状况。"当我来到耶路撒冷的时候，"贝娄之后坦言，"我原本是想要从容不迫的。但是这儿没人能从容不迫。"

事实上，耶路撒冷是如此地没有生气，以至于贝娄在回到美国之后，都无法从其死亡的阴影中走出。这正如一位评论家所说的，贝娄的情况与麦尔维尔和吐温的情况是完全不一样的：当"麦尔维尔去耶路撒冷的时候，他弃之如'一堆无生气的岩石'……并且之后也就不再去想它了"；而"吐温在《傻子国外旅行记》中则能够藐视耶路撒冷……之后便继续着自己的快乐。"但是"贝娄，作为一个犹太人，却无法从其思想中抛掉耶路撒冷。"更确切地说，耶路撒冷使贝娄感到了如此巨大的绝望以至于他实际上已不再能创作了。在阅读《奥德赛》的过程中，贝娄除了以色列之外什么都不愿想了。更麻烦的是，他不再对含有古典文化的生命和生存有所冲动："能有什么比这更美丽动人的呢？奥德修斯在精疲力尽中向河神祈祷，河神为他放慢水流，让他上岸。奥德修斯来到岸上，手上的皮肤都划破了，海水从嘴和鼻孔中喷出。他又呼吸了，心中生出一丝温暖。"(156)而贝娄"心中充满的却是关于以色列的念头，没有心思去想荷马。"(156)贝娄没有可祈祷的神，也没有人能够为他放慢事件的进程。在《耶路撒冷去来》中，贝娄引用了吐温在《傻子国外旅行记》一书中的一段话："巴勒斯坦处在悲苦之中。从而孵化出一阵诅咒，这诅咒使田野枯萎，活力消失……拿撒勒是一个孤寂的地方；

以色列人唱着快乐的歌从约旦河滨进入圣地,但他们发现的只有异想天开的贝督因人的肮脏帐篷。巴勒斯坦荒凉而丑陋。为什么不会是别的情况呢?神灵的诅咒怎么会美化这地方呢?巴勒斯坦不再是现实的世界,是诗歌和传统意义上的神圣之地——是梦幻之地。"(167-168)贝娄引用这段对耶路撒冷的控诉显然是要去反驳它,因为贝娄写道:"在这片丑陋的梦幻之地上犹太复国主义者种植果树、开垦土地,建立了欣欣向荣的社会。二战后新生的国家很少有这般成功的,以色列便是其中之一。"(168)但是吐温的"一阵诅咒"却又无法被轻易拂去;由此,贝娄使读者想到:如果以色列不是完完全全的梦境,那么也许它就很可能是一场噩梦。

事实上,噩梦正是贝娄所看到的在耶路撒冷所盛行的一个方面。对于贝娄来说,犹太历史便是一段沉睡史,并在沉睡之中重现着噩梦。"但是从苦难、屠杀战争中归来的犹太人知道如何拯救自己吗?灾难的经历教会他们该做什么了吗?我读过关于大屠杀的一些作家的作品,他们对欧洲犹太人横加指责,认为他们活该如此,因为他们不愿意放弃他们舒适的生活方式、他们的财产、他们那被动的习惯和他们对官僚主义的习以为常,这就不可避免地导致了屠杀。我不明白他们责备死去人们的目的何在。但是如果历史真如那样是场噩梦的话,那么该是犹太人民——一个具有历史意义的民族从历史的沉睡中惊起的时候。但是在我看来,以色列的政治领导人似乎并未醒来。"(139-140)

评论界认为,贝娄不大具有超验性,而更多的是在写历史。如同在贝娄的其他作品中一样,在《耶路撒冷去来》中,贝娄显然是在抵制超验主义中的想象。事实上,贝娄所批评的正是犹太历史的脱离现实性。在贝娄看来,犹太历史是在悲剧的祭坛上献祭了自我,这种悲剧便是其不愿从过去的创伤中醒来。在大屠杀的重压下,它的阴影就像死谷一样遍布整个国家,当前的以色列对于贝娄来说似乎是顽固地反常地将其自身与死亡交织在一起。因此,在贝娄看来,犹太历史也就成了一种历史悲剧性的无意识性重复的"精神病理学"。

但是,当以这种方式看待犹太人历史的时候,贝娄是在表明一种美国人的,而不是犹太人的历史分析观,特别是对《圣经》历史的分析观。就像其他一些美国作家(如霍桑、麦尔维尔和吐温)一样,贝娄明确表达了他所观察和主张的一切,而远非只是某种心理自负;但是他们的观点却给真正美国历史的产生带来了根本性的障碍。这种观点谴责美国历史使其他历史有了一种幻想或是虚构,而不是在实现其自身独特的社会政治未来。在一批美国作家看来,从字面解释美国与犹太人的关系,总会认为美国人的生活只是在重复《旧约》中的事件。这种与历史无关的拘泥于字面意义的倾向性的结果戏剧性体现在如下作品中:詹姆斯·费尼莫·库柏的《草原》、纳撒尼尔·霍桑的《罗格·马尔文的葬礼》、赫尔曼·麦尔维尔的《比利·巴德》、福克纳的《去吧,摩西》。在这些作品中,美国人将自己当成是犹太人的想法迫使新大陆中的人们走进了《旧约》的模式中;但是这种努力的结果却是那些故事中的主人公不是重新规约而是竭力回避他们想要以之来定义美国的那些圣经事件。与美国真正的历史展现的逻辑与方向相反,这些故事中的主人公混淆了实体和象征、美国和以色列。例如,在每一部上述作品中,一位父亲或是父亲式的人物均误解了人类历史中的盟约条款以及基督的调停,因此,他实际上是自己在重复以撒的义务。在基督教的历史中,对儿子的献祭一直迟延到耶稣被钉死在十字架上;而美国在对《旧约》的重复中,人子总是被杀,且这种结果还是人子所允诺的盟约的结局。于是,这些故事主人公的错误便涉及了精神分析方面,因为根据那些创造了美国原型的作家们的观点来看,美国想要保留以色列的愿望见证了一种压抑的极度的精神不安，一种不愿成长的心理。当贝娄将犹太历史归为一种噩梦，一种十分像是他自己在登机的那一刻起就不知不觉地走进的噩梦时，贝娄已开始修改自己在成年生活中所明确抛弃的童年，这时的贝娄全心全意地融入了抵制"美国如同以色列"的传统中。事实上，他与麦尔维尔和吐温一道扩展了这种包括抵制"犹太人即以色列"在内的传统。像霍桑及其他美国文学传统中的作家一样，贝娄谴责了一种压抑的与历史无关的想象。对贝娄来说，以色列自身就是一种与历史无关的最新体现。以色列似乎正反常地跟随着美国的脚步，犹如美国曾错误地跟随犹太人的脚步一样。"有时我在想，存在着两个以色列。现实的以色列在领土上毫无意义。另一个精神上的以色列则是辽阔的，具有无可估计的重要性的一个国家，在世界上扮演着一个主要角色，它像历史一样辽阔，像沉睡一样深沉。"（140）对贝娄而言，正像对霍桑、麦尔维尔和吐温这样的作家一样，那个重要的以色列是一个精神上的以色列，而正因为它是精神上的，也就无需从实体上被再创建。作为一个犹太人，贝娄无法与那些认定对"小小领土的以色列"的"保卫"是犹太社会的首要任务这一观点的人们相分离，但贝娄的"保卫"使他对圣城的态度带有美国式的偏见。由于对这种"小小领土的保卫"，实体上的以色列刺激了他对失去精神上的以色列的悲伤感。在这样一种悲伤中，贝娄从一种有机的、成长性的、整体性的犹太民族命运到一方面是对犹太精神的曲解，另一方面是对历史上的反亲犹太主义问题的实际解决中，成功地在犹太历史中削减了实体上的以色列的地位。"但是人们很难对大屠杀的幸存者提出什么公正理智的要求。"贝娄承认道，"或许经历过死亡集中营的恐怖的许多人都希望以后生活在一起——但是无论谈别的什么都没有意义，建立一个国家是必要的。正是这个最迫切的渴望、最真实的需要把犹太幸存者带到了中东。他们不是抽象地解决历史问题。他们不得不面对灭绝。"（168）贝娄的以色列最好不过是一种不幸的历史的必需；最坏则是诸如受折磨的美国清教徒的一种妄想。

在对待美国人与犹太人关系的问题上，《耶路撒冷去来》是当代文学中最具持久力的作品之一。当然，无论是从美国人的角度，还是从犹太人的角度来思考以色列的问题，该书的观点都不标志着一种新的进展，而只是体现了一种传统性的美国化的创作，反映出对实体以色列的一种不适感。在此，我不想再展开去探究其他当代美籍犹太裔作家对以色列的观念。但是我们可以毫不吃惊地发现在这些作家身上同样有着一种深深根植于美国传统中的反犹太复国主义的思想。毫无疑问，贝娄的《耶路撒冷去来》是对20世纪的一大贡献。毋庸置疑，那些吐温和麦尔维尔无法应对的问题（因为从历史的角度来看，这些问题来得太快）以及那些贝娄仍未承认的问题（因为贝娄也陷入了那些传统中）对美国而言是一种对具有潜在历史破坏性的神话的迷恋，对以色列而言则是历史自身的一种使命。20世纪对实体以色列的朝圣即是重申了19世纪就有的对实体以色列的抵制。在贝娄的这次朝圣中，他想要将以色列类同于美国而抵制基督教《圣经》中的隐喻；但对于以色列来说，基督教《圣经》就是历史，而人们又该怎样在那种历史的延续中生存以及人们又该如何去说明必须履行的责任则是另一个话题。但这个话题是贝娄的作品所无法解决的，因为贝娄的作品是在通过另一个国家的神话来理解一个国家的历史。贝娄想通过回到美国而融入耶路撒冷；但是回来之后，远离了在特定的时间和地点下的历史，贝娄，而不是以色列，为神话而牺牲了历史。

注：引文参见王誉公，张萱所译的《耶路撒冷去来》。本文的相关引文均出自此书，各处只标明页码，不再一一说明。

参考文献

［1］ HARDY，R. The Holy Land in American Protestant Life 1800 － 1948：A Documentary History［M］. New York：Arno，1981.

［2］ GRINDE Mircon. Jerusalem：The Holy City in Literature［M］. London：Kahn and Averill，1981.

［3］ BERCOVITCH Sacvan. Puritan Origins of the American Self［M］. New Haven：Yale UP，1975.

［4］ SOLLORS John. Beyond Ethnicity：Consent and Descent in American Culture［M］. New York：Oxford，1986.

奥瑟罗形象的书写与创造

岳 峰

摘　　要：莎士比亚在《奥瑟罗》中刻意将既值得颂扬又应该批判的奥瑟罗形象纳入剧
本并对其进行艺术处理,莎翁种族观的两重性在这个"他者"形象上显露无
遗,显然与文艺复兴时期英国新旧社会更替息息相关。莎翁通过歌颂奥瑟
罗英雄形象,试图扭转 17 世纪英国人对非洲人的偏见和种族歧视,在彰显
其伟大的人文主义精神的同时,还刻画了这个非洲人在寻求白人主流文化
认同之旅中的兴奋与彷徨,作者潜意识里欧洲白人的种族优越感流露在剧
本字里行间之中。当然,莎翁对奥瑟罗形象建构的矛盾性在其他涉非莎剧
中同样存在,因此,莎剧中的他者形象建构始终是迎合大英帝国对整个世界
丰富的想象力方向努力发展的。

关 键 词：奥瑟罗;文化身份;英国中心主义

作者简介：岳峰(1976—),男,江苏盐城人,盐城师范学院比较文学研究中心副教授,苏
州大学比较文学与世界文学研究中心博士,硕士生导师,从事英国文学研
究。本文是国家社会科学基金资助项目"殖民时代与后殖民时代英国小说
中的非洲形象研究"(11CWW026)阶段性成果,受江苏省"青蓝工程"中青年
学术带头人项目资助。

　　英国文学从来不乏对"他者"形象的书写,而非洲人形象因其历史、地理等原因率先进入
英国人视野。15 世纪末期的"地理大发现"催生了英国有史以来规模最大的海外扩张潮,英
国人对非洲人的热情再次被点燃,当然,英国人对非洲人的形象依然是以白种人为参考系而
建构起来的突显其美学价值的文学形象,也是英国人利用建构"他者"从而起到认识"自我"
之初衷的愿望,通过"对他者的思辨进而完成自我思辨"(孟华 179)。在这些众多多少印上
文化帝国主义烙印的英国文学文本中,文艺复兴时期莎士比亚的剧本尤为值得关注,其多部
剧本涉及非洲人形象,尤其《奥瑟罗》(*Othello*,1603)中的非洲人形象建构对后世英国文学
中非洲叙事影响极大。然而据史料记载莎士比亚从未去过非洲,莎剧中的非洲人形象也并
非真实意义上的非洲人形象,其蕴藏着极为丰富的内涵,是莎翁主观意识形态和作者对非洲
人形象特殊感觉融汇后产生的形象,同时也是莎翁为迎合 17 世纪英国主流意识形态而建构
出的社会整体想象物,在莎剧中得到了生动、鲜明的反映刻画;莎翁对英国社会所寄寓的所
有美好想象都通过这动人故事、精粹的语言表现得淋漓尽致。莎剧中英国人的自我文化身
份正是在营建这些"他者"形象的过程中得以肯定,殖民者的种族优越感得以提升,帝国事业

以"无以数计的文化形式",在文本层面上进行论证后,"才得到肯定、认可和合法化的"(艾勒克·博埃默 12)。下文以《奥瑟罗》为例,重点探讨奥瑟罗的形象建构。

一、奥瑟罗形象的建构

相比同时代作家而言,莎翁对非洲人奥瑟罗表现出了浓厚的兴趣,后殖民理论先驱者弗兰兹·法农(Frantz Fanon,1925—1961)认为:"殖民统治所追求的全部效果的确在于令本土人深信,殖民主义的到来的目的就是为他们的黑暗带来光明。殖民主义刻意寻求的就是向本土人的头脑中塞进一中认识:如果这些殖民者撤离了,他们就会立即重新落入野蛮、低级、兽化"。(巴特·穆尔-吉尔伯特 162)在这些歌功颂德的文本中,欧洲人与"他者"的"差别"已经被文本化了,后继者不过是对"差别"进一步诠释和定位,这一切都大大加速了欧洲为世界中心化与非欧洲地区"他者"化过程,换言之,这些英国文本成了帝国扩张事业有力的支持者,其效力绝不亚于他们横扫"他者"世界时使用的长枪短炮。

长期生活在英国鼓吹海外扩张的氛围中,莎翁在《奥瑟罗》中将奥瑟罗身份设定为骁勇善战的威尼斯主帅,似乎如此方能让其与其他三大悲剧中的主人公平起平坐,其显赫身份不由得让读者联想起丹麦王子哈姆莱特、苏格兰将军麦克白以及不列颠国王李尔王。这一点让很多莎剧研究者非常惊讶,因为奥瑟罗的原型来自于 16 世纪意大利小说家钦齐奥的《故事百篇》①,原作中的那个摩尔人(Moors)甚至无名无姓,地位低贱,到了莎剧中却一步登天,荣升为守卫威尼斯的将军。"摩尔人"称呼的来源众说纷纭,一般是指中世纪以来欧洲人对那些信仰伊斯兰教的北非人的特定贬称。那么究竟该如何看待身份显赫的威尼斯将军与无名无姓的摩尔人之间的差别呢?不少莎剧研究者对于莎翁所塑造的那位史无前例黑人形象——奥瑟罗予以了盛赞,认为其完全跨越了肤色、种族的樊篱,事实真是如此吗?的确奥瑟罗形象显然不同于莎翁早期剧作《泰特斯·安德洛尼克斯》中主人公塔摩拉的嬖奴艾伦,其形象的丰富性远甚于后者,这源于 17 世纪英国人文主义思想的盛行和莎翁的种族观日渐开明,但这并不足以推断出此时的莎翁已经是一个摆脱种族歧视观的开明戏剧家。探究这一难题,就必须重新解读《奥瑟罗》,将奥瑟罗这个非洲人形象还原至悲剧的剧本中,方能剖析作者的种族观以及隐藏在剧本之下的道德迷津。

莎翁选择虽在文艺复兴时期但种族歧视依然盛行的威尼斯作为整出戏的主要地点,绝非偶然。正如法国学者米歇尔·福柯(Michel Foucault)在"空间—知识—权力"模式中对空间与权力话语之间的微妙关系进行了诠释:"我们并非生活在一个我们得以安置个体与事物的虚空中,我们并非生活在一个被光线变幻之阴影渲染的虚空中,而是生活在一组关系中。"(包亚明 1)福柯所指的"我们所居住的空间"其本质上也是异质的,因此读者不难理解,威尼斯已经被莎翁打造成为与非洲野蛮之地截然不同的"文明世界",处于这个"文明世界"中心的威尼斯人自诩血统高贵,显然不屑奥瑟罗的"黑皮肤"、"厚嘴唇"等这些鲜明的种族特征,根本无视摩尔人贵族的后代奥瑟罗为了皈依基督教甚至背叛了伊斯兰教,威尼斯主流社会情感上也根本不愿意接纳这个来自"野蛮世界"的非洲人。悲剧的第一幕便让恶毒的伊阿古

---

① 莎士比亚的《奥瑟罗》改编于 16 世纪意大利小说家钦提奥的故事集《寓言百篇》中的《一个威尼斯的摩尔人》。

毫不掩饰其对奥瑟罗的憎恶之情:"就我而言——请上帝原谅我不应该说这样的话——竟然在这位摩尔人的麾下担当一名旗官。……我究竟有何理由与这摩尔人成为好朋友呢。"(Shakespeare 28)被仇恨之烈焰包围的伊阿古无法忍受一个摩尔人在白人空间为所欲为,于是在苔丝狄蒙娜的父亲勃拉班修居住地极力煽动种族仇恨:"先生,您的东西被偷了啦,……就在此刻,老黑羊和您的白母羊在配种哩。……否则您将是魔鬼的岳父啦。"(Shakespeare 30)这一段莎剧著名台词极富攻击力,在黑白分明的种族时代,黑人男性与白人女性之间的恋情,绝对是种族主义者无法忍受的。勃拉班修在得知女儿和奥瑟罗秘婚之后,暴跳如雷,言语之中反复纠结于奥瑟罗的黑色皮肤,无法理解女儿的爱情:"像她这样一个年轻、美丽的姑娘,不知拒绝过我国多少有财有势的男子,若不是受了蛊惑,怎会不怕成为别人的笑柄,而投入你这个丑恶的黑鬼的怀抱里呢?"(Shakespeare 37)威尼斯主流社会的种族歧视观念可见一斑。

从社会身份看,阴谋家伊阿古、浪荡公子罗德利哥、贵族元老勃拉班修三人有诸多差异,但在对待试图闯入上流社会的摩尔人这一点上与威尼斯上流社会却有着惊人一致的观点:即决不允许属于低贱等级之列的摩尔人僭越拥有高贵血统的威尼斯上流社会,包括捍卫威尼斯利益的非洲人奥瑟罗,这便是不可逾越的威尼斯主流社会的潜规则。非洲人与欧洲人的"差别"再次被"解释和定位,那就是俘虏和征服"(巴特·穆尔-吉尔伯特 290),如同在《暴风雨》中普洛斯彼罗在提及凯列班时所用的词汇,诸如黑家伙(thing of darkness)、乌龟(tortoise),甚至泥块(earth)这些匪夷所思完全不是形容人类的词语,后世有评论家语言同样多有不敬,如尼尔·威尔逊(Neil Wilson)在《凯列班:兽与人之间的过渡性动物》中将凯列班直接视为一个半人半兽的水陆两栖动物,诸如此类的词汇频繁地出现在《泰特斯·安德洛尼克斯》《威尼斯商人》《爱的徒劳》等涉非的莎剧中。

二、奥瑟罗形象的解构和重构

莎剧研究者很早便对莎剧浓烈的种族气息产生了兴趣,英国人安妮特·T·鲁宾斯坦(Annette T. Rubinstein)在其主编的《英国文学的伟大传统》(*The great tradition in English literature from Shakespeare to Shaw*, 1969)中也数次涉及这一点,甚至载有莎翁本人对种族问题的观点。随着后殖民理论的兴起,不少评论者以《奥瑟罗》中伊阿古、罗德利哥之流对非洲人的歧视观点来佐证莎翁的种族观,这显然未能真正理解莎翁的良苦用心。作为文艺复兴时期的巨擘,莎翁更愿意在其悲剧中展现一位丰神俊朗、气度非凡的将军,一段荡气回肠、悲天悯人的爱情悲剧,更愿意让世人领略一个人文主义色彩大于种族色彩的文艺复兴式的奥瑟罗。

与原作《故事百篇》中对这位非洲人仅作"气度轩昂,善于用,为政府所器重"这样的评价不同,莎剧中的奥瑟罗在未结识苔丝狄蒙娜之前,虽饱受生活的磨难,依然生机勃勃,尽管其肉体遭受束缚,但其灵魂依然自由自在,洒脱不羁。如同大漠上的一只雄鹰,无垠的苍穹是这位摩尔人飞翔的园地,如同草原中的一头雄狮,宽阔的世界为这位文艺复兴时代的摩尔巨人开放。在战场上,奥瑟罗不仅仅勇往直前,冲锋陷阵,而且运筹帷幄,决胜千里之外,其卓越的军事才能得到了所有人的击节称赏,在与土耳其人的作战中,奥瑟罗的赫赫战绩使敌人闻之丧胆，印证了奥瑟罗的雄才伟略。更为重要的是，奥瑟罗性格上也表现出高度的自制能力和有教养的一面，使得这位黑皮肤的摩尔将军得到了公爵和元老们的赏识被奉为上宾。在《奥瑟罗》以白人为主的人物阵容里，奥瑟罗也毫不逊色，而且他那黝黑的皮肤、雕塑般的形体等非洲人特征显露得更为明显，莎士比亚在剧本中不断通过聚焦奥瑟罗的化妆、服装和饰物的选择等手段，强化奥瑟罗的非洲人特征，尤其戏剧的开篇就展现了奥瑟罗身上所具有的自豪感，给观众留下了极为深刻的印象。奥瑟罗对苔丝狄蒙娜说起过"在海上陆上最具灾难性的奇遇，刻不容缓的脱险，成为无礼的敌人俘虏后被卖为奴隶，然后又遇赎脱身的经历"（Shakespeare 43），其虽历尽折磨，却依然生机勃勃，高贵、美丽、洁白的苔丝狄蒙娜爱上的绝不仅仅是奥瑟罗身上散发的"气度轩昂、善于用兵"的英雄气质，还有其自由自在、洒脱不羁的灵魂，如同爱上草原上奔驰的雄狮、翱翔于天空中的苍鹰，苔丝狄蒙娜不可救药地爱上了奥瑟罗："我爱这个摩尔人，为了和他生活在一起，我会不计代价来跟命运对抗；我完全被他的高贵的品质征服；从奥瑟罗的心灵里，我看到了他的光辉和英勇的那部分；我将我的灵魂和命运奉献给奥瑟罗了。……让我和这个摩尔人一起去吧。"（Shakespeare 47）与苔丝狄蒙娜的爱情让奥瑟罗一度相信作为黑人同样有能力、有资格在威尼斯同样拥有属于自己的美丽世界。

莎翁对原作中卑鄙猥琐的摩尔人的改造不止于此，莎剧中的奥瑟罗在掐死苔丝狄蒙娜后，并未掩饰自己的谋杀行为，当伊阿古的夫人爱米莉亚告知事件实情之后，后悔莫及的奥瑟罗毫不犹豫选择自杀表其心意。奥瑟罗的妒忌与轻信并不能掩盖其性格的光辉之处，奥瑟罗的悲剧展现了一个灵魂高尚而又单纯质朴的黑人英雄如何毁灭自己及其爱人的过程，"作为一位悲剧英雄，他体现了人文主义者提倡的人的力量的巨大和人性的无限释放。"（袁佳玲 18）

莎士比亚毫不吝啬地赋予奥瑟罗各种英雄的魅力，这种英雄的魅力同样反映在其他涉非戏剧中。我们不妨再以《暴风雨》中的凯列班为例，凯列班从来都不愿意成为普洛斯彼罗掌控的工具，自然成为后者口中任意践踏的"天生的魔鬼"。凯列班的反抗意识与行为让后者痛恨不已，因此批评家雷特玛（Roberto Fernandes Retamar）便称赞其为"决不投降的岛屿主人"，包括 D. H. 劳伦斯在内的评论家更视其为"高贵的野蛮人"，对其野蛮、抗争的一面给予了同情和赞扬。读者也能从中看出莎士比亚对于文艺复兴运动所孕育的人文主义思想的坚强信心，这位无意间闯进欧洲上层社会的非洲人形象不断激荡着读者柔弱的内心，同时读者通过这一非洲人形象也似乎看到莎翁挥舞着文艺复兴人文主义精神的大旗。

三、奥瑟罗文化身份的迷失

在莎翁对非洲人形象建构的过程中，读者不难从字里行间里感受到，相比种族主义，17世纪人文主义精神对莎士比亚创作的影响更大，当然毋庸置疑的是：莎翁在建构这位非洲人物形象的同时，其自相矛盾的话语也正在创建一个种族自恋的英国人形象。作为一个白人，莎翁无法绕开非洲人的肤色，西方文化固有的二元对立思维使得莎翁数次写到文明/野蛮，即著名文化研究者霍米·巴巴所谓的"皮肤/文化所指的种族固定格式"。正是在这种逻辑里，非洲人奥瑟罗必然成为象征文明的欧洲威尼斯的俘虏，法农在《黑皮肤，白面具》（*Black*

Skin，White Masks，1967)中也曾发表过类似的言论："一切被殖民的民族……都面对开化民族的语言,即面对宗主国的文化。被殖民者尤其因为把宗主国的文化价值变成为自己的而更要逃离他的穷乡僻壤了。"(法农 9)于是《奥瑟罗》中的同名主人公出现了一系列白人读者完全能够接受也乐于接受的改变:身为非洲人,却愿意为威尼斯开辟疆土;身为非洲人,却愿意放弃本民族信仰改信基督教;身为非洲人,却始终无法忘怀黑色的皮肤而为能够娶到白人心目中的"白雪公主"苔丝狄蒙娜而欣喜若狂。对于一个被排挤的黑人,奥瑟罗想得到白人主流社会的尊重要付出的代价可想而知,为此奥瑟罗愿意放弃所有与自己本民族相关的一切,除了无法改变的肤色之外。阿尼厄·卢穆芭指出,奥瑟罗已经沦为一个被殖民化的主体,换言之,他正处于被遗弃和被边缘化的境地,尽管他竭力与威尼斯主流社会意识形态保持一致。(Loomba 48)威尼斯无法否认这位试图闯进威尼斯社会的"他者"在文化认同方面所做的巨大的努力,在一定程度上愿意接受他作为一个已经被同化的英雄形象,但在其内心深处,却难以接受这位非洲人一度被威尼斯主流社会接纳的事实。

种族主义以一种微妙的方式影响着奥瑟罗的心态,甚至完全扭曲了他的文化认同观,造成了他陷入自卑、自我仇恨以及自我迷失的尴尬境地,其内心深处时时涌动一股身份焦虑的暗流:"白雪公主"苔丝狄蒙娜对他这位"黑王子"有爱情吗? 如果是爱的话,这份爱又能持续多久? 奥瑟罗的担心不无道理,在那个种族主义盛行的年代,他对这份跨越种族之爱并无足够信心,因此伊阿古向他挑拨苔丝狄蒙娜背叛他时,这位原本对这份来自上帝恩赐的爱情忐忑不安的黑人将军潜意识中的第一反应是:"或许因为我是黑人,……所以她才离我而去;我这是自找羞辱"(Shakespeare 90)。毫无疑问,伊阿古的挑拨一击命中,他成功地利用"一系列的种族主义修辞,摧毁了奥瑟罗通过自己的叙述和爱情建构起来的身份认同感",而且再次唤醒奥瑟罗刻意回避的种族自卑感,使其明白威尼斯泾渭分明地存在一个"我们"和"他者",使他清醒地认识到自己作为非洲人所特有的肤色,以及白色人种的高贵与黑色人种的卑贱。"相信苔丝狄蒙娜爱上他这个摩尔人是不自然的,爱上凯西奥这个弗洛伦萨人才是自然的,因为他们属于同一肤色和同一种族。"(张德明 115)具有悲剧意味的是,莎翁在文本中一方面提及"黑色"这一种族色彩浓厚的单词,一方面又刻意渲染苔丝德蒙娜的忠贞,使后者与奥瑟罗的犹豫、彷徨形成鲜明对比,评论家注意到莎翁多次对后者敢于嫁给非洲人的气逾霄汉的勇气赞誉有加,刻意将其肤如凝脂的白皙与摩尔人的"令人战栗畏惧"的墨黑形成霄壤之别,显然,莎翁对苔丝德蒙娜为混血婚姻所作出牺牲的赞誉总是暗含着种族歧视。(李鸿泉 110)奥瑟罗与苔丝狄蒙娜对爱情的忠贞态度恰如他们的肤色一样反差巨大,这反而更增加了剧本的种族主义色彩。

轻信的奥瑟罗就这样落入欧洲殖民文化表征的窠臼,种族自卑感已经不仅影响了奥瑟罗的心智,而且影响了其非理性的行为方式。报复之火于奥瑟罗胸膛熊熊燃烧,当一见到伊阿古捧出那块极具隐喻意味的手帕时,苔丝狄蒙娜不贞之罪便坐实了,歇斯底里的奥瑟罗厉声高呼:"哦,鲜血! 鲜血! 鲜血!"(Shakespeare 97)曾经高度的自制能力、有教养的一面瞬间转变为非理性地命令伊阿古在数天之内必须除掉凯西奥。自该剧面世以来,奥瑟罗给予苔丝狄蒙娜的这块手帕引起了评论家极大的关注,不少评论家难以置信这一方小小的手帕竟然导致了"手帕的悲剧"的发生,他们认为这显然是莎翁的败笔。评论家更深一步分析了奥瑟罗为何如此武断的原因,就有学者指出奥瑟罗做出如此非理性行动的合理解释是他对自己所生活的时代环境的茫然无知。(安·塞·布雷德利 177)著名学者尼柯尔甚至认为是奥瑟罗本身的低能导致了这一结果:"伊阿古做坏事,实际上是为奥瑟罗智力的低能所惑"(阿·尼柯尔 218)。但这样的解释显然过于牵强,因为在该剧第三幕之前的奥瑟罗展现出英雄般的气概以及绝不输于任何威尼斯贵族的浪漫气质,这让读者很难相信这是一个智力低下的低能儿。但具有戏剧性的一幕是,奥瑟罗在第三幕以后如同中了魔怔一般坠入非理性的深渊,他如同悍妇一般诅咒"我会把她撕成碎片"(Shakespeare 97)尚不解恨,进一步如同《麦克白》里的三巫婆般穷凶极恶地发誓"我将花九年的时间想尽办法折磨死她"(Shakespeare 114),奥瑟罗甚至在代表公爵的使臣罗多维科面前毫无人性地殴打苔丝狄蒙娜,让使臣无法相信这还是那个为威尼斯元老院所异口同声称赞的英雄吗?那喜怒之情也不能将之震撼的高贵的天性又在何处?在使臣看来,此等非理性所作所为唯有野蛮人干得出来。著名学者博埃默在其代表作《殖民与后殖民文学》(*Colonial and Postcolonial Literature*)中一针见血地指出:"在塑造'他者'形象的过程中……在对人进行分类时,其他文化传统的民族是在他们同欧洲人的差异的基础上进行区分的,他们被定为退化或进化的类型,填补着人与兽之间的空缺。"(艾勒克·博埃默 96),奥瑟罗的非理性表现无法理喻,绝非来自文明世界者所为,唯一的解释是来自野蛮的非洲部落,而奥瑟罗恰恰来自后者,莎翁最终还是将这位摩尔人送回其故土家园——狂野非洲了,其他涉非莎剧中的非洲人最终也难逃此命运。

毋庸置疑,奥瑟罗形象一方面折射出了莎翁种族观的两重性,一方面以其独有的表现方式迎合了英国读者内心深处重新认识世界的诉求。文艺复兴时期的英国社会正经历道德观念面临挑战、传统文化转型的时期,莎士比亚的探索之旅实则是将奥瑟罗这一文化身份极为特殊的非洲人置于代表欧洲文明的威尼斯,朝着英国人发现自我出发,朝着竭力辨识戏剧创作的克里特岛迷宫中的"善"与"恶"进发。莎翁通过塑造奥瑟罗这位"气度轩昂"的"他者"形象,在一定程度上扭转文艺复兴时代白人对非洲黑人的歧视和偏见,体现了文艺复兴时期普通民众的理想和愿望,文艺复兴时代的光明面也得以昭彰;同时,莎翁在刻画"奥瑟罗在文化认同过程中的幸福、痛苦、挣扎和幻灭"(李毅 119)时,潜意识里的种族优越感时时见于笔端,非洲人形象的建构依然是朝着有利于帝国事业的方向发展,奥瑟罗的悲剧不过是欧洲文艺复兴时代黑人悲惨遭遇的一个缩影而已。

参考文献

[1] 孟华.比较文学形象学[M].北京:北京大学出版社,2001.
[2] 艾勒克·博埃默.殖民与后殖民文学[M].盛宁,韩敏中,译.沈阳:辽宁教育出版社,1998.
[3] 巴特·穆尔-吉尔伯特.后殖民批评[M].杨乃乔,译.北京:北京大学出版社,2001.
[4] 包亚明.后现代地理学的政治[M].上海:上海外语教育出版社,2001.
[5] WILLIAM Shakespeare. Othello[M]. Baltimore:Penguin Books Inc.1958.
[6] BRADLEY A C. Shakespearean Tragedy:Lectures on Hamlet, Othello, King Lear, Macbeth [M]. London:Macmillan,1905:186 - 198.
[7] 袁佳玲.奥瑟罗的多重人格及其人文主义内涵[J].外国语文,2010,6:15 - 18.
[8] 弗朗兹·法农.黑皮肤,白面具[M].万冰,译.南京:译林出版社,2005.
[9] ANIA Loomba. Gender, Race, Renaissance Drama[M]. Manchester:Manchester University Press,1989.

［10］张德明.《奥瑟罗》：一个西方"他者"的建构［J］.浙江大学学报，2003，1：111－118.

［11］LI Hongquan. Shakespeare and coloured race［J］.Journal of Inner Mongolia University，1994(4)：106－112.

［12］阿·尼柯尔.西欧戏剧理论［M］.徐士瑚，译.中国戏剧出版社，1985.

［13］LI Yi. Othello's cultural identity［J］. Foreign literature review，1998(2)：115－119.

20世纪末美国女性小说的盛宴

—— 美国女性小说三大主潮探析

冯　爽　　陈爱敏

摘　　要：20世纪末美国女性文学一反早期的沉默状态，开始发声，并逐渐从边缘走向中心，成为美国小说创作和美国文学史中不可或缺的一个部分。其间，非裔、亚裔和本土女作家一起努力，共同奉献了一场世纪末女性小说创作盛宴，推动美国文学进入了一个繁荣、多元、多姿多彩的新时代。

关 键 词：20世纪末；美国女性小说；三大主潮

作者简介：冯爽，南京师范大学英语语言文学专业研究生。研究方向：英美文学。陈爱敏，南京师范大学外国语学院教授，博导。研究方向：族裔文学，美国戏剧。

随着20世纪60年代后，女性文学开始进入美国主流文学，并且形成了黑人女性文学、华裔女性文学和本土女性文学三大主潮。美国女作家群体不仅人数众多，而且作品质量也相当优秀，她们运用自己敏感独特的笔触，描绘英美社会生活的方方面面，言说自己的生命体验。在她们的作品中，种族、文化与自然、性别与历史、经济与传媒等等问题都有涉及。不论从深度还是从广度上看，女性文学都不比男性作家的作品逊色。卢里、贝蒂、梅森、狄第恩、欧茨等人已成为主流文学中的重要声音，而在少数族裔文学中，妇女作家的表现也特别突出，如黑人小说家沃克和莫里森、华裔小说家汤亭亭和谭恩美、本土小说家厄德里奇等。女性文学逐渐以其风格各异的作品构成当代英美文学的一道亮丽的风景线。

20世纪60、70年代，一场起源于美国的女权运动轰轰烈烈地开展起来，从某种意义上来说并不偶然，而是具有一定的必然性。从主观上讲，60年代末美国妇女产生了要求变革的强烈愿望；从客观上讲，当时的政治环境创造了适应其发展的气候和条件。这个时期，美国女性对于自己的社会角色、社会权利和地位有了新的认识。在第二次世界大战期间，劳动力需求量快速增长，女性的就业人数大幅度增加。很多女性就是在这个时候纷纷走出家庭的牢笼，接受不同种类的教育，甚至是高等教育。她们投入各行各业中，并在社会中发挥着越来越重要的作用。在这个过程中，女性独立意识不断觉醒，从而促使其探求人格完整并致力于女权运动。因此，在高等教育、法律、政府与女性文学作品的共同影响下，美国女性从此更有信心地在自由、平等、独立等权利层面上探求解放。

直至20世纪八九十年代，女性主义已经不单纯是妇女解放运动的文化思潮，同时，它自成体系逐渐形成了独特的理念、原则、价值观及方法论，并且指导着众多女性前进，也对整个社会的文化教育、道德规范和价值体系影响深远。同时，美国女性在经历了思想意识的觉醒和探求新生活的阶段后,通过思想、理论、实践等各个方面的努力以摆脱男权社会的束缚和压迫,争取真正意义上的平等和解放。

随着女权运动的兴起,美国女性主义思想进一步发展,与此同时,女性文学也更加茁壮和成熟。通过女作家、女学者以及女权运动积极分子的团结合作以及女性主义思想和女权运动的共同作用,美国的女性文学在此阶段呈现出快速发展的劲头,其特征也表现出女性在人格、权利等方面的追求。

一、"黑色经典"的诞生:非裔黑人女作家

黑人女作家是英美文学中一支强有力的新生力量,很多女作家都为当代美国文学作出了巨大贡献。托尼·莫里森、艾丽斯·沃克等一大批黑人女性小说家,在 20 世纪末创作了很多有关黑人历史与现状,黑人与白人之间关系等方面的优秀杰作,她们共同推动了"黑色经典"的诞生。

黑人女作家创作的悠久历史从 19 世纪延续至今,她们不但发表教堂用的作品,还发表文章、访谈、诗歌和小说,大多是在报刊杂志上发表。到了 20 世纪下半叶,黑人女作家的群体不断扩大,作品越来越受到英美文坛和世界文坛的瞩目。其中最有声望的是美国黑人女作家托尼·莫里森和艾丽丝·沃克。

莫里森可以说是一位学者型的小说家。她的主要成就在于长篇小说。自 1970 年起,她一共发表了六部长篇小说:《最蓝的眼睛》(1970)、《秀拉》(1973)、《所罗门之歌》(1977,获全国图书评论奖)、《柏油孩子》(1981)、《宝贝儿》(1988,获普利策奖)、《爵士乐》(1992)。这些作品均以美国黑人生活为主要内容,笔触细腻,人物、语言及故事情节生动逼真,想象力丰富。西方评论界普遍认为莫里森继承了拉尔夫·埃利森和詹姆斯·鲍德温的黑人文学传统,她不仅熟悉黑人民间传说、希腊神话和基督教《圣经》,而且也受益于西方古典文学的熏陶。在创作手法上,她那简洁明快的手笔具有海明威的风格,情节的神秘隐暗感又近似南方作家福克纳,当然还明显地受到拉美魔幻现实主义的影响。但莫里森更勇于探索和创新,摒弃以往白人惯用的那种描述黑人的语言。1993 年,由于她"在小说中以丰富的想象力和富有诗意的表达方式使美国现实的一个极其重要方面充满活力",莫里森获诺贝尔文学奖。(刘海平、王守仁,303)

《所罗门之歌》是托尼·莫里森的代表作。小说融合现代主义和现实主义,以极具想象力又颇具口语化风格的语言,运用民间色彩浓厚的神话故事,阐释了一个深刻的人类命题。首先,在本书中,莫里森一反之前黑人作家关注黑人在种族歧视下悲惨生活的传统,将视角转向黑人的历史传统和文化习俗,以帮助美国黑人发现他们家庭的历史,以此期待一个自由和幸福的未来。莫里森在此强调了黑人文化遗产对于黑人民族,尤其是处在美国白人主流文化压抑下的黑人族群的重要价值。莫里森也在《所罗门之歌》中,使神话基调贯穿全篇,而民谣作为一种叙事手段,使得小说神性盎然。正如詹姆斯·奥·罗伯逊在《美国神话,美国现实》中写道:"神话是非理性的,至少它不受逻辑的支配,有时基于信仰而不是理性,基于理想而不是现实。"这些,为黑人文化进入白人主流文化奠定了基础。小说的另外一大显著特点是魔幻现实主义的运用,莫里森的独到之处就在于运用黑人会飞的传说以及飞翔的意象

再现美国黑人文化传统和文化传播中的断裂。作者没有在作品中正面为黑人诉苦,而是借用象征手法折射黑人的现实生活。总之,通过《所罗门之歌》,莫里森奠定了自己在当代美国文坛中无可撼动的重要地位。这本书获得了美国国家书评奖,也被人们看作是继理查德·赖特的《土生子》和拉尔夫·埃里森的《隐形人》之后另一部美国黑人文学的里程碑。

艾丽丝·沃克是 20 世纪 70 年代以来(欧美国家第二次妇女运动之后)美国文坛最著名的黑人女作家之一。1965 年艾丽斯先后发表了诗集《一度》(Once,1968)和小说《格兰奇·科普兰的第三次生命》(1970)。1972 年开设了"妇女文学"课程,是美国大学最早开设的女性研究课 1973 年、1976 年艾丽斯先后出版了小说集《爱与烦恼》和长篇小说《梅丽迪恩》,随后辞去工作开始专职写作。

1982 年是艾丽斯·沃克的事业巅峰期,她发表了小说《紫色》(The Color Purple)。《紫色》1983 年一举拿下代表美国文学最高荣誉的三大奖:普利策奖、美国国家图书奖、全国书评家协会奖。1985 年著名导演斯皮尔伯格将其拍成电影,当电影在艾丽斯的家乡上映时,艾丽斯受到了家乡人的盛大欢迎。《紫色》从此成为美国大学中黑人文学与妇女文学的必读作品。在艺术手法上,《紫色》采用的是传统的书信体小说的形式,全书由 94 封书信构成。但艾丽斯·沃克突破了以往书信体的基本构思和创作原则,并不注重细节、真实,而是着力夸张、变形的手法,具有强烈的超现实性和诗意。自 20 世纪 70 年代中期之后,美国许多重要的女作家都开始尝试具有实验性的对女性自我的建构和解构的小说形式,如莫里森的《最蓝色的眼睛》(1970)、马丽安娜·赫瑟的《说话的房子》(1975),这些作品的出现,标志着她们对以男性为主的叙述方式的大胆更新。在叙事技巧上,艾丽斯·沃克充分把握语言在叙事策略中的作用,以西丽亚特有的南方乡村黑人方言(她唯一知道的语言)制造了一种直接的真实效果,但同时又因为读者与叙述者语言的不同拉开了两者之间的距离,产生了独特的离间效果。通过强调西丽亚与内蒂所使用的不同的语言(内蒂受过教育的、来自外面的遥远的世界的语言)强调叙述者的转换,因而内蒂的信的出现也就使西丽亚有了对话的可能,使故事继续发展下去,而且使西丽亚与上帝的对话顺利地转换到西丽亚与人的直接对话。伴随着西丽亚的成长,西丽亚的语言和思想也越来越成熟起来。她在她的小说里生动地反映了黑人女性的苦难,歌颂了她们与逆境搏斗的精神和奋发自立的坚强性格。(唐红梅,66)

可以说,艾丽斯·沃克不仅是当代美国文坛最杰出、最具影响力的作家之一,也是妇女文学与黑人文学的杰出代表。她的创作始终聚焦于身处白人主流文化和黑人男性文化夹缝中的黑人妇女的生存状态,关注她们的苦难和奋斗,并积极为黑人妇女探索实现自我,争取独立与自由的出路,被誉为"黑皮肤的弗吉尼亚·伍尔芙"。通过其作品,沃克不仅确立了自己在当代女性文学中的地位,也在创作技巧上不断探索创新,创造更大的辉煌。

值得一提的是,近几年来,除了我们刚才提到的几位黑人女作家,美国还涌现出一批有才华的年轻黑人女作家,其中一个幸运儿就是扎迪·史密斯。

扎迪的处女作同时也是她的代表作是长篇小说《白牙》。这部作品具有很强的时代性,堪称当代英国文学的经典。,扎迪在书中采取了多重视角的写作手法,分别从三代英国移民不同的视角和立场交叉透视他们在英国的艰难生活和复杂心理。《白牙》前半部分在时间上的往来跳跃自然清晰、层次分明,读来就像是在欣赏一段爵士乐,每段旋律都交待得清清楚楚,各自主题鲜明,但又不可分割,组成一个整体。在作品的后半部分人物关系渐趋复杂紧张,节奏也逐步加快,一步步把读者带向高潮。凭着它错综复杂的故事情节,漫长的历史跨度和对移民生活多角度多方位的描述,《白牙》被评论家誉为"当代英国多元文化的代言书",扎迪也因此成了"种族、年轻、女性"这些名词的代言人。无论从哪个角度来看,扎迪·史密斯都是一个值得我国读者和评论界期待和关注的黑人青年作家。

二、"香蕉人"的故事:亚裔女作家

亚洲人在美国的移民及其后代,因其先天东方人的肤色与后天所受的白人教育,经常被戏称为"香蕉人",意为外黄内白。20 世纪末那些在美国的亚裔后代创作了许多优秀的文学佳作,为美国文学奉献了"香蕉人"的故事。这其中女性作家功不可没,甚至超过男性。

华裔女作家是当代女性文学中的一个重要分支。华裔美国女作家的创作传统历史悠久,终于在才华横溢的当代女作家身上达到了创作的顶峰。然而,这一传统的延续并非易事,因为从 1882 年起美国便实行排外法案,直到 1943 年才取消。而在排外法案取消以前,在美国的华裔女性相对较少,而且,女作家要负载的是性别和种族的双重歧视。即使这样,华裔女作家的创作传统并没有中断。亚裔美国文学研究热潮的掀起与 60、70 年代的历史背景有关。朝鲜战争、越南战争使在美国的亚洲人天天都可以借助电视看到很多亚洲人成为战争牺牲品的场面。而美国女权运动的发展更是使在加州的亚裔学生了解自己族裔的历史和文化,1969 年的罢课斗争直接导致了相关课程在加州各大学的设立。自此开始,对华裔美国文学的研究也逐渐呈现了如火如荼的趋势。

在众多的当代女作家中,华裔获奖作家汤婷婷、唐恩美是享誉美国文坛的璀璨新星。

汤亭亭(Maxine Hong Kingston,1940—)的作品中有许多有关中国的神话和传说、戏剧内容情节、中国风俗习惯及有关她的祖先们飘洋过海、希望在国外发财致富的传奇式的经历,她将这些内容和材料配合起来而创作了三部传记性的长篇小说,因而蜚声美国和欧洲文坛。故她的作品通常反映了中国文化的影响,并且在小说中融合了非小说元素。她于 1976 年发表的第一部作品是回忆录式的小说《女勇士》,获国家图书评论奖,1977 年又获美国《现代》周刊列为 20 世纪 70 年代最优秀奖。这部小说的出版在美国受到热烈的欢迎,其文学成就和热销的程度在美国文学史上是空前的。她从而蜚声美国文坛。1980 年的第二部作品《中国佬》也获得此殊荣,作者用生动、细致、引人入胜的笔调,描写先辈与同辈在美国的传奇性苦难经历,为修筑美国四通八达的铁路网立下不可磨灭的功劳。1989 年她的第三部作品《孙行者》出版,获美国西部国际笔会奖。此书以中国神话人物孙悟空为原型,描述美国华裔青年惠特曼·阿新的生活奇遇。

《女勇士》是汤亭亭的处女作,也是女作家的成名作。1980 年《时代》杂志将它列为 70 年代最优秀作品之一,许多著名评论家都对该书给予高度评价。《女勇士》很快成为一本畅销书,在美国大学里它常被采录作为文学教材,而"接下来我对你说的话,你不可以告诉任何人"这句开篇之语,一度在美国各高校中风行,成为年轻人见面打招呼的第一句话。

《女勇士》全书分为"无名女子""白虎山学道""乡村医生""西宫门外""羌笛野曲"等五部分。它通过一个华裔小女孩的眼光,描写她从母亲口中听到的关于中国的故事及她周围华人的生活状况。该作品以讲故事的形式,通过充满想象力的虚构与简洁的白描,集中表现一个生活在美国唐人街华人圈中的小女孩在两种相互矛盾的文化影响下,从内心混乱、不知所措到怀疑和反抗,再到寻求自我和定位的成长过程,反映了华裔美国人在东西文化冲突中的困境和痛苦,以及在双重文化背景下努力构建新的自我与文化认同的艰难历程。在这部小说中,汤亭亭把现实与想象、事实与虚物相融合,以不流俗、非传统的手段来肯定自己,塑造处于文化冲突中真正的中国人的形象,这应该是一种创新。《女勇士》常被看作是作者本人的自传,但汤亭亭辩解说,她写的不是自家身世的非小说,而是具有普遍意义的美国小说。《女勇士》故事情节复杂,想象奇特丰富,构成多层次的东西方文化交融。书中作者曾说,《女勇士》不仅是"家庭生活作品或美国作品或妇女作品,而且是世界性的作品,同时又是我的作品"。(杨春,86)因为汤婷婷的小说,华裔美国女性文学在亚裔美国女性文学中占据了领先地位。汤婷婷的小说风格迥异,融历史、神话、个人叙述以及移民的口头传说于一体,在自传体裁的创作中溶入了小说的成分。这是她的小说风靡美国文坛的重要原因。

华裔美国女作家中的另一杰出人物是谭恩美(Amy Tan, 1952—)。1987年,谭恩美根据外婆和母亲的经历,写成了小说《喜福会》,并于1989年出版该书。该书一出版就大获成功,连续40周登上《纽约时报》畅销书排行榜,销量达到500万册,并获得了"全美图书奖"等一系列文学大奖,还被好莱坞拍成了电影,创下了极高的票房佳绩。《喜福会》以四对母女的故事为经纬,生动地描写了母女之间的微妙感情,奠定了她在文学界的声誉。谭恩美接连又完成了《灶神之妻》和《接骨师之女》。谭恩美的新书《沉没之鱼》,原名《救救溺水鱼》,这本小说写了5年时间。为写这本小说,谭恩美和朋友专门去缅甸体验生活。在那里,她亲眼目睹了人们被强迫测试地雷,被炸得四肢分离,面孔扭曲。"我在小说里思考的问题是:我们该如何面对他人的苦难?"谭恩美说。此后,谭恩美还出版了两本儿童读物:《中国暹罗猫》和《月亮夫人》。可以说,谭恩美是美国最受欢迎的美国华裔作家之一。

《喜福会》是美国华裔女作家谭恩美的处女作,该书由四部分、16个故事组成,以四个移民家庭内的中国母亲与美国女儿之间的关系为线索,通过母女轮流讲述故事的方式,讲述了旧中国社会中妇女的悲惨命运,中国母亲与美国女儿之间的心理隔膜、感情冲撞、文化冲突。这部小说表面上看结构松散,事实上作者在文章叙事结构上独具匠心。全文由四大部分16个章节构成,采用的是中国传统小说的章回形式,每个部分中都由不同的人讲述了不同的情感故事;另外,其中的16个故事没有特别明显的联系,具有相互独立性,可以分开进行阅读。小说打破了人们习惯选择的顺序、倒叙还有插叙的传统叙述形式,而是从单一时间的线形结构发展成为相互交错的立体结构,增强了文章在空间上的跨度。另外在时间上,作者从20世纪20年代初的中国写到20世纪80年代的美国,体现了作品结构上的精心安排。这主要体现在以下几个方面:一是这种安排造成了一种断裂感,使读者在阅读的时候不断地梳理自己的头绪,非常符合西方人眼中的东方神秘的特点。二是受文章题材的影响,这部小说主要采用的是不同的人物对自己所经历的故事和情感的讲述,这些故事主要是通过想象、回忆以及拼贴等方式组合成的一部讲述女性历史的故事集。这些讲述既相互独立又彼此产生对话关系,达到反复呈现同一个主题的效果。三是从小说整体的结构上来看,母亲们的叙述包围着女儿们叙述,象征了中国传统母爱中的包容性,表达了母亲们对女儿们的无形的关爱和保护。(徐颖果、马红旗,647)

谭恩美擅长描写母女之间的感情纠葛,不少小说家以此为写作题材,但身为第二代华裔的谭恩美,比起其他作家多了一层文化挣扎。谭恩美常以在美国出生的华裔女性为主角,这群华裔女性不但面对种族认同的问题,还必须承受来自父母的压力。母亲们来自战乱频繁的中国,通常有段不堪回首的过去。来到新大陆之后,她们把所有的希望寄托在女儿身上,用传统方式管教女儿,不习惯赞美,而且要求子女绝对服从。女儿们眼见美国父母"民主式"的教育方式,再看到自己连英文都说不好的母亲,心里更是愤愤不平。母女并非不爱彼此,但碍于文化与年龄的隔阂,往往对彼此造成最严重的伤害。总之,谭恩美试图通过母女之间的感情纠葛显示出不同文化之间的矛盾以及两代移民各自的身份认同,开创了一种美国小说的新风格。

除了华裔女作家,其他亚裔女作家也表现不俗。第三代日裔作家辛西娅·角畑(Cynthia Kadohada)的《流动的世界》(*The Floating World*,1989),描写了开车在美国各地打零工、流浪的日裔一家人的故事,是亚裔家庭故事在移动中的继续。同时期日裔作家山下凯伦(Karen Tei Yamashita)《热带雨林的彼方》(*Through the Arc of the Rain Forest*,1990),将现实与幻想相结合,描写了日、美、巴西不同种族、不同国籍之间的人物喜剧,展现了作者移动、混血的主题以及在疏离中的自我意识。其新作《I旅馆》(*Hotel I*,2010)于2010年荣获美国国家图书奖。第四代日裔女作家妮娜·里维尔(Nina Revoyr)的《必然的渴望》(*The Necessary Hunger*,1997),则着眼于日裔美国女孩的高中篮球队生活,由此探索在白人占主导地位的美国多元文化中不同族裔间的相互依赖关系以及对性的取向问题。此外,马来西亚裔美国作家林玉玲(Shirley Geok-lin Lim)、印度裔美国女作家米娜·亚历山大(Meena Alexander)、巴基斯坦裔美国女作家芭希席娃(Bapsi Sidhwa)等都对亚裔女性身份在美国认同的建立有积极的贡献。

三、来自本土"远古"的声音:本土女作家

在当代美国女性文学中,本土女作家这一群体相对较小,因为"本土"在这里是指印第安人女作家。美国本土文学历史相对较短,是20世纪末才兴起的。这一群体的女作家虽然为数不多,有一些女作家却已脱颖而出,在文学界受到广泛关注。本土女性文学中第一部为人知悉的作品是索菲娅·艾丽斯·卡拉汉1891年发表的《怀尼玛:森林之子》,这部作品体现了印第安人对美国政府针对印第安的有关政策的抗议之声。事实上,一些本土女作家早在19世纪就已经把文学当做武器了。到了20世纪,美国本土女作家尽其所能去跨越过去与现在、传统与现代之间的界限。她们同样开始在自己的作品中表达一种更加清晰的女性自己的声音,对过去存在的以及现在才出现的一些已成定论的有关本土女性的论断发出了挑战。她们的声音不但代表了女性,而且把印第安人作为整体族裔展现在非印第安读者面前。较为杰出的美国本土女作家有1968年以其小说《黎明之屋》获得普利策奖的N.斯科特·莫马戴。另一位是莱斯利·马蒙·西尔科。她于1977年出版的小说《仪式》使她在美国文坛赢得了永久的地位。当然,路易斯·厄德里奇也是不容忽视的女作家。1984年,厄德里奇发表了风靡美国文坛的《爱药》,获得美国评论界图书奖。总之,美国本土女作家虽然只是近期才引起文坛的重视,但已经成为美国文学中一支不可忽视的力量。

路易丝·厄德里奇(Louise Erdrich,1954—)是美洲土著人和高加索人的混血后代,也是美国当代最多产、最重要、最有成就、创造力最为旺盛的作家之一。她的短篇《最了不起的渔夫》(1982)获纳尔逊·阿尔格伦小说奖,长篇处女座《爱药》(1984)获全国书评家协会奖等

5项大奖。该书讲述了齐佩瓦印第安人保留地上两个家族四代人之间的恩怨,揭露了现代化过程给印第安人带来的伤害。其他作品还有《痕迹》(1988)、《宾戈赌场》(1994)、《四个灵魂》(2004)等。(石平萍,244)

《爱药》是厄德里奇的成名作和代表作,为作者赢得了许多奖项,也是第一部被译成中文的当代美国印第安长篇小说。《爱药》采用了特殊的叙事形式,全书的故事有二十个之多,6个人物用第一人称讲述了13个故事,作者以旁观者的口吻讲述了7个。全书的时间跨度为五十年(1934—1984)。往往一个故事的叙事者是另一个故事的被叙事者,一个故事的主要人物是另一个故事的次要人物,故事内容彼此关联。小说人物庞大,情节跌宕,但最后却通过小故事点出了爱药"是别的东西,是真实的情感"。(56)

厄德里奇显著地推进了以口头传统为基础的印第安人叙述模式和叙述自由,切实有效地参与了对印第安人传统的延续与变革。西方文学传统话语和印第安传统话语在其小说中交相呼应、彼此对话,进而达到了一种动态的平衡。厄德里奇所运用的奥吉布瓦族讲故事的口头叙述传统通过吸收和借鉴西方文学传统而得以生存和延续。厄德里奇不断重新划出话语的边界,促使其在建构话语时,朝着解构白人主流文化的话语霸权,重构新的、更为平等的族裔群体间话语体系的方向发展。她在作品中巧妙而策略地运用印第安民族特有的文化对抗美国白人主流文化,弘扬印第安传统文化,强调印第安族裔精神,追求种族平等权利。可以说,路易丝·厄德里奇作为一名当代土著美国作家,肩负着书写印第安人及其文化的重要责任。

总之,随着社会的发展,美国文学逐渐呈现出"少数族裔唱主角,女性文学挑大梁"的特点。美国少数族裔群体逐渐开始掌握了话语权,女性作家也从被边缘化发展成为后现代主义文学中的主流作家,这些作家的作品也由传统的关注弱势群体的生存和精神状态转向关注人类的共性。这些美国文学中的新声音不仅丰富了文化的多样性,而且激励了社会个体朝着构建更和谐的社会而努力。

参考文献

[1] 刘海平,王守仁.新编美国文学史:第四卷[M].上海:上海外语教育出版社,2002.
[2] 路易丝·厄德里奇.爱药[M].张廷佺,译.南京:译林出版社,2008.
[3] 唐红梅.种族、性别与身份认同:美国黑人女作家艾丽丝·沃克、托尼·莫里森小说创作研究[M].北京:民族出版社,2006.
[4] 杨春.汤亭亭小说艺术论[M].北京:外语教学与研究出版社,2009.
[5] 徐颖果,马红旗.美国女性文学:从殖民时期到20世纪[M].天津:南开大学出版社,2010.
[6] 石平萍.当代美国少数族裔女作家研究[M].成都:成都时代出版社,2007.

黑人美学视阈下的《爵士乐》语言策略研究

戴新蕾

摘　　要：莫里森认为黑人美学需融合滥觞于欧洲文明的美国白人文化和源起于非洲文化的黑人传统，才能得以生存和繁荣。而《爵士乐》中，黑人灵活的口头表达与理性的书面表达的完美契合印证了黑白两种文化、历史的内在冲突性与休戚相关性，从而赋予文本更加广阔的阅读空间和美学价值。

关 键 词：口头表达；书面表达；黑人美学；文化融合

一、导论

20 世纪 50 年代，非裔美国黑人掀起了一场争取平等、自由的"黑色权利"运动。黑人美学的发展因此进入了一个新的阶段。黑人美学是以"黑人性"作为超民族的艺术精神和黑人审美意识。同时，在后现代语境中，随着越来越多的对黑人文学及其相关领域的关注，评论家与作家们意识到这种审美意识并不仅仅局限于种族性，而正进一步指涉人类普遍的生存意义和文化价值。

黑人美学的崛起与发展得力于一大批黑人美学家和文学艺术家的不懈努力。其中不乏杜波依斯、赖特和埃里森等男性作家。继这些黑人男作家之后，美国文坛也涌现了一大批黑人女作家。作为当代著名的黑人文学家与美学家，托尼·莫里森成就斐然。她对黑人美学的全新诠释为黑人美学注入了新的活力并指明了黑人美学发展的新方向。莫里森的创作不但深深扎根于黑人传统文化土壤，她更加关注黑人种族性向普遍人类性的转向。她对原有黑人美学标准进行了深刻的反思：认为黑人性对于黑人来说不仅是外加的标准，更是自我的一种认同。而这种身份认同离不开美国黑人所处的时代背景。由于美国黑人在北美殖民地的双重文化身份，只有联系到黑人身上所承载的两种文化，看到文化之间的冲突与融合，才能真正对非裔美国文学进行有意义的批评[5]。

而莫里森的作品正是其黑人美学思想的完美代言。本文以《爵士乐》的语言多样性为范例，探索莫里森美学思想中非洲和欧洲文化二元对立与融合的现象与实质，以期对莫里森美学思想有更深入、全面的把握。

二、《爵士乐》语言之黑人美学思想体现

莫里森深刻认识到,打破黑白二元对立是为了让黑人美学有更加广阔的发展空间,黑人的美不仅是给黑人看的,也是给白人看的,更是给全人类看的。对于黑人来说只有保有自己的文化,并融合白人文化才能求得未来。黑人与生俱来的双重文化遗产——源于欧洲与非洲的文化——是他们得天独厚的资源。实践也证明这种二元文化冲突语境下的莫里森作品更加富有普世意义,也更具张力。

白人种族主义者实施殖民统治的有效手段是进行文化渗透,其中就包括语言渗透。首先,作为一名非裔美国作家,为了使文本具有更为广泛的读者群,莫里森作品的语言势必包含经典的欧洲书面语传统;同时,为了体现黑人群体独有的文化特色,莫里森也保留了非洲口头元素。其次,就莫里森个人教育经历而言,她接受了代表欧洲文化的传统教育,在大学读完了硕士和博士。所以,从语言这个层面读者可以窥见两种文化在莫里森创作中留下的痕迹。这样处理语言的好处是使文章充满了张力与创意。这种二元文化巧妙的融合体现了黑人文学真正得以生存的必备条件,既彰显特色又兼顾传统。莫里森曾在一次访谈中这样评述自己小说语言的特点和功能:"既是口头的又是书面的文学;两者结合起来,故事就可以在心里默念。当然,人们也可以听得到它。"[4]与此同时,莫里森并没有强调书面语要优于口头表达。口头表达避免了西方话语的抽象和单一性,使得叙述更加多元,作品更有厚度。同时,也让读者体会到文本与众不同的音响效果。从而形成了一种有别于西方经典叙事传统的鲜明的非裔美国文学的叙事逻辑和审美视角。

《爵士乐》中,叙述者通过类似口头讲述的形式来讲述核心事件。讲述的过程犹如与读者进行着面对面的口头交流。同时,叙述者不时会对故事中主人公及自身的行为与读者进行口头式的探讨。此时的叙述者似乎是这个核心故事的局外人。虽然叙述者交代了故事的大概,完成了初级的线性叙述,但却没有办法控制故事的走向,甚至质疑自己的权威性:"我到底在想什么?我怎么能把他想得这么糟糕?""我一直这么不谨慎这么愚蠢,一想到我这么不靠谱我就生气。"[2]在西方传统小说中,这种内省式的话语不会出现,作者在写作的过程中一般会抹去任何思维的模糊性和不确定性。但在口头表达为主的非洲文化中,言语中的错误是显而易见的,即便是改正过来,也难免再次出现。如果仔细揣摩叙述者对自身叙述的不自信,读者不难发现这是文化互动和融合的需要。小说一开始是一段叙述者"全知全能"式的口头叙述,然而叙述者的这种权威的姿态并没有贯穿全文,而是让位于其他叙述者的声音,此种现象可以理解为传统权威叙事声音对边缘化声音的一种统摄和侵略。黑人的历史告诉人们,黑人长期受到白人的压迫,故在文学创作上不免也会规避使用"全知全能"的视角。但同时,开篇"全知全能"视角的采用也是莫里森对西方经典叙事的一种传承。其次,叙述者平易近人的声音似乎让读者觉得更加真实可靠,拉近了与读者的距离,从而也为小说赢得了更多的读者。而广泛的读者群也对美国非裔文学的传播起着至关重要的作用。再者,叙述者的这种前后看似矛盾的陌生化的叙述也为小说后面的多声部叙述做好了铺垫。既然叙述者的不可信,那么读者自然期待有更多的声音来讲述清楚故事的来龙去脉。由此可见,从独特的语言出发,透过语言背后的多重视角,读者不禁感受到文化律动的脉搏。

其次，聚焦到义本中传承自西方传统的书面语，作者一般使用分析性的、理性的语言，具体表现为多用从属句呈现观点。这与西方文化中理性传统密不可分，从属句中句子之间主从关系无不显示了西方理性观照下的等级观念。而文本中随处可见的口头表达更多地是使用并列句和短句，这使得言说者与听者都觉得轻松易懂[3]。短句和并列句的句子结构则更体现平等和自由，更加接近一般人说话的真实情况。《爵士乐》中基于非洲口头文化的并列句句型略有体现，短句较多。然而，由于故事中很多人物并非目不识丁的文盲，故事所发生的场所也从口头传统盛行的乡下转移到正统语言流行的大都市，人物由于脱离了原有的语言环境，小说中有些人物（如多卡斯和乔）更多使用从属句而非并列句和短句。此时语言的选择更多地受到书面语的影响，变得传统而正式。其次，小说中人物使用语言的选择权还与场景的转换及说话对象有关，当人物在"城市"时或者对话者为白人时，人物的语言多半是正统的；而当人物回归黑人社区或者对话对象为黑人时，语言又有所回归，句子长度变短，用词简单，语法粗糙。这些变化也十分吻合小说创作的背景诉求。《爵士乐》中主要人物为了生存和实现自我价值，不得不从农村辗转至城市，他们想要与大城市生活契合，避免受到歧视和压迫，年轻黑人们必须接受正规语言的训练，内化白人的语言结构，淡化黑人口头表达传统。但是当他们遭遇不幸，回归家庭和社区的时候，他们可以卸下伪装，放松地交流，这时所用的语言也随之发生变化。因此，语句的长短变化贯穿了整部小说。而这种灵活的切换也显示了黑人为了迎合白人而对自己文化传统的消解，对强势文化的接纳过程中矛盾的心态。

除此以外，口头传统经常依赖于公式般的表达形式来传递某种历史记忆[3]。文本中经常使用表述性的名词来保持观点完整、理解和分析准确无误。这些词组往往构成黑人历史记忆的一部分。读者可从《爵士乐》中特殊的集体名词的使用体会一二。如"ready-for-bed-in-the-street clothes""lowdown music"和"sweet weather"[2]。维奥莱特被唤为"wild woman"，多卡斯为"the dead girl"。此类词语在读者的阅读过程中可以瞬间捕捉读者的注意力。特别是多个单词构成的复合名词不仅给读者耳目一新的感受，延长了读者阅读思考的时间，而这种思考将聚焦于两种文化的比对，从而帮助读者感悟到生活在美国的黑人被歧视的境遇。《爵士乐》中这样承载历史记忆的词汇并非随处可见。然而，正是通过对语言单词层面的陌生化处理，证明了文本中书面传统对口头传统的冲击，体现了小说人物本身潜移默化地受到的白人文化的影响，也凸显了两种文化势力的此消彼长。

口头表达一般是重复和大量出现的。此种重复和赘述有助于听者和说者更加完整地记忆事件过程与始末。重复的技巧在写作中是强调重点的一种手段，重复辅助串联起文章的逻辑。口头表达大量出现的地方主要涉及主要观点，但这种重复是一种非雷同的、修饰性的重复[3]。《爵士乐》中意象的重复随处可见。大致可以分为两大类，一类是承载黑人传统文化意象的重复：多卡斯的形象被维奥莱特、特雷斯以及其他人物反复提及。身为枪杀事件的核心人物，在不同的叙述者嘴巴里反复提及，次数之多与该事件的重复叙述次数成正比，每一次的重复提及都加入了新的叙述者对事件从自己角度的理解，并非是单一的重复，从而侧面体现了小说的多声部叙事策略和黑人悲惨的经历。鸟被放逐的意象象征对自由的渴求；鹦鹉学舌所喊的"我爱你！"透露出一丝淡淡的孤单与对爱的诉求，而孤独与异化、对爱的追求都是该小说不可忽略的主旨所在。另外一类重复则侧重白人文化的影响："刀子""苹果"和"城市"等意象重复层出不穷，此类意象要么来源于西方文明发源之一的圣经故事，要么与西方社会相关联。由此可见，代表白人文化的意象与口头表达的特征联系起来。揭示白人文化对非裔美国黑人传统的渗透和腐蚀。

口头表达同样是传统价值的体现。在非洲文化传统中,如果不经过口头反复的传诵,那么知识、概念以及流传的故事传说就会消逝[3]。而书面形式一般是静止的,难以被读者修改或重写。黑人文化最早是通过口头流传的方式传播的。因为一直处于弱势的亚文化,得不到主流知识界的认可,同时,由于种族歧视,黑人普遍受教育的程度较低,致使黑人的语言无法像主流白人文化一样被书写下来。不过也正是这种弱势的地位,赋予了黑人语言的灵活多变性。《爵士乐》结尾处,叙述者强调,这个故事可以被改写:"和你对话,并听到你的回复,就是这样。我不想声张,我不能告诉别人我一生都在等待这个时刻……如果我可以,我会说,塑造我,重新塑造我。你可以随意这样做,我也同意你这样做,因为看,看,看你现在的双手所放之处"[2]。从叙述者的口吻,可以想见她时刻担心黑人文化传统的消亡,所以急切邀请读者介入。另外,希望读者对黑人历史有客观的解读,此种愿望和策略对于传播黑人文化,消解种族歧视将有所裨益。叙述者渴望历史被重塑、被记忆和传承的期待正是通过口头表达传递给读者的。

口头表达也更接近人类的本真生活。口头文化中知识的传输都是具体的,而书面文化中,知识的传输往往是比较抽象的[3]。在《爵士乐》中,Joe 被称之为"每个人都知道的男人"和"样品包男人"[2]。这些名词通过对主人公性格和工作的描述使他与世界相联系。乔的工作并不是令人艳羡的上等人的工作,必定是走街串户型的,因为在白人主流世界,黑人要想找到一份不用每日出来抛头露脸的工作是十分困难的。而这些名词代表的名称也象征了与现实世界的联系。Golden Gray 的名字与他的头发和皮肤息息相关,此名字带有明显的种族优越感,突出了主人"白"皮肤的特质,这种肤色不仅是美丽的象征更是权利的载体,所以成为维奥莱特脑海中羡慕的对象,由此可见,维奥莱特对白人美丽准则的内化,对黑人"以黑为美"的审美观念的遗弃,这也是导致其迷茫的原因。此类例子不胜枚举,再如"Violet"因为多卡斯葬礼事件变成"Violence"。Joe Trace 的名字是与母亲留下的踪迹有关。名字与昵称因为特殊的事件而创造出来,这也体现了口语表达的灵活和真实。

黑人口头表达呈现出一种好斗的倾向。经常与斗争和暴力有关[3]。这与书面语理性的特征背道而驰。《爵士乐》中叙述者也表现出好斗的一面:"我没有肌肉,因此我无法保护自己。但是我确实知道如何采取措施。方法就是确保没人知道关于我的事情"[2]。这种争锋相对的态度经常会引致暴力。从句子中看出,该叙述者多半为女性,她深知保护自己的方法是保持沉默,这一现象与黑人女性在整个美国社会失语现象极度吻合,黑人女性由于深受双重压迫,没有任何社会地位,不能很好地维护自己的利益,在外遭受种族歧视,在家遭受性别歧视,导致了她们长期的失语,内心的愤恨无处发泄,在极端情况下只能采取暴力。诚然,不仅黑人女性,相对于整个美国白人社会,黑人群体也处于边缘和失语状态,成为滋养暴力的温床。

另外,在《爵士乐》中,语言具有移情和参与的功能,而不是客观地保持距离感[3]。叙述者与读者的对话如同读者在场一般真实。叙述者时常化身为小说中的某个人物。此时叙述者与读者的对话如同是小说中某一人物与读者在对话,从而凸显人物的主体性。如前所述,这种主体性对于小说叙事具有重要意义,首先叙述者体现出一种友好的姿态,邀请读者参与解读文本;其次,多样化的主体也是彰显黑人追求自由精神的表征。随着叙述者对核心事件的各执一词,读者的主观理解也随之发生变化,读者必须选择全盘接受或者半信半疑,要想揭开事情的真相,不得不参与进多重意义的解构中来。叙述者的这种对话、调侃的语调证明了小说的口头特点和叙述者的真实性。叙述者的身份也会来回切换,时而会回归全知全能的叙述者。这种灵活度体现了莫里森小说书面传统与口头传统灵活结合的特色。是两种文化碰撞的火花。也正是这种灵活性不断挑战着传统式的小说叙事和阅读模式。

三、结论

在过去,口头表达与书面语总是相互独立无法调和的两种语言形式。莫里森的创作却使这种矛盾得到了和解与升华。这种注重语言层面多样性的创作摒弃了传统的等级森严的思考过程和叙事逻辑。

《爵士乐》语言的诸多特征都体现了莫里森小说创作中欧洲文化与非洲文化传统的博弈。这种口头与书面传统结合的语言加上独特的美国黑人生活经历,组成了莫里森式的黑人美学不可或缺的一部分。

亨利·盖茨说过,指认一种历史就得指认它的过去,不管这种过去有多么的无力。重新指认就意味着修改,修改也就意味着意指[1]。莫里森的确是在对原有美学理念与实践不断的修改中努力绘制着属于非裔美国人的审美蓝图。非裔美国文学的魅力可以从《爵士乐》人物语言审美特征中窥见一斑。莫里森的伟大与独特并非在于她使用了与传统写作相去甚远的口头表达方式,而是在于巧妙地将书面与口头传统完美融合,从而开创了一种全新的非裔美国文学审美视角。

参考文献

[1] GATES Henry Louis Jr. The Signifying Monkey:A Theory of African American Literary Criticism[M]. New York:Oxford University Press,1988.(xxiii)

[2] MORRISON Tony Jazz[M]. New York:Plume,1992.(160,55,56,195,229,73,8)

[3] ONG Walter: Orality and Literacy:The Technologizing of the Word[M]. London: Routledge,1982.(37,38,40,42,41,43,45)

[4] EVANS Mari. "Rootedness:The Ancestor as Foundation." Black Women Writers (1950—1980):A Critical Evaluation[M]. Garden City:Anchor, 1984.(341)

[5] 郭明辉.论托尼·莫里森与黑人美学的发展[J].哈尔滨学院学报,2005:45。

《不能承受的生命之轻》中的女性原型及其存在之思

顾梅珑　吴　丹

摘　　要：米兰·昆德拉善于通过小说来勘探人类存在的种种可能,其代表作《不能承受的生命之轻》中所塑造的女性形象实则是女性存在的代码,既蕴含着人类自远古时代长期积淀下来的某些原型如母亲原型、妖魔原型、天使原型的原始特征,又寄托了作者丰富而深沉的存在之思。这些女性原型被赋予了现代意义,展现了人类纷繁复杂的存在状况,蕴含着人性的秘密,启迪着现代人的生存选择。

关　键　词：《不能承受的生命之轻》;女性原型;生存编码;存在论

作者简介：顾梅珑,江南大学文学院副教授、文学博士、硕导,主要从事比较文学与世界文学研究;吴丹,江南大学人文学院研究生,主要从事比较文学与世界文学研究。本文系江南大学人文社科青年基金资助项目。【项目批号:2008WQN013】

　　米兰·昆德拉以对人类存在的探寻著称于世,在其最具代表性的小说《不能承受的生命之轻》中,存在主题的探寻尤为深刻细致,而他在作品中塑造的种种女性形象及其揭示的生存意义更促使该小说跻身于 20 世纪伟大作品的行列。昆德拉曾经说过:"世界过去表现为男人的形象,现在将改变为女人的形象。它越朝技术性、机械化方向发展,越是冷冰冰、硬邦邦,就愈需要惟有女人才能给予的温暖。要拯救世界,我们就必须适应女人的需要,让女人带领我们,让永恒的女性渗透到我们的心中。"(昆德拉,329 - 330) 无论是萨比娜、特蕾莎,还是那些形形色色的母亲,《不能承受的生命之轻》中的女性形象或多或少包蕴着一些神话原型,这些原型如同一个个存在的编码,揭示了人类纷繁复杂的存在。

一、母亲原型:生命的缘起与毁灭的力量

　　按照荣格的说法,在人的意识或无意识之下潜隐着一个为人类所共有的集体无意识。这个集体无意识不是通过个人经验取得的,而是我们从远古的祖先那里继承或者也可以说是"遗传"下来的。在集体无意识中包含的巨大心理能量往往是通过一些既定的形态表现出来的,荣格把它们称为原型(archetypes)。(Jung 43) 母亲原型就是这些原型中的一种。作为文学作品中出现最为频繁的原型,母亲在远古神话中常以生命的给予者与破坏者这一矛

盾的双重形象出现:巴比伦神话中的众生之母易斯塔既是繁殖生命的女神,又是洪水、战争和破坏女神;希腊神话中的命运三神,既司管生的过程,又司管死的过程;大地之母该亚既是儿子获得力量的源泉,也是毁灭儿子的帮凶;俄狄浦斯之母伊俄卡斯塔既给予了俄狄浦斯生命,同时又酿成了俄狄浦斯杀父娶母乱伦的悲剧事实;农神德梅特拉虽然能赋予大地万物生机,但失去女儿后却让江湖干涸,田野枯焦,花草枯死,大地一片萧条。

作为生命的缘起者,母亲神奇伟大,她慈祥、仁爱,抚育人类成长,她体现着关爱和理解、不可抗拒的权威、理性难以企及的睿智和精神的升华、一切对我们有启发、有帮助的本能和冲动。但从另一方面看,她又极为可怕。荣格说:"在负面上,母亲原型代表着一切阴暗、隐密、不可告人的事物。她是深渊;她是死界。她吞噬、引诱、毒杀,既使人万分恐惧又像命运一般无可逃避。"(Jung 82)这种人类从原始时代长期积累下来的普遍性经验在《不能承受的生命之轻》中也有具体表现。

首先,特蕾莎母亲的身上就有母亲原型的印记。她一方面赋予了特蕾莎生命、类似的外貌和习性,给予了女儿一个完整的肉身,但却又不断通过抛却青春、生命,暴露粗俗的"自我毁灭的粗狂之举",摧残着特蕾莎的灵魂。她经常穿着内衣在房间里走来走去,有时候连胸罩也不穿;大声擤鼻涕,一五一十地跟别人细讲她如何做爱;给别人看她的假牙,让人顿时浑身起鸡皮疙瘩;最糟糕的是她经常让特蕾莎的生活毫无秘密可言,让其灵魂的尊严完全消失在母亲的"肉体集中营"中。这种对于肉体的放逐对特蕾莎形成了无声却致命的打击,母亲那个没有灵魂的肉体世界从小就充斥在她周围,压迫着她的灵魂,并埋下了软弱的种子,而她一软弱就会"忍不住想回到母亲的身边去",晕眩,产生"一种无法遏制的堕落的欲望"。按照昆德拉的解释:"发晕是沉醉于自身的软弱之中。意识到自己的软弱,却不去抗争,反而自暴自弃。人一旦迷醉于自身的软弱,便会一味软弱下去,会在众人的目光下倒在街头,倒在地上,倒在比地面更低的地方。"(昆德拉 94)可见,软弱来源于肉体对灵魂的压迫,是个体面对没有灵魂赤裸裸的"肉体集中营"时无力感的表现。特蕾莎的软弱正来自母亲对自己灵魂世界的破坏,展现了灵与肉之间的激烈冲突。

如果说特蕾莎的母亲以恨的方式剥夺了特蕾莎灵魂生存的空间,那么弗兰茨的母亲则以爱的方式完成了对儿子身体的禁锢。两个母亲唯一的共同之处就是破坏,这种破坏以强大的力量分裂了个体内在的平衡,造成了灵肉之间永无休止的冲突。母亲在弗兰兹的一生中反复出现,她既给予了儿子生命,并成为其赖以生存的精神支柱,同时又是造成儿子悲剧命运的根源。在弗兰兹看来,母亲是一个极有意志力的女人,被丈夫抛弃后为了不给自己造成伤害,隐忍了巨大的伤痛,极有分寸地隐瞒了真相,显示了母爱的伟大。从那时起,弗兰茨就建立起一种对女性的独特尊重,"他特别强调地说出'女人'这个词,对他而言,不是用来指称人类的两种性别之一,而是代表着一种价值。并非所有女人都称得上是女人"。(昆德拉 108)在他看来,对某个女人的尊重实际上就是对她身上的另一个他必须尊重的女人的尊重,这个女人就是他的母亲,那个代表了隐忍、忠诚、博大、宽容的伟大女性。

母亲的这种影响左右着弗兰兹的婚姻,妻子玛丽-克洛德曾以自杀威胁,如果他抛弃她,她就自杀。如此伟大的爱情让弗兰兹低头直至跪倒于地,并建立一个牢固而必然的自我要求:永远不伤害玛丽-克洛德,并且尊重她身上的那个女人。后来,婚姻生活的不幸使他不断从情人(萨比娜、女学生)那里寻找慰藉,而这恰恰有悖于他从小坚持的忠诚信念,使他在谎言中痛苦挣扎,陷入了灵肉分裂的矛盾之中。同样,出于对母亲所代表的真善美的世界的绝对认同,弗兰兹滑进了"媚俗"的陷阱。按照昆德拉自己的解释:"对生命的绝对认同,把粪便被否定、每个人都视粪便为不存在的世界称为美学的理想,这一美学理想被称之为 kitsch (媚俗)"。(昆德拉 295)弗兰兹从小就生活在"纯属想象的世界"中,以致会在"世界所戴的漂亮面具"中迷失自己,从结婚到出轨再到"伟大的进军"中不伟大的死亡,母亲的影子一直笼罩着他。他对所谓道德、灵魂、规则的尊重,甚至走向极端,以至于无力反叛那种被媚俗化了的虚假谎言,成为媚俗的牺牲品,所追求的一切最终变得非常可笑了。

可见,母亲既能赋予人类生命,但也是一个破坏者,她能创造爱的奇迹,然而没有任何人比她更能伤害人。在《不能承受的生命之轻》中,母亲原型潜在的这种破坏性给个体带来了不同层面的影响:特蕾莎的母亲侧重于原欲导致了子女软弱沉沦,弗兰兹的母亲侧重于美德导致子女活在幻想中。母亲原型包容的这两种影响走向了个体生命的两极,破坏了子女内在的平衡,造成了肉体和灵魂之间不可调和的两重性。由此可见,母亲原型既是生命的缘起者,同时又是生命的毁灭者。

二、妖魔原型:行为的反叛与存在的虚空

深受基督教浸染的西方世界中广泛地流传着这样一种观念:人类的第一个女人也是众生之母的夏娃是上帝用男人亚当的一根肋骨造成的。《圣经·创世纪》中上帝对女人说过这样一句话:"你必须恋慕你丈夫,你丈夫必须管辖你。"(圣经 3)可见,女人从原初就被认为是"第二性"的,从属于男人,若拥有同男性一样的智慧、力量、胆识,表现出反叛倾向,则被视为妖魔。希腊神话中的美狄亚是个典型的魔女,因为爱上了阿尔戈英雄领袖伊阿宋,她不惜背叛自己的父亲,杀死并肢解亲弟弟,消灭铜体巨人塔洛斯,最终帮助自己的爱人完成了英雄的丰功伟业。后来伊阿宋移情别恋,她气愤之极,不仅毒死了伊阿宋的情人,更亲手杀死了她和伊阿宋所生的两个儿子。这种男性化的意志、智慧、力量以及背叛行为最终使得美狄亚成为妖魔、悍妇的原型之一,女性符号就是在这些原型建构的同时丰富而完成的,但这绝非女性本真含义,在它的背后掩藏着人类从远古时代长期积淀下来的女性歧视,并在现代女权主义者那里重新被审视。(格里芬 19)《不能承受的生命之轻》中就存在着这样一个妖魔化的女性形象——萨比娜。

在相当大的范围内,男性是超越的代表,他超越了家庭的利益而参与社会事务;而女性的功用是有限的,她不幸被编派了传宗接代和操持家务的任务。这种观念,造成了男性心目中的自我超越和对女性的任意轻视。同样,在昆德拉大部分作品中,男人往往文化水平较高,多为知识分子、专业人员,而女人则文化水平较低,昆德拉曾经坦言:"这当然同我的下意识有点关系"。不过萨比娜显然不在这个行列。昆德拉也表示:"有几个女性人物显然是知识分子,如《不能承受的生命之轻》中的萨比娜。……萨比娜是个才智颇高的女人。甚至可以说在这部小说中,她的头脑是最清醒的,也许同时是最冷漠、最残酷的。"(昆德拉 249)作为昆德拉作品中难得出现的拥有智慧的女性,萨比娜是作者男性下意识之外的奇迹,这正彰显了昆德拉的独特与伟大:敢于突破男权社会对女性形象的禁锢,揭示了女性存在的另一种可能。如果说神话中的美狄亚运用智慧帮助男子建立功绩或者替自己报仇,那么萨比娜则是利用智慧自力更生,特立独行,无论是经济上还是人格上都不再依附男性。这是妖魔化的

女性和传统女性的典型差别。

被称为恶魔的女性往往具有无限的性诱惑力,女人用于对抗理性权威的是自己的身体。女性、身体在笛卡儿所设置的二元对立关系中(男性/女性、灵魂/身体、理性/感性)往往处于劣势,然而正是身体的张扬才预示着反抗。西苏说过:"妇女要通过自己的身体将自己的想法物质化了,她用自己的肉体表达自己的思想","女性描写的全是渴求和她自己的亲身体验,以及她自己的色情质激昂而贴切的提问。"(张京媛 201-202)因此,"用身体,这点甚于男人。男人们受引诱去追求世俗功名,妇女则只有身体。"(张岩冰 389)正是在这种意义上,萨比娜一反传统性爱关系中女性对男性的绝对屈从,而是积极主动,试图在性爱中张扬个体的差异性和独特性,用身体来反抗男权社会的禁锢。《不能承受的生命之轻》中充分描写了萨比娜不受道德约束的种种性关系。作为情人,她对托马斯的"性友谊"极为理解,互相欣赏;相反,当弗兰茨下定决心离开妻子,拜倒在她的脚下时,她却立即逃走。那顶男式的圆顶礼帽或许是她最好的象征,萨比娜喜欢戴着那顶帽做爱,并以挑逗的姿态对它加以炫耀,正如昆德拉所说:"圆顶礼貌不再是逗乐的玩意,它象征着暴力,对萨比娜的强暴,对她的女性尊严的强暴。"(昆德拉 104)

萨比娜存在编码的核心就是"背叛"。所谓背叛,"就是脱离自己的位置……,就是摆脱原位,投向未知"。(昆德拉 110)而背叛的对象就是媚俗,是"这个世界所戴的漂亮面具"。因而她不仅背叛家人,学习父亲所在的社会主义现实画派所不容的毕加索,嫁给父亲无法接受的有离经叛道坏名声的演员;叛己所判,宣告离开堕落的丈夫;背叛甘愿为她抛弃婚姻的情人弗兰兹,在疯狂做爱后消失地无影无踪;背叛祖国和同胞,因画展的成功而感谢俄国人的入侵;喜欢着作为媚俗对立面的托马斯。……这种种叛逆,是萨比娜独特的反抗方式,是受媚俗世界长期压抑的内在力量的爆发,是对传统的赫拉克勒斯神话的颠覆,是美狄亚神话的现代延续。

可见,妖魔是智慧、力量、反抗的结合体,她既是女性长期压抑的内在力量的爆发,也是反抗男权社会的赫拉克勒斯巨人之帚,颠覆了传统的伦理价值。萨比娜式的享乐是建立在背叛一切基础之上的轻,这使她不流于低级趣味,是女性饱受压抑的身体与思想的极端反抗,体现着无论在社会生活中还是两性关系上女性对拥有与男性同等地位的渴望,这在一定程度上体现了女性自我意识的觉醒。不过,萨比娜的悲剧不是因为重,而是在于轻。"压倒她的不是重,而是不能承受的生命之轻。"因为:"你可以背叛亲人、配偶、爱情和祖国,然而当亲人、丈夫、爱情和祖国一样也不剩,还有什么好背叛的?"(昆德拉 144)在经历过种种背叛之后的萨比娜最终感觉自己周围一片虚空,这就是昆德拉想要表达的生命不能承受之轻。可以说,萨比娜的反叛是不彻底的,她曾经多次渴望结束这从背叛到背叛的危险旅程,渴望停下脚步,渴望投入爱人的怀抱,渴望看到宁静、温馨、和谐的家,"家中慈母温柔,父亲充满智慧"。正如昆德拉所说:"我们中没有一个是超人,不可能完全摆脱媚俗。不管我们心中对它如何蔑视,媚俗总是人类境况的组成部分。"(昆德拉 304)在萨比娜身上,我们看到了作者关于存在的辩证的思考。

三、天使原型：精神的完满与永恒的家园

弗莱说过一个原型就是"一个象征，通常是一个意象，它常常在文学中出现，并可被辨认出作为一个人的整个文学经验的一个组成部分"。(Frye 365)所谓的天使一般都是男性心目中的理想女性，是集真善美于一身的女神，她们柔顺，纯净，具有高尚灵魂，向往一切美好的事物。例如希腊神话中的安德罗玛刻，象征爱与美的女神阿佛罗狄忒，美德女神阿蕾特，罗马神话中象征爱情的保护神维纳斯，伊索寓言中的白雪公主，基督教文化中的圣母玛丽亚等等都是天使的化身。以美德女神阿蕾特为例，她身穿白袍，眼睛天生带有湿润的忧伤，装饰纯净，眼神谦和，仪态端庄。她自称与神明有特殊关系，是神明的伴侣，受到诸神和一切善良人的欢迎。她和享乐女神卡吉娅同时站在徘徊在十字路口的赫拉克勒斯面前，讲述着自己的人生法则，并断言："与我在一起，你可以听到生活中最美好的声音，领略到人生中最美好的景致。"(施瓦布 302)当然，在隐含着父权意识的男权社会，天使化的女性身上承载着许多男性对女性的压抑，不过昆德拉的目光显然没有停留在对女性的屈从上，他显然更为期待能够看到阿雷特所许诺的"一切景致中最美好的景致"，这也是他存在之思的最终归属。在《不能承受的生命之轻》中，特蕾莎显然是昆德拉心目中的天使化身，她柔弱，纯净、重视灵魂，尊重生命，向往美好的生活，在她的引领下，托马斯最终找到了心灵的平静与精神的家园。

刘小枫曾经表示："阿蕾特对赫拉克勒斯称自己是神明的伴侣，特蕾莎也与神明有特殊关系——因为她身上拖着灵魂的影子。"(刘小枫 94)特蕾莎一生都在灵与肉的矛盾中挣扎，无法摆脱身体内部那根"灵魂的细线"。从小她就爱照镜子，渴望有别于其他肉体；在逃脱母亲的"肉体集中营"后，她又苦苦挣扎在托马斯多重的"性友谊"中，痛不欲生。这种对灵魂的执着追求让她的身体具有了独一无二性，在托马斯的世界里，她就是那唯一一个"被人放在涂了树脂的篮子里顺遂飘来的孩子"，带上了神圣的光环，她的出现泛起的美好涟漪把他搞得魂不守舍，产生爱情。按照昆德拉的解释："爱开始于一个女人以某句话印在我们诗化记忆中的那一刻。""大脑中有一个专门区域，我们可称之为诗化记忆，它记录的，是让我们陶醉，令我们感动，赋予我们的生活以美丽的一切。自从托马斯认识特蕾莎之后，没有任何女人能够在他头脑的这个区域留下记忆，哪怕是最短暂的印记。"(昆德拉 248 - 249)可见，在无数的"这一个"身体面前，只有特里莎的身体唤起了托马斯大脑深处的诗化记忆，陷入了"非此不可"的难题，感受到了生命沉重的幸福。特蕾莎打动男性的显然不是肉体的丰盈，而是灵魂的美好，这就是天使原型残留在她身体内部的痕迹。

昆德拉曾经说过："在创作《不能承受的生命之轻》时，我意识到，这个或那个人物的密码是由几个关键词组成的。对特蕾莎来说，这些关键词分别是：肉体、灵魂、晕眩、软弱、田园诗、天堂。"(昆德拉 38)在特蕾莎生命的最后几个月里，她拖着疲惫的灵魂离开了城市，乡村成为他们唯一逃避丑陋现实的去处，此时牧歌一词浮上了地表，这就是特蕾莎所一直憧憬的伊甸园和天堂般的美好生活。对于堕入凡尘的特蕾莎来说，重回天堂一直是她心中的期望，而牧歌，就是"印在我们心中的一幅景象，犹如伊甸园的回忆"，"它的单调并非厌烦，而是幸福"，"只要生活在乡下，置身于大自然，身边簇拥着家畜，在四季交替的怀抱之中，那么他就

始终与幸福相伴,哪怕那仅仅是伊甸园般的田园景象的一簇回光"。(昆德拉 356)在这样宁静的环境中,特蕾莎的灵魂最终获得了平静。

根据伊甸园的神话我们可以了解,人起初是圣洁和无性的,只有在产生了罪恶之后,才失去了他们的精神实质,获得了他们的动物性质,具有了性的差别,女人也就成了男人肉欲的堕落性质的人格化的体现,但最终返回到神圣的统一性以后,所有的性的特点将消失,最初的精神实质将重新获得。可以这样说,在伊甸园中,灵肉的关系是混沌的,并不存在冲突,就像那条被称为"卡列宁"的狗因为对肉体与灵魂的双重性一无所知,所以也就不再厌恶。特蕾莎向往伊甸园和田园牧歌般的美好生活,不仅是为了逃离城市喧嚣以及政治迫害,更为重要的是恢复灵肉合一的原始状态,将爱升华。在她看来,这种纯粹、和谐、美好的爱存在于人和动物之间,在"卡列宁的微笑"中,她感到了生命的美好,这种美好就是美德女神阿雷特许诺赫拉克勒斯的一切景致中最美好的景致。卡列宁的死亡给作品带来了一丝悲凉,正如刘小枫所说:"特丽莎埋葬的不是卡列宁,而是她对美好生活的想象。特丽莎身体的悲哀留给了萨宾娜,在这牧歌般的悲哀面前,萨宾娜对媚俗的锐气第一次哑然了"。(刘小枫 95)

在这个没有永恒轮回的世界上,人的生命只有一次,人究竟该选择怎样生存就成了人的存在困境。在《不能承受的生命之轻》中,特蕾莎的选择让我们感受到了生命的沉重和幸福。"最沉重的负担压迫着我们,让我们屈服于它,把我们压倒地上。但在历代的爱情诗中,女人总渴望承受一个男性的身体的重量。于是,最沉重的负担同时也成了最强盛的生命力的影像。负担越重,我们的生命越贴近大地,它就越真切实在。相反,当负担完全缺失,人就会变得比空气还轻,就会飘起来,就会远离大地和地上的生命,人也就只是一个半真的存在,其运动也会变得自由而没有意义。"(昆德拉 5)到底选择什么,是重还是轻? 昆德拉通过了他笔下种种女性,向我们述说了存在的秘密。

昆德拉说过:"小说审视的不是现实,而是存在。而存在并非已经发生的,存在属于人类可能性的领域,所有人类可能成为的,所有人类做得出来的。小说家画出存在地图,从而发现这样或那样一种人类可能性。"(昆德拉 54)为了实现自己的创作意图,他在作品中设置了重重存在的密码,破译这些密码就成了把握存在本质的关键。在《不能承受的生命之轻》中,昆德拉通过描绘几个女性的生存状态来关注人类的生存,表达对生命和人生的整体看法,这些永恒的女性身上积淀着人类从远古以来流传至今的普遍心理经验,包容了女性原型的多种可能,启迪着人类的生存选择。作为千百年来人类心理经验的积淀,原型在某种程度上代表着全人类的声音,包容着某种深刻的哲理,预示着未来。当然,原型也不是凝固不动的,也不仅仅只是原始文化的继承,它在社会文化历史大变动中有所继承并变化。昆德拉笔下的女性不仅蕴含着某些女性原型的原始内涵,还被赋予了新的的阐释,她们穿越了永恒的时空,透过后现代语境中一切纷繁喧哗的声音,向人们传达着生命与存在的意义。

参考文献

[1] 米兰·昆德拉.不朽[M].宁敏,译.北京:作家出版社,1991.

[2] JUNG Carl G. The Collected Work of C·G·Jung[M]. Princeton: Princeton University Press, 1967.

[3] 米兰·昆德拉.不能承受的生命之轻[M].许均,译.上海:上海译文出版社,2003.

[4] 圣经[M].北京:中国基督教协会,2003.

［5］苏珊·格里芬.自然女性［M］.张敏,等,译.长沙:湖南人民出版杜,1988.

［6］昆德拉.米兰·昆德拉谈话录［M］.许均,译.长春:时代文艺出版社,1990.

［7］张京媛.当代女性主义文学批评［M］.北京:北京大学出版社,1992.

［8］张岩冰.女权主义文学理论［M］.长沙:湖南文艺出版社,1989.

［9］NORTHROP Frye. Anatomy of Criticism［M］. Princeton:Princeton University Press,365.

［10］施瓦布.希腊神话［M］.曹乃云,译.南京:译林出版社,2002.

［11］刘小枫.沉重的肉身［M］.上海:上海人民出版社,1999.

［12］米兰·昆德拉.小说的艺术［M］.董强,译.上海:上海译文出版社,2004.

《特别响，非常近》中的儿童视角

李　寒　　武跃速

摘　　要：有论者认为，乔纳森·萨福兰·福尔后 9·11 小说《特别响，非常近》是一部
　　　　儿童文学作品，然而，本文以为它并非如此，而是一部儿童视角小说。因此，
　　　　本文先厘清儿童视角小说与儿童文学作品之关系，再从儿童化的思维与言
　　　　说、儿童化的行为与行动两方面分析该小说之特点，最后，探讨了儿童视角
　　　　的美学意蕴。作为独特的文学现象，儿童视角小说呈现独特的叙述特点与
　　　　美学风格，亦蕴含丰富的文化密码及作者之文化心理。

关 键 词：《特别响，非常近》；儿童视角；叙述特点；美学意蕴
作者简介：李寒，江南大学人文学院硕士研究生，主要从事英美文学研究；武跃速，江南
　　　　大学人文学院教授，文学博士，硕士生导师，主要从事欧美文学研究。

人类文明初始，儿童的个体生命与价值附着于成人世界。18 世纪，随着洛克（John Locke）《教育漫话》（*Some Thoughts Concerning Education*）与卢梭（Jean-Jacques Rousseau）《爱弥尔》（*Emile*）面世，儿童历史开启了新篇章；19 世纪，传统的成人与儿童关系发生现代性转型。英国湖畔诗人威廉·华兹华斯（William Wordsworth）《彩虹》（*Rainbow*）诗云："儿童是成人之父"（The Child is father of the Man）。（135）文化人类学家泰勒、教育家蒙台梭利（Maria Montessori）进一步对其进行阐发。蒙台梭利亦曰："是儿童创造了成人"。（334）埃伦·凯伊（Ellen Key）在其著作《儿童的世纪》（*The Century of the Child*）中则宣称：20 世纪是儿童的世纪。

虽然如此，儿童却一直"处在社会契约的边缘，就像附加文件一样"（曾桂娥，江春媛，《信息迷人眼——评〈剧响，特近〉》27），传统小说以儿童视角观照成人世界并不多。而美国作家乔纳森·萨福兰·福尔（Jonathan Safran Foer，1977—）小说《特别响，非常近》（*Extremely Loud and Incredibly Close*，2005）却是一部真正以儿童为视角的小说。它以 9·11 事件为背景，描写 9 岁男孩奥斯卡为探求父亲所遗钥匙的秘密，在其父遇难后的两年里开展寻访 472 名"布莱克"的奥德赛之旅。学界多从创伤视角研究之，或以为此其"'9·11'儿童文学的代表性作品"（曾桂娥，《创伤博物馆——论〈剧响、特近〉中的创伤与记忆》92）。本文却认为，该小说是一部典型的儿童视角小说，而非儿童文学作品，如米勒（L. Miller）所言，小说以儿童眼光审视 9·11 事件所无法呈现的成人内心世界。（Miller）儿童视角小说乃文学之重要存在，然而，此类小说在文学史上所占比重甚小，往往为文学研究所忽略。因此，本文拟先厘清该儿童视角与儿童文学作品之关系，再探讨儿童视角的特征及其美学意蕴。

一、儿童文学作品与儿童视角小说

20 世纪以来,视角(point of view)成为文学理论与文学批评的一大热点。视角是作者或叙述者观察外部世界的角度,是作家为展开叙述或为读者更好审视小说的形象体系所选之角度及由此形成的视域。(李建军 105)"在'诗学'探讨的名义下,视角成为文本批评的第一要素,被看作是揭示叙事文学美的规律的一大发现。"(孙先科 9)视角是一种叙事策略,也是一种理解世界的方式,更体现叙述者对事件的观察角度、叙述方式、情感指向及隐含作者对叙述内容进行干预之手段。

其实,"视角"也称"视点"或"聚焦"。此概念源于绘画透视学术语,后引入叙事学,特指叙事所采用的观察角度,即作者选择一个角度以展开叙事。作为小说批评概念,视角最早由美国小说家亨利·詹姆斯(Henry James)提出。传统文论中,视角有多种划分法:按性别分男性视角与女性视角;按年龄分老年视角、中年视角及儿童视角;托罗洛夫(Tzvetan Todorov)"三分法"为叙述者>人物、叙述者<人物及叙述者=人物;热奈特(Gérard Genette)"三分法"则是零聚焦、外聚焦及内聚焦;里蒙·凯南、米克·巴尔则分两种:故事内聚焦与故事外聚焦。托多罗夫认为,视角在文学研究中极为重要。(转引自张寅德 65)杨义亦评曰,视角是语言的透视镜或文字的过滤网。"叙事角度是一种综合的指数,一个叙事谋略的枢纽,它错综复杂地联结着谁在看,看到何人何事何物,看者和被看者的态度如何,要给读者何种'召唤视野'。它实在是叙事理论中牵一发而动全身的问题。"(191)可见,视角在小说作品叙事中之重要性。

那么,何为儿童视角呢?热拉尔·热奈特《叙事话语,新叙事话语》(*Narrative Discourse Revisited*)将之定义为:"小说借助于儿童的眼光和口吻来讲述故事,故事的呈现过程具有鲜明的儿童思维特征,小说的叙述调子、姿态、结构及心理意识因素都受制于作者所选定的儿童的叙事角度"。(283)简言之,它以儿童的眼光、口吻、思维和感觉观察世界,"用儿童的态度、思维方式和价值取向来组织情节,来表现儿童所能感知的那部分生活景观"(朱宾忠 200)。儿童视角是一种叙事策略,是一种独特的话语表达方式,也是作家在整合成人的生存体验的基础上重新审视世界之方式。作为一种重要的叙事策略,它被中外许多当代作家用于小说创作之中。如塞林格《麦田的守望者》、亨利·詹姆士《梅西知道什么》、方方《风景》、莫言《丰乳肥臀》、王朔《看上去很美》、王安忆《上种红菱下种藕》等。《特别响,非常近》全书共 17 章,奥斯卡占 9 章,叙事以奥斯卡—奥斯卡爷爷—奥斯卡—奥斯卡奶奶为顺序,循环四次,小说开头与结尾均是奥斯卡所讲之故事。奥斯卡与故事之关系,是"解开小说之谜的钥匙"(赵毅衡 121)。然而,儿童视角与成人视角共存于作品之中,奥斯卡爷爷与奥斯卡奶奶均为故事的叙述者,三人的叙述或并置或交叉或补充,共同构成叙事统一体。相较而言,儿童文学则是儿童进行文学审美的精神活动世界,其主要功能是滋养儿童的思想和情感健康发展,娱乐性乃其要素之一。它主要是成人有意为儿童读者创作,当然,其中优秀作品可让儿童与成人共享;或并未有意为儿童写作,但其作品具某些审美因素与儿童审美趣味接近,其读者群亦包含儿童读者。儿童文学之阅读对象是儿童,所描写的亦多为儿童生活。(赵大军 49)《特别响,非常近》描写对象以奥斯卡为主,而作者之目的却是通过奥斯卡之眼以揭示 9·

11 事件给人们带来的创伤及其影响。儿童文学是为满足儿童的情感生活和心理成长的需要(应是善的)；它应是审美的，感性的、愉快的；它应是积极的、乐观的、有利于想象力和创造力发展的；它应是宽容的、符合民主时代理念的。(赵大军 49)如阿斯特丽德·林格伦(Astrid Lindgren，1907—2002)儿童文学作品《长袜子皮皮》《大侦探小卡莱》《小弟和屋顶上的卡尔松》《比莱尔比村的孩子》《狮心兄弟》等，便是明证。因此，《特别响，非常近》是一部儿童视角小说，它以儿童的眼光和思维来观察和理解 9·11 恐怖袭击事件及其后的可怕世界，而绝非儿童文学作品。

二、儿童视角的特征

儿童视角是《特别响，非常近》之一大叙事特色。"在绝大多数现代叙事作品中，正是叙事视点创造了兴趣、冲突、悬念乃至情节本身。"(华莱士·马丁 159)此种独特的叙事策略与小说技巧可谓匠心独运，它区别于理性的、成熟的亦是功利的、世故的成人视角。福尔把叙述权限交给奥斯卡，成为其观察世界的一种视角和方式，以儿童懵懂无邪之眼透视 9·11 事件及其创伤性影响，其中包含福尔更为深邃而隐蔽的含义，浓缩其对世界与现实的哲思。

1. 儿童化的思维与言说

儿童视角是一种叙事策略，亦是一种独特的话语表述方式。与成人视角相比，儿童视角在观察、描摹事物，讲述和理解事件时表露出儿童所特有的思维习惯、认知方式和价值取向。小说中奥斯卡所表现的儿童化思维与言说，凸显了儿童视角的叙事学功能。

9·11 恐怖袭击事件那天，年仅 9 岁的奥斯卡由于未接听父亲从双子塔楼打回家的电话而陷入深深的自责之中。获悉父亲"在恐怖分子袭击中丧生"(福尔 149)后，他不知如何表达内心的恐惧与悲伤，于是，他称 9·11 是"那个最坏的日子"(福尔 68)。作为孩子，他无法言说自己心中的悲伤。即便 9·11 恐怖袭击事件一年后，他"要做一些事情还是特别难"，如他怕洗淋浴，怕进电梯，还怕吊桥，细菌，飞机，烟花，地铁里的阿拉伯人，餐馆，咖啡馆和其他公共场所的阿拉伯人，脚手架，下水道，地铁里的铁格栅，没有主人的袋子，鞋，有胡子的人，烟雾，绳结，高楼和头巾。儿童化思维，形象而直观。"它是自发的、不费力的、天真的，是一种摆脱了陈规和陋习的自由。"(马斯洛 49)为思念父亲，奥斯卡就躲在父亲生前的橱柜里，还想发明用爸爸的声音阅读的茶壶；为避免 9·11 之类的灾难，他在脑海中不断发明各种各样的东西：不怕寻热导弹的冰冻飞机；能上下移动而里面的电梯却静止不动的摩天大楼，只需按按钮，楼层就降到面前。"因为假如你是在九十五层，一架飞机撞在你下来的地方了，大楼可以将你带到地面，每个人都会安全了"(福尔 4)。或用移动部件盖成的摩天大厦，必要时可自动重新布局，甚至可在中间开个洞，让飞机飞过。(福尔 264)这些小小的发明是奥斯卡儿童化思维的具体表现。又如，奥斯卡害怕死后被埋，他"不能在底下一个很小的地方度过永生"(福尔 171)，他更害怕像父亲那样"尸身被毁掉"，留下的"只不过是一口空棺材"(福尔 171)。他不要"和一只空棺材一起度过永生"(福尔 171)。他还认为父亲的细胞"在屋顶上，在河里，在纽约千百万人的肺里，他们每次说话都会呼吸到他！"(福尔 171)

对 9·11 事件这样的人造灾难，即便是成人，也难以言说，何况是一个 9 岁孩童呢？小说中奥斯卡的儿童化言说出人意料。他以沉默言说失去父亲之伤痛，表现在他对母亲和奶奶爱的独特行为中:他将父亲的五条留言藏起来,不让母亲和奶奶知道,因为保护母亲是他"存在的最大理由"(福尔 68),不伤害奶奶的感情则是他"另一个存在的理由"(福尔 102)。他以其莫尔斯密码言说对其父之爱,如奥斯卡在自己身上掐出 41 道伤痕,以阻止其母爱上罗恩。他将其父最后一条留言转换成莫尔斯密码,给妈妈做个手链,表示对其父的爱和思念。他还用其父的留言给母亲做别的莫尔斯密码饰品,如一条项链、一条脚链、一些摇摇摆摆的耳环和一件头饰,但手链最漂亮,因为"最后的东西最为弥足珍贵"(福尔 34)。奥斯卡极具个性化的言说方式展现了另一个意味深长的角度,更深刻揭示了 9·11 事件无法言说的言说性。"其儿童化的言说背后隐藏着丰富深刻的主题意蕴,传达了关于历史、时间、死亡、人生的意义等重大题材的深度思考"。(丁夏林 112)

2. 儿童化的行为与表现

以儿童视角建构的叙事文本,叙述者主体是儿童,因此,儿童化的思维方式与行为方式就进入了叙事系统。奥斯卡的儿童化行为与表现主要体现在其寻找布莱克之旅、重复书信写作及其令人惊叹的逆向行为中。其儿童化的行为与表现看似稚嫩却蕴含深刻。

奥斯卡在父亲壁橱发现一个"小信封",信封里是"一把又胖又短的钥匙"(福尔 36)。信封背面写着"布莱克"一词。于是,他决定采取行动,找到那把锁是他"终极的存在理由"(福尔 69),那把锁是他"和爸爸之间的事"(福尔 53)。他玩着铃鼓,踏上了寻找之旅。在纽约共有 472 人姓布莱克,共有 216 个不同地址。他决定"按字母顺序来找,从阿伦到兹娜"(福尔 88)。在他求锁(索)之旅中,他首先遇见了 103 岁的 Ａ·Ｒ·布莱克。他曾参加两次世界大战,他曾报道过 20 世纪几乎所有战争,如西班牙内战、东帝汶大屠杀、非洲的坏事情等。24 年前,妻子离世后,他再未离开过公寓。奥斯卡帮助他走出"公寓的牢笼",使他在人生最后岁月再次绽放活力。这也使他联想到其他如此孤独的人,"他们都从哪里来? 他们又归于何处?"(福尔 165)在寻找其他布莱克的征途中,由于受其父影响,即"将一粒沙子挪动一毫米"(福尔 94)就能改变整个撒哈拉沙漠,因此,奥斯卡到阿比·布莱克家,发现微波炉炉顶很脏时,他便拿出湿擦纸,将之擦干净。奥斯卡为美国糖尿病协会捐款,虽然只有 50 美分,但他却"在拯救生命"(福尔 153)。奥斯卡帮助在俄国曾是工程师而现在是看门人的艾伦·布莱克设置电子邮箱用户名:Doorman215。奥斯卡从儿童视角审视 9·11 事件后人们的创痛及人与人之间的关系,他以其儿童化的行为化解人们之间的误解,力所能及地帮助成人走出创伤后的阴影。

奥斯卡另一重要行为与表现是他重复给斯蒂芬·霍金(Stephen Hawking)写信。"最坏的那一天结束几个星期后"(福尔 11),他开始写很多信,尤其是写给斯蒂芬·霍金的,因不仅使他"心情稍微轻松一点"(福尔 11),而且他想当霍金的门徒。他喜欢阅读霍金的《时间简史》(*A Brief History of Time*),可以说,霍金已成为其精神导师。在"寻锁"过程的每个关键时刻,重复向霍金发四封内容一模一样的回信。第一封信出现在当奥斯卡读完该书第一章后,向霍金发出请求,希望跟他一起探索宇宙的奥秘。其他三封信分别在奥斯卡沉湎于创伤经历而无法与祖母交流之时,感到学校生活枯燥乏味。而在寻找"布莱克"途中处处碰壁之时,找到艾比·布莱克,得知其离异丈夫威廉是钥匙主人之时。这些内容相同的信件看似繁琐,但穿插于整个故事情节的节点,恰似奥斯卡在 9·11 事件后的儿童化行为与表现,既强化其创伤体验,又"达到唤起读者的同情心之效果"(丁夏林 114)。

奥斯卡做了一件最令人吃惊之事,他给那个房客(其实是其爷爷)"放了那五条留言"(福尔 261)。其行为与表现也使他从悲伤的阴影中走出，建立其与爷爷的新的关系。对于父亲之死，奥斯卡一直想弄个水落石出，他在网上找到一些尸体坠落的录像。他将这些图片，如一只鲨鱼袭击一个女孩、有人在世贸大厦两座楼之间走索等，放入《发生在我身上的事》，这是他搜集发生在自己身上的事情的剪贴簿。他将很多东西都放入其中，有地图和绘画，有来自杂志、报纸和网络的照片，还有他用爷爷的相机拍下的照片，整个世界都在那里。最后，他"找到了那个正在下落的人体"(福尔 340)。奥斯卡将本子上的纸撕下来，然后"把顺序颠倒了过来，这样最后一页成了第一页，第一页成了最后一页"(福尔 340)。当他翻过纸张时，"看起来那个人是在空中飘升"(福尔 340)。若有更多照片，那个坠落的人便可飞过一扇窗户，回到大楼里，烟雾也会回到飞机将要撞出来的那个大洞里。他爸爸会倒着留言，倒着回到街上，回到地铁站，直到"倒着走回家"(福尔 340)。"然后时间回到最坏一天的前一晚"(福尔 340)，回到"从前……"，回到以前，一切都"平安无事"(福尔 341)。

三、儿童视角的美学意蕴

儿童视角，对叙事作品所引起的叙事学意义显而易见，从叙述者、叙事角度到叙事口吻、叙事态度，都将因儿童的成长性认知和感觉特征而呈现独特的叙事特征和美学价值。《特别响，非常近》中的儿童视角是一种视角隐喻或曰视角载体，既具陌生化之审美意蕴，又有复调之美学意味。

儿童视角所呈现的陌生化乃《特别响，非常近》的一大审美特色。什克洛夫斯基(Viktor Shklovsky)之"陌生化"(defamiliarization)可增加感受的难度和时延，而布莱希特(Bertolt Brecht)"陌生化"(间离效果，即 alienation effect)则是一种引发新奇艺术感的艺术手法，令人产生惊讶与好奇心。小说中奥斯卡爷爷与奶奶的视角均围绕奥斯卡而进行，尤其是小说以奥斯卡开始，又以奥斯卡结束。儿童视角使奥斯卡所观察的后 9·11 世界在陌生化中呈现新奇。奥斯卡从儿童的感觉出发审视成人世界，对众多布莱克进行解读，走进他们的心灵深处。这与成人视角构建的世界形成疏离(陌生化)，从而产生极度的审美快感。再比如，奥斯卡在父亲橱柜发现钥匙和看见信封上写着的"布莱克"时，他直觉地认为，这是其父留下的线索。然而，对成人而言，这就是一把钥匙而已，而信封上的名字亦是名字罢了。陌生化将对象从其正常的感觉领域移出，通过创造性手段，重构对象的感觉，从而扩大知识的难度与广度，不断给读者以新鲜感。(胡亚敏 29)这在成人与儿童间导致不同的读解，从而产生间离效果，使成人习见之物成为小说发展之线索，最终产生强烈的陌生化艺术美感。

儿童视角小说的语言也呈现陌生化效果。儿童语言简单明了，无雕琢痕迹，自有其动人的艺术力量。为寻找在纽约的 472 位布莱克，若每周六去两家，奥斯卡说："约需要三年时间。但如果不搞清这件事，我活不了三年。"(福尔 51)。又如，奥斯卡多次使用"古戈尔普勒克斯"，即一个古戈尔的古戈尔次方。所谓古戈尔，就是一后再加一百个零。(福尔 39)这些儿童化的语言纯真而令人动容。同样，儿童化的想象也给人以陌生化之美感。如本文前面论述的奥斯卡在脑海中发明的各种各样的东西，如奥斯卡想象中父亲穿越时空，倒着回到家中。这些幼稚而诗化的表述与想象，激起惯于追寻意义、理念和深层内涵的成人进一步解读文本之欲望，也构成我们对生活的全新感受，此乃陌生化效果的审美呈现。陌生化不仅丰富了儿童视角小说的意义空间,而且也赋予其艺术魅力,进而增加了成人的审美感受力。

同时,儿童视角小说存有两套话语系统,即成人与儿童两重世界的明暗交织、双重话语的显微错杂、过去与现在的时间往复,使他们的作品呈现出一种复调的诗学意味。(王宜青 21)此乃儿童视角小说复调结构的美学意义之所在。

《特别响,非常近》是一部儿童视角小说,而非儿童文学作品。其中存在成人(奥斯卡爷爷、奥斯卡奶奶及作者)与奥斯卡两套话语系统。事实上,单纯儿童视角是不可能存在的,因创作主体是成人,透过儿童之眼观照世界时,作者已不自觉地介入儿童视域。W·C·布斯(W. C. Booth)认为,"就小说本性而言,它是作家创造的产物,纯粹的不介入只是一种奢望,根本做不到。"(23)小说是作者对生活的思考而创造的精神产物,作家不可能完全独立于作品外,他总在不经意间将其人生观、价值观、世界观表现于文本之中。儿童叙述者声音以显在主体形式现于文本表层,成年叙述者声音则以或隐或显形式交错其中。《特别响,非常近》中,奥斯卡视角以显在形式贯穿小说之中,而其爷爷奶奶叙事则以书信体形式——奥斯卡爷爷写给奥斯卡父亲之信和奥斯卡奶奶写给奥斯卡之信——出现于小说文本中。这些不同视角的叙事相互交织成复调叙事结构。"使叙事文本在充满内在叙事张力的机理中生成了超越现有文本的他种意义,从而拓宽了叙事的空间","读者在儿童叙述者的牵引下,获得了阅读中的审美愉悦,但读者对世界的观察和认知又是远远超过了儿童的,成年叙述者的评论声音使他能对儿童叙述者所展示的世界作进一步的思考,将作品的主题引向更深刻的层面"(王黎君 54)。

小说中,作者与人物间、人物与人物间形成对话性关系。儿童视角"可能是表现复调的最典型策略。它推动在独立的主体位置构建讲话人,并表现声音和意识的多元性"(罗宾·麦考伦 25)。奥斯卡、爷爷、奶奶及其他众多的布莱克在小说文本中,或并列或交错,然一切均以奥斯卡视角为基点,它们共同构成文本叙事之间的张力。由于儿童视角的独特性,儿童叙述视角是动态性,其话语蕴藉是多维性的。福尔在《特别响,非常近》中创造了儿童聚焦者奥斯卡,而在解读过程中,我们又在文本中挖掘奥斯卡与隐含作者之间潜在的对话关系,以揭示出作者及文本的真正含义。

四、结语

在文学史上,儿童作为生命个体的被肯定和重视使其在整个社会背景和文化语境中显出独特的意义。儿童的发现为文学提供了又一理论视角,也改变了成人看待和处世的方式。儿童的生命与精神也以潜隐方式影响成人的认知、思维甚至生存。因此,一方面出现反映儿童生活、心理与精神的儿童文学作品;另一方面,许多文学家亦创作儿童视角之文本。儿童视角小说是对历史和现实的观照,也体现作家对主体性的选择与人文关怀;它不仅关注儿童生存现状、精神状态、心理情感等,更通过儿童之眼呈现不一般的成人世界。

儿童视角是《特别响,非常近》中的一种叙事策略,也是一种话语方式。福尔借儿童化的思维与言说方式、儿童化的行为与表现,为 9·11 事件及其对普通人的创伤性影响提供了一个全新的审视和观察角度,凸显其叙事学的功能,同时,小说中的儿童视角是一种视角隐喻或曰视角载体,它既具陌生化之审美意蕴,又有复调之美学意味,使读者阅读或欣赏该作品获得审美的快感,达到罗兰·巴特(Roland Barthes)所谓阅读中之"极乐"境地。

参考文献

[1] WC·布斯.小说修辞学[M].华明,胡苏晓,周宪,译.北京:北京大学出版社,1987.

[2] 丁夏林."生活比死亡更可怕":解读福厄《特别响,非常近》中的创伤叙事[J].外国文学研究,2013(5):111-120.

[3] 乔纳森·萨福兰·弗尔.特别响,非常近[M].杜先菊,译.北京:人民文学出版社,2012.

[4] 热拉尔·热奈特.叙事话语,新叙事话语[M].王文融,译.北京:中国社会科学出版社,1990.

[5] 胡亚敏.叙事学[M].武汉:华中师范大学出版社,1994.

[6] 李建军.小说修辞研究[M].北京:中国人民大学出版社,2003.

[7] 华莱士·马丁.当代叙事学[M].伍晓明,译.北京:北京大学出版社,1990.

[8] 马斯洛.自我实现者的创造力[M]//夏中义,主编.大学人文读本.桂林:广西师范大学出版社,2002.

[9] 罗宾·麦考伦.青少年小说中的身份认同观念:对话主义建构主体[M].李英,译.合肥:安徽少年儿童出版社,2010.

[10] MILLER L. Terror Comes to Tiny Town[M/OL]. (2005-05-21).http://nymag.com/nymetro/arts/books/reviews/11574.

[11] 蒙台梭利.蒙台梭利幼儿教育科学方法[M].任代文,译.北京:人民教育出版社,1993.

[12] 孙先科.颂祷与自诉——新时期小说的叙述特征及文化意识[M].上海:上海文艺出版社,1997.

[13] 王黎君.儿童视角的叙事学意义[J].绍兴文理学院学报,2004(2):49-54.

[14] 王宜青.儿童视角的叙事策略及心理文化内涵[J].浙江师大学报.(社会科学版),2004(4):19-22.

[15] 威廉·华兹华斯.每当看见天上的彩虹[M]//华兹华斯抒情诗选.南京:译林出版社,1991.

[16] 杨义.中国叙事学[M].北京:人民出版社,1997.

[17] 曾桂娥,江春媛.信息迷人眼——评《剧响,特近》[J].译林,2013(5):27-29.

[18] 曾桂娥.创伤博物馆——论《剧响、特近》中的创伤与记忆[J].当代外国文学,2012(1):91-99.

[19] 张寅德.叙述学研究[M].北京:中国社会科学出版社,1989.

[20] 赵大军.儿童文学理论的基本问题与方法[D].长春:东北师范大学,2008.

[21] 赵毅衡.当说者被说的时候——比较叙述学导论[M].北京:中国人民大学出版社,1998.

[22] 朱宾忠.跨越时空的对话——福克纳与莫言比较研究[M].武汉:武汉大学出版社,2006.

《乌辛的流浪》:放逐、找寻与回归

李 静

摘　　要:《乌辛的流浪》是爱尔兰诗人威廉·巴特勒·叶芝将爱尔兰主题的诗歌运用到戏剧中的初次实践。叶芝借这部以爱尔兰古代传奇为主题的诗剧,哀叹古代爱尔兰英雄的消失,意在指出当时的爱尔兰像乌辛这样的英雄无处实现其英雄抱负。这首诗重复了叶芝早期诗歌主题中青年与老年的对立、现实与梦幻(或理想)的对立、精神与物质的对立。乌辛的找寻与回归实则是诗人的自我放逐、找寻与回归——找寻精神、回归现实。

关 键 词:乌辛;放逐;找寻;回归
作者简介:李静,南京国际关系学院副教授,主要研究方向为英国文学与文化。

爱尔兰诗人威廉·巴特勒·叶芝于 1886 年初开始尝试将爱尔兰主题运用到他的戏剧中。叶芝创作的诗剧《乌辛的流浪》于 1889 年出版,这部以爱尔兰古代传奇为主题的诗剧长达四百余行,是叶芝创作的最长的一首诗歌。但是也许因为这首诗歌是叶芝早年创作的,所以并未受到国内评论界的关注,其实这首诗歌从语言上而言比叶芝中、晚期创作的诗歌都要好许多。哈罗德·布鲁姆给予《乌辛的流浪》以极高的评价,他认为这首诗浓缩了叶芝的所有艺术,堪称他的代表作。(Bloom 87)

虽然诗歌题材取自古代爱尔兰传奇故事,但是叶芝并没有原封不动地照搬爱尔兰古代传奇英雄乌辛的故事,他对其中的许多情节作了改动以适应在爱尔兰当时的文化和社会语境下他对诗歌主题的需要。叶芝这一题材主要源于他读过的爱尔兰 18 世纪诗人迈克尔·康民(Michael Comyn)写的一首诗的英译本。后来叶芝又通过格雷戈里夫人(Lady Gregory)搜集到的爱尔兰民间传说进一步了解了乌辛的故事。叶芝的这首《乌辛的流浪》讲述了爱尔兰古代传奇白色系列(White Cycle)中的诗人乌辛(Oisin)在被年轻国公主尼阿芙(Niamh)选作丈夫后经过三百年的幸福生活仍挂念着要回到爱尔兰,并终于在圣·帕特里克(约 389—461)时代返回爱尔兰的故事。诗歌中乌辛的流浪既是爱尔兰古代英雄的流浪,也是诗人叶芝在爱尔兰民族为独立和自由而斗争的时期的自我放逐、找寻与回归。

一、流浪:放逐

《乌辛的流浪》最早收录在叶芝的诗集《乌辛的流浪及其他诗》(1889)里。诗集一经出版便引起英国评论界的关注。这首长篇叙事诗采用对话的形式展开，对话发生在乌辛和圣帕特里克之间。乌辛当时已届垂暮之年，他经过三百年的流浪，终以放弃留在年轻女神尼阿芙的身边而无法永葆青春的代价，重新回到现实中的爱尔兰。诗歌一方面表达了叶芝对老年的恐惧：虽然人会随着岁月的推移而增长智慧，但是必须付出衰老直至死亡的代价。叶芝于1933年出版了他的诗歌集《诗集》，在1932年6月30日的一封信中他写道："我刚完成了第一卷，即我所有的抒情诗，我十分惊诧于自己。因为那都是些言语，而不是文字……我对老年的第一次指责是我在20岁以前写《乌辛的流浪》时（第一部分末尾），同样的指责出现在该部分的最后几页。持剑的武士自始至终都在指责那位圣人，但并非毫无动摇。"（Wade 452）乌辛最初对年轻的仙子世界的向往一方面代表了诗人对年轻的向往和对年老的恐惧，另一方面也代表了诗人对于现实世界的逃避，因此他更愿意追求虚幻的仙境。他的这种追求表面看是对现实的消极遁世，实则反映了诗人内心的积极放逐。

诗歌以乌辛和圣·帕特里克的见面开头，当乌辛描述他第一次看见尼阿芙的情景时，圣·帕特里克认为乌辛仍为野蛮人的梦所困扰。"野蛮"是殖民者描绘爱尔兰人的话语，在殖民者入侵爱尔兰以前，爱尔兰一直有古老的文明，殖民者的刀剑划破了爱尔兰人宁静的天空。爱尔兰人是"野蛮人"吗？叶芝用爱尔兰古代英雄乌辛的故事回答这个问题。梦想到底困扰着人类还是能让人的心灵得到片刻解脱和慰藉？现实毕竟很残酷，乌辛不顾尼阿芙的好言相劝而重返爱尔兰，他失去了青春的容貌和体魄，等待他的只有死亡。叶芝借这首诗哀叹古代爱尔兰英雄已经消失，而像乌辛这样的英雄终究无法在现实的爱尔兰实现其抱负，因此，他只能选择离开现实的爱尔兰去流浪，开始他的自我放逐之旅。

自我放逐了三百年的乌辛回到现实世界时甘愿付出青春的身体而变成苍老之人，苍老者已垂垂欲朽，因此他最终付出的是自我毁灭的代价。然而这种毁灭只是物质的身体的毁灭，却是精神的放逐的胜利。乌辛经过三百年流浪，先后游历了年轻岛、胜利岛和健忘岛。这三座岛屿分别代表了人一生中的三个阶段：青年、中年和老年。艾尔曼认为它们分别代表了叶芝一生中先后到过的三个重要地方：斯莱戈、伦敦和豪斯。（Ellman 51-52）其实乌辛的经历就是叶芝的经历，叶芝在故乡斯莱戈度过了他的童年和少年时代，后来到伦敦求学遇到了英-爱身份带给他的困扰，因为在现实生活中找不到能实现理想的地方，所以踏上孤独的流浪之旅，去追寻崇高之境。

乌辛成了叶芝的代言人，或者说他是英雄化的诗人。乌辛的经历就是叶芝的经历。约翰·昂特雷克认为这三座岛分别代表了三种人所体验的世界：恋爱中的人、精力充沛的人和好沉思的人。（Unterecker 65）不论评论家们是如何将这三座岛与乌辛或叶芝的经历相联系的，主人公在这三座岛上的经历都代表了一个人从年轻走到年迈这个过程中，先后要经历身体、精神和心灵的变化。然而时过境迁，等待乌辛的命运将会是什么？诗歌告诉我们：他注定要被教堂里的人打败，就像爱尔兰三百年前的芬和芬的战士那样。站在乌辛面前的圣帕特里克正是将爱尔兰变成基督教的英国统治之下的殖民地的代言人。因此乌辛面对的其实是圣帕特里克所代表的英国殖民者或殖民文化。

二、流浪：找寻

诗歌《乌辛的流浪》运用了许多象征，这些象征组合在一起，相互作用，构成一个整体，营造出一种悲壮的气氛。例如，"树"和"鸟"的意象在叶芝诗歌中频繁出现，大多数都具有深刻的含义。乌辛是爱尔兰白色系列传奇中的英雄芬的儿子，尼阿芙是青春、美丽和诗歌之神安古斯（Aengus）的女儿，乌辛的英勇和口才令尼阿芙产生了爱慕之情。诗歌写道，乌辛的故事对她来说"像亚洲彩色的鸟／夜晚栖息在无雨的大地"。而乌辛和尼阿芙所在的年轻岛上到处可见这种鸟。当乌辛回想起格乌雷（Gabhra）之战中死去的勇士们，离都柏林郡不远的格乌雷平原乌鸦成群，因此乌鸦与牺牲的勇士们相关联，具有悲伤的含义。乌辛与尼阿芙策马来到树林的边缘，尼阿芙用银喇叭吹出三个快乐的音符，一群男女迅速从树林里冲过来，他们披着黄色丝线织成并饰有许多深红色羽毛的披风。叶芝在《爱尔兰神话和民间故事》的注释中说这种打扮是仙子的特征之一。（Yeats 349）仙子们看到乌辛，都嘲笑他披了一件沾了人间岸边泥土的披风。在不死的神灵面前，人类的生命显得愈加渺小和脆弱。而当乌辛弹起竖琴时，他自以为愉快的琴声在仙子们听来却是世上最悲伤的乐曲。仙子与人类之间、不死与死亡之间构成了对立，在两种对立之间，叶芝追寻的是不死的精灵世界，是理想的非物质世界。

诗歌第一部分有接连三个小节结尾处仙子们的咏唱中都提到了漫游的鱼鹰，岛上的鱼鹰是悲伤和破坏力的象征：只有时间才具有强大的摧毁力，才会给人带来最悲愁的苦痛。而快乐只存在于虚幻的天国："上帝就是快乐，快乐就是上帝。"仙子们不惧怕死亡或变化，也不害怕第二天的黎明或者象征着悲伤的鱼鹰，因为他们不会死亡。乌辛与尼阿芙在岛上居住了一百年之后，一天乌辛在岸边垂钓，突然看到牺牲的勇士用过的长矛碎片随水流飘到他的脚边，碎片上的血渍仍然十分清晰，这让乌辛想起昔日的勇士和血染的平原，他要去追寻他们的足迹。两个恋人遂离开树林，策马而去。他听见一个声音说："他的眼睛变得模糊／因为人们古代所有的悲愁。"岸上仙子们用他们的歌唱指责凡人老之将至的残酷现实，而亚洲彩色的鸟和夏日的海浪看着所有终有一死的生命体和终会结束其价值的物体，也低吟"不公平，不公平"。

乌辛到达的第二座岛叫胜利岛，这座岛也被称作恐惧岛。在这座岛上，乌辛和尼阿芙遇到一个女人，一根被海浪侵蚀的锁链把她连同两只年老的鹰捆在一起。经过乌辛两天细心的护理，第三天奇迹出现了，巨鸟浑身长满了厚厚的光滑的羽毛，它高昂着头，目光炯炯。它终于重新恢复了青春。叶芝希望人能够有返老还童的能力，就像鹰那样。但是鸟可以重回青春，人却只能走向死亡。诗歌中的这两只鹰"充满了古代的自豪"，它们对眼前的人熟视无睹，它们"蓬乱的翅膀上几乎没有羽毛，／因为它们的头脑中隐约想着远古的事情"。乌辛不顾女人的劝阻砸断锁链，救了她，而鹰们仍旧没有动静。乌辛最终用女人给他的海神之剑镇住了看押女人的魔鬼，并最终杀死了它们。但是，三天之后，魔鬼复活，并屡战、屡死，又屡活。就这样，乌辛与魔鬼交战了一百年。

艾尔曼认为乌辛到的第二座岛代表了英国，而岛上被缚的妇人就是爱尔兰。（Ellman 59）爱尔兰的困境确实与妇人的处境相似，正如妇人需要乌辛的救助才能摆脱魔鬼的看押一样,爱尔兰也需要像乌辛这样的古代英雄的拯救才能摆脱英国的殖民统治。叶芝写乌辛的最初目的就在于此,这也是他把这首诗歌截然分成三部分,让每一部分围绕一个岛展开的主要原因。在他梳理爱尔兰古代英雄的传奇故事时,在他追溯爱尔兰苦难根源的过程中,他终于为自己、为爱尔兰文学寻找到了出口。

三、流浪:回归

回到现实中的乌辛在与圣·帕特里克交谈的过程中,是这样指责英国传教士的,"但是如今撒谎的教士泯灭了歌声/用软弱者贫瘠的话语和奉承。/在怎样的土地上无助的人们翻转/掠夺者'悲伤'的喙,或'愤怒'的手?"在这里叶芝把英国的传教士与乌鸦作比,"掠夺"(ravening)让人想起了勇士们血染的平原上的乌鸦,而"悲伤"(Sorrow)更强化了这一意象。约翰·昂特雷克认为叶芝在这里将只会用陈词滥调的教士与充满激情的芬尼亚勇士作对比,同时叶芝也定义了艺术的两个来源:乌鸦般的悲伤和愤怒。(Unterecker 59)的确,悲伤和愤怒是叶芝创作的源泉,这两种情绪始终弥散在他的生命中,也反映在他的诗歌创作的全过程。

紧接着在下面的诗行里,天空响起了上帝的惊雷、闪电和暴风,上帝发怒了;而乌辛似乎听到了雷声中芬尼亚战士的马蹄声和盔甲碎裂声,还有刀剑的撞击声,看到了晨光下铺天盖地的乌鸦聚集在格乌雷平原上。上帝的雷声是基督徒胜利的声音,而他们对芬尼亚战士的杀戮在笑声和喊声中结束,战士们的尸体变成了乌鸦的盘中餐。血腥的平原上弥漫着悲伤,两百年后这悲伤仍没有从乌辛的心头散去。经过了几个世纪的被殖民过程,这悲伤也没有从爱尔兰人的心头消散。

乌辛与魔鬼打斗一百年后,海浪把一根山毛榉树枝冲到他身旁,这令他想起了白发苍苍的芬站在其祖先时代居住的阿姆辉(Almhuin)山上的山毛榉树下。于是他与尼阿芙前往忘却岛。乌辛问尼阿芙舞蹈之岛和胜利之岛哪个才令人满意,其实年轻时的浪漫和中年的成功都无法令他满意,因为"人类的爱很微弱,人的愤怒则更无力;/他的目的漂流然后死去。"不论曾怎样爱过或恨过,人始终逃不过死亡的结局。这是人的悲哀。

乌辛经过的第一座岛上到处可见亚洲的彩色鸟,第二座岛上有悲伤的鸟,到了第三座岛上则完全看不见鸟的踪迹,亦无别的生物。而树却越来越高大和茂密,丛林里只有水从树上滴落的声音。山谷里沉睡的巨人裸露着身体,武器就摆在他们身旁,他们耳朵的上面部份长着羽毛,而他们的手则是鸟的爪子,指甲是金色的。只有猫头鹰筑巢于他们的门上,可见他们已经沉睡多年,因为"很久没有战争",而且人们脸上的"激情已经褪去"。丛林里一片沉寂,只有猫头鹰振翅的声音。当乌辛用尼阿芙的号角将巨人唤醒时,在巨人摇动的轻柔铃声中,乌辛逐渐睡着,他梦到了手持十字杖的教士,梦到了古阿尔斯特的康纳尔王等人、往昔的战争和滴血的马蹄,听到了芬的牛群哀叫。

在这里,叶芝再一次把传教士与爱尔兰的古代英雄放在对立的关系中,因为以传教士为代表的英国人的入侵,爱尔兰才遭受了长期的殖民统治。接下来,乌辛梦到了更多的人,包括弗格斯、库胡林的恋人布兰妮德(Blanid)和康纳尔的母亲内萨(Mac Nessa)等人,甚至还有死神拜勒(Balor)。猫头鹰拍动翅膀的声音把乌辛从梦中带回到现实,半梦半醒中乌辛的眼前仍闪现着教士的影子和与芬尼亚勇士一起出征的三条猎犬。"我醒来:那匹奇怪的马没听到指令就从远处奔来,/用鼻子拱我的肩;他知道在他胸膛的深处/藏着如再次在我胸中涌动着的人类古代的悲伤,/我要离开神仙们和他们朦胧的世界,/还有那里滴落的让人沉睡的露水。"乌辛终于决定离去,他没有听尼阿芙的劝告:只要他踏上尘世的大地,他就再也无法回到爱人身旁。乌辛骑着尼阿芙给他的马由原路返回,他回到现实中,变成了一个衰弱无力的老头。人生而必死,世界经过三百年的变迁已经与以前大不相同,但乌辛的信念不变:他希望死后能魂归芬尼亚勇士的行列。

在这首诗里,重复了叶芝诗歌中青年与老年的对立,现实与梦幻(或理想)的对立。但是诗歌的主题在讲述爱尔兰古代英雄传奇的故事中得到了升华,经过了世事的变迁,虽然乌辛可以继续过着舒适无忧的生活,但他还是宁愿放弃这种生活而成为像芬尼亚勇士们那样的人。叶芝感到在他那个时代的爱尔兰需要像芬尼亚勇士和乌辛那样的人,但是那毕竟是爱尔兰的远古时代,叶芝所生活的时代已经没法儿找到那样的英雄。叶芝一方面表达了对基督教传入爱尔兰之前的英雄时代的向往,另一方面也流露出对英国殖民统治的不满。爱尔兰民族遭受的冤屈缘于英国的统治,对英雄行为和精神的崇尚令叶芝在爱尔兰的古代故事和传统中寻找理想的寄托,于是精神的爱尔兰成为叶芝赞美的对象,而与精神相对的物质则成为抨击的目标,这样叶芝自然将精神的爱尔兰与物质的英国形成对照,抒发对前者的赞美和对后者的厌恶。这种诉诸古代的精神寄托让叶芝得以在混沌的现代世界里顽强而乐观地生存下来,并进而探索出个人文学努力的方向和爱尔兰文学发展的可行路径。

乌辛类似于古罗马诗人维吉尔的《埃涅阿斯纪》中的特洛伊王子埃涅阿斯。埃涅阿斯在特洛伊城覆灭后在海上流浪了七千年得到了迦太基女王的爱,乌辛流浪到年轻国后得到该国公主尼阿芙的爱,但是埃涅阿斯为了重建罗马帝国而选择了放弃,乌辛最终也毅然放弃了永远年轻的机会而甘愿付出变老的代价重回爱尔兰。这是英雄的流浪,是赤子的流浪,是游子重回母亲怀抱的流浪。故乡不仅是地理意义上的土地,还是心理意义上的精神家园,是心愿之乡。它给予旅途上的流浪者以精神上的慰藉和与困难抗争的勇气和力量。乌辛不仅体现了埃涅阿斯的赤子精神,还体现了荷马笔下奥德修斯那史诗般的英雄气概,甘愿冲破外界的重重阻力,勇敢地与各种险阻搏斗,虽饱受磨难,但仍在风雨中挺立,追寻心中的故乡。乌辛的流浪是勇者的精神之旅和自由之旅。

乌辛的使命就是回到爱尔兰,他在回归的过程中不仅从梦幻回归现实,还忠于自己的信仰和使命。回归的过程是挑战主观的内在和客观的外在的过程,是拒绝各种诱惑和抵挡各种阻力的过程,也是获得和证明英雄特质的过程。乌辛流浪的经历也丰富了他的知识,增添了他的智慧,充实了他的精神,是一个向无限的自由的领域进取的过程。在他的流浪中,在他与自然和与非现实世界的斗争中,人们看到了他所代表的爱尔兰人的或普遍意义上的人的精神和力量,感受到了生命的价值和能量。

流浪者虽然是强权之下的弱者,甚至可能是被征服者,但也可以是个人心理上的强者。因为强权和征服,所以处于弱势的人才会强烈地追求自由;因为被迫流离失所,所以坚定地找寻并最终回归精神的故乡。虽然宗主国施展文化霸权,但殖民地人民对本民族的身份认同意识更加强烈。因此流浪者的找寻和回归是弱者在强权话语下自省自觉的声音,是弱者对自己民族身份或文化身份的意识,也是从边缘向中心的抗争。

四、结语

    叶芝无法割舍英国文学和文化对他的影响,也无法放弃爱尔兰文化对他的影响,因此他选择了融合,体现在诗歌《乌辛的流浪》里就是将英国浪漫主义传统与英-爱民间传说和叶芝个人的诗歌主题为一体。通过这种方式,叶芝文学上的父亲与文化上的母亲在诗人的主题和语言上走到了一起。乌辛是孤独的流浪者,他的流浪是对理想的内在找寻,是他的内在觉醒,因此也是自我实现的过程,是在自我的放逐和毁灭中重生的过程。从这个意义上而言,他的流浪有一个崇高化的过程。他以个人的毁灭换得民族的重生,实现了他个人价值的最大化,这种普罗米修斯式追寻的毁灭结果实现了他短暂生命的永恒化。

    乌辛就是叶芝诗人化的英雄,或者说叶芝的代言人,是客观化的诗人。不论是乌辛的还是叶芝本人的精神找寻与回归,只有融入了民族的集体梦想和诉求中,才是伟大而壮美、博大而恒久的。《乌辛的流浪》不仅为爱尔兰文艺复兴定下了基调,而且奠定了叶芝后来诗歌的基调。叶芝借助爱尔兰古代英雄人物和故事找寻个人自由的精神家园和爱尔兰人自由独立的民族主权,成功地将爱尔兰文学的民族特色呈现在包括英国人在内的世人面前,让世界认可爱尔兰文学和文化的魅力。正如诺贝尔文学奖颁奖词对叶芝评价的那样,他"以扎根于民族的文学打动了世界的心弦"。

参考文献

[1] BLOOM Harold[M]. Yeats. New York:Oxford University Press,1970.

[2] ELLMANN Richard. Yeats:The Man and the Masks [M]. New York:Macmillan,1948.

[3] UNTERECKER John. A Reader's Guide to William Butler Yeats[M]. New York:The Noonday Press,1959.

[4] WADE Allan. Ed. Letters of W. B. Yeats'[M]. London:Rupert Hart-Davis,1954.

[5] YEATS W B, Ed. Irish Fairy and Folk Tales[M]. New York:Random House Inc.,1994.

《给樱桃以性别》中女性主体身份的后现代重构

李淑玲

摘　　要：当代英国女作家珍妮特·温特森的《给樱桃以性别》是一部典型的"女性书写"作品。小说中的"狗妇"从称谓、外貌、语言上颠覆了父权制社会中的典型女性气质，并用身体在行动上解构了菲勒斯中心主义，在超越两性界限的基础上建构了自己的主体性。"十二位跳舞公主"敢于冲破传统婚姻模式，追求话语权、独立和自由，扭转了被言说、被凝视、被规训的他者地位。而1990年代的女环保主义者坚决反抗人类中心主义，担负起了拯救地球的使命，被塑造成生态女性主义的代言人。通过穿越时空的三类女性形象，温特森回溯了女性主义运动的发展轨迹，使女性思想得以阐释，女性历史得以书写，从而将女性从他者变成了主体。

关　键　词：《给樱桃以性别》；女性书写；主体；身份

作者简介：李淑玲，中国矿业大学外国语言文化学院副教授，南京大学外国语学院在读博士，研究方向：英美文学。

　　珍妮特·温特森(Jeannette Winterson)是英国当代最有才华、也是最有争议的后现代女性作家。1985年出版第一部小说《橘子不是唯一的水果》时，她就对自己的酷儿身份直言不讳。其女性主义立场也是非常明确的，她说："我读大学时，公认19世纪有四位杰出的女作家：简·奥斯汀、乔治·爱略特、艾米莉·勃朗特和夏洛特·勃朗特。为了写作，她们全都要做出荒唐的牺牲。我可不打算那么做。"(Jeffries 2010)她要做的则是以女性的方式言说书写。海伦娜·西苏曾提出，要改变在二元对立关系中女性被压制、被边缘化的地位，"女性必须进行写作：必须写自己，写女性"(Cixous 875)，女性书写具有颠覆菲勒斯中心主义的强大力量。在随后出版的《激情》《给樱桃以性别》《写在身体上》《苹果笔记本》等一系列小说中，温特森"通过后现代的创作手法探讨了爱情、身体和政治等话题，并超越性别的疆域来表达对性的思考"(刘岩 108)。《给樱桃以性别》就是其中一部极具象征意义的女性主义小说。

　　小说有四个叙述者，四条主线，并穿插了多个童话故事。"狗妇"(Dog Woman)住在泰晤士河畔，以养狗为生，她讲述了自己在英国资产阶级革命、审判查理一世、伦敦瘟疫和1666年大火中的亲身经历。约旦(Jordan)是狗妇在泰晤士河边拣到的儿子，跟随探险者出海，寻找成功、爱和生命的意义。小说后半部分发生在1990年代，男孩约旦(Jordan)迷恋航海探险，做着英雄梦考取了海军军校，却因荒野的缺失无法探险而迷茫。女环保主义者(the Environmentalist)是拥有高学历的化学家，坚强而孤独地为保护环境战斗着。在四条主线中间,穿插了"十二位跳舞公主"和"福尔图纳达"等故事。小说名"Scxing the Cherry"来自约旦尝试的嫁接艺术,他把波尔斯特德黑樱桃和欧洲酸樱桃嫁接在一起,培育出了新的樱桃树。当狗妇质疑新樱桃的性别时,约旦说:"我们给了樱桃以性别,它是雌性的。"(101)这一情景显然回应了波伏瓦"女人不是天生的,而是后天形成的"(Beurvior 295)观点,质疑了性本质主义,与后现代语境中关于女性主体身份建构的思想遥相呼应。主体即主动的、思考的自我,行动的发起者及经验的组织者(Blackburn 114)。作为"他者"的女性在父权制文化中一直处于缺席、沉默的处境,没有话语权,无法建构自我的主体性。而在该小说中,温特森让女性从自己的角度讲述自己的故事,思考历史与现实,在独立的言说和行动中寻找自我价值。本文拟从狗妇、十二位跳舞公主、女环保主义者等女性形象出发,考察温特森如何用荒诞的文学故事颠覆了父权制下的性别定式,如何在消解菲勒斯中心主义(phallocentrism)和人类中心主义(anthropocentrism)的基础上,重构了动态的、多元的性别身份,从而将女性从"他者"变成了"主体",实现了后现代语境下对女性主体身份的重构。

一、"狗妇"对男权社会的挑战与颠覆

在以二元论为特征的西方传统性别观中,女性受制于男性主导话语,无法自我表达,被社会、文化建构为男性主体的"他者"。掌握着话语权力的男性将其欲望投射到女性身上,要求她们"漂亮、小巧、有魅力、爱耍小脾气、钟爱漂亮的衣服",还要做"一个爱丈夫的妻子和忠于母职的妈妈"(吉尔曼 1989:21)。女性被认为"根本没有能力成为强壮、独立、自治的存在"(Eisenst 59)。而《给樱桃以性别》中的"狗妇"却彻底颠覆了这一性别定式。

在小说开头,她就说:"我曾经有个名字,但我已经忘了。他们都管我叫狗妇,那就叫狗妇吧"(4)。这一看似滑稽的命名其实意义深刻,因为"被命名意味着被置于父权法律之下,身体受其制约和塑造"(Gilmore 137)。忘记自己的名字暗示她与父权制家庭的决裂,这一猜测在后面的叙述中得到证实。当父亲想把她卖给一个独腿男人时,她"挣脱了桶的束缚,朝父亲的喉咙冲去(139)"。这里,"杀死父亲"具有极强的象征意义,标志着她挣脱了父权制强加给她的枷锁。另外,她保持单身,不是某某夫人,表明她不依附于任何男人,避免了再次陷入男权控制的境地。"狗妇"这一名字从两个纬度上表明了她的身份:养狗是她的职业,为她提供了独立的经济和社会地位;她的生理性别(sex)是女性(female),但这并不能决定她的社会性别(gender)。通过这一巧妙的称谓,温特森使狗妇站在了父权社会规定的性别藩篱之外。

狗妇的外貌和语言直接冲击了父权社会中"典型"的女性形象。她很丑陋,"鼻子扁平,眉毛粗黑,仅有的几颗牙齿又黑又烂,龇在外面"(21)。她体型巨大,一口能吞下一打橘子,体重能把一头大象抛到空中,出的汗能装满水桶。对于这样的外貌,狗妇并不以为然。狗妇的语言坦率粗俗,从来都是直截了当,没有传统女性语言的文雅、矜持或犹豫。她的叙述中充满这样的语句:"他总是坐在我身上,像苍蝇落在粪堆上"(4);"我发誓那玩意儿就是东方人的命根儿,又黄又青又长"(6)。温特森曾说:"她(狗妇)可能是英国小说中唯一一位自信的敢用秽语作为时髦饰品的女性(Winterson 2006)。"然而,她视野广阔,经常探讨政治、宗教、爱情等"非女性"的宏大话题。比如,她谈到内战时说:"据我所知,国王被迫召开议会,索

要资金支持他向穿短裙的苏格兰野兽开战……却发现议会里全是清教徒,除非他答应改革,否则他们就不给他钱"(24)。她对清教徒的宗教改革非常不满,认为"他们憎恨所有宏大、美好、充满生活气息的东西"(108)。她经常陷入哲思,对爱有深刻的理解,她曾说:"如果爱可以是那么残忍,它将我们直接带往天堂,只是为了提醒我门已经永远关上了"(36)。

巴特勒表演性理论认为,性别身份是通过身体和话语符号来建构和维持的,"人不单单拥有身体,而更重要的是他执行(do)自己的身体。"(何成洲 136)狗妇坦然接受自己的身体,以身体为战场来达到颠覆男性霸权对女性的压迫和异化。她自己修建房屋,扛着男人无法搬起的包裹徒步旅行。当听说巡回马戏团里有用大象进行的重量比赛时,狗妇用身体将大象投向高空,震慑了周围的人,赢得了约旦的敬爱。狗妇的性体验可以说是对菲勒斯中心主义的无情嘲弄。她所爱的男孩要吻她却高度不够,她只好"抓住他的脚,将他举起",(37)但男孩却因恐惧而昏死过去。在去温布尔登的路上,有个男人跟她搭讪,向她展示阳具的魔力,让她用嘴服侍他,她却无知地将男人的命根咬了下来。一个与她做爱的男人非常努力地取悦她,却以失败告终。她的身体就是男人无法攀登的"山脉"(22)。法维尔认为"她的巨大是文本策略,用以拒绝试图控制女性身体的文化。怪诞的女性身体将狗妇放在了自己故事的叙述者和代言人位置上"(Farwell 184)。

狗妇对男性霸权的彻底颠覆还体现在她与清教徒势不两立的斗争中。清教徒害怕性欲,视身体特别是女人的身体为邪恶。但是,他们暗地里却在妓女院里胡作非为,蹂躏女性的身体。这引起了狗妇的愤怒和痛恨,迫使她展开了激烈的反抗。当清教徒试图烧她的房子时,她"径直冲向那些卫兵,打断了一个人的手臂,将第二个人撕裂"(84),她像力士参孙一样杀死了敌人,捍卫了自己的家园和女性的尊严。她遇到清教徒就向他们吐唾沫,经过他们的教堂时,故意扎起花哨好看的发辫;响应"以眼还眼,以牙还牙"的号召,拔掉了很多清教徒的牙齿和眼睛;最后,她与妓女合作,杀死了最邪恶的清教徒斯克罗格斯和菲尔布雷斯。温特森赋予狗妇庞大的身体,使她在封建父权制社会中获得话语权,通过身体的姿态、行为建构了自己的主体性。

二、"十二位跳舞公主"对女性命运的言说与建构

在狗妇与约旦的叙述之间,温特森插入了改写后的格林童话《跳破的舞鞋》(*The Dancing Shoes*)。在原童话中,公主们受父权控制,难逃从父嫁夫的命运,成为封建男权社会的奴隶。而在小说中,温特森将童话的名字改为《十二位跳舞公主的故事》,在前文本的基础上开始讲述,"正如他们说,我们从此过上了幸福的生活。没错,但不是与我们的丈夫一起"(48)。她没有让胜利的王子挑选大公主并继承王位,而是给他安排了 11 位兄弟,并让公主们按照传统的异性恋模式走进了婚姻。但是,新童话并不是到此结束,而是从这里出发,让公主们选择自己的命运。新童话采用第一人称,赋予公主们言说的权力,通过戏仿男性文本,将"his-tory"转变成"her-story",将其改编成了一个"多元的、合声的、抵制异性恋婚姻制度的童话"(Turner 143)。

新童话中,传统的全知叙事者消失了,每个公主用不同的语调和风格讲述了各自的故事,而最具有历史颠覆意义的则是二公主和三公主的叙述。二公主带领约旦参观自己的房

子和收藏品,带着权威和自豪说:"画在墙上的肖像便是我前夫,看上去好像他还活着。"这是对勃朗宁的独白诗《我的前公爵夫人》(*My Last Duchess*)的互文和戏仿,将诗歌首句中的"duchess"换成了"husband"。像诗中的公爵一样,二公主掌握了话语权,从自己的视角描述丈夫;她拥有自己的爱好、藏品和财产,并以此为荣;她并不在意丈夫,只是在他阻止她的爱好时,才将他变成了木乃伊。三公主的叙述用"He walks in beauty"开始,戏仿了拜伦的名诗《她走在美的光彩中》(*She Walks in Beauty*)。她详细赞美了丈夫的眼睛、额头、脸颊、心跳、勃颈、腹部,把女性从被凝视者转变成凝视者,从欲望对象变成了欲望者。在后现代语境中,戏仿超越了滑稽模仿的初级功能,成为"批判性反思"和"创作性接受"的筹码,"这种手法通过具有破坏性的模仿,着力突出模仿对象的弱点、矫饰和自我意识缺乏"(郭英杰,王文57)。通过戏仿经典的男性文本,温特森反转了男性/女性二元对立的等级制度,将女性放在了主体、中心位置上。同时,新文本对前文本产生了强大的反作用,更加突出了前文本中男性话语的霸权性与不合理性,其激进的政治意义正在于此。

　　12位公主的故事各不相同,但温特森赋予了她们同一个品质,即独立自主地选择想要的生活。第一位公主喜好游泳,在珊瑚洞里爱上了美人鱼。她离开丈夫,选择与美人鱼在井中生活。鱼或者男人并不重要,重要的是她自己的感受和选择。第四位公主的丈夫风流成性,与其他女人私通,以伤害公主为乐趣,她为了爱一再忍让,却使他更加猖狂。公主离开了他,使他失去依靠,冻死在雪地里。这里,温特森颠倒了女人依赖男人的传统性别角色,讽刺性地让失去女人的男人无法独立生存。第十位公主的丈夫是典型的伪君子,他"彬彬有礼,也乐于待在家里"(69),心里却爱着另外的女人;他不想改变现状,很享受拥有的一切。但是,公主感觉"自己正在消失"(69),对丈夫来说,她不再是一个真实的存在,而是他身边的一件物品。她虽然很爱丈夫,却不想成为"在监狱里等待处决的囚徒"(70),而是毅然选择离开,做"一个不幸但有尊严的女人"(71)。最小的公主在结婚的当天就逃走了。她是最好的舞者,跳舞是她的乐趣,也是她选择的生活方式,因为她认为"任何其他的人生都是一种谎言"(74)。她轻盈地飘荡在神秘的地方,成为约旦追逐一生而始终无法把握的女人福尔图纳达,是美与自由的化身。第五位和第七位公主都是女同性恋,她们都找到了心爱的人,享受过甜蜜的爱情。但是,无论她们隐蔽到哪里,都逃脱不了正统社会的迫害,最终失去爱人,不得不逃离。比较而言,两位同性恋公主的爱情更加真诚自然,如果没有外界的干涉,她们都能够与爱人幸福地生活在一起。

　　在温特森改写后的童话里,无论是同性恋、异性恋还是单身,无论是留下还是离开,公主们都不再被动,不再为了获得男人的爱情而牺牲自己的爱好、愿望或目标,不再将自己禁锢在单一的异性恋中。伊莉格蕾认为:"他者不仅是同一的他者,也是自我描述的女性。她不满足于相同,她的他者性需要得到社会再现和语言再现。"(陆李萍138)温特森正是通过对经典童话的改写,使被缄默的公主们获得了话语权和行动自由,使她们的思想和诉求得到再现,从而打破了男性话语的统治,扭转了被言说、被凝视、被规训的他者地位而变成自我言说的主体。

三、女环保主义者:生态女性主义的代言人

在小说后半部分,温特森塑造了一位当代知识女性,她是拥有高学历的化学家,致力于污染研究,宣传环保主义思想,梦想按照生态女性主义的理想建立起平等、清洁、和谐的新世界。如果说狗妇和12位跳舞公主完成了颠覆父权制和消解菲勒斯中心主义的任务,那么,1990年代的女环保主义卫士则走向了公众和社会,站在了人类中心主义(Anthropocentrism)的对立面,担负起了拯救地球的伟大使命。

长期以来,人类以自己的利益为中心,肆无忌惮地索取和掠夺自然资源,造成环境污染,生态失衡,地球面临毁灭。小说中的女环保卫士对此有清醒的认识,她检测发现,河流、湖泊中的水银含量太高,造成鱼类死去,儿童患上奇怪的病,政府却宣称这跟任何事物都没有关系。她告诉人们,"地球正在被谋杀"(162),但是很少有人相信她。她无法忍受臭气熏天、充满谎言的世界,却得不到包括父母在内的人们的理解。但是她没有妥协,独自一人展开了行动。她写文章,将情况说明塞进人们的家里,向家庭妇女和工人宣传,向富人寻求资助。她放弃舒适的家庭生活,将帐篷扎在河边,忍受孤独、歧视甚至是恶意的诬蔑。她代表的生态女性主义与男性代表的人类中心主义形成了对峙,这一矛盾通过股票分析师杰克的话显示出来。当媒体上出现关于她的报道时,杰克非常气愤,并咒骂道:"蠢货,那个女的又来了……那个愚蠢的女人住在小河边,抗议水银含量。她到底想干什么? 难道她认为工业可以打包回家? 为什么呢? 为了发疯的家庭主妇和几条小鱼"(178)? 他斥责女人阻碍了进步、工业和自由市场,并认为既然每个人都想要工作和钱,就要发展工业,而工业总会产生些放射性物质,"这就是生活"(179)。杰克这种以人的利益为中心、为破坏生态环境辩护的思想代表了当代资本社会的主流,反映在现实中就是对环保活动的各种阻挠。因此,女环保主义者的工作是异常艰辛的,她说:"我为此付出了很高的代价"(159)。她受到人们的指责、鄙夷,帐篷经常被烧掉,由于长年野外劳作和接触污染源而皮肤剥落。尽管如此,她仍然坚持真理,为信念而奋斗,并对这种个人的传道产生了激情。

温特森给了女环保主义者基督般的强大心灵和力量,使她的行动带上了宗教热情和救赎功能。她经常感觉到体内的另一个自我,一个强壮而高大的女人。当她是个巨人时,她可以不怕刀枪,直接闯入世界银行、五角大楼、豪宅宴会,把工业巨头、军政首脑、食物浪费者等抓到自己的巨型口袋里,强迫他们参与女性主义和环保主义的课程学习,让他们学会节约粮食、关爱贫困人口、尊重自然生态,从而与女人齐心协力,把世界变得干干净净、人人平等富足。她可以用七天时间,像上帝一样重新创造一个理想的世界。从表面看,这种乌托邦式的臆想是荒诞可笑的,但正是存在于内心的这种理想主义精神给了她希望和鼓舞,使她能够独行于污浊的世界,为重新获得一片净土而斗争。女环保主义者的牺牲精神和不懈行动引起了公众的注意,报纸经常报道她的事迹,电视台约她做专题节目,世界因她而悄悄发生着改变。小说中的当代男主人公——尼古拉斯·约旦对她做出了这样的评价:"这个女人当然是英雄,英雄才会放弃舒适的生活去捍卫他们所信仰的,才会为了大众的利益而赴汤蹈火。那就是她在做的"(179)。

然而,正如保罗·肯查利所指出的,"温特森的小说在处理后现代的社会性别方面是令

人信服的,没有提供一个新的性别模式,把它作为主体避免性别创伤的万灵药"。(Kintzele 10)温特森没有把女环保卫士塑造成不食人间烟火的超人,而是有着普通欲望的正常女人。她常常梦想着有一个家,一个爱人和几个孩子;她并不憎恨男人,只是不喜欢他们过于强烈的征服欲和控制欲。她长的很美,吸引着尼古拉斯·约旦前去寻找她。因此,她不像狗妇那样疯狂地报复男人,也不像童话中的公主那样追求极端的自我,她拥有知识、理性、情感和为人类利益而牺牲自我的救赎精神,是一个愿意与男人一起构建美好世界的后现代女性。

小说结尾处的两幅图景具有丰富的象征意义:1666年,伦敦大火扫荡了瘟疫、肮脏与罪孽,狗妇和约旦沿泰晤士河驾船离开;1990年,当代约旦找到了女环保卫士,他们在污染过的河面上划着船,约旦想起了梵·高的《播种者》,感受到了前所未有的坚韧和确定。女环保卫士提议说:"我们把它烧了吧,我们把工厂烧了吧"(185)。两幅图景并置,跨越时空,遥相呼应,似乎在向读者暗示着一个充满希望的未来。

四、结语

海德指出,"在《给樱桃以性别中》,温特森的魔幻现实主义与当时的历史情景建立了明显的联系。"(Head 102)弗朗特也认为,温特森把她的目标与克里斯蒂娃所定义的第三次女性主义浪潮联系在了一起(Front 2009:12)。经过20世纪六七十年代风起云涌的妇女解放运动,以抗争为姿态的女权主义逐渐让位于较温和的女性主义,提倡交流、和解、包容的双性同体论(androgyny)和生态女性主义(eco-feminism)登上历史舞台。正是在这样的背景下,温特森塑造了与男权社会誓死抗争的狗妇,打破传统婚姻的12位跳舞公主,愿意和男人一起共建美好未来的女环保卫士,通过穿越时空的三类女性形象回溯了女性主义运动的发展轨迹。在这一过程中,女性思想得以阐释,女性历史得以书写,女性的主体身份得到了建构。

参考文献

[1] BLACKBURN Simon. Oxford Dictionary of Philosophy[M]. Shanghai: Shanghai Foreign Language Education Press, 2000:114.

[2] BEAUVOIR Simone de. The Second Sex[M]. Shanghai: Shanghai Translation Publishing House, 2011:295.

[3] CIXOUS Helene . The Laugh of the Medusa[J]. Signs, Vol. 1, No. 4 (Summer, 1976): 875 – 893.

[4] EISENSTEIN Hester. Contemporary Feminist Thought[M]. London: G K Hall & Co. 1984:59.

[5] FARWELL R Marilyn. The Postmodern Lesbian Text[J]. Heterosexual Plots and Lesbian Narratives. New York: New York University, 1996:184.

[6] GILMAN Perkins Charlotte. The Yellow Wallpaper and Other Writings by Charlotte Perkins Gilman[M]. New York: Bantam Books. 1989:21.

[7] GILMORE Leigh. Without Names: An Anatomy of Absence in Jeanette Winterson's Written on the Body[J]. The Limits of Autobiography: Trauma and Testimony.

Ithaca and London：Connell University Press，2001：137.

［8］ HEAD Dominic. The Cambridge Introduction to Mordern British Fiction，1950 - 2000［M］. Chongqing：Chongqing Press. 2006：102

［9］ JEFFRIES Stuart. "Jeanette Winterson：'I thought of suicide'"［EB/OL］. The Guardian，(2010 - 02 - 22). http://www.guardian.co.uk/books

［10］ KINTZELE Paul. Gender in Winterson's Sexing the Cherry［J］. Comparative Literature and Culture，2010(3)：10.

［11］ TURNER Kay. Transgressive Tales：Queering the Grimms［M］. Detroit：Wayne State University Press，2012：143.

［12］郭英杰,王文. 互文与戏仿：历史渊源与中西诗学对话［J］. 北京第二外国语学院学报. 2012(10)：57.

［13］何成洲. 巴特勒与表演性理论［J］. 外国文学评论. 2010(3)：136.

［14］刘岩,马建军,张欣. 女性书写与书写女性［M］. 上海：上海外语教育出版社,2012：108.

［15］陆李萍. 波伏娃之后——当代批评理论中女性主体性批判［J］.宁夏社会科学. 2011(1)：138.

［16］珍妮特·温特森. 给樱桃以性别［M］.周鹏,译.北京：新星出版社,2012.

《谁主沉浮》：群体喧嚣下的个体挣扎

李震红

摘　要：唐·德里罗的作品一向以主题复杂深刻而见长。其小说《谁主沉浮》就涵盖了恐怖、极权、偶像崇拜、作家及其写作、影像与现实、生存与死亡等多重主题。本文尝试从个体作家与大众文化及恐怖群体的抗争、偶像崇拜狂热群体中的个体迷失，以及身兼群体和个体双重身份的恐怖分子在西方世界主流意识形态中的施暴与被施暴等三个层面，挖掘该作品的深刻内涵，揭示当代西方社会的生存危机。

关 键 词：《谁主沉浮》；唐·德里罗；群体；个体挣扎

作者简介：李震红，南京农业大学外国语学院副教授，苏州大学外国语学院英语语言文学博士生，主要从事20世纪英语文学研究和翻译研究。本文系中央高校基本科研业务费—南京农业大学人文社会科学研究基金项目"唐·德里罗小说主题研究"（项目批号：SK2013016）的阶段性成果。

唐·德里罗（Don DeLillo，1936—）是当代美国杰出的小说家，他的15部长篇小说、4部剧本以及若干短篇小说和随笔使他获奖无数，成功进入《西方正典》(The Western Canon)的附录名单，并成为美国各大学英语文学专业的必读作家。他以独特的视角、敏锐的直觉、明澈的思想和犀利的笔触直击现代社会中的诸多问题，揭示危机，预示灾难。在他貌似简单的语言背后深藏着许多深刻的主题，令人难以解读；而对人的个体关怀却蕴藏在他的几乎每部作品中，其发表于1991年并使他在次年斩获"福克纳笔会小说奖"的小说《谁主沉浮》(Mao Ⅱ)，正是其中的一部杰作。透过小说所涵盖的恐怖、极权、偶像崇拜、作家及其写作、影像与现实、生存与死亡等多重主题，德里罗更多地关注个体的人在群体喧嚣中的痛苦与挣扎。

小说在全球恐怖阴影笼罩的大环境下展开，讲述作家比尔（Bill）被莫名卷入一场解救人质的行动中的故事。比尔隐居在纽约郊区的一所偏僻小屋内，一对青年男女斯科特（Scott）和凯伦（Karen）照料他的日常起居兼做秘书工作。一日，专为艺术家拍照的女摄影师布瑞塔（Brita）给比尔带来了编辑查理（Charlie）的口信。原来，作为一个自由言论组织的负责人，查理正着手营救一位瑞士籍诗人。这位诗人也是联合国工作人员，在进入巴勒斯坦营地做健康调查时，被布鲁特的一个以拉什德（Rashid）为头目的恐怖组织劫为人质。查理安排比尔在伦敦的一场新闻发布会上朗诵人质的诗作，以借助其名家之名促成对人质的释放。但此计划因恐怖分子的威胁恐吓而夭折。在该恐怖组织的"代言人"乔治（George）的怂恿下，比尔踏上了去布鲁特的轮渡,意图用自己换回人质,但终因此前车祸导致的致命内伤而不幸暴死船中。在此叙事主线之外,对于穿插其中的"次要"人物和"次要"情节,德里罗也给予了足够的关注和较多的笔墨。本文将从个体作家、个体偶像崇拜者以及恐怖分子这三类分析对象出发,对小说中所要表现的个体迷失和个体抗争一一探究,以此揭示当代西方社会的生存危机。

一、个体作家与大众文化及恐怖群体的抗争

在小说《谁主沉浮》中,德里罗描绘了一幅人群充斥世界的图景。到处是人群:街道上、电视里、体育场;送葬的人群、参加集体婚礼的人群——各种各样的人群。而谁将成为这些人群的精神引领者?是一向被认为能影响同代人思想的作家,还是充斥人们视听的媒体和网络新闻,抑或是那些似乎已被权力扭曲、使得地球沦为危险与愤怒并存之地的恐怖主义者?这三者之间的博弈似乎决定了未来世界的命运。

在作家比尔看来,作家的使命是神圣的。因此他在声誉日隆之时离群索居,意图摆脱喧闹和纷扰而专心写作。他一直努力创作,期待自己的作品富有个性意义及改变世界的功能:"当我一字一句处理文字时,我开始认识我自己。我作品中的语言塑造我的品性。如果句子写对了,就有一种道德力量在里面。它说出了作者生存的决心。"(DeLillo 48)可以看出,写出具有批判精神和教化功能的作品是他的追求,甚至是生存的意义。然而在他生活的当代,担负着历史使命和时代责任的作家地位受到了大众文化和恐怖叙事的挑战。人们生活中充斥着商业利益驱动的文化产品,广播、影像、报纸和网络等大多迎合大众在追求舒适享乐和感官刺激方面的需求,忽略了对个体心智的启发和个性心灵的塑造。大众文化"已经成为对社会群体具有强大控制力的'文化工业',它正把社会的个人塑造成无个性的群体的一分子"(王一川 6),这与作家的努力背道而驰。此外,文学作品已经让位于恐怖叙事,"世界新闻是人们想读的小说。里面有过去属于小说里面的悲剧叙事"(Begley 101)。在《谁主沉浮》里的人群,除了集体婚礼的群体以及新闻报道的群体事件里面的人群之外,大部分都是电视观众群。这些分散在各家各户的观众所看到的是与现实混淆的影像,所耳濡目染、津津乐道的是日常生活中的"悲剧叙事";而凝聚作家深刻思想的叙事作品则失去了其应有的地位。难怪比尔发出这样的悲叹:"贝克特是最后一个能塑造我们思考问题和看待事物的方式的作家。在他之后,重要的作品便是空中爆炸和倾倒的建筑。"(DeLillo 157)

如果说以影像、网络等现代传媒为特征的大众文化是令比尔窒息的大环境的话,那么他的生活助理斯考特则是这位作家与之对抗的具体对象。由于斯考特的出现,比尔的行动日益受到限制。最让他痛苦的是,斯考特经常用大众文化的理念来约束他的行动。在斯考特看来,"小说在过去能满足我们对意义的求索"(DeLillo 72),但是现在,"我们拼命地去找寻更重大更灰暗的东西。于是我们转向新闻,它们可以提供持续不断的灾难情绪。这是在别处无法找到的情感体验。我们不需要小说。"(DeLillo 72)这无疑是对作家地位的彻底否定。而对于比尔严谨的创作态度,斯考特更是不以为然。他认为作家的书是否畅销,取决于营销手段,而不在于作品本身的质量。因此他不断打消比尔出版新书的念头并晓之以"理":作家消失的时间越长,就越容易引起读者的好奇和追捧,作品就越值钱。由于持有不同的价值

观,比尔过得并不快乐,时常与斯考特发生争执,这也直接导致他因躲避斯考特而单独行动后客死他乡。诚如德里罗自己所说:"我认为作家不会允许自己有脱离人群的奢望,即使他自己本质上大部分时间是独处一室,与打字机、纸张和笔墨为伴。他必定融入当代生活,成为群体中的一员,成为喧嚣中的一种声音。"(Nadotti 110)的确,比尔并不甘心逃避现实,而是奋起抗争;只不过他没能在抗争中找回自身的价值,而是因寡不敌众被喧嚣的大众文化所湮没。

另一方面,比尔心中一直对恐怖分子耿耿于怀:"在小说家和恐怖分子之间有一种荒谬的联系⋯⋯多年前我常认为小说家可以改变一个文化的内在生命。但是现在,枪弹制造者和武器持有者已经占据了这个阵地。他们侵入了人类的意识。"(DeLillo 41)这个严肃作家常为不能成为改变世界的力量而担忧,甚至非常恼怒,并时常感到有被恐怖分子替代的危险:"因为我们让位给恐怖了,让位给了恐怖新闻,让位给了录音机、照相机,让位给了收音机,让位给了收音机里的炮弹声。灾难新闻是人们需要的唯一叙事⋯⋯"(DeLillo 42)。的确,恐怖分子制造的灾难事件成了当今社会新的叙事模式,人们只要打开电视、报纸和网络,就能看到形形色色的恐怖新闻和灾难报道。恐怖分子似乎已成为大众文化的共谋,一起与作家争夺话语权。正是由于对恐怖分子的不满和忿恨才使比尔走上了营救人质的道路,决定与恐怖群体一决高下。然而他要营救人质的努力却一次次受阻:当他到达伦敦准备诵读人质的诗作时,会议组织者因收到恐吓炸弹而转移了时间和会场;当他赶到转移后的会场时,一场真正的爆炸致使营救计划彻底落空。比尔并没有被恐怖分子的破坏所吓倒,反而义无反顾地踏上前往恐怖分子的老家——炮火纷飞的贝鲁特的征途。他的动力源自何处?乔治在劝说比尔去交换人质时,一直在思考可以给他提供什么好处,然而除却一台文字处理器之外,他始终想不出来这位作家还缺什么。事实上,比尔所缺少的,正是严肃作家的"英雄用武之地"。然而解救人质并非他所擅长,他最终非但没能完成他的"作家的使命",反而因为这次自告奋勇的营救行动而命丧黄泉,这使他在与恐怖分子的较量中彻底落败。

有学者认为,"《谁主沉浮》是德里罗作品中最个人化的一本"(范小玫 5),这确实不无道理。个体艺术家的地位问题向来是德里罗的关注点,本部小说也是他在英国作家拉什迪因作品《撒旦诗篇》而受到穆斯林世界追杀的事件发生后所构思形成的。在小说中,他除了描写作家比尔的命运,也把关注的焦点投射到了摄影师布瑞塔身上。这个艺术家从最初只从事高雅先锋艺术摄影,到最后沦落到为媒体进行新闻摄影而迎合大众文化品位,这在一定程度上也说明了当今艺术家的处境:为了生存,他们不得不放弃自己原有的追求,从而丧失了独特的个体价值。此外,布瑞塔的拍摄对象从严肃作家比尔转向恐怖分子拉什德,从倾听比尔讲写作,到不得不听拉什德说恐怖,似乎从一个侧面暗示作家行将被恐怖分子和大众文化取代的命运。德里罗由此表达他深深的担忧,当书籍逐渐被符号和影像所替代,作家的地位也必将从文化的中心被推到边缘,湮没在喧闹的大众文化和恐怖分子的恶意事端中。

二、偶像崇拜狂热群体中的个体迷失

早在 19 世纪,存在主义哲学的先驱克尔凯郭尔就已对其所处时代的个体存在表示堪忧:一切都必须依附于某种运动,每一个人都必须属于某个群体,人注定要被一种不可思议的魔力所迷惑和欺骗,让自己丧失在事件总体之中和世界历史之中,没有一个人希望成为个人(郑伟 172)。一个多世纪后的今天,这种现象似乎仍在延续。在小说《谁主沉浮》的主体故事开场之前,德里罗描绘了一场喧闹的万人宗教集体婚礼作为小说的序曲,并宣告:"未来属于群体。"(DeLillo 16)这似乎在暗示着未来世界是一个群体占据主导的、个体失去地位的世界,并把读者的视线引到对群体事件的个体关注上。

凯伦,作家比尔的另一位生活助理,便是这场由韩国教会的"月亮教主"组织的集体婚礼的受害者中的一员。婚礼中人人穿着同样的结婚礼服和婚纱,像一个个"雕塑",看不出有任何个性特征和活力。然而,这些来自五十多个国家的青年却"站立着、咏唱着,因人多势众而热血澎湃"(DeLillo 8)。他们在并不相识的情况下,由教主任意指点而结为夫妻。正是出于对教主这一偶像的狂热崇拜,才使得这些豆蔻年华的青年甘愿对教主言听计从,成为教主手下的一个个毫无个性特征的"穆尼"(Moonie),任凭身心受到百般摧残。凯伦和她的韩国丈夫因语言不通、没有共同的爱好而根本无法沟通:当她告诉丈夫他们结婚的场地就是大名鼎鼎的洋基队的赛场时,这位木讷的男人只是"点了点头,茫然地笑了笑"(DeLillo 9);如果把他换作一个有共同爱好的美国青年的话,则会产生"一种共鸣",且"无需言明,便能领会"(DeLillo 9)。而即使跟这样的丈夫在一起,也是聚少离多,因为教主规定,夫妻每四十天(教主认为需要的话,也可以是几年)才能同房一次。集体婚礼后丈夫立即就被派往远地传教,双方分离 6 个月后方能相见,前提是各自必须为教会组织发展三名新成员。在和丈夫分离的日子里,她只能和其他信徒聚集在一起,过着没有自己的空间、没有个人隐私的生活。除此之外,每天还必须从事着自己不喜欢的劳苦工作,要想逃脱就只有割腕或跳楼自杀,这样才"不会令教主失望"(DeLillo 14)。和其他的忠实信徒们一样,凯伦的信仰除了给她带来肉体的束缚之外,还带来了精神上永久的禁锢。尽管她已厌倦了上述的生活,但被家人营救脱离教会后,仍然无法摆脱教主的阴影。事实上,在离开教主开始全新的生活后,她反而无所适从,转而投入另一个群体——电视群体中,沉溺于观看电视上的一个个影像,过着虚幻的、随波逐流的生活。

当代社会纷纷扰扰,各种运动风起云涌。在这些群体运动中总有一大批个体由于缺乏思想而盲目崇拜,又由于盲从而更大程度地迷失自我。在《谁主沉浮》中,德里罗不仅描写当代美国人的信仰危机,还将视野放到了全球范围。如果说凯伦把领袖的思想作为自己的思想毕竟还拥有所谓的信仰,那么那些失去领袖的偶像崇拜者们的境地则堪称凄惨。小说描写了伊朗穆斯林领袖霍梅尼(Khomeini)的葬礼上宏大而混乱的场面。参加葬礼的人群无边无际且持续增多,场面一度失控。对领袖崇拜的狂热程度可以窥见一斑。失去领袖的信徒们像失去了自己的父亲一般,他们蜂拥前往墓地送葬,由于拥挤踩踏,竟然发生了"死八人,伤者数千"(DeLillo 190)的惨剧。信徒们试图阻止遗体下葬,"想把他抢回到他们身边"(DeLillo 190)。他们在尸体旁痛苦挣扎,拍打着自己的脸颊;他们哀悼恸哭,奋力从"父亲"的葬袍上撕扯下一块块布片作为精神的寄托。由此可见,信徒们对领袖是多么地依赖,而失去领袖的他们是多么地痛苦、无助和迷惘。这一场面对正在电视机旁观看直播的凯伦来说是无比震撼的,她觉得自己好像是他们中的一员。因为此时,她的境遇正和这些信徒的境遇一样,失去了教主的"教导",精神上没有了依靠,整个人成了没有灵魂的躯壳,不知何去何从。

作为意裔美国人,德里罗虽然在作品中不可避免地拿东方说事。不过,他也以此影射西方,意在关注全人类的命运,提醒大家人类正处在严重的精神危机之中。在一篇访谈中,对于是何种力量驱使个体迷失在群体之中这一问题,他提供了这样的答案:"这不仅仅是放弃责任的需求,也是放弃自我、逃避作为人的重压、存在于群体合唱中的需求……这是一条逃避痛苦、逃避懊恼、逃避悲伤以及其他诸事之途。"(Nadotti 113)这种需求使得像凯伦那样的人因没有信仰而投入偶像崇拜群体,又因脱离宗教失去"信仰"而投身到另一个群体——电视影像之中;也使得像霍梅尼的信徒那样的人们为逃避责任而将自己的精神交给所崇拜的领袖,从而在失去领袖时变成了一群失去生命活力的乌合之众。这些人被群体的力量推动着,销蚀着生命的意志,直至彻底地迷失自我。用这样一席话来描绘这群迷失自我的个体再合适不过了:"我们绝望,却不再在乎。我们怯弱,却不能惊醒。我们在忙碌的外衣下呆滞慵懒,我们在富足中日见赤贫,我们在自己的家园内流离失所。"(卡洛尔 1)

三、施暴与被施暴:恐怖群体和恐怖个体

让我们将视线再转回到恐怖本身。以"9·11"事件为最极端代表的恐怖袭击其实在很大程度上源自西方基督教文明和其他文明如伊斯兰教文明之间的矛盾冲突。美国前总统林肯在 1855 年的一封信中曾经说道:

> 我感到我们的事业退化得太快了,作为一个民族,我们从宣布"人人平等"的原则开始,现在在实践中我们把这种平等解释为"除了黑人以外的人人平等",在一无所知盛行的时候,他们解释为"除了黑人、外国人和天主教以外的人人平等",如果这样,我宁可移民到像俄国那样的不伪装热爱自由的纯粹专制主义国家去。(董小川 196)

撇开其他不论,就其所要表达的主旨而言,以"人人生而平等"为其立国之本、崇尚民主自由的国家尚且如此,可见唯我独尊、追求纯粹的思想是多么根深蒂固。西方国家试图以自我为中心,为追求纯粹的一致性而不择手段地排斥异己,这必然会使不同文化之间的冲突愈演愈烈。只要极权暴力存在一天,恐怖就一天都不可能停歇。在恐怖暴力蹂躏下,个体的生活苦不堪言。德里罗的小说《坠落的人》(*Falling Man*,2007)就是对"9·11"这一恐怖袭击事件所造成的个体创伤以及民族创伤的真实记录和反思。而早在《谁主沉浮》这部作品中,德里罗就已经对恐怖的原因及其造成的灾难作了具有预见性地揭示。

作为群体,小说中的恐怖分子们对无辜民众的施暴造成了无可挽回的损失和伤害,一个个无辜的个体成为牺牲品。作家比尔所要参与营救的瑞士籍诗人便是其中之一:他成为人质仅仅是"因为他在那儿,可以抓到"(DeLillo 98)而已,而在他被羁押期间,受尽了看管人的折磨和虐待,最后被像交换毒品和武器一样与另一个恐怖组织作了交易,并随时都有生命危险,因为恐怖组织"想做什么就做什么"(DeLillo 235);恐怖分子在对营救这位人质的组织者进行炸弹恐吓后又实施了爆炸行动,造成了无辜个体的死伤和民众的恐慌;而在恐怖分子的大本营布鲁特及其周边地区,人们生活在战争的恐怖阴影下,所谈论的话题唯有战争。人心惶惶、民不聊生,遑论安居乐业。

更为可悲是那些被恐怖思想洗脑的人们,他们既是恐怖行为的帮凶,又是恐怖思想的受

害者。小说中被恐怖头目拉什德控制的那些尚未成年的男孩们,都被迫带着头罩,因为:"在阿布·拉什德身边工作的男孩都没有脸、都不说话。他们的外表是同一的……他们不需要自己的外貌和声音。"(DeLillo 234)。拉什德让男孩的衬衣上都印上他的照片,因为"他们不是欧洲的发明……拉什德的形象就是他们的身份"(DeLillo 233)。这些年幼的孩子从小就受到他的压制和戕害,被迫成为和他一模一样的恐怖分子。特别是被拉什德称为"儿子"的那个孩子,对摄影师布瑞塔充满敌意,这并非因为她曾经羞辱过他,而是因为她来自西方国家。在瞪视布瑞塔时,"他眼神里的暴力显示出仇恨和愤怒对心灵的补偿"(DeLillo 237)。这些孩子从小就被埋下了对西方世界仇恨的种子。他们没有判断是非的能力,根本谈不上思想和行动上的自由。试想要让他们听命于恐怖头目而从事恐怖活动,他们必将义无反顾。这样的结果让人不寒而栗。《谁主沉浮》实际上是在提醒我们有责任创造反叙事,即社会抵抗,以此最终战胜诸如此类的恐怖主义者,那些小独裁者们。"(Rowe 42)

恐怖分子群体给世界造成的恐慌和不安定因素确实给人们的生活带来无数灾难。然而在全球范围内,各种恐怖组织作为一个个独立的个体,也在整个西方文化主流意识形态的夹缝中生存。他们本身又处于被施暴者的地位,饱受极权政治的打压。深受压制的他们过着怎样的生活呢? 现实中的本·拉登四处藏匿、被围剿和枪杀的情景仍历历在目。而《谁主沉浮》中的恐怖头目拉什德则和他的追随者们躲在一个废弃的厂房里,吃着临时收缴来的风格混杂的食物,周围一片荒凉,遍布战争中被毁坏的建筑。

对于令他恨之入骨并竭力与之斗争的恐怖分子,作家比尔有着深入的了解:"他们是一群孤独的被放逐者。……他们是完善的小型极权政权。他们有着陈旧的过激的想法:或者全部毁灭,或者纯粹秩序。"(DeLillo 158)饱受打压的恐怖分子对于西方世界有着与生俱来的敌意:"只要有西方人在,就是对自尊、对身份的威胁"(DeLillo 235)。因此,他们采取极端的方式,如劫机、制造爆炸事件、甚至不惜成为人肉炸弹而达到打击敌人的目的。他们认为,"恐怖就是我们用来使我们的人得以在世界上获得地位的手段。过去我们通过工作所获得的,现在通过暴力获得。"(DeLillo 235)他们坚信,"恐怖能够创造一个新世界。人们团结一致。人们创造历史。"(DeLillo 235)且听恐怖分子是如何解释把无辜的诗人抓来做人质的理由的:"我要告诉你为何我们要把西方人锁在房间里。这样我们就不必面对他们。他们使我们想起,我们是如何试图模仿西方、如何装腔作势——这可怕的伪装。"(DeLillo 235)有评论认为,上述"这段话代表了成为黎巴嫩内战标志的后殖民问题的完美开场"(Velcic 417)。的确,在旧的殖民历史已然结束的今天,在以不同意识形态的斗争为标志的冷战结束之后,基督徒与穆斯林的宗教信仰冲突所引起的恐怖问题已成为后殖民时代的最突出的问题。

德里罗在"9·11"恐怖袭击事件发生后发表的一篇文章中很直白地指出:"是美国引起他们的愤怒。是我们高调的现代化。是我们科技发展的势头。是我们明显的无宗教信仰。是我们生硬的外交政策。是美国文化渗透进每一堵墙、每个家庭、每个生命和每个心灵。"(DeLillo 2001:33)这段站在美国人立场的却不乏自我批评精神的话语,充分说明了"恐怖"是不同经济、文化,特别是宗教信仰和意识形态的国家互为他者、互相敌视的结果。"恐怖主义不是一种文化特征,而是任何人都可能卷入的行为——如果我们无视相似性,而过分强调差异性的话。"(Derosa 179)完全可以这样认为,恐怖分子是在大的强权政治的压迫下所形成的小的强权群体,作为全球意识形态中的个体,其自身也生活在痛苦和挣扎中。如果一种政治和意识形态仍然要压制其他与之不同的意识形态,强迫持有不同价值观念的政治他者或宗教他者听命于己,恐怖的阴影就会持续笼罩人们的生活。恐怖分子作为施暴者和被施暴者的处境不断提醒人们:所谓的纯粹性和一致性必将导致各种灾难的发生。世界需要多元化的文化,人类需要互相理解与宽容。

四、结语

德里罗在小说结尾处,精心安排了一场与小说开场迥然相异的婚礼场面。在贝鲁特的凌晨,从满目疮痍的废墟中走来一群迎亲的队伍,新郎和新娘身着婚纱和礼服,喜气洋洋地坐在布满弹孔的苏式坦克上缓缓前行。这样充满战争元素的迎亲场面虽然有些怪异,但却以另类的方式展现了人们对个性生活的期盼和对美好未来的向往。即使在废墟中也可以生活得充满色彩,也可以构筑心灵的家园。这也许是德里罗意图让读者在小说中领悟的又一层含义吧。

《谁主沉浮》通过并不复杂的故事情节,将错综复杂的主题环环相扣,形成一个有内在张力的有机体。难怪会有研究者将他的作品看作是一个个意义和结构的"回路"(Laclair X)。在《谁主沉浮》这个"回路"中,作家个体、疯狂的偶像崇拜者个体、在恐怖阴影下惶恐生活的个体以及充满仇恨的恐怖分子个体都各自在庸俗的大众文化、纷乱的群体运动、恐怖组织活动和全球化极权政治的喧嚣下,或因迷失自我而随波逐流,或因不甘堕落而奋起抗争。德里罗通过这部作品影射现实,呼唤个体意识的觉醒和群体理性的思考、警示个体信仰的缺失和群体的愚昧、呼吁求同存异和多样性的世界格局,并期待个体的人在真正意义上的自由与解放。

参考文献

[1] BEGLEY Adam."The Art of Fiction CXXXV:Don DeLillo(1993)." Conversations with Don DeLillo. Ed. Thomas DePietro. Jackson:University Press of Mississippi, 2005:86-108.

[2] DELILLO Don. Mao Ⅱ[M]. New York:Viking Penguin,1991.

[3] DELILLO Don. In the Ruins of the Future:Reflections on Terror and Loss in the Shadow of September[J]. Harper's December(2001):33-40.

[4] DEROSA Aaron. "Alterity and the Radical Other in Post-9/11 Fiction:DeLillo's Falling Man and Walter's The Zero." Arizona Quarterly:A Journal of American Literature,Culture,and Theory Autumn (2013):157-183.

[5] 董小川.美国文化概论[M].北京:人民出版社,2006.

[6] 范小玫.德里罗:"复印"美国当代生活的后现代派作家[J].外国文学,2003(4):3-7.

[7] 约翰·卡洛尔.西方文化的衰落——人文主义复探[M].叶安宁,译.北京:新星出版社,2007.

[8] LECLAIR Tom. In the Loop:Don DeLillo and the Systems Novel[M]. Urbana and Chicago:University of Illinois Press,1987.

[9] NADOTTI Maria. "An Interview with Don DeLillo(1993)." Conversations with Don

DeLillo. Ed. Thomas DePietro. Jackson: University Press of Mississippi, 2005: 109
－118.

[10] ROWE John Carlos. Mao Ⅱ and the War on Terrorism[J]. The South Atlantic
Quarterly Winter (2004): 21－43.

[11] VELCIC Vlatka. Reshaping Ideologies: Leftists as Terrorists/Terrorists as Leftists
in DeLillo's Novels[M]. Studies in the Novel Fall (2004): 405－418.

[12] 王一川. 大众文化导论[M]. 北京：高等教育出版社, 2009.

[13] 郑伟. 试论克尔凯郭尔哲学的基本特征[J]. 东岳论丛, 2007(2): 170－174.

注：本文引用部分除注明外均由笔者译自原著。

论德拉布尔《红王妃》中作为伦理活动的叙事

林　懿

摘　　要：玛格丽特·德拉布尔的小说《红王妃》(2004)是一种对小说叙述有强烈自我意识、却又对社会现实产生伦理效应的"自涉性"小说。本文认为,《红王妃》在现实层面产生的伦理效应,源自小说对叙事本身包含的伦理向度的挖掘。小说叙事拒绝被固化为一个静态(死亡)的文本,仅凭借其叙述内容反映伦理问题。相反,它本身就是一种伦理活动,是一项叙述者向后世读者召唤和趋近的行为,是一起读者敞开自身接纳文本他者并替其发声的事件。小说对当下社会的关照,其实是小说叙事悦纳他者、对他者负责的伦理倾向的延伸。

关 键 词：玛格丽特·德拉布尔;《红王妃》;叙事伦理;列维纳斯;文学事件性

作者简介：林懿,南京大学外国语学院在读博士,主要研究方向:当代英国文学。

当代英国女作家玛格丽特·德拉布尔(Margaret Drabble)似乎总对文学风尚的接受"慢半拍"。20 世纪 60 年代,英美后现代小说方兴未艾,德拉布尔却声称自己宁愿为一个日渐消亡的伟大传统而写作(qtd. in Knutsen)。80 年代末,后现代文学开始受到批评,德拉布尔的创作却展现出明显的实验性技法,被一些批评家定性为"后现代转向"(Rubenstein 137)。然而笔者认为,德拉布尔创作风格的剧变并不代表她放弃了强调文学教化功用的利维斯式现实主义传统,甚至也不仅仅意在兼容调和现实主义与后现代主义、"在传统与创新之间保持平衡"(孙艳萍 102)那么简单。如果德拉布尔的早期创作是以现实主义传统为利器坚持"反后现代主义"的立场,那么她风格转变后的作品往往直面后现代主义提出的语言虚构性、叙述与阐释的不可靠性这些问题,以一种"后—后现代主义"的姿态,回应后现代风潮过于轻浮的语言嬉戏。小说《红王妃》(*The Red Queen*, 2004)即是德拉布尔这类近期作品的典型代表。

《红王妃》记叙了一古一今、一东一西两位女性的生活经历。小说中,18 世纪的朝鲜王妃洪玉英以幽魂的身份向当代读者自诉生平,并通过自己的回忆录吸引了当代英国学者芭芭拉·霍利威尔。王妃的讲述左右着芭芭拉的注意力,控制着她在朝鲜的活动,并持续影响芭芭拉日后的生活,直到芭芭拉最终找到合适的人选(德拉布尔本人)将王妃的故事续写出来。整部小说可以被视为一个"叙述——阅读"活动的寓言,其核心事件是芭芭拉阅读王妃的自述,由此催生了各种后续行动。《红王妃》具有许多后现代元小说特征,却摒弃了元小说常有的嬉戏性质,是一种对小说叙述有强烈自我意识、却仍能对社会现实产生伦理效应的

"自涉性"(self-referential)小说①。这一类小说意识到文学叙事活动(包括叙述、阅读、阐释等)本身的不可靠,却没有走向虚无与自闭,而是以叙事本身包含的伦理向度为出发点,延伸至对当下社会的关照。可以说,《红王妃》既继承了文学的启迪教化精神,又突破了传统伦理批评"内容——道德纽带"(the content-as-morality bind)(Newton 67)的限制,转而先从叙事活动自身挖掘伦理价值。目前国内学界已有论文分析小说的"幽魂叙事"之跨时空叙述效果(程倩 54 - 62),主题方面也有论文探讨了小说对历史的重写(杨建玫 120 - 27)和对异文化的再现与理解(王桃花 66 - 75)这些议题,却未有评论者注意到小说叙事与这些伦理性议题的关联。本文将借鉴近年西方学界中以米勒(J. Hillis Miller)、纽顿(Adam Zachary Newton)与阿特里奇(Derek Attridge)为代表的关于"叙事伦理"②的探讨,解读该小说叙事包含的伦理向度,并揭示它如何与小说主题结合。

在米勒、阿特里奇等人看来,叙事本身作为不同主体间的交流活动,引发的是自我与他者的关系问题:讲述者如何通过叙述向未知他者敞露自身并给以馈赠,读者又该如何公正地接待叙事文本携带的异质他者、并做出回应以履行对他者的责任。这些问题不但使文学叙事充满列维纳斯式"他者伦理"的思辨性,也改变了我们对叙事文本的认识:既然责任"属于行动、伦理和施为(performative)的范畴而非语言的静态述事(constative)范畴"(Miller,"Speech Acts" 194),叙述的伦理向度就要求我们重视语言的施为性,要求我们将叙述与听取视为一"语言性的相遇事件"(邓元尉 143)、将文本视为"一项工作、一个事件而不仅仅是一个艺术品"(Hughes 125 - 126)。小说中,红王妃的叙述拒绝被固化为一个静态(死亡)的文本,它极力"起死"为一项未完的言说活动,向后世读者召唤和趋近。芭芭拉的阅读则是一次敞开自身接纳文本他者并替其发声的"招魂"事件,直至芭芭拉以肉身替他者服务,将伦理向度延伸至当下现实。这些特征都体现了小说叙事的能动性。具体说来,小说中作为伦理活动的叙事可以从叙述、阅读/阐释、转述三方面来理解。

一、言说:叙述作为无尽行动

奥斯汀(J. L. Austin)于 20 世纪 50 年代就注意到,语言除了具有描述功能外,还具有能动的施为功能。在后一功能中,"说话[本身]就是在实施一项行动或是行动的一部分"(Austin 5)。在列维纳斯看来,语言的这一动态内涵才是其伦理本质的落脚处。列维纳斯将语言分为"已说"(said)和"言说"(saying)。"已说"是被固化的、陈述性的言谈内容。"言说"则是言语行为本身,它指向原初的意指性活动(signifyingness),且不可被化约成能通过符号理解的概念。真正的言说必须是无尽的。语言之所以能打开通向他者的渠道,就在于言说以其激进的不可化约性打断了已说的整体性暴力:"已说的整体性不断被言说的伦理结构破坏,而这种无尽的干扰与破坏即是列式的伦理政治。言说……不断地缠绕、诘问已说与自恋情结"(赖俊雄 23)。言说因此具有"一己而为他"的伦理倾向,言说在伦理意义上先于已说(Levinas, OB 5)。

然而,叙事伦理的困难在于,在具体叙述中,叙述者的言说活动一旦发生,立即被固化为已说;受述者欲在叙述中听取他者活生生的召唤,却只能遭遇僵死的已说。尽管如此,言说并没有被完全扼杀。言说必定"在已说的每个层面铭刻下自己的踪迹"(Hughes 129),它需要依赖叙述双方的伦理意识来将其唤醒,犹如呼唤死者的魂归。在这种意义上,具有伦理价值的文学叙事,必须能激发我们注意已说文本背后那个潜在活动的幽魂,亦即那无法捕捉又无法消灭的他异性言说活动,并提醒我们作为读者的责任。阿特里奇由是生动地宣称:"我们理解为文学的这一特殊情境总被幽魂缠绕。它们在生者面前现形,提醒他们履责,考验他们,向他们索要正义。"(Attridge,"Ghost Writing" 224)

《红王妃》中叙述者的幽魂身份,正暗喻了言说活动在最初的意指行为消退后,仍具有潜在的持存能力。在针对《红王妃》创作的访谈中,德拉布尔坚持朝鲜王妃"以鬼魂的形象出现很合适",并首肯将王妃与《哈姆雷特》中的幽灵作比较的想法。这是因为在阅读王妃回忆录的过程中,小说作者强烈感受到王妃叙述活动的未完结性,仿佛王妃需要一再地述说:"她[王妃]必须回来再次讲述她的故事······我觉得她还没有完成这一切,她还有很多要说的。······我有一种感觉她甚至至死还没有完全结束她的故事"(德拉布尔、李良玉 157)。王妃没有"结束她的故事"不是因为情节没交代完整。从小说中我们得知,王妃本人成功完成了四部回忆录,四次写作的目的和背景不同,涵盖的事件却基本齐全相似(Drabble 162 - 163)③。由此看来,王妃叙述的未完结感,来自叙述者意欲一再进行言说活动以抵抗旧文本的禁锢、坚持一己之在场的诉求。这一诉求沉潜在已说文本中,却仍能呼唤后世读者为其服务,将言说进行下去,一如《哈姆雷特》中的幽魂呼唤生者为其尽责。在小说前言中,德拉布尔承认,"我的创作努力是向[王妃]叙述的威力致敬"(vii),因此,小说《红王妃》本身可被看作王妃的第五部回忆录,它是王妃言说活动在当代的继续,也是这一言说在将来还会继续下去的证明:

> 我的第五部回忆录还是个秘密。那是关于我灵魂的故事,是一个永远没法彻底破解,也永远不会有终结的故事。我把这个故事讲给我的替身,也讲给她的子子孙孙们听。我会在他们的梦中,悄声对他们娓娓道来,等他们醒来时,他们会琢磨自己到底听见了什么。(163 - 164)

随着王妃言说活动的存续,她作为叙述者的在场性得到保证。与此同时,王妃回忆录的读者芭芭拉则甘愿听取召唤,履行起王妃的代言工具("替身")这一伦理职责,向文本中的他者展现了"好客"的慷慨。这些都是小说第一人称幽魂叙事蕴含的伦理向度。

除了叙事人称的设定,小说还在具体行文中突显原初讲述者红王妃的在场。这是一个期望与后世读者直接对话的幽灵讲述者,它在自述中不时向读者发难并索问言说的效果:"我把意思表达清楚了吗?抑或,我正好暴露了自己是个儒教诡辩论者,源自一个诡辩朝代的诡辩论者?"(57)、"故事讲到这里我意识到,我这是在冒险呢,这么讲,我可能听起来像个刻毒的老太婆"(150)。这些插入语的频繁出现不仅突出了叙述的自觉性,还有助于将叙述行为再现为正在进行的活动,象征着言说对已说的干扰。此外,王妃的幽魂在自述中不断修正甚至否定自己的"已说":"刚才我说我是'偶然'读到了凯瑟琳的传记,其实我是撒了谎"(106)、"我在十年期间写过四本不同的回忆录,每次的目的略有不同,······但现在,我会力求真实,但我也不敢打保票,也许鬼魂也会自欺欺人呢,谁能说得准?"(77)。这类自白抹消了所说内容的确证性,在一定程度上松动了本来固著的文本,使言说与所说得以相互转化。"言说化为所说,但复又取消(unsaying)先前的所说、说出所说之未说(the unsaid)、产生新的所说"(邓元尉 126)，叙述活动因此得以无尽进行下去，产生新的意义。

如果我们像德拉尔布尔暗示的那样，将《红王妃》视为王妃自传的续写，不难发现，王妃这一原作者形象已与后现代思潮宣扬的"已死的作者"大相径庭。由于小说突出了叙述作为一未尽行动的持续能动性，两个世纪前的朝鲜王妃能在当下"起死"，替自己的文字辩护，完成自己的目标。王妃于是成为一个担负着责任的伦理性作者，肩负着将古朝鲜宫廷的悲剧解释清楚并告知世人的任务："我辞世已两百年，但一直未敢懈怠，我一直在思考我的故事，我的历史"(4)。王妃还是影响小说其他人物走向的一个强大因素，掌控着她的读者或听众的注意力。芭芭拉·霍利威尔一翻开王妃的回忆录，便"被王妃善辩的魂灵紧紧攫住了，成了这个没有名字的洪氏贵妇的奴隶"(184)：

> 所有这些发生在很久以前的事件涌入她[芭芭拉]的大脑，像炸弹一般引爆，裂变出无数神经元，充斥她的脑海和躯体。……王妃就像科幻影片里的外星生物，已经进入她体内，在里面扎根生长。(185)

列维纳斯的伦理思想要求主体敞开自身接纳异质他者。相应地，小说借助附体的隐喻，表现了王妃的他异之声冲破芭芭拉的自我意识("进入到她体内")，促使芭芭拉将"在己同一"的唯我论存在转换成一个"为他的"伦理主体(Levinas, *TI* 289)。这是王妃言说活动带来的另一层伦理价值。

值得注意的是，王妃的形象并不总是强大主动，而是全能与无力、强势与弱势的矛盾结合。王妃一方面操纵后世读者为其服务，另一方面却对自己的力量全无把握："我只是个鬼魂，没有自由……我只能等待，等待某些在生之人作为我的代理，替我去发现"(36)。对自己的读者王妃也不能总占上风，反而经常摸不准芭芭拉的选择。王妃的弱势与她的力量一样，均来自言说，因为在以言说向读者召唤的过程中，"言说者使自己坦然无蔽地呈现在听者面前，将自己赠与对方，……这一言说乃是敞露，是出离自身所居之处，是流亡，是对自身的剥夺"(邓元尉 127)。也就是说，由于言说会不可避免地向僵死的已说转化，王妃实际上将自己置于"可被杀"(自因于所说)的无助状态。这里存在着读者的一种可能性、一种抉择：读者是否能遵循"汝不可杀人"的操守，放弃自身的同一性暴力，承认言说者，使因禁流亡在所说文本里的王妃复活？维持言说活跃性的伦理任务于是同等地落在了读者身上。"叙述就是赠予，倾听则是救赎"(Newton 106)，述者与听者必须相互扶持、相互渗透，才能实现具有"利他"维度的平等的主体间性关系。这种平等关系解释了小说中王妃的叙述无可避免地染上当代读者的观点，仿佛王妃自身也被芭芭拉"侵入"："这位替身跟我本人之间存在的是一种怪异的不可思议的关系……我们在这里携手合作，共缚于一个让人魂牵梦绕的鬼故事里。我和我的替身交通出面，互为讲述者与被讲述者"(154)。小说中，王妃确实常常用"my ghost"④称呼自己的替身芭芭拉，暗指二人地位早已混同，谁生谁死、谁主谁客都已无法区分。

二、回应：诠释作为见证与施为

叙事伦理要求将叙事文本视为讲述者的一项活动,这给听众/读者带来了新的考验:该以何种方式对活跃起来的文本尽责? 根据上文的分析,意识到并承认文本背后无止境的言说是读者责任的一部分,却不是全部。读者责任更重要的部分,正如责任的英文"responsibility"所揭示的,是对文本产生"回应"(response)的"能力"(ability)。唯有在感知到文本的召唤后以某种方式对其独特性做出反应,读者的阅读经验才不再是"对美学形式纯粹不负责任的、被动欣赏的快感"(Miller,"Speech Acts" 196)而具有伦理价值。读者对文本的回应以诠释为主要方式。问题出现在,传统的诠释——读者发挥自己的认知能动性、完全消化文本所说后用自己的语言明确表达出其中内涵——并不能凸显原文本的言说活动。这种以"认知理性"为主导的诠释方式将文本设定为所说构成的有限整体,使文本的无尽他异性化约为可被自我完全理解的固定意义。从他者伦理的观点看,这类对文本的内化理解,就是对他者的暴力。"理解实际上就是一个掌握、控制、占有他者的暴力行动"(邓元尉133),认知行动正是透过理解某一事物来来攫获它,将之据为己有。因此,不论传统的诠释如何力图忠于原文,都是扼杀文本他异性的不义之举,是对活生生的言说的背叛。

由此看来,要将叙事当作一项活动来回应,必须赋予文本诠释新的内涵和目的。《红王妃》借作者本人与小说人物芭芭拉对王妃回忆录的阅读反应,向我们暗喻了诠释的另一种可能性,一种用"见证"取代"认知"的诠释理念。在这一新的诠释理念中,诠释者视自身为被拣选出来的见证者,亲历阅读事件的神秘和文本意义的不断盈溢。见证性的诠释包含两层意蕴,其中的第一层,意味着诠释者需将阅读体验视为一个降临在自己身上的他异性事件。诠释的任务因而不再是对文本内容给出不容置喙的断语,而是记录文本他者随阅读降临时,读者/诠释者自己受到的冲击和影响。

《红王妃》里,朝鲜王妃的回忆录在芭芭拉的生活中一出场,便被描述成一个神秘莫测的、甚至带有危险性的事件:"一本《王妃回忆录》正等待着她……这本书是一个陷阱、一种传染病、一颗定时炸弹。"(125)小说接着向我们披露,王妃回忆录如何落入芭芭拉之手也是一个无头奇案:"这本回忆录是有人通过亚马逊网上购物公司匿名送给她的,里面连字条都没有一张。……她想搞清楚到底是谁送的这份奇怪的——现在看来甚至是爆炸性的——礼物,却以失败而告终"(193)。在阅读了《王妃回忆录》后,芭芭拉没有尝试对书的内容进行评判(传统诠释方式),而是反复思索自己着迷于王妃故事的前因后果。是因为她牛津大学的古老寓所与王妃的时代有一定联系(186),是因为王妃精彩的叙述技巧的诱惑(187),还是因为王妃触及了芭芭拉对自己生活的回忆?(ibid)通过将省察的目光聚焦读者自己,对王妃故事的诠释不再是读者认知能力的炫耀,而对文本这个神秘他者之威力的致敬。

相对于"行动","事件"一词突出的是不可预测性和当事人一定程度的被动性(Attridge,*Singularity* 2-3)。故在对阅读这一"事件"的回应中,作为当事人的读者只能勉力见证自己受到的影响,并将主导权留给行动者/叙述者。我们看到在芭芭拉这部分故事中,小说不再采用王妃故事中坚定的第一人称叙事,而改用以芭芭拉作第三人称。小说甚至设计了一群令人费解的隐形"密探"监视芭芭拉的举动:"我们注视着她,而她对我们的闯入浑然不觉。

……我们观察着,并将报告我们的观察所得"(169)。密探们的观察所得就是小说中芭芭拉遭遇王妃回忆录的前后反应。这一看似费解的密探视角,实际暗示了芭芭拉让渡出自我中心的读者优越感,情愿以出离的姿态记录(见证)文本对自己的冲击。

　　见证性诠释包含的第二层意蕴,在于理想诠释的不可能性。诠释者受文本他者的拣选传递文本言说之意义,然而,由于言说无尽,文本意义永远于盈溢中流变而不可捉摸。尽管如此,文本要求诠释者道出其意的呼唤却毫不懈怠(Attridge, *Reading* 98)。于此两难中,诠释者必对文本抱有恒常负疚之情,对文本的责任因而永无尽时。《红王妃》中德拉布尔借芭芭拉表达出的焦灼,即是这样一种富于伦理意味的负疚感。在小说前言中,德拉布尔就表示出对自己受选与困惑之感:

　　　　她[王妃]让我寸步不离地跟着她,从一个章节到另一个章节,从一个国家到另一个国家。她似乎有求于我,但所求为何却很难说清。我好几次试着无视她的敦促,放弃这个困难的写作计划,但她却不依不挠。……我把她的故事写成了一部小说,……我也不清楚这么做是否合乎她的心愿。她想[从我这儿]得到什么,但这可能不是她想要的。(vii)

　　相应地,小说中芭芭拉·霍利威尔也被塑造为王妃的亲选代理,却对自己的能力惶恐不及,对王妃的意图也迷惑不已:"她[王妃]从两个世纪的沉睡中走出,十万火急地带来了另一个世纪的信息……霍利威尔博士就是那被拣选的载体。霍利威尔博士感到有点不舒服,这对她来说负担太重了。她感到困惑,感到无能为力。"(211)芭芭拉的受挫是王妃不断更新言说的必然结果:"她[王妃]是个靠不住的讲述者……在几个版本的回忆录中,到底有多少东西是真实可信的?"(252)然而,芭芭拉诠释意图的不断失败,反而是对文本意义之盈溢的成功见证,是以无尽的诠释努力响应无尽的言说活动。我们看到芭芭拉为追索文本中的信息不断扩大阅读,原来心不在焉的韩国之行也变成学习异文化的朝圣之旅。以这样谦卑的姿态对待文本,与传统诠释者"自以为义"地宰制文本内容相比,无疑有天壤之别。

　　从上文分析看,《红王妃》似乎在暗示,对文本内容的诠释既是不可取的,也是不可能(无尽)的。然而,如果完全放弃对文本"已说"的理解,王妃故事里的伦理主题如何发挥伦理效应? 王妃如何能借自己故事的内容影响读者、刺激芭芭拉在现实生活中行义? 叙事伦理难道只能局限在玄虚的"言说——阅读"活动中? 其实,小说否定的只是传统意义上作为静止认知状态的"理解",这种理解仅满足于知晓文本作为一字符集合体的语义,似乎只要读懂了语篇的每一句话,就可以心安理得地认为"理解"了故事主题及个中人物的经历。而在《红王妃》中,合格的理解需是一次"肉身化的行动"(邓元尉 150),需要诠释者在现实中对故事内容进行"施为性的重复"(performative repetition),以亲身经历来体悟文本主题事件(Miller, "Speech Acts" 205 - 208)。这也是王妃看好芭芭拉为自己代理的重要原因。小说中,王妃和芭芭拉虽然时空远隔、语言不通,她们的生平经历却多有重叠相似之处,以至于我们从王妃的自诉转向当代芭芭拉的故事时,常常产生似曾相识的恍惚。王妃叙述的最惨痛经历是丈夫思悼王子在其父英祖国王的压迫下发疯,最后被封入米柜中活活饿死。而芭芭拉的丈夫也在父亲的阴影下精神抑郁失常,常年困于精神病院中,"变成了肯特郡的哀思王子、棺材王子"(Drabble 213)。此外,王妃曾痛失幼子、王妃个性骄傲富有野心、王妃对红色衣衫情有独钟，这些或重或轻的刻画在芭芭拉的故事中都被别有用心地安插了对应。可以说，芭芭拉在某种程度上"重演"了王妃的生活，似乎只有这样，芭芭拉才能将回忆录的主题内容作为活生生的事件来体验、来见证，才能"理解"其中单凭文字无法传达的震撼力。

值得一提的是，芭芭拉的经历不止是"偶然地"与王妃的生平有所重合。作为一个有使命感的诠释者，芭芭拉竭力以自身行动向王妃的行动靠近，希望由此可以真正理解王妃。她参观王妃生活的寝宫、亲自踏足王妃出宫参加庆典的路线，甚至仪式性地在充满哀思的"自杀桥"下走一遍，用践行体悟与王妃相隔古今的联接："这桥便是关联，便是纽带。这纽带连接着生与死，连接着过去与现在。而这桥是她无法回避、必须跨越的。"(Drabble 336)。在生活中需要做出伦理抉择之际，芭芭拉更是以肉身效仿王妃的道义之举。王妃始终没有离弃自己病入膏肓的丈夫，并大度原谅了他加在自己身上的暴力，而芭芭拉如果此前还宁愿不想起丈夫的话，在读了《王妃回忆录》后，她也开始定期去疗养院看望丈夫(Drabble 319)。王妃没有对思悼王子的父亲进行恶意歪曲，芭芭拉也客观评价了自己的岳父。王妃在思悼去世后全力护卫思悼的儿子们，而芭芭拉在喜欢的男人占·范乔斯特突然离世后，也不断为范乔斯特夫妻意欲收养的中国孤儿奔走，自己也当上了小女孩的"第二母亲"。可以说，正是通过对文本进行施为性的理解，王妃故事中的伦理主题得以指导芭芭拉在现实生活中行事，叙事活动的伦理向度也因此延伸至叙事内容包含的伦理议题。

三、宣道：文本作为联结的纽带

通过施为性的诠释活动，叙事伦理与文本内容初步联系起来。然而，读罢《红王妃》我们很难不注意到，小说最关键的伦理议题还不是叙事文本对阅读者个人的伦理启示，而是关于全球化格局下如何相互尊重与理解、关于异文化间怎样交流互通等当代感极强的问题。这些更宏大的主题在小说中是怎样被引导出来的？诠释活动何以能不拘泥于述者与读者之间一对一的伦理关系，进一步扩大到其他人、扩大到社群，甚至联结起全人类？借用列维纳斯的"第三方"(the third party)概念，可以比较有力地说明小说中叙事伦理的传递性由何而来。

浅易说来，第三方主要意指诸他者(the others)(Levinas，*TI* 212 - 214)。在自我与某一独特他者相遇时，往往还有第二位、第三位"远方的他者"向我趋近(邓元尉 151)，此时，自我不得不考虑如何同时向他者与第三方履责，这样，伦理问题就扩大到公共领域，涉及一种社群关系。在文本诠释活动中，由于文本他者的至高地位，读者(自我)对文本的回应不能只面对原文本，还需转向潜在的第三方。读者需效仿原叙述者对第三方进行讲述，唯其如此，诠释者才能把对文本他者的责任推向无限，并同时对第三方给予馈赠："自我相对于第三方，乃类比于他者相对于自我，以他者的替身之姿将自己论题化而奉献给第三方。如此一种替代的角色亦是自我回应他者的方式。"(邓元尉 149)用列维纳斯富有神学意味的譬喻，这种指向第三方的回应就是宣道：当先知获得上帝之启示而有所回应时，他的回应方式是指向对现世社群的救赎。同样，作为承领了文本他者之"圣言"的诠释者，也必须依样"宣道"，转向众他者继续言说。

在《红王妃》中，芭芭拉对王妃行事最重要的施为性"重演"不在上文提到的各种践行，而在接替王妃的言说活动。我们看到芭芭拉读完《王妃回忆录》后，如王妃一般充满言说的欲望，并抓紧机会向自己生活中出现的一众他者——韩裔学者张宇会、荷兰教授占·范乔斯特、小说家德拉布尔、中国女孩陈建依、甚至招待会上陌生的外交官——叙述王妃的故事。这些人对芭芭拉的转述反应各异，漠然对待的有之，更多的则为王妃能被更广泛、更深入地了解提供帮助：张宇会成为代领芭芭拉参观王妃故宫的导游；范乔斯特打算将王妃的叙述融入自己的讲稿，使思悼王子的米柜与《威尼斯商人》中的铅匣、鲁迅笔下令人窒息的铁屋并置，以映射出跨文化的人类困境（250）；德拉布尔（小说人物）则"接过讲述的任务，让［王妃的］这些故事代代相传，直到永远"（333）。读者手边的这本《红王妃》就是德拉布尔的叙述结果，也是这不间断的叙述链中的一环。两个世纪前的文本就这样为当代的跨文化交流做出贡献，这一叙述链因而也是一条责任无限传递的伦理链。

值得注意的是，在这样的传递关系中，第三方听众与王妃地位等同，都作为他者向芭芭拉召唤，"文本的肉身……以及人民的肉身，同样处于流亡之中，并皆吁请吾人之接待"（邓元尉 152）。小说中，占·范乔斯特与中国孤儿陈建依，两位有赖王妃的回忆录才得以与芭芭拉深交的"第三方"，都具有与王妃同样的感召力。陈建依坚定地"命令［芭芭拉与维维卡·范乔斯特］来到她身边，而她们响应了她的召唤。这是一个奇迹，一个谜"（343）。因心脏病突然离世的占·范乔斯特更是化为幽魂与王妃并肩而立。时空远隔的二人以芭芭拉为中介联系起来，成为平等的邻人。他们争相呼唤芭芭拉的服务，又共同嘉许芭芭拉的努力，直到在芭芭拉生活中，"哀悼范乔斯特与纪念王妃"成为同等重要的两件事（319）。通过诠释者芭芭拉，文本他者与第三方都获得了新的生命，而芭芭拉则放弃自身的理解暴力，退隐到她所见证的众他者身后。小说以一半之多的篇幅记录芭芭拉的求索，最终却安排芭芭拉将成书的机会转让到德拉布尔（小说人物）手中。如此的情节设定，暗示了理想的诠释者需有巨大的奉献精神。见证与宣道不为邀功，只为尽责。

除了指"诸他者"，第三方的另一层内涵意味着"他者的他者"。也就是说，我们遭遇的那个绝对他者也不是封闭自足的，他者与自我一样，内蕴着另一位他者，依次上溯，还会有第二、第三位先前的他者。如此一来，"随着他者向我趋近，其他所有的他者也来缠绕着我……他者从一开始就是所有其他人的兄弟"（Levinas, *OB* 158）。《红王妃》的主角朝鲜王妃就是这样一位意蕴复杂的他者。

开篇未几，王妃就在自诉中告诉我们，她耿耿于怀的是丈夫思悼王子的厄运："我最大的失败就是失去了我的丈夫。我尽了最大的努力，最终还是徒劳。"（6）这里我们看到，王妃不断诉说的动力并不是无中生有的，不是自发的，而是受思悼王子这一"第三方"的召唤，自己欲作为见证者说出死者之不能说，并替死者吁求世人的纪念："首要的是，我要维护我那不幸的夫君"（5）、"请记住思悼王子，也请记住他的天真单纯。"（25）小说中，王妃竭力回忆思悼讲过的话，力图将死者之言通过"宣道"传给读者，正如芭芭拉力图传播王妃之言。最终，思悼的言说也和王妃之言一起，通过回忆录进入当代读者的意识。这无形中应和了列维纳斯的话："第三方并非邻人却又是另一位邻人，也是他者的邻人。"（qtd. in Attridge, *Reading* 104）芭芭拉读罢回忆录就感到她的"另一个人格［persona］好像通过某种变形挤入了一个男性的躯体，他正蜷缩在米柜里，听到雷公咆哮着要惩治他"（211）。范乔斯特则更深地与思悼认同，就如同芭芭拉与王妃认同一般。

有意思的是，在思悼的控诉中，我们又可以隐约感到思悼之父英祖国王、甚至国王背后整个令人压抑的古朝鲜社会文化这些"第三方"在摇摇召唤，吸引处于异度时空的读者的注意力。并且也真有像芭芭拉这样着了迷的读者，被激起去阅读关于古朝鲜社会和宫廷历史的文献。如此一来，小说中的叙述/伦理链还不是以王妃为发端的一条射线，而是两端皆无限的、以王妃文本为中心漫射开的纽带。这一纽带联结了古今东西、包含了个人与文化，使其中的各个因子均以一种"为他的"向度向邻人召唤、对邻人回应，实现了全球化格局中"四海之内皆兄弟"的理想交流关系。可以说，《红王妃》是以小说中具有伦理向度的叙事活动暗喻了当今异文化交流应遵循的理想模式，这也是小说通过叙事伦理揭示出的最重要的伦理主题。

四、结语

米勒曾强调，叙事具有伦理意义的根本原因"不是由于讲述出的故事包含着伦理情境、伦理选择和伦理判断这些戏剧化主题，相反，伦理自身与我们称为叙述的那种语言形式有着特别的关系"（Miller，*Ethics* 3）。《红王妃》借鉴叙事伦理讨论中自涉性的伦理关照，突出了文学叙述本身的主动地位并强调其源于自身（而非叙述内容）的伦理面向。然而，小说却没有摒弃当下现实，而是继续探讨叙事活动如何能动地参与探讨社会问题，并由此为当今全球化交流提供了新的理想模式。《红王妃》体现了德拉布尔创作风格转变背后的深刻思索，也说明了德拉布尔对后现代思潮的回应并不是后知后觉、亦步亦趋。她的"后到"较之许多激进作家的"先来"，或许更具有深入探讨的价值。

注解

①"自涉性小说"的概念借自加拿大学者 Lynn Wells 的研究专著 *Allegories of Telling：Self-referential Narrative in Contemporary British Fiction*（2003）。Wells 认为，由于英国文学现实主义传统深厚，当代英国小说中涌现出一批作品，它们虽吸纳了后现代小说的自省意识，却不是典型的原小说，而是夹带了大量关注现实的元素。Wells 将这类小说描述为"自涉性的"，并认为这类小说与彻底的原小说相比反而更能体现小说叙述在与社会现实互动时起到的作用（Wells 2）。

②国内文学评论界对"叙事伦理"这一术语的使用较模糊，多用于探讨文章叙事技巧对表达伦理主题所起到的作用。本文使用的"叙事伦理"（narrative ethics）概念源自纽顿的同名专著（*Narrative Ethics*，1995），主要关注叙事本身的伦理向度以及叙事各参与方（作者、读者、作品、叙述者、被叙述者等）之间的伦理关系。"叙事伦理"这一术语虽由纽顿提出，但关注叙事本源性的伦理问题不只有纽顿一人。米勒自《阅读的伦理》（*The Ethics of Reading*，1987）起就开始考察文学叙事的伦理性，近年仍发表不少著作探讨文学"以言行事"的能力。此外，阿特里奇的《文学的独特性》（*The Singularity of Literature*，2004）和《阅读与责任》（*Reading and Responsibility*，2010）、伯克（Seán Burke）的《写作的伦理》（*The Ethics of Writing*，2010）等多部著作也探讨了叙事的伦理性。各路学者关注的具体方面不同，但本文认为纽顿"叙事伦理"的概念可以作为这股理论倾向的总称。

③本文引用的《红王妃》小说正文均出自 Margaret Drabble，*The Red Queen*（London：

Penguin Books Ltd., 2004). 以下文中相关引文只在括号内标注页码,不再另注。

④英文中代笔者、影子写手的单词也是"ghost",这里语义双关。

参考文献

[1] ATTRIDGE Derek. "Ghost Writing." Deconstruction Is/In America. Ed. Anselm Haverkamp[M]. New York:New York University Press, 1996: 223 - 227.

[2] ATTRIDGE Derek. Reading and Responsibility [M]. Edinburgh: Edinburgh University Press, 2010.

[3] ATTRIDGE Derek. The Singularity of Literature[M]. London and New York: Routledge, 2004.

[4] AUSTIN J L. How to do Things with Words. Eds. J. O. Urmson and Marina Sbisa (2nd edition). Oxford:Clarendon Press, 1975.

[5] 程情.历史还魂,时代回眸——析德拉布尔《红王妃》的跨时空叙事[J].外国文学,2010 (6):54 - 62.

[6] 邓元尉.列维纳斯语言哲学中的文本观[M]//赖俊雄,编.他者哲学:回归列维纳斯.台北: 麦田出版社,2009:121 - 155.

[7] DRABBLE Margaret. The Red Queen[M]. London:Penguin Books Ltd., 2004.

[8] 德拉布尔,李良玉.玛格丽特·德拉布尔访谈录[J].当代外国文学,2009(3):153 - 163.

[9] HUGHES Robert. Ethics, Aesthetics, and the Beyond of Language[M]. New York: State University of New York Press, 2010.

[10] KNUTSEN Karen Patrick. Leaving Dr. Leavis:A Farewell to the Great Tradition? Margaret Drabble's The Gates of Ivory[J]. English Studies, 1996(6):579 - 591.

[11] 赖俊雄.他者哲学——列维纳斯的伦理政治[M]//赖俊雄,编.他者哲学:回归列维纳斯 [M].台北:麦田出版社,2009:5 - 40.

[12] LEVINAS Emmanuel. Otherwise than Being, or Beyond Essence (OB)[M]. Trans. Alphonso Lingis. Pittsburgh:Duquesne University Press, 1998.

[13] LEVINAS Emmanuel. Totality and Infinity:An Essay on Exteriority (TI)[M]. Trans. Alphonso Lingis. Pittsburgh:Duquesne University Press, 1969.

[14] MILLER J Hillis. History, Narrative, and Responsibility:Speech Acts in "The Aspern Papers"[M]// Enacting History in Henry James:Narrative, Power, and Ethics. Ed. Gert Buelens. Cambridge:Cambridge University Press, 1997: 193 - 210.

[15] MILLER J Hillis. The Ethics of Reading[M]. New York:Columbia University Press, 1987.

[16] NEWTON Adam Zachary. Narrative Ethics[M]. Cambridge:Harvard University Press, 1995.

[17] RUBERNSTEIN Roberta. Fragmented Bodies/Selves/Narratives:Margaret Drabble's Postmodern Turn[J]. Contemporary Literature, 1994(35):136 - 155.

[18] 孙艳萍.在象牙门与兽角门的交叉路口追寻道德要义——评德拉布尔的《象牙门》[J]. 外国文学研究,2010(4):101 - 109.

[19] 王桃花.论《红王妃》中的异文化书写及其"理解"主题[J].当代外国文学 2012 (1):66-75.

[20] WELLS Lynn. Allegories of Telling:Self-referential Narrative in Contemporary British Fiction[M]. New York:Rodopi,2003.

[21] 杨建玫.从《红王妃》看德拉布尔对历史的重写[J].当代外国文学,2011(2):120-127.

穿越世俗生活的炼狱——黑塞《荒原狼》的救赎思想研究

刘 丹

摘　要：20世纪的西方社会呈现出一片"荒原"景观。黑塞的《荒原狼》就作于这一时期，展现了时代交替的"荒原"上一代人的精神困境。本文从精神救赎的角度切入《荒原狼》，分析了处于时代夹缝中的哈里的精神危机产生的缘由，阐述了哈里在现代社会中通过赫尔米娜与不朽者的引导最终穿越世俗生活的炼狱而获得精神救赎的过程。

关 键 词：荒原狼；世俗生活；不朽者；救赎

作者简介：刘丹，江南大学人文学院在读研究生，从事比较文学与世界文学研究。

《荒原狼》是德语作家赫尔曼·黑塞的代表作。这部作品写于1925年冬天，于1927年的6月份发表，黑塞也因这部作品于1946年获得诺贝尔文学奖。作品本身对时代病症挖掘的深度与诺贝尔文学奖的推动，使得《荒原狼》在二战结束后以及60年代青年反叛的运动中都产生了重大的影响。黑塞一生都致力于探索个人的精神救赎，《荒原狼》便是这其中重要的一环。黑塞通过对哈里精神困境的剖析，向人们展示了整个时代的病症；且描述了哈里在几位生活智者的引导下，通过放松和释放个性学会"幽默"的生活艺术得以实现救赎的过程，给处于"荒原"上的人们指明了一个方向。

一、亟待救赎的荒原狼

《荒原狼》的主人公——哈里·哈勒尔是一个典型的高级知识分子，他穿着得体大方，且睿智、博学、优雅、彬彬有礼，对古典诗歌、音乐甚为喜欢。对中产阶级的生活环境有着深深的眷恋之情，但他在中产阶级生活中又找不到自己的精神食粮，认为中产阶级的"媚俗艺术"仅仅是为了达到放松的一种享乐主义。所以他对中产阶级小市民的生活有着矛盾的态度，一方面为"姑妈""擦洗得那么干净，看去好像在闪闪发光"的房间所吸引，另一方面"对这种平庸刻板、四平八稳、没有生气的生活怒火满腔"，且"最痛恨、最厌恶的首先正是这些：市民的满足，健康、舒适、精心培养的乐观态度，悉心培育的、平庸不堪的芸芸众生的活动"（赫尔曼·黑塞4）。中产阶级生活之于他就如同是一块陆地，而他就如同是在水里不停地游泳想到达岸上的人，可他找不到一条路通向那里。

哈里所生活的20世纪陷入了精神危机之中，西方文化的没落和信仰的缺失成为整个时代的特征,艾略特称之为"荒原",这里的"荒原"既作为"传统文化价值沦丧的焦土,又充当了徘徊无主的心灵逃遁的场所"(张弘 42)。所以游离于家园生活之外的哈里认为自己是一只在 20 世纪这个时代的"荒原"上踽踽独行的一只荒原狼,一只拥有两种本性——狼性和人性的"荒原狼",想回归家园而不得。这只荒原狼,"误入到它不能理解的陌生世界的兽类中间,它再也找不到自己的家、自己的空气和事物"(赫尔曼·黑塞 8),身体中人和狼在这个陌生的世界不仅不能和睦相处反而是互相敌对,让哈里的内心矛盾不堪。对当今死气沉沉的生活现状的鄙视,使得哈里迫切地想逃离这个世界而又不能,面对生活,他总是如此紧张。不得已他把自己与现实生活隔绝,只依靠在自己的精神世界——古典诗歌、音乐之中寻得的一点点金色光芒获得快乐,然而即便是这些他藉以安放他无家可归的灵魂的文化、精神、信仰也都要在这个世界中行将就木,他找不到生活的方向,既回不到"荒原",又不能融入现实生活,所以时刻想着用一把刮胡刀结束自己的生命。黑塞通过哈里的经历告诉我们,"哈勒尔心灵上的疾病并不是个别人的怪病,而是时代本身的弊病,是哈勒尔那整整一代人的精神病"(赫尔曼·黑塞 22),而只有"那些最坚强的、最聪明最有天赋的人"才会患上这种病,哈里作为一个高级知识分子也注定要品尝穿越炼狱般的痛苦生活。

黑塞被誉为"浪漫主义的最后一位骑士",他一生都向往那种"河流与山脉、海水与云彩、收获的农夫"的田园牧歌式的生活,想以此来安放他无处寄托的心灵。早期的黑塞怀抱梦想,奋力拼搏想成为一个作家,但敏感的心灵却在社会上处处碰壁,所以他钻进祖父巨大的藏书室,在古籍旧书中寻找快乐,可是不久他就发现,"对于精神领域,仅仅生活在眼前或一些新事物中是庸俗不堪、难有长进的,唯有对过去的、已成为历史的、古老的和远古的东西保持经常的接触才能开启精神生活的门"(赫尔曼·黑塞 189),他已经开始与现实生活脱节。虽然历经波折,但终于实现了作为作家的梦想,可他的理想生活被一战打得粉碎。当所有人都在欢欣鼓舞对那个时代欢呼之时,黑塞却深为战争所苦,他奉劝人们要冷静,可换来的只是"毒蛇"的称号,也因此而众叛亲离,他孤独无援,独自忍受着痛苦,不断被人攻击、曲解。同时,两次工业革命的发展促进了科技的进步,带来了物质生活的极大丰富但也不断地冲击着他的理想生活,到处是机器的轰响,这就如同在黑塞心中的田园画中驶入一辆冒着黑烟的火车,让他无比厌恶;霓虹灯的闪烁,使得夜晚不复星光灿烂,取而代之的是灯火通明,尽管如此,却也没有照亮黑塞心中那条通往梦想的道路。20 世纪注定是一个不平静的时代,尼采宣布上帝已死,人们又发现"理性的王国不过是资产阶级的理想化王国"(周国平 162)。面对堆积如山的物质财富,喧闹不堪的都市生活,在熙熙攘攘的人群中,人们突然发现:自我丢失了。"从前,人为自己的灵魂得救而牺牲了尘世生活;现在,人为尘世生活又牺牲了自己的灵魂"(周国平 133)。人们就这样在庸庸碌碌的生活中既失去了上帝,又无法相信理性,既失去了旧日神的保护,又找不到今日的避难所,所以在两个时代中间挣扎,这也就是黑塞在《荒原狼》中谈到的"只有在两个时代交替,两种文化、两种宗教交错的时期,生活才真正成了苦难,成了地狱",而如今"整整一代人陷入截然不同的两个时代、两种生活方式之中"(赫尔曼·黑塞 23)并用力撕扯,世界处于一片荒原,只剩其上踽踽独行的一匹匹"荒原狼"。

战争的爆发、科技的发展、信仰危机的出现造成了一代人的痛苦,但是人并不是无可救药的。黑塞自己谈到,时代并没有错,"世界从来也不是天堂,并不是以前很完美,如今才成地狱,它一向是,并且任何时候都是不完善、都是肮脏的"(赫尔曼·黑塞 105),我们也不能因为"不能够治愈自身内部的痛苦,便将之归咎于一个仇敌",不管这个仇敌是战争、是科技还是信仰危机。他认为或许我们应该探索一下痛苦所在之处,说不定在我们"自己的内部"呢?就如同尼采在《悲剧的诞生》中所揭示的,希腊人因为看清了生活的痛苦本质才创作了悲剧,作为诱使人活下去的补偿和生存的完成,于审美中找寻人生的意义。黑塞作为一个"浪漫主义的骑士",并没有在时代的荒原中消沉,而是大踏步地向前走,走入荒原狼的内心,和哈里·哈勒尔一起为自己和整个人类作一次反省,尽管这使他如同穿越炼狱一般痛苦,但"但它并不导致沉沦而是引向救赎和痊愈"(赫尔曼·黑塞 105)。

二、穿越世俗生活的炼狱

哈里置身于 20 世纪的荒原之上,却一直沉浸在古典的精神世界里无法自拔,并没有学会怎样面对现代的生活。他既找不到精神家园,也不能融入现实生活,他孤独、痛苦,拼命地想要逃离却不能,内心世界困惑而又焦虑。直到哈里"参加"了一个葬礼之后,在大街上遇见自己的老朋友并去他家拜访,讽刺了一番歌德笑容满面的画像之后,他落荒而逃。如果之前的哈里还是在努力地协调着狼性与人性的和谐,那么这一次则"意味着向讲道德的世界、向有学识的世界、向市民世界告别,荒原狼完全胜利了"(赫尔曼·黑塞 72),所以他准备回家结束自己的生命。

但备受生活之苦的荒原狼的人生出现了转机——赫尔米娜。在哈里看来,赫尔米娜就像是自身的一面镜子,也是他内心想法的一个转述者,只是转述的内容他自己并没有意识到。同时赫尔米娜也是他的"拯救者,是通往自由的路",指引他穿越世俗生活的炼狱教他"轻松"地面对生活。赫尔米娜教给哈里的第一件事便是让他学习跳舞,就像母亲知道这是自己孩子的需要一般,这就是哈里"轻松"生活的第一步。从尼采的《查拉斯图拉如是说》中我们可以看到,尼采认为一个伟大的生者"必须有着坚强的骨头和轻捷的足",然后用它们学会"神圣的舞蹈"(尼采 317)。的确,我们看到查拉斯图拉是一直迈着舞步下山的,"他的'如是说'或'我们的真理'就是'关于舞蹈的真理'"(余虹 163)。在尼采看来,"舞蹈象征着一种高蹈轻扬的人生态度"(周国平 80),即便像作品中的歌德,也在哈里面前翩翩起舞而精神焕发。所以,哈里真正的生活从跳舞开始,虽然他极其不情愿(他认为跳舞就相当于犯罪)。一开始他对自己并不信任,不愿意跳舞,觉得自己又老又不灵活,而且对留声机讨厌至极,但在赫尔米娜的逼迫下,他极不情愿地开始学习跳舞,而且也确实表现得呆板、僵硬,但是他意识到"跳舞需要的能力正是我完全缺乏的:快乐、热情、轻率而无邪"(赫尔曼·黑塞 118)。在下一次的跳舞中,他表现得好了一些,甚至从中获得了一些乐趣。但是他第一次感受到跳舞带给他的快乐是在一个小型舞会上,在这个他以前所鄙视的寻欢作乐的世界里,他第一次尝试了真正意义上的跳舞,觉得"好像全身都轻飘飘地浮动起来",他是如此虔诚地完成这个神圣的仪式,但是他依然在犹豫,因为快乐结束之后又回到了"地狱"。高潮的来临是在最后一次化装舞会上,在这里,他如同"长了翅膀一般,双脚腾空",感到飘飘欲仙,对他来说,这里成了"一个狂野的梦想天堂",他"眉飞色舞,陷入极端的狂喜中","快乐地笑着,光彩照人","迷失在那舞蹈的漩涡里",他不再阴郁,忘记了痛苦,忘记了时代压在他身上的重担。关于生活他终于有了一点明白,生活之路当然是苦难之路,但是人可以步履轻快地如同跳舞一般走在上面,感受世俗生活带来的快乐,用他的轻捷的双足"跳舞在金碧辉煌的销魂中"。

玛利亚是赫尔米娜教给哈里的另一课。如果说跳舞是在自己的世界中获得的一种快乐，是他得以轻松面对生活的第一步，那么和玛利亚的接触则又向前走了一步，哈里胆怯孤独、不善交际，"没有与外界建立关系的能力"，而玛利亚的出现则使他走向世俗人群中，开始与人交流。哈里的婚姻以失败告终，仅有的一个情人——埃利卡相处得又不是很好。对于哈里来说，女人或者是接受他身上自己所谓的人性而受不了狼性，或是反之，从来都没有把他当做一个完整的整体来看。所以，哈里的一生中，没有一个真正理解他而又符合他要求的女人。赫尔米娜给哈里送来了一个他从来没有想过自己会接受的女人——玛利亚，玛利亚是哈里在第一次步入舞池跳舞时所认识的一个舞女，经赫尔米娜的介绍，来到了哈里的身边。在初次与玛利亚接触之后，哈里以前生活中被他思想自动埋没的一些想法出现了，他开始逐渐意识到他"以前的生活画廊曾经是多么丰富多彩"，他的灵魂里除了狼性和人性，还"密布着永恒的星辰"从而显得"充盈和密集"。与玛利亚的亲热第一次令哈里的"生命焕发了不屈不挠的光辉"，也让他再一次认识到这是命运中的一个契机，让他的"灵魂再一次有了呼吸"。玛利亚这个脸蛋极其漂亮但大脑却又极其无知的女人如果在以前一点儿也不符合哈里的要求，但是现在，她对哈里而言，就"像夏天一样热烈，像玫瑰一样散发芬芳"。因为他从这个女人身上不仅仅是获得了"爱情"，更重要的是，她让哈里的灵魂再次苏醒，在这种肤浅的性爱中寻找生活的快乐，尽管这些以前在他这个中产阶级的眼中都是堕落无耻的。关于这一点，赫尔米娜告诉他"罪孽和恶习也可能是通向圣人的道路"。

在赫尔米娜的引导下，哈里也认识了年轻的萨克斯管手帕布罗，与他谈论爵士乐与古典音乐的差距，也曾步入电影院看《旧约全书》这样只是为了钱才产生的一部电影，这些都与自己以前的生活毫不相干，可是通过这些经历，他对自己的人生有了新的体验，可以在跳舞中放松，可以在性爱中获得自由，也可以在极其世俗化的社会中得到简单的快乐，这也可以是生活，是一种如同用舞步一样跳出来的生活，是以一种高蹈轻扬的人生态度面对世界以后感受到的一种不同以往的生活。面对生活，哈里开始学会了放松。

哈里必须走入生活中才能开始他的救赎历程。就像尼采所看到的，"痛苦是生命不可缺少的部分"，而"人必须正视痛苦、接受痛苦"，这是积极意义上的直面生活的苦难。尼采要求首先承认人生的悲剧性，从而与肤浅的或虚假的乐观主义相反对；其次要占胜人生的悲剧性，所以尼采的酒神精神所要解决的就是在承认人生的悲剧性的前提下、如何肯定人生的问题。黑塞也表明了这一点，他认为"人生在世，并不是随性游荡就完了，必须经历一番考验和磨练才能领略真正的快乐"（赫尔曼·黑塞 181）。哈里不满中产阶级人们简单地安于这种虚假的快乐而痛苦不堪，他认识到了人生的悲剧性，但他却选择逃避。所以他必须直面生活，融入生活，只有这样才能战胜生活的悲剧性，而跳舞和性爱便是他真正生活的开始。

三、不朽者的"幽默"

尼采提倡要用酒神精神来面对生活，其要义就是肯定人生，他"一再谈到舞蹈和欢笑，用它们象征酒神式的人生态度"。赫尔米娜作为哈里的第一位心灵导师，已经教会他在跳舞中瞥见世俗生活的快乐。接下来，他还需要在不朽者的指引下学会欢笑。尼采认为，"人生有两个方面：欢乐与悲痛"，而他则要求人在这两方面都能欢笑，只有"笑着生，笑着享乐，笑着受苦，最后笑着死，这才不枉活一生"（周国平 83），他也借查拉斯图拉之口说出要"以大笑杀死重力的精灵"。所以哈里要学会笑，学会幽默，通过笑才能释放心中的生活之苦，通过笑才能杀死压抑他的荒原狼。一直以狼性和人性自居的荒原狼，用人格这座"监狱"将自己的存在简单"解释为两个或三个主要元素的集合"，但是"哈里是由成千上万个自我所组成的，而不是两个"。魔术剧向哈里展示了千千万万个不同的自己，也向他展示不同的生活方式，且每一个都生活得和谐，这个自画像式的展览对哈里重新认识自我有着至关重要的作用，使他在继赫尔米娜向他展示生活的丰富多样性之后，更清楚地认识到人的千万种可能性。哈里心中人与狼的对立只有通过笑才能被打破，也就是要像尼采说的那样，以一种"欢笑"的人生态度来正视"人"与"狼"。但是学会"笑"并不是一件容易的事，哈里需要不朽者的引导，歌德与莫扎特都是这样的精神导师。

黑塞在《谈自己的作品》中表示："荒原狼的对面有小论文，有精神和不朽者的忠告和教导"（赫尔曼·黑塞469）在赫尔米娜的引导下，哈里获得了片刻的欢愉，接受了现代生活，暂时放弃了他苦行僧式的精神生活。不过，正如哈里所说，"轻松的生活与轻松的爱情注定与他无缘"，在和玛利亚沉浸在恩爱欢娱之中时，当他们之间的爱情比任何时候都更加心心相印时，就是他们互相告别的时刻。赫尔米娜也曾经表示，哈里最终还是要杀死她，继续前行。

作为哈里的精神导师，歌德和莫扎特身上都富有一种不朽者的永恒的笑，而这笑就是尼采所说的欢笑，它象征一种欢快豪放的人生态度，是在认清生活的苦难本质后，一种对生活的幽默态度。所以歌德在认清人类生活的可疑和复杂之后，尽管绝望，却还"费尽口舌劝说人们忠于信念、积极向上"，也可以悠然地坐在中产阶级家庭中且面带微笑，但它不是代表满意与赞同，而表示一种对生活的嘲弄，是一种无言的讽刺；同样，莫扎特也可以在被现实糟蹋得一塌糊涂的生活面前，淡然地听着扭曲变形了的音乐。歌德教育哈里，对于生活不应过于认真，只有学会幽默才能认清生活本身：我们的梦想没有错，"错的是生活，是现实。"哈里半信半疑，所以他也不能理解自己一向崇拜的歌德可以悠然地坐在中产阶级家庭中且面带微笑，这种洞穿生活苦难本质的笑正是他需要学习的。哈里经历过快乐而又杀死赫尔米娜之后，莫扎特出现了，他也同样告诉哈里，"整个生活就是这样"（赫尔曼·黑塞234），对于生活，我们只能听之任之，但是我们对待生活的态度却可以由自己来掌控，要学会幽默的生活态度，也必须学会理解生活的幽默，但"幽默向来就是绞刑架下的苦笑"，是绞刑架下的自嘲。这就是不朽者教给哈里的"笑"和"幽默"，是一种对待生活的乐观旷达的态度。二者都在用高尚的精神对抗着生活的苦难，生活于其中又悠然自得。

黑塞在他后期的作品《玻璃球游戏》中谈到古典音乐时，再一次谈到了不朽者："他们的人生态度永远相同，他们永远建立于同一种生活认识之上，总是努力以同样的精神优势去克服一切偶然性"，他认为他们的音乐中就"全都鸣响着一种倔强精神，一种无视死亡的刚毅，一种骑士气概，一种超越常人的笑声，它们产自不朽者的愉悦开朗"（赫尔曼·黑塞29）。这种愉悦开朗就来自不朽者的人生态度——幽默，而唯独幽默，才能让"我们所生活的这个世界似乎并非是我们的世界，尊重法律又超越于法律之上，占有财产而又似乎'一无所有'，放弃一切又似乎并未放弃"（赫尔曼·黑塞38）。只有在不朽者的引导下，哈里才可以得到精神的超越，正视时代的错位，正视生活苦难的本质，正视内心的分裂，这样哈里才可以身居市民世界却高于市民世界，身居于世俗生活又高于世俗生活，在洞见人生的苦难之后，用欢笑、幽默的生活态度对待这一切。

　　哈里的世界充斥着现代文明——书籍、爵士乐、酒吧、地铁等等与古典的高雅艺术格格不入，普通的市民生活也显得庸俗不堪、难以忍受，散发出一股强烈的物质气息，但是只要仔细聆听，还是会发现隐藏于生活音乐背后的精神尊严。"艺术，即使是被利用、误解和滥用的艺术，也不会失去其价值和美学真理"（马泰·卡琳内斯库 283）。现代随处可见的留声机虽然将经典音乐扭曲变形，但并不能将崇高的精神抹杀。古典崇高的精神并没有丢失，但也不会随意显现，而是深深地隐藏在平庸的世俗生活之下，所以高悬于生活之上的崇高精神会因为没有生活的根基而轰然倒塌。黑塞一直致力于为荒原之上的人探索出一条精神之路，他清楚地知道崇高的精神生活也不能脱离平庸的世俗生活。在《悉达多》中，悉达多多么不屑于平庸的市民生活，将他们视为"儿童"，但他最终也理解了他们，并穿越世俗生活到达精神生活的彼岸；而在《玻璃球游戏》中，克乃西特一直处于富有崇高精神的玻璃球游戏学校中，也终因这种精神生活脱离世俗世界而重返世俗生活之中。荒原狼苦苦追寻的崇高精神不能脱离市民生活，他需要走近它、融入它，这样他才能穿越精神的炼狱，达到生命的永恒，如同歌德，如同莫扎特。

　　生活于时代交替时期的黑塞敏锐地感受到了时代的精神脉搏，力求能为处于荒原之上的人们寻找到一条救赎之路。T·艾略特的《荒原》"面对虚无的精神荒原，擂起了进军精神世界的战鼓"（张岩 104），而黑塞则勇敢地闯入荒原，如同浮士德一般上下求索，穿越精神世界的炼狱。哈里没有自杀，而是在赫尔米娜的引导下重新回归世俗生活，又在不朽者的引领下超越世俗生活而继续前行，终而得以自由徜徉于精神世界中从而获得了精神性救赎，学会了幽默，也学会了笑对人生。

参考文献

[1] 赫尔曼·黑塞.荒原狼[M].赵登荣,倪承恩,译.上海:上海译文出版社,2007.

[2] 赫尔曼·黑塞.玻璃球游戏[M].张佩芬,译.上海:上海译文出版社,2007.

[3] 马泰·卡琳内斯库.现代性的五副面孔[M].顾爱彬,李瑞华,译.北京:商务印书馆,2002.

[4] 张弘.西方文学精粹[M].北京:高等教育出版社,2006.

[5] 赫尔曼·黑塞.朝圣者之歌[M].谢莹莹,译.北京:中国广播电视出版社,2000.

[6] 张弘,余匡复.黑塞与东西方文化的整合.上海:华东师范大学出版社,2010.

[7] 尼采.悲剧的诞生[M].周国平,译.桂林:广西师范大学出版社,2001.

[8] 周国平.尼采,在世纪的转折点上[M].上海:上海人民出版社,1986.

[9] 尼采.查拉斯图拉如是说[M].尹溟,译.北京:文化艺术出版社,2003.

[10] 肖伟胜.现代性困境中的极端体验[M].北京:中央编译出版社,2004.

[11] 余虹.审美主义的三大类型[J].中国社会科学,2007(4):156-208

[12] 张佩芬.通向内在之路的独白——谈黑塞的《荒原狼》[J].读书,1987(5):66-76.

[13] 张弘.论《荒原狼》与二重性格组合型人物的终结[J].外国文学评论,1996(2):38-46.

[14] 张岩.荒原意象与西方文学精神流变观[J].同济大学学报(社会科学版)2007(5):100-112.

当代欧美诗歌疗法管窥

——以尼古拉斯·玛札的理论为主

田兆耀　杭欣竹

摘　　要：诗歌疗法源远流长，它侧重语言艺术在心理诊疗中的辅助性运用，可以视为阅读疗法向纵深方向的拓展。美国佛罗里达州立大学教授玛札对其作用原理、实践模式及特性：接受性/指令性模式、表达性/创作性模式、象征性/仪式性模式等多个方面，作了深入的探索。玛札还编写了诗歌疗法的实用目录。诗歌疗法拓展了文艺新功能的探讨，涉及诗学、心理学、目录学等领域，具有跨学科的性质。在理论上诗歌疗法还可以更多地吸收积极心理学中的理论资源，推动诗歌在智力培养与智能开发上的作用。

关 键 词：诗歌疗法；理论依据；诗歌良方；诗歌创作；意象

作者简介：田兆耀（1972—），东南大学人文学院副教授，博士，主要研究方向：外国文艺学。杭欣竹（1992—）东南大学人文学院硕士研究生。本文系"教育部人文社会科学规划基金项目"（编号：14YJA760031）阶段性成果。

"诗歌疗法（Poetry therapy）"可以视为阅读疗法的拓展，它和心理学类似，有一个长期的过去，却仅有一个短暂的历史。古代中西方都有诗歌疗法的相关表述，古希腊城邦底比斯有个图书馆的入口就镌刻着"治疗灵魂之地"。培根在论《读书》中指出："读史使人明智，读诗使人灵秀，数学使人周密，科学使人深刻，伦理学使人庄重，逻辑修辞之学使人善辩：凡有所学，皆成性格。人之才智但有滞碍，无不可读适当之书使之顺畅，一如身体百病，皆可借相宜之运动除之。"福柯的《疯癫与文明》记录了多起文艺治病的正反案例。对诗歌疗法较为科学系统的认识是 20 世纪才开始的事情。《大西洋月刊》1916 年 9 月号发表的《一家文学诊所》（A Literary Clinic）讨论阅读疗法较为深入。热衷于参加公共事务的拜格斯特医生认识到但丁、拜伦诗歌、斯威夫特等文学作品的不同疗效，指出："顽固的思维习惯总是主导着我们的头脑，令我们难以发现新的信念。"（转引自王波 302）。1848 年，J·M·高尔特在美国精神病学年会上宣读了《论精神病患者的阅读、娱乐和消遣》的论文，提出了图书治疗的功能，分析了患者类型以及适合他们阅读的图书类别，常被认为是书疗研究的较为系统的首篇论文。进入 60 年代，布兰顿的《诗歌作药石之用》（1960）、格里夫的《诗歌疗法的原则》（1963）、哈罗尔的《诗歌的疗效》（1972）等作品致力于诗学思想与心理学原则融合起来。美国佛罗里达州立大学教授尼古拉斯·玛札参与并负责诗歌治疗学会的多次会议，1981 年积极投身于组建全国诗歌疗法协会的工作当中。1987 年参与创办《诗歌疗法》期刊，2003 年出版《诗歌疗法:理论与实践》,2012 年在《艺术治疗》发表《诗歌疗法:多维临床模式的考察》等等,他对诗歌疗法研究颇具代表性,其贡献是多方面的。

一、诗歌疗法的理论依据

诗歌为什么起到治疗作用？玛札梳理了诗歌疗法的历史渊源,在其前史中找到丰富的理论资源(Mazza 1-25)。希腊神话中阿波罗是医药和诗歌之父,一神双职,启迪丰富。诗歌的治疗作用必须从诗学思想和心理学的交叉地点寻找理论支撑。亚里士多德的《诗学》在分析戏剧(均为诗剧)时认识到艺术的起源有两大要素:①人类具有模仿的本能,②人类具有节奏感,指出诗歌蕴含深刻的洞见和普遍的真知,不仅具有认识作用、教育作用、娱乐作用,还具有"宣泄"(Catharsis)作用。正如王符《潜夫论·务本篇》指出,"诗赋者,所以颂善丑之德,泄哀乐之情也。"浪漫派诗人华兹华斯也说:"诗是强烈情感的自然流露。它起源于在平静中回忆起来的情感。诗人沉思这种情感直到一种反应使平静逐渐消逝,就有一种与诗人所沉思的情感相似的情感逐渐发生,确实存在于诗人的心中。"诗歌流露的强烈情感打动读者,为来访者(client 也译为患者)、治疗师寻找到感情的突破口。"和谐的韵文语言的音乐性,克服了困难之后的感觉,以往从同样的韵文作品里所得到的快感的任意联想,对这种语言(它与实际生活的语言十分相似而在韵律上却又差别很大)的一再的模糊的知觉,——所有这一切很微妙地构成了一种复杂的快乐感觉,它在缓和那总是与更深热情的强烈描写掺杂在一起的痛苦感觉方面是非常有用的。在打动人心和充满激情的诗中,总是有这种效果;至于在轻快的诗篇里,诗人在安排韵律上的轻巧和优美就是使读者感到满意的主要源泉。"(转引自伍蠡甫 17-18)诗歌韵律的轻巧和优美是有序的,为来访者无序的(disorder)精神状态提供样板,是消除混乱心理的一种方法。

诗歌疗法的心理学依据主要是弗洛伊德精神分析学、荣格的分析心理学、阿德勒的个体心理学生活格调理论、埃里克森(Erikson E.)的"发展阶段论"。弗洛伊德的精神分析学说告诉人们潜意识、本能欲望(力比多)、内心矛盾等等是文艺诞生的内因,文艺作品类似梦,具有显在表象和潜在的内涵,他的《释梦》将梦的解析带入临床心理学,《创作家与白日梦》可以引申为将写作、表达引入心理治疗。荣格跳出弗洛伊德潜心研究的病理学,从集体无意识和原型理论出发认为诗人、艺术家之所以创作并不是因为他得了精神病,而是内有一股需要释放的创造力。艺术具有鲜活可感的形象和丰富的意味,"它是一种个人表达,但却深入我们每个人的内心,那是一种超越时限、普遍意蕴的一种表达"。荣格还分析了男性人格中的女性要素,女性人格的男性要素,为认识性别认同的困惑奠定了基础。他在《分析心理学和诗歌》中将诗歌分为幻想型和心理型两大类,对于开发诗歌的疗效有指导作用。阿德勒心理学的一个进步是在社会语境中对个体进行读解和分析,并且创造了"生活格调"一词追索个体的独特性。埃里克森将人的心理发展划分为八个阶段:1 岁、2~3 岁、3~6 岁、6~青春期、青春期、成年期、中年期、老年期。每个阶段有每个阶段可能出现的心理危机、发展障碍。它们可以供家庭、学校教育的参考,也可供成年后处世的借鉴,也可以为诗歌疗法选择诗歌之依据,为危机的转机创作条件,具有多方面的价值。玛札还指出格式塔心理学对诗歌治疗影响也很大。

玛札在总结诗歌疗法的理论基础时涉及语言问题,但没有专门探索。弗洛伊德也采用"自由联想"、"谈话疗法",其中暗含着一个命题:语言能治疗心理障碍,但是,为什么能治病?学界仍需深入探索。在诗学层面,正如华兹华斯所说,诗歌给来访者带来样板,给紊乱无序的精神世界带来秩序,带来聚像感。除此而外,从生理层面看,日本医生春山茂雄指出:"都说医生有三件法宝:语言、药物、手术刀,现在的医生只依靠药物和手术刀,其实掌握语言也能治疗(中医还有一宝是推拿按摩)。语言的治疗,是把病人本身的自然治愈力引导出来的治疗,实乃医生引以为骄傲的治疗。"[ChunShan maoxiong(1)108]在《新脑内革命》中他进一步指出,"当一个人温柔体贴、心平气和时,体内会分泌出β-内啡肽(β-endorphin)和血清素(serotonin)这类'愉悦的荷尔蒙';脑海中浮现快乐和喜爱的事情,也是如此。不只是在内心默想会有如此功效,把自己的欢喜与快乐用真实的言语说出来,效果更大,因为荷尔蒙会对言语起反应。仅只是对人说出温柔的话语,无论是说的一方或是听的一方都会在体内分泌出良性荷尔蒙。相反的情况下,也会起相反的作用。"(ChunShan maoxiong 169)从身心一体的角度来看,情绪会刺激肉体作出一致的反应,而产生相对应的物质。就语言层面而言,拉康在《回到弗洛伊德》中指出潜意识受到语言系统的制约。乔姆斯基认为人类生而具有学习语言的能力。在他看来,"人类之异于其他动物能学会说话,正如人类之异于其他动物能用双脚走路,其差异之所在是由于人类生而具有一种获取语言器官(language-acquisition device,简称LAD)。获取语言器官,贮存在人类的认知结构中,其功能犹如眼之能视与耳之能听一样,不需刻意教导,就能吸收语言。有此种吸收语言的器官,个体发育到某程度,只需有限的语言刺激,个体就会充分利用,自行变通,说出各种最基本的句子。"(张春兴 314)诗歌对人的语言先天要素、行为潜势的开发帮助来访者、治疗师达成良好的效果。

二、诗歌良方,沉疴去体

由治疗师、心理咨询师、专家精选的诗集可以用来诊疗常见的精神错乱,平时也可作预防精神疾病之用。一首诗歌能否成功还在于治疗师如何"发问"。玛札总结出诗歌疗法一个重要的模式就是接受性/指定性模式,由治疗师读给来访者/患者听或由来访者/患者自己阅读,阅读完之后有一些互动环节。"诗歌疗法最困难之处就在于如何选用诗歌(文艺作品)"。(Mazza 13)治疗师理应充分熟悉诗歌,并对诗歌有独特的见解。为起到好的疗效,可依据来访者/患者的心理问题有针对性地选用一些恰到好处的诗歌。玛札示范性地列了一个简表:

问题	诗作	诗人/作者	文献来源
做决定	未选择的路(Road Not Taken)	罗伯特·弗洛斯特(Robert Frost)	Lanthern, 1969
绝望	希望,它长着羽翼(Hope Is a Thing with Feathers)	艾米莉·狄金森(Emily Dichinson)	Johnson, 1961
身份	我们带着面具(We Wear the Mask)	保罗·邓巴(Paul Dunbar)	Dore,1970
隐私	如果有忧伤(If There Be Sorrow)	马里·埃文斯(Mari Evans)	Dore,1970

问题	诗作	诗人/作者	文献来源
内心冲突	墙缝里的小花（Flower in the Crannied Wall）	阿尔弗雷德·丁尼生（Alfred Lord Tennyson）	Dore, 1970
宠物之死（适宜儿童）	巴尼的十大好处（故事）The Tenth Good Thing About Barney	朱迪思·瓦尔斯特（Judith Biorst）	Viorst, 1971
愤懑	愤懑（寓言）Anger	鲁斯·吉恩德勒（J. Ruth Gendler）	Gendler, 1984/1988
爱/虔诚	绵绵兔（故事）The Velveteen Rabbit	玛吉莉·威廉姆斯（Margery Williams）	Williams, 1975
失落（适宜儿童）	再见了，埃弗雷特安德森（故事）Everett Anderson's Goodbye	露西尔·克里夫顿（Lucille Clifton）	Clifton, 1983
性攻击	强奸（Rape）	玛吉·皮尔西（Marge Piercy）	Piercy, 1990

下面以华兹华斯的《咏水仙》(1804)来分析一下诗歌的治疗作用。身心一体说表明，心理状态的确会影响身体健康，抑郁、哀伤、悲观对我们的健康有短期和长期的影响，而且这种影响是如何产生的现在已不再神秘。失败，产生悲观，导致抑郁的情绪，身体儿茶酚胺减少，免疫系统被抑制，造成人体免疫能力下降，直接会导致生病。塞尼格曼在《活出最乐观的自己》中指出，"大脑和免疫系统不是靠神经连接的，而是靠荷尔蒙，荷尔蒙通过血液流遍全身，它可以将情绪状态从身体的一部分传到另一部分。现在已有很多证据指出当一个人抑郁时，他的大脑也会随之改变。在神经之间传递信息的荷尔蒙，在抑郁时会变得匮乏。另一种神经传导物质叫儿茶酚胺（catecholamines），它在抑郁时会变得很稀少。"（Seligman 162）当人们失败时会有悲观情绪，悲观情绪不适宜经常咀嚼、反刍。需要心理咨询或自助式心理辅导来排解悲伤的情绪。根据塞尼格曼介绍，认知疗法有五种策略：学会去认知在情绪最低沉时自动冒出来的想法；学会与这个自动冒出来的想法抗争，举出各种与之相反的例子；学会用不同的解释——重新归因（reattribution）去对抗原有的想法；学会如何把自己从抑郁的思绪中引开；学会去认识并且质疑那些控制你并引起抑郁的假设。如第四条，来访者可以在睡觉前默背华兹华斯的《咏水仙》，把自己从孤独、抑郁的思绪中引开，诗歌有一个乐观的结尾：

> 后来多少次我郁郁独卧，
> 感到百无聊赖心灵空漠；
> 这景象便在脑海中闪现，
> 多少次安慰过我的寂寞；
> 我的心又随水仙跳起舞来，
> 我的心又重新充满了欢乐。

根据赋能说（empower）作者似乎从大自然中获得了能量，大自然给患者/作者增添了正能量。默背这首诗读者的情绪会沿着诗歌描写的情绪而变好，从而达到心理调节的效果。

与此类似《荷塘月色》之所有成为散文名篇和它内在的心理情绪及其对读者大众潜在的治疗作用是分不开的。

塞尼格曼在《认识自己,接纳自己》指出,"在日常生活中,每个人都有自己的影音频道(类似我们喜欢唱的'口头禅'一样的歌)。有些人是民间小曲,有些人则是重复某个短语。这些短语中的字都很押韵而且有力。比如:'天上雨雪地上滑,自己跌倒自己爬'。这样的情形在生活中屡见不鲜。"(Seligman 71)对大部分人来说,影音频道的节目并不是那么令人开心和愉悦。有些时候它会放一些悲伤绝望的歌曲,比如"我的心真的受了伤"或是"举杯消愁愁更愁",这些词句在我们情绪低落时一直萦绕在我们心头。"影音频道"之下,人处于自动化思维的状况,悲伤的人播放、收听这样的节目易于变得更抑郁。刻意朝积极的方向设定好自己的"影音频道",改变它,会达到调节情绪、强化意志的效果。有一个能说明情况的案例,季羡林在接受白内障手术时,一直默背苏轼的《水调歌头》(明月几时有)和《浣溪沙》(缥缈红妆照浅溪),尽管季老有冠心病,但是他始终心净如水,为手术的顺利进行作了精神准备。用自己喜爱的乐观向上的诗歌,设计好自己的影音频道,不知不觉中可以达到调节情绪的效果,最终达到陆游说的效果,"闲吟可是治愁药,一展吴笺万事忘。"流行歌曲也是可以采用的。

三、诗歌创作与心理疗慰

玛札论述诗歌疗法的第二个模式是原创性写作:"表达性/创作性模式"。"那些真正能起到疗效的诗作其实在作者构思酝酿之时就已开始她的诊疗事业了,而它第一个诊疗的对象就是那位诗人。"(Mazza 3)清代诗人陆莹指出:"病中拈笔为谁忙,不暇看题检药囊。心坐一窗行万里,除诗是药更无方。"来访者的诗歌创作层面能疏导情绪,作品内容能反映心理的问题。来访者写诗歌、写信、写日记等多种方式都是可以的。日本文艺批评家厨川白村曾论述过文艺产生于作者苦闷的心理。玛札认为对来访者来说,创作水准不作过多的要求,关键是动笔写作。为了鼓励来访者动笔,玛札设计了一套别具一格的句式:

> 如果我们曾相识……
>
> 当……时我最快乐
>
> 我相信……
>
> 当……时我感觉到被爱
>
> 我害怕……
>
> 我为……愤怒
>
> 我怀疑……
>
> 我是……
>
> 如果你拒绝……
>
> 如果你允诺……
>
> 如果你忽略我……
>
> 当我寂寞时……
>
> 当我在人群中……

如果我的双手可以言语……

我在乎……

昨天,我……

今天,我……

希望是……

恐惧是……

愤懑是……

快乐是……

绝望是……

亲密是……

爱是……

家是……

在一座森林里,我……

在商场里,我……

我坚持,因为……

最关键的是……

我感觉与……最亲近

我代表……

……给予我最大的力量

这些句式看似简单,却非常实用,是玛札临床上精心筛选的,每个句式可以写出多个诗句,有利于来访者敞开自己的心理世界。形式可以是十四行诗,可以是藏头诗,也可以是自由诗。创作方式可以是个人创作的,也可以是集体创作的。下面是来访者朱狄斯·卡伦的一首诗:

她在午夜出走

疲惫不堪

心力交瘁

放下一切

因梦已破碎

"他觉得很抱歉,你是知道的。"

长袖圆领

诸多掩饰

层层顺从

遮掩着紫一块红一块的记忆。

"他真的无可奈何。"

无法与他人诉说的秘密

小心翼翼地隐藏着

不让任何人发现

就像她心上的伤口

"他说过以后再也不会了。"

> 东方既白
> 她又将回去
> 回到他的王国
> 像一个王后
> 回到国王的身边
> 日复一日
> 这一幕又将重演
> "但我依然爱着他。"

　　这首诗歌写的内容涉及家庭暴力,需要采用家庭疗法,需要丈夫配合治疗。诗歌创作使来访者的情感得到宣泄,同时也为治疗师走进患者的内心世界提供了路径。日本作家川端康成在《文学自叙传》中明确表达的创作观是:"我对于现实,既不想弄懂,也无意于接近。我只求云游于虚幻的梦境。"可以说云游幻境的艺术创作,是他排解孤儿情感、抵抗精神绝望的唯一有效的寄托。"宛如残烛的火焰,行将完蛋了的血果然燃了起来,这就是作家吧。"这种具有自我心理疗救意义的创作观,可以进行挫折心理学方面的分析和阐发。他在获诺奖之后表现得江郎才尽,过了三年自杀了。可以说,意外的获奖打断了他以表达为主的幻想自疗流程。川端之死不妨看作文学治疗意外终止的结果。

四、诗歌疗法的特色

　　《黄宾虹书翰谈画集》指出,"艺术超然浩渺无界,惟宗教与图画古来关系密切,非徒劝善惩恶,直使凶顽怪异,感化于无形。以一人身体之修养论之,可以消除百病,古云'特健药'。"虽然是针对绘画等艺术,对诗歌来说也有启迪。艺术超然,感化于无形,诗歌以心之意象,可以达到灵之转换的目的,避免强行诊疗的尴尬。玛札提出诗歌疗法的象征性/仪式性模式来阐明诗歌治疗的特色。诗歌形象思维的方式、象征、隐喻、换喻、排比、拟人等多种技巧直接作用于来访者的心灵。"润物细无声",诗歌靠意象、韵味、有意味的形式,慢慢渗入来访者的心灵。用"客观对应物"来表达情感、行为和信念,是诗歌的主要特点。其中常见的是隐喻,它可以很好地联系心灵和现实,可以起到重新构架问题、疏导来访者逆反心理、增进治疗师和来访者/患者情感联系的作用。如彭斯的《一朵红红色玫瑰》、叶芝的《当你老了》等诗歌都是以印象深刻的意象取胜。

　　"冥想"诗歌的意境,可以进入"心流"的状况。玛札没有用"意境"一词,但我们可以结合中国诗学这一概念深化诗歌疗法的特色。现代医学身心一体理论表明现代人常见的疾病有三大类:癌症、糖尿病、血管毛病,这些疾病主要有两大缘由:一是精神压力太大;二是脂肪多。后者可能是物质富裕带来的负面结果,前者可能是社会加速发展带来的普遍现象。为减少人类的疾病,日本的春山茂雄在《脑内革命》中提出冥想、运动、饮食调理三种基本方法。春山说:"精神压力的本质是什么? 学科上的解释是施加于人体心理、生理上的扭曲形变。一语道破,就是精神上感受到的、令人非常厌恶的负面刺激。在不安、担心、欲求不满、憎恶、嫉妒、奢望、自卑感等弊导思维面前,我们的精神往往会感到压力重重。"(ChunShan maoxiong 89)通过冥想缓解精神压力。"什么是冥想呢?一般人好像都会被当今通俗的解释所迷惑,以为坐禅、瑜伽那类境界的冥想,才是真正的冥想。但是东方医学所说的冥想,并不是那种刻板的模式,更无需达到大脑中'空无一物'那样的高度。自己感到心情舒畅,把这种感觉浮想在想象的空间中,也是冥想的形式。譬如,老人想自己的孙辈,想念自己最爱的人,也属于冥想的范畴。令人感动的事物,美丽的景色,兴趣爱好,音乐、绘画等艺术,乃至小河叮咚的流淌、婉转动听的鸟鸣,潮气潮落的涛声、风声,甚至有的人听到机场、海港的噪音,都会心旷神怡。能产生波的东西,都可谓是冥想的媒介物。"(ChunShan maoxiong 69 - 70)冥想的目标,是将脑波转变为α波。α波出现时的状态,也是人们处于半醒半睡时的一种中间状态。α波与脑内吗啡乃情侣一对。"脑波呈现α波状态后,才会分泌脑内吗啡,潜藏在心底的智慧,才会苏醒萌动,储存在右脑里的记忆和信息,才会潇洒自如地被引导出来,发挥出平常β波状态时难以想象的聪明才智。"(ChunShan maoxiong 115)诗歌的意境可以作为冥想的材料,为改善人的精神状态提供帮助。冥想大致有三重层次:做事专心投入;想象一种事物;类似道家的"心斋""坐忘",禅宗的四大皆空的境界。根据希思赞特米哈伊(Mike Csikszentmihalyi)的"心流"理论,尽管它们略有区别,仍有一个共同的感觉:"我们全心投入地做事情时的感觉。"心流讲求注意力集中,目标专注,深深地投入,忘我,时间仿佛停止,其最核心的一点就是没有杂念,没有混乱的情绪,沉浸在一种享受的状态。现代社会信息爆炸、生活节奏明显加快,人的大脑经常充满垃圾。冥想诗歌的意境,放弃容易得到的愉悦而去追求略为费力的满意,刚开始时很难,一旦全身心投入,会由满意转化心流。这种诗歌治疗经验是非常独特的。

五、结语

当然诗歌疗法有其优势,在评估和治疗的过程中运用诗歌疗法可以减少对当事人的威胁感,诚然,对文化层次不高、残障不能动笔动口的来访者可能难以实用。更重要的是,诗歌疗法可以朝培优的方向发展。20世纪人类爆发了两次世界大战,传统心理学主要以消极治疗为主,即在人们患有心理疾病、创伤之后开始治疗。塞尼格曼在《真实的幸福》中指出:"过去的50年,心理学只关心一件事——心理疾病,而且做得不错,因为现在我们可以测量抑郁症、精神分裂症、酗酒等过去认为是很模糊的概念,并能做出相当精准的描绘。目前我们已经知道这些问题是怎么发展出来的,包括它们的遗传因子、生物化学性以及心理成因,最重要的是我们知道该怎么去治疗这些疾病。"(Seligman 5)世纪之交塞里格曼、谢尔顿(Sheldon K. M.)和劳拉·金(King L.)、希思赞特米哈伊等人提出积极心理学,关注人的积极情绪,关注人的多种优良特质,关注家庭、组织、城市、国家的文化环境,认为心理学除了治疗外,还有其他功能: 使普通人生活得更美好,培养人的美德,发展人的潜能与创造性; 识别少数天才或特长功能的人,使之获得训练、培养。他们认为人类有创意、好奇、判断力、爱学习、眼界、团队协作、公平、领导能力、原谅、谦逊、审慎、自我调节、灵感、幽默、希望、感激、欣赏美、社会智能、友好仁慈、爱情、活力、诚实、坚持、勇敢等24种后天可以培育的人格优点,其中特定的3到5种能构成智慧、正义、温和、超越、人道、勇气六种核心的优点,最终促成积极的情绪、关系，快乐、有为、有意义的人生。玛札的诗歌疗法尚可以结合积极心理学的理论，在智力开发中发出奇异的光彩，让生命变得更加丰盈、蓬勃。诗歌的治疗功能是被启蒙现代性以来遮蔽的一大功能，它理当与审美、认识、教育、娱乐等基本功能一样值得人们深入研究。

参考文献

[1] MAZZA Nicholas. Poetry Therapy：Theory and Practice［M］. London & N. Y.：Routledge Press，2003.

[2] 王波.阅读疗法［M］.北京：海洋出版社,2014.

[3] 伍蠡甫.西方文论选（下）［M］.上海：上海译文出版社,1979.

[4] 张春兴.现代心理学［M］.上海：上海人民出版社,1994.

[5] ［美］塞尼格曼.认识自己，接纳自己［M］.任俊，译.北京：万卷出版公司,2010.

[6] ［美］塞尼格曼.真实的幸福［M］.洪兰，译.北京：万卷出版公司,2010.

[7] ［美］塞尼格曼.活出最乐观的自己［M］.洪兰，译.北京：万卷出版公司,2010.

[8] ［日］春山茂雄.脑内革命（上）［M］.赵群，译.南京：江苏文艺出版社,2011.

[9] ［日］春山茂雄.新脑内革命［M］.胡慧文，译.台北：新自然主义 幸福绿光股份有限公司,2012.

论亨利·詹姆斯"有闲阶级"贵妇的创作动因

魏新俊

摘　　要：亨利·詹姆斯是一位心理现实主义小说家,他对上流社会女性人物的刻画栩栩如生,勾勒出一幅幅"有闲阶级"贵妇群像。透过她们不同的人生经历以及这个特殊阶层的本质特征,真实地反映出 19 世纪末 20 世纪初美国的社会状况。本文从家庭的熏陶、社会的流变和感情的积淀三个层面论述詹姆斯文学创作的动因,揭示那个特殊历史时期人生命运起伏和社会生活变化的基本规律。

关　键　词：亨利·詹姆斯;有闲阶级;贵妇形象;创作动因

作者简介：魏新俊,文学博士,中国药科大学外语系副教授,从事英美文学和西方文论研究。本文系江苏省教育厅 2013 年度研究生教育教学改革研究与实践课题"医药类院校研究生英语写作能力拓展新视点研究"(项目批号:JGLX13_022),阶段性研究成果。

亨利·詹姆斯(1843—1916)是美国杰出的文学大师,他的文学创作生涯长达半个世纪之久,在人物的心理描写、小说艺术形式创新和文学理论的构建方面做出了卓越的贡献。他以心理现实主义小说家的艺术技巧勾画出一幅幅鲜活动人的"有闲阶级"贵妇形象,留下了一桩桩悲欢离合的感人故事,在一代代读者心目中树立起一座永不磨灭的艺术丰碑。他的作品追求奇妙的情节构思、新颖的主题内涵和超脱的精神境界,这种思想理念和道德追求完全契合同时代的经济学大师托斯丹·凡勃伦(Thorstein B. Veblen,1857—1929)《有闲阶级论》(*The Theory of the Leisure Class*,1983)中的思想观点。他们在不同的学科领域里以不同的方式思索、探求和解构美国社会各个阶层的行为特征和真实本质,艺术地再现了 19 世纪末 20 世纪初美国社会现实的基本状况。然而,在人物形象的刻画上詹姆斯又独领风骚,表现出非凡的艺术才华和文化修养,成为后世效仿的典范。有学者对詹姆斯的小说艺术和文学理论情有独钟,专门对他小说中所塑造的众多女性人物形象进行了认真梳理和详尽剖析,大多发现这些女性形象展现出天真无邪的个性特色,她们既有独立自主的生活意识和对未来美好的人生憧憬,又有对欧洲古老文明的崇拜和传统的道德风尚的向往,难免陷入欧美两种文化冲突所带来的尴尬境地[①]。本文尝试从经济学的独特视角出发,借助凡勃伦的"有闲阶级"理论,探析詹姆斯笔下"有闲阶级"贵妇的心理特征,具体从家庭的熏陶、社会的流变和感情的积淀三个层面论述詹姆斯文学创作的动因[②],揭示那个特殊历史时期人生命运起伏和社会生活变化的基本规律。

一、家庭的熏陶

詹姆斯"有闲阶级"贵妇形象的塑造和文学再现,首先起因于他的家庭环境熏陶和文化濡染。他本人就出身于一个现实的"有闲阶级"家庭,他深厚的文学情感的培养和无尽的思想源泉的开发是自幼在良好的家庭氛围中不知不觉形成的。可以说,这种在生活中打下的坚实的文化根基和与生俱来的艺术灵感的结合才造就出一位未来的伟大作家。詹姆斯一家祖籍是爱尔兰,都是长老会派的加尔文教的忠实信徒,他的祖父威廉·詹姆斯首先来到美国创业。十八世纪末期祖父在纽约州从事多种经营,先后涉足房地产、银行业和盐业制造等,凭借勤劳和机敏而日渐发迹,"到 1832 年去世时留下多达 300 万美元的遗产。"(Kaplan 7)老一代多年的积累可谓家道殷实,詹姆斯家族的晚辈解除了烦忧的体力劳动,过起衣食无忧的安逸生活,从而,在阶级层次上轻而易举地步入经济学家凡勃伦所论述的美国"有闲阶级"的行列。等到亨利·詹姆斯的父亲这一代踏入社会时,根本不需要为生计外出打拼,每年老亨利·詹姆斯则有大约一万美元的收入。他们家人担忧的不是如何想方没法去挣钱谋生,而是如何费尽心思去花钱享受。除物质财富带来舒适生活之外,他们有更充裕的时间和更充分的自由来追求文化修养的提升和精神生活的丰富,从另一角度来提高人生的文化品位,展现生活的多姿多彩,从更高意义上实现人生的理想和价值。

这么一个有钱有闲的家庭环境提供了滋养知识分子的沃土。从小时候起对詹姆斯影响最大的当数他的父亲。老亨利是一位颇有修养的哲学家和神学家。他每天潜心攻读,专事写作,颇有文采,但并未做出为世人所认可的成绩。早年家庭的神学教育,使他在宗教认识上表现出离奇的思想和怪异的性格。他对严格的新教教义颇有微词,他提出的有神论带有一种不明确和非正统的倾向,似乎超越一切原则和所有派别,明显融入自我不切合实际的幻想。然而,他所追求的个人理想的实质与当时人们实现"美国梦"的社会愿望南辕北辙。故此,他的一生壮志未酬,留下了无尽的遗憾。最终,老亨利的友善原则和新奇理论在对子女的非常规化教育中找到了施展的机会。也正是在这种起伏无常的人生过程中他逐渐形成了乐观豁达的性格特征、自由信仰的宗教思想、不墨守成规的处世原则和教育子女的独特方式。由于童年时代经历过的宗教的严酷和禁欲的苦难,他不想让孩子们再重蹈自己的覆辙,愿意竭尽全力地为他们创造一个视野开阔、健康向上和幸福愉快的新生活。他不赞成正统的学校教育,喜欢带领五个子女游走四方,经常往返于大西洋两岸,饱览欧美各地风景名胜,尽享不同民族的风土人情。让孩子们在自然的状态下扩大见闻、丰富学识和增长智慧。这样有了更加广阔的国际社会的舞台,"使他们成为世界公民"(吕长发 144)。作者詹姆斯"到 21 岁时约有三分之一的时间是在国外度过的。"(Bellringer 6)老亨利把孩子的语言能力培养放在首位,为此专门聘请法语家庭教师,送他们去法国学校学习。詹姆斯表现出超常的语言天赋,加之特殊的教育和训练,青年时期便脱颖而出,能说一口流利的法语,就连他的法国朋友也自叹不如。可想而知,在以后的文学创作中每当涉及与法国有关的国际主题时,他便能够驾轻就熟,足见詹姆斯扎实的语言功底和贯通欧美两种文化的丰厚知识涵养。虽然詹姆斯早年过着游移不定的生活,但是欧洲之行为他提供了别样的人生经历,丰富了文化生活,开阔了知识视野,也为未来的文学创作积累了厚重的人文资源,而且使他的文学事业独具艺术特色。

　　浓郁的家庭文化氛围使亨利从小养成了爱读书的好习惯,淋浴在知识的海洋里逐渐提升了他的人生品位,形成了超前的精神风尚。詹姆斯家中藏书众多,他尤其喜欢阅读古今文学名著。经过母亲和姑姑的指导,他熟读了欧文、萨克雷、狄更斯、莎士比亚等作家的经典作品。"在纽约家中爸爸的图书室或在奥尔巴尼祖母家中散发着皮革气味的阅览室里,他欣赏了任何他所接触到的东西,而且在读书过程中也度过了了最为充实的生活。"(Kaplan 23)慈母的教诲和亲人的陪伴使亨利自幼便认识到家人之间骨肉亲情的重要性,而且使他对后来小说中女性人物形象的塑造有了深厚的情感基础。更重要的是,父亲老亨广交天下宾朋,喜结文坛名流。家中来访者不乏艺术大师和学界泰斗,他们无不才华横溢,闻名遐迩,爱默生、卡莱尔、霍桑、萨克雷、卢梭等更是常客。这些文人墨客欢聚一堂,谈诗论文,尽抒情怀,詹姆斯家俨然"成了知识文化交流和传播的中心"。(Eimers 278)"有闲阶级"享有得天独厚的物质生活条件和优越的社会地位培养了作家詹姆斯优秀的品质和独特的性格特征,为他未来的文学作品中各种类型的"有闲阶级"人物的创作提供了必要的素材。因此,从某种意义上说,詹姆斯的整个成长过程中具足了一切"有闲阶级"的特质,他是一个典型的"有闲阶级"的代表。艺术创作离不开社会生活的根基。他对"有闲阶级"的艺术再现可以说反映的是自己的人生体验,他的小说对现实生活进行了艺术的再创造,是19世纪末20世纪初他所处的那个特殊年代美国社会的真实写照。

二、社会的流变

　　对"有闲阶级"贵妇的描写正是詹姆斯文学作品的社会价值和现实意义所在。19世纪的美国是以商业化为主导的社会,男性在社会生活中起着无可替代的决定作用,而居于从属地位的女性在感情生活上倍受冷落,她们的内心激情饱受压抑。男人创造物质财富,推动社会物质文明的进步,但他们却代表不了社会精神文明的发展。女性才是社会文明的中心和安全力,她们社会地位的高低是一个文明程度的标志和象征,只有她们才能真正引导社会的进步和发展。从而引发物质文明与精神文明之间的冲突,也就是男人与女人之间的交锋。在生存竞争中女人与男人不断抗争,与命运长期搏斗,必然导致她们坎坷的人生。时逢世纪之交,心理现实主义大师詹姆斯肩负起不可推卸的史命,关注女性人物的前途和命运,反映这一具有时代意义的宏大主题,与他所倡导的小说艺术的创作理念完全吻合。在《小说的艺术》这篇文论中,詹姆斯强调艺术与人生、小说与现实之间的关系,他认为小说是"一种个人的、直接的对生活的印象"。(James 192)"一部小说存在的唯一理由就是它试图真实地反映生活。"(James 188)

　　詹姆斯艺术创作追求的最终目标就是引领社会思潮和真实反映生活。这一目的首先决定了他对"有闲阶级"贵妇的思想情感和人物内心世界的人文关怀,从而落实到具体的构思、创作和描写的行为过程。他把小说当作"最辉煌的艺术形式"。(James 188)在写作实践中,他善于运用独创的小说技巧,透过外部事件的影响反映人物的内心感受,现实生活的揭示完全围绕中心意识进行。刻画形形色色的人物形象和表现各式各样的题材内容,都是由外部世界转入内心活动,由客观现实转入主观意识,逐步由精神领域取代自然环境。难怪,"读者常常会抱怨在詹姆斯的小说里几乎什么也没有发生,一篇杰克·伦敦或欧·亨利的短篇小说可能比詹姆斯的一部长篇小说具有更多故事情节。"(Day 185 - 186)詹姆斯认为,舞台与冲突不只用来表现外部事件的具体方式,而是体验内心生活的重要手段;创作所要达到的目的不只是停留在一系列事件的简单叙述上,而是着重于一种具体情景的生动再现;不只是强调人物所作所为的描写,而是更加注重他们的内心活动和思想感受。因此,他所描写的人物往往见诸心理活动而没有过多的外部动作。与传统小说的人物不同的是,在思想、情感、性格的表达方式上他们大都通过彼此之间的对话交流、心理刻画以及细节描述来进行。这种写作风格追求外部表现与内部活动的协调,各个有构成要素形成一个有机的整体,力求审美的意境表达,达到内容和形式的完美结合,实现高超的艺术形式和深刻的道德内容的有机统一。

在道德诉求方面,詹姆斯崇尚积极进取的精神、自主独立的人格和乐于助人、自我牺牲的风范。康拉德把他称作"一个描写优美良知的史学家"(詹姆斯 3),他的艺术良心充分体现在他的小说创作之中,创立了自己独特的小说理论体系,构思新颖别致的小说艺术主题,蕴藏了丰富深髓的思想内涵,开拓出个性化的小说表达技巧,并配合有鲜明特色的表现形式,使艺术创作达到出神入化的境界。他小说中的人物形象往往把道德品质高置于物质利益之上,把他人利益高置于个人利益之上,她们身上无不体现出詹姆斯本人所追求的理想主义的人生愿望和终极目标。因此,詹姆斯的创作过程完全实践了他的小说理论构想,反映出在社会生活中他长期受到压抑的心理本能,进而通过文学创作手法转化为高于生活的信仰理念、精神文化和伦理道德,全面剖析"有闲阶级"的人生奋斗目标、迷恋的物质生活和追逐的社会价值。他的作品呈现出"有闲阶级"在残酷的人生角逐中积累的资本、实现的财富梦想以及金钱消费带来荣耀和快感,从而实现不同社会阶层的道德和文化屏障的跨越,把无形的社会价值和有形的社会生活、道德领域和人文领域以及精神世界和物质世界的不同层面放在小说艺术的范畴之中,进行细致的比较、鉴赏和衡量,更能透视出人类和事物的本性和自然品质。

无独有偶,在《有闲阶级论》中美国经济学大师凡勃伦同样探索了"有闲阶级"特殊的社会本质,从经济学角度反映19世纪末20世纪初的美国社会的真实面貌。《有闲阶级论》既是一部经济学宝典,又是一部心理学论著。"凡勃伦以十九世纪末在美国产生的新心理学为基础,创立了所谓'制度'经济学说。""他把对制度的分析,最终归结为对心理的分析。"(凡勃伦 iii)凡勃伦以精辟的论述阐明"有闲阶级"的产生、演变和发展,概述了在经济活动中它的阶级特征和社会表现,并对其阶级弊端提出辛辣的嘲讽和尖锐的批评。在他看来,这个特殊的社会群体"以贵族和教士为代表,他们有一个共同的特点就是从事非生产性的活动,如政治、战争、宗教信仰和运动比赛等"。(凡勃伦 5)"有闲阶级是和私有制同时出现的,他们是人类在本能、思想、习惯和心理上差别的产物。在金钱和礼仪等方面的差别导致了人群之间的鸿沟,同时也导致了人们对荣誉迷恋程度的巨大差异,而有闲阶级对荣誉的渴求远远超过普通人群。"(凡勃伦 20 - 21)总之,"有闲阶级"是一个特定历史条件下的产物,他们不从事生产劳动、占有社会财富、尽享安逸生活和追慕虚荣浮华,纯属一个食利寄生阶层,与社会下层的人民大众格格不入。然而,凡勃伦在经济学领域里揭示的是另一种"真实性",呈现的是另一种别样的人生,"有闲阶级"是这个复杂社会结构中不可或缺的一个组成部分。詹姆斯和凡勃伦二位大师分别从事人类心理活动的研究,一个用独特的小说艺术探寻人的内心隐秘,另一个则用深奥的经济理论解读人的心理动向。他们之间无优劣高低,难分伯仲,一并成为关注社会生活、构建人类道德和促进文明发展的楷模。可见,詹姆斯笔下的"有闲阶级"贵妇形象与经济学家凡勃伦的"有闲阶级论"有不谋而合之处,他们的哲学理念、道德标准和行为方式相映成辉,以不同的色彩共同描摹19世纪末20世纪初美国社会的风情,彰显"有闲阶级"的时代风貌。在长达一个多世纪的岁月里,这一幅幅光彩夺目画卷不断闪现她们耀眼的光芒和散发诱人的气息,她们将永远保留妩媚动人的魅力和妖娆多姿的风韵,而且给一代又一代热心的读者带来美的艺术享受和人生智慧的启迪。

三、感情的积淀

亨利·詹姆斯是家中第二个男孩子,上边有一个比他大一岁半的哥哥,就是后来著名的美国哲学家和心理学家威廉·詹姆斯(William James,1842—1910)。哥哥的成就并不比小说家亨利逊色,专著有《心理学原理》(*The Principles of Psychology*,1890)。威廉生性狂放不羁、专横跋扈、逞勇好斗;而亨利则文弱内向、沉默寡言、随和礼让。所以,日常生活中处处受哥哥指使,小心翼翼,唯命是从,一种畏惧和不安的心理时常向他袭来,给他童年的心灵上留下无法愈合的创伤,致使"亨利某种程度上总是生活在威廉的阴影里"。(Bellringer 4)童年时代的生活给詹姆斯的心理健康带来难以想象的严重后果,直接影响到他敏感多疑的生活习性,同时也触及他文学想象力的发挥。这种心理状况一直持续到威廉在1910年离世以后,亨利才开始他的第一部自传体小说的创作,命名为《一个小男孩和其他人》(*A Small Boy and Others*,1913),显然是在怀疑童年时代的他和哥哥究竟哪个是这个小男孩。小说的主题表现和"主要人物"的塑造离不开他们早年的生活,影射威廉·詹姆斯这个在他心中挥之不去的阴影。一个"内在的世界"围绕这个中心人物便很快构建出来,那就是小说家亨利·詹姆斯难以忘怀的童年记忆。这种亨利注定无处不步哥哥的后尘,无论是在国内外课程学习的学业成绩上,还是在科学、语言和艺术的能力表现上,他都无法与威廉相比,因多次较量的失利只好甘败下风。内心积习已久的情感无法倾泻,而通过文学创作詹姆斯终于找到解开心中郁结的契机。他多愁善感、郁郁寡欢和激荡心绪有了一种自由释放的方式。正像作品中的主人公那样,他过分专注的是沉思默想,而不是行为表现。

詹姆斯行为严谨,不苟言笑,心事重重,性格怪异。加上早年几位亲人相继去世,更使他郁郁寡欢。其中,他难以割舍的是表妹明妮·坦普尔(Sicker 11-12)和妹妹艾丽丝,而表妹的死给他的心理打击最大。他一向对表妹情有独钟,但腼腆胆怯的个性使他畏缩不前,不知是有意还是无意地回避,总是难以向她真情表白。不幸的是,表妹在24岁那年得肺病死去。詹姆斯正值文学生涯初始阶段,他难以承受突如其来的变故,痛失初恋致使他终身未娶。可是,任何事物都具有两面性,这件事却成为詹姆斯塑造女性人物的最初诱因。例如,《一位女士的画像》(*The Portrait of a Lady*,1881)女主人公伊莎贝尔·阿切尔,《鸽翼》(*The Wings of the Dove*,1902)女主人公米莉·西奥尔,《金碗》(*The Golden Bowl*,1904)女主人公玛吉·维尔维,等等。她们大都以表妹明妮为原型,均来自美国上流社会,有钱有闲,富贵高雅,但命运坎坷、婚姻挫败。她们的生活体验、人生感悟和社会认知,无不带有自由精神和鲜明个性。詹姆斯对这些贵妇品质的刻意书写,从文学艺术的角度再度印证了凡勃伦的"有闲阶级"学说。

詹姆斯的性格特质决定了他的举止行为,特别是面对热烈的恋情时总是唯唯诺诺,结果一次次贻误良机。除了和表妹明妮那段刻骨铭心的感情外,他还有另外两段鲜为人知的情感奇遇:一次是与美国知名女作家康斯坦斯•芬尼摩尔(Constance Fenimore Woolson,1840—1894)相识,她把詹姆斯当成感情的唯一寄托,一路追随到伦敦,终因得不到爱的回报而跳窗徇情;另一次是与杰出美国女作家伊迪斯•华顿(Edith Wharton,1862—1937)相逢,她对詹姆斯情深意笃,一度为他的事业发展而慷慨相助,但终因詹姆斯晚年选择平静的生活,惧怕与她陷入感情的旋涡,而使两人的黄昏之恋无疾而终。这两段不期而至的感情均留下无尽的遗憾。然而,无法排解的欲望和长期积郁的隐情却激发了詹姆斯无尽的想象力,无形中成就了他小说创作的梦想。他终生致力于"有闲阶级"女性人物形象的塑造和心理活动的描写,在编织一个又一个真切动人的情感故事背后,隐藏着一颗小说家紧张和不安的灵魂,使人不禁联想到在那些往昔的岁月里曾经发生过的一桩桩魂牵梦萦的情感往事,追忆他人生历程中曾经历过的激荡澎湃的内心世界。

可见,对女性人物形象的塑造来自詹姆斯的感情生活中难解难分的女性情节。弗洛伊德(1856—1939)的精神分析理论认为,文学创作的根本动因源于"力比多"(libido),"它产生一种与本能的生物欲望相关的生理的或情感的能量,也就是,表现为性的冲动。"(311)由于社会道德原则的制约,这种本能的冲动长期受压抑,通过人物形象的塑造将其转化为一种被社会认可的有效表达方式,在文艺创作中实现情感的宣泄和欲望的满足,从而得到艺术的再现和精神的"升华"(Freud 8)。詹姆斯之所以能够创作出优秀的文学作品,是因为他充分发挥了长期积蓄的原始本能,并使这种生物的欲望转化为艺术的创造力,最终表现为女性艺术形象。可想而知,如果当年詹姆斯和表妹明妮的那段生死之恋没有发生的话,那么留给人世间的不仅仅是失去一段缔结美好姻缘所带来的无尽缺憾,最大的损失在于在小说艺术想象的领域里人类将无缘见识一位揭开女性人物内心奥秘的伟大小说家。

四、结语

詹姆斯的贵妇形象一个个鲜活生动,犹如一朵朵绽放的艺术之花,她们堪称是詹姆斯式女性人物的理想化身。作为"有闲阶级"的典型代表,詹姆斯有独特社会生活体验和复杂的情感经历,为他的小说艺术提供了取之不尽的生活源泉,反映出他创作的社会价值和无穷的艺术活力,同时也阐明他创作"有闲阶级"贵妇的根本动因。与传统小说不同,詹姆斯追求理想主义的创作目的。他关注的不是"在这个世界上人怎样才能生存下去",而是"生活中真正的经验和感受是什么"(Day 185)。他小说中主要人物追求的不单是物质需求和生活满足,而是集中有生力量进行道德探索和人生感悟。认真剖析詹姆斯笔下"有闲阶级"贵妇形象和她们的曲折经历,便不难发现她们的价值观、人生观和婚姻观,追溯到她们悲苦命运的根源。从而从本质上揭示詹姆斯时代美国社会的复杂性和人生的多面性,加强对"有闲阶级"这个特殊社会群体的认识、欣赏和评判。让我们借助艺术大师詹姆斯的独特视角,追随"有闲阶级"贵妇的历史印迹,领略她们仪态万方、楚楚动人的丰姿,品味她们有钱有闲、超凡脱俗的情趣,体会她们婚姻家庭的悲欢和人生世事的苦乐,也许这种切实的生活体验和别样的人生感悟才是揭开社会真相和了解现实生活的绝佳途径。

透过一系列充满人格魅力的"有闲阶级"贵妇形象刻画和饱含智慧色彩的心理活动描写，我们能够真切感受到詹姆斯这位文学大师身上散发的时代生活气息和释放的无穷想象潜能，再度证明了文学创作离不开现实生活这个朴素而深刻的哲理。《一位女士的画像》表现伊莎贝尔的独立、任性和自强，成为一个富于挑战的新女性，但财富并没有能够使她实现自由的梦想，她最终还是难以跳出传统道德的藩篱。"小说描写的是一个道义上的荒诞世界，另一个伊甸园。"(Goldfarb 52)批评家阿德琳·R·汀特纳从不同层面阐释了詹姆斯另外两部作品的相互映衬的主题内涵，认为"詹姆斯的《鸽翼》和《金碗》是对弥尔顿史诗姊妹篇《失乐园》和《复乐园》的重新改写"。(Tintner 125)从作品中可以领悟到经典的隐喻魅力和道德的感召效果。女主人公经历不同的命运抗争和人生变故，有着不同的生命体验和道德感悟，不同的生活态度和处世方式走向截然不同的生活归宿。米莉为道义而甘愿牺牲，失去了一切；玛吉为尊严而顽强拼搏，赢得了幸福。尽管这些"有闲阶级"女性人物曾尽情畅想未来、无限惜别过去，又勇于回归现实，但是在她们有钱有闲沧桑人生的背后，无不经历过痛心疾首的往事和哀伤难忘的旧情，撒下一串串与命运抗争的酸楚泪水，难以诉说历尽磨难后情感的苦涩和生活的艰辛。

注释

① 参见《亨利·詹姆斯笔下的女性形象》(《名作欣赏》，2006 年第 12 期，第 70 - 73 页)一文。此文选取亨利·詹姆斯的短篇小说《四次园会》里的卡罗琳·斯潘塞，中篇小说《戴茜·米勒》里的戴茜·米勒和《一个贵妇的画像》里的伊莎贝尔·阿切尔三个女性形象，从伦理道德和欧美文化冲突的角度进行了赏析。

② 关于亨利·詹姆斯"有闲阶级"贵妇的形象塑造和理论探析，本文的作者曾撰文作过相关论述。详见《亨利·詹姆斯笔下的"有闲阶级"——探寻贵妇人伊莎贝尔·阿切尔悲苦人生的心路程历程》(《天津外国语学院学报》，2010 年第 5 期，第 50 - 55 页)一文。

参考文献

[1] BELLRINGER Alan W. Modern Novelists：Henry James[M]. New York：St. Martin's Press，1988.

[2] DAT Martin S. A Handbook of American Literature[M]. New York：University of Queensland Press，Queensland，1975.

[3] EIMERS Jennifer. A Brief Biography of Henry James[M]// A Companion to Henry James. Ed. Greg W. Zacharias. Oxford：Blackwell Publishing Ltd.，2008.

[4] FREUD Sigmund. A General Introduction to Psychoanalysis[M]. New York：Horace Liveright，Inc.，1920.

[5] GOLDFARB Clare. An Archetypal Reading of "The Golden Bowl"：Maggie Verver as Questor，American Literary Realism，1870 - 1910. Illinois：University of Illinois Press，1981：52 - 61.

[6] JAMES Henry. The Critical Muse：Selected Literary Criticism[M]. ed. Roger Gard. London：Penguin Books，1987.

[7] KAPLAN Fred. Henry James: The Imagination of Genius, a Biography[M]. New York: William Morrow and Company, Inc., 1992.

[8] SICKER Philip. Love and the Quest for Identity in the Fiction of Henry James[M]. New jersey Princeton University Press, 1980.

[9] TINTNER Adeline R. "Paradise Lost and Paradise Regained in James's The Wings Of The Dove and The Golden Bowl" Milton Quarterly, Volume 17, Issue 4, Page 125 - 131, Published online: 3 Apr 2007. Journal ComplicationCBlackwell Publishing Ltd.

[10] 凡勃伦.有闲阶级论[M].蔡受百,译.北京:商务印书馆,1983.

[11] 亨利·詹姆斯.黛茜·密勒——亨利·詹姆斯小说集[M].赵萝蕤,巫宁坤,等,译.上海:上海译文出版社,1985.

[12] 吕长发.西方文论简史[M].开封:河南大学出版社,2006.

索尔·贝娄在 20 世纪 60 年代的保守态度

——以《赫索格》和《赛姆勒先生的行星》为例

武跃速

摘　　要：1960 年代的贝娄是一个典型的保守型作家,他对美国当时的激进运动持公
　　　　　开批评态度,在其具有代表性的长篇小说《赫索格》和《赛姆勒先生的行星》
　　　　　中,作家立足理性和传统文化角度,审视了一个时代的混乱和现代个人的道
　　　　　德迷失,以其现实主义的叙事特征,对六十年代以及现代社会进行了深刻的
　　　　　反思。

关 键 词：索尔·贝娄;60 年代;保守性

作者简介：武跃速,江南大学人文学院教授,文学博士,硕士生导师,主要从事现代欧美
　　　　　文学研究。本文为江苏省社科基金项目"索尔·贝娄小说研究"(项目批号：
　　　　　WW10B005)的阶段性成果。

　　20 世纪 60 年代是一个激进和反文化的年代,人类在不同的国家和不同的文化政治语境
中谱写了一曲具有亢奋表征的大合唱。美国的 20 世纪 60 年代是其中一个音部。作为美国
20 世纪后半期的重要作家索尔·贝娄,60 年代对他是不同寻常的：首先,1964 年发表长篇
小说《赫索格》,在当时赢得巨大声誉,成为公认的大作家和社会名流;其次,之前的 1962 年,
贝娄结束了为写作和工作而到处漂泊的生活方式回到芝加哥定居,受邀成为芝加哥大学的
社会学教授,成为名符其实的学院派作家。当时他对一家地方报纸记者说,他从纽约回来,
是"觉得在这里有一些事情没有完成,我不知道那是什么,但我会尝试着找出来"(Atlas,
James 320)。也许那时他已隐隐感觉到自己需要面对的便是激进时代的所有挑战,且注定
要扮演一个多少有些逆时代的角色。

　　从言论和行为层面来看,在那个很多人卷入政治的时代,在那个大学校园几乎处于鼎沸
的情状下,作为大学教授的贝娄自然也被卷入了。据贝娄传记记载,贝娄当时参与了许多激
动美国公众的问题讨论,如反对核武器和越南战争、争取民权和种族平等,他都明确表达了
自己的支持意见,将其视为一种知识分子的社会担当。但同时,他也明确反对一些激烈行动
和非理性的反叛形式,还写信给芝加哥《太阳报》,谴责那些粗鲁、不理性的游行示威,他认为
那样会毁坏集会的目的(Atlas, James 344)。也正是基于这种理性的温和态度,他在一片反
对声中接受了约翰逊总统(扩大了越战的总统)的邀请到白宫赴宴,因为贝娄认为接受邀请
只是总统和作家之间的互相尊重,赴宴并不等于支持白宫所有的政策和政府行为,况且约翰
逊总统也不是希特勒。为此贝娄受到很多作家朋友的责难,甚至是面对面的质问。这次受

邀使他在那一时期成为纽约知识界的众矢之的,内心的委屈可想而知。重要的是,那种非左即右的判断方式常常会让问题流于表面,在情绪化的对垒中遮蔽了真正的理性思考。

同样,在大学校园,1968 年正是学生运动高峰,师生辩论会、占领行政楼、攻击授课教授等事件到处发生着。在贝娄的研究生课程"乔伊斯 seminar"上,学生提出一系列罢课要求,这种冲击学校正常秩序的行为激怒了贝娄,他当场批评挑衅者,坚决反对动辄罢课的反智行为。在他受邀到圣弗朗西斯科州立学院做题目为"在大学,作家做什么"的讲座时,第一次遭遇新左派,有学生问到有关艺术家在种族问题中的态度,他回应说,20 世纪有太多的党派划线,人们常常非此即彼的给艺术家排队,他认为这种狭隘的看法会伤害艺术,应该以历史的态度去考察艺术家的成就(Atlas, James 374)。但故意挑衅的学生就他塑造的赫索格这个人物形象嘲弄贝娄并进行人身攻击,贝娄不失风雅和幽默应对后匆匆离开。所有这些事件使贝娄忧心忡忡,感到一种青春期的愤怒和反叛正席卷校园,他和同事一起明确谴责各种极端的反文化和反智活动,认为这些抗议没什么清白和天真,只是在随意践踏人类的文明成果。他给友人写信说,"大学正在破坏文化(Atlas, James 376)",知识分子作为高等文化的代表被攻击,时代正在变得疯狂。1970 年春天,在耶鲁一个英语学生小组讲座上,他借机质询校园革命带来的破坏性和知识分子的责任,说:"也许文明正在死亡,但其存在着,同时我们有自己的选择,我们可以抛弃它,或者尝试着拯救它。"(Atlas, James 398)正是为了应对这样的局面,贝娄与一些作家朋友一起在 1970 年创办了刊物《艺术》,其宗旨是,他们试图为尊重艺术、理性和道德秩序的人们提供一个"国际文化公社",以对付这个吵闹混乱的时代;同时我们也可看做是贝娄作为一个知识分子在社会层面的价值担当。

这样的价值理念渗透在贝娄发表于 20 世纪 60 年代的两部重要长篇《赫索格》和《赛姆勒先生的行星》中,确切地说,这也是他作为一个作家面对 20 世纪 60 年代这个特殊时代的美学回应。

使贝娄声名大振的小说《赫索格》,通过那些同名主人公的大量信件和他颠颠倒倒的故事,表达了作家深切的忧思,在赫索格一己自我的精神和生活濒临崩溃的同时,他对物质主义和浸透消费观念的社会机制进行了明确的批判。其中对现代个人的审视尤为突出,指出浪漫主义个性传统蔓延于现代社会的危害性。当时就有学者指出该小说是作家批判现代文明的典型作品(Fuchs, D 67 - 68)。确实,贝娄认为,现代人在一个去魅时代,靠科学技术获得的闲暇同时,表现出对秩序的破坏情绪和性混乱,迷失了生命方向。作家借赫索格之口说,"现代人的个性是无常的、分裂的、摇摆不定的,缺乏古人那种金石不移的坚忍和确信,也不再存在 17 世纪那种坚定的思想、那种明确的原则。"(贝娄《赫索格》145)因此他断言,"人现在可以享受自由了,可自由本身没有什么内容,就像一个空洞的口号。"(贝娄《赫索格》60)这些论断和作家在现实中对激进青年学生的态度如出一辙。小说中写了赫索格出车祸被带到法院时看到的滑稽一幕:一个很难分清男女性别的卖淫者,用玩具手枪威胁和抢劫一家杂货店被逮捕,被审问时一副高兴、轻松的神态,满不在乎地承认了一切,被带走时还用妞怩甜蜜的声音和法官等人说再见。这个细节通过小说人物的视角强化了作家对现代青年虚无主义的指认,他认为这是一出恶劣的游戏,是虚无者对秩序和文明的玩弄。这种忧虑贯穿于贝娄的创作中,他认为现代文明解放了个人,但没有给个人以意义空间,因此造成混乱,而精神的混乱又导引着社会和时代陷于泥沼之中。

就赫索格本人,这位"性爱复兴时代的王子",一边在两次婚姻破裂中体会痛苦和心灵分裂,一边还不断地在风流浪漫中和各类情人周旋,那位他又惧怕又离不开的情人雷蒙娜,几乎就是赫索格逃避现实风雨的性爱乌托邦。据贝娄传记记载,贝娄在 20 世纪 60 年代初就预见不久会有性解放运动,他本人赞成清教主义观点,认为性解放对爱情、婚姻、家庭都有其破坏性。应该说他在写《赫索格》时有意识地表达了这样的见解。在某种程度上,赫索格既是这种"解放"潮流的审视者和受害者,也是一个在自由潮流中迷失了方向的个体,因此他在现实生活中显得冲动、幼稚且可笑。小说中借一个律师之口嘲笑说,"你们这班人,连自己的问题也解决不了",更别说在社会上伸张正义了(贝娄《赫索格》114)。而小说整体上的喜剧式叙述,也在某种程度上对主人公表达了一定程度的嘲讽。

《赛姆勒先生的行星》(以下简称《行星》),公认是对 20 世纪 60 年代反文化运动的道德审判,小说的声誉超出了文学界,成了一份 1960 年代的"文化资料"。贝娄从正面描绘了一代轻飘、浮夸的现代青年,他们生气昂扬,为所欲为,无法无天,对人对己都不负责任地游荡在城市的各个角落,或以话语方式,或以行动方式,书写了一个时代的混乱风气。大屠杀幸存者赛姆勒在这样的时空中就像一座孤岛,他悲壮的族裔经历和现实困境孤零零地耸立在那里,经受着时代的风吹雨打。面对赛姆勒这位长辈的责问,华莱斯解释说,"我是不同的一代人。首先,我没什么尊严。完全是一系列不同的已知因素。生就没有恭敬的情感……"(贝娄《行星》240)赛姆勒在他头上看到了骚乱的象征,烟、火、飞扬的黑色物体,不由得感叹,"纽约使人想到文明的崩溃,想到索多玛和蛾摩拉,想到世界末日。"(贝娄《行星》301)他面对这个"全速奔跑的时代,发疯的街道,淫秽的梦呓,畸形怪异的事物",发出世纪之问:"是我们人类发狂了吗?"(贝娄《行星》93)

小说出版后称赞和指责蜂拥而来,有的说是"倾诉的挽歌""不朽的遗嘱""一个顶点";有的说赛姆勒扮演着上帝角色,将一种道德愤怒指向了所有的人(Atlas, James 393)。不少批评指出,赛姆勒是贝娄小说中的第一个父亲形象,以前作家经常写的大都是叛逆的儿子。这让人想到贝娄在 20 世纪 60 年代的身份:名作家和不断在社会上发出声音的大学教授,赛姆勒在某种意义上似乎居高临下地充当了引导和劝诫的角色。一直支持贝娄的批评家卡津也讽刺赛姆勒像一个上帝,自我指定为高超的道德仲裁者,俯瞰芸芸众生。贝娄为此写信和卡津展开激烈争论,坚持自己的道德立场,最终导致友谊破裂。但贝娄在信的结尾隐隐提到自己的罪,并谈及某种承担和改正。这种说法有理由让人猜测贝娄也许在一个侧面借小说审视自己的思想和行为问题。因为正是在 20 世纪 60 年代,贝娄自己经历了两次婚姻失败,而且同时来往于婚外几个女性之间,这也就是他在演讲时被听众问及赫索格是否就是他自己的原因。关于这种心理上的深层渊源,贝娄传记作者阿特拉斯也认为《行星》中涉及的一些问题和作家的现实生活有关,比如他不断陷入和女人的多重关系及其心理深处的"厌女症"(《赫索格曾说"女人吃绿色沙拉,喝人血"),清教的不宽容态度,种族主义问题(《行星》开头对黑人扒手的描写)等,是作家面对时代、面对自己的一次集中发泄(Atlas, James 388)。那么,当作家托小说人物对各种具有破坏性的时代风气进行谴责的同时,潜藏于中的其实还有他的自我审视,或者说就是内心深处的某种宣泄和自责。这也是人们极少注意到的一个方面。

至于说到"清教的不宽容",那就涉及贝娄面对 20 世纪 60 年代的保守态度的深层缘由了。非常明确,作为犹太裔作家,贝娄从小在犹太社区和家庭中所受的教育给了他强烈的伦理道德角度,犹太文化中源于《圣经》的那种个人对历史的责任感、那种立意要改善地球上人类生活的思想,是贝娄思考时代和文明问题的价值支撑点。他在很多文章中表达了自己对犹太文化传统的依恋,他托赫索格的回忆,说到当年在芝加哥破烂的街上,人们念着古老的悼文,"他在那里所体验过的人类感情,以后再也没有碰到过"(贝娄《赫索格》188),他认为那是一个有信仰有秩序的世界,无论多么穷困、苦难,人们都顽强、努力,从不会失去希望,而这正是现代人所缺乏的最为重要的精神元素。1970年他应邀在希伯来大学的演讲中也指出,作为犹太移民的第二代,多年来他一直重自己的美国化,渴望融入主流,但60年代的反文化运动促使他倾向了犹太性。另一方面,贝娄的大学教育,对欧洲启蒙文化的崇尚,也使他对西方传统文化心存敬意。因此,《赛姆勒先生的行星》中,同名主人公是大屠杀的幸存者,欧洲高雅文化的遗老,在古稀之年见证了美国的疯狂,这一审视角度使得贝娄可以淋漓尽致地表达出他内心一贯坚守的价值理念。如对贝娄褒贬不一的迪克斯坦所言,贝娄就是那种"富于犹太气质和醉心于道德问题"、具有"沉重的道德严肃性"的作家(迪克斯坦96),而且迪克斯坦还不忘在后来的文学史中对贝娄的这种特点进行一番挖苦:贝娄"身披希伯来预言家的外衣,轻蔑地把60年代看做是一个异教主义复兴的时代、一个重新对自然顶礼膜拜的时代"(伯克维奇273)。而在各个层面都涌动着叛逆激情和激烈行动的60年代,这种保守态度使他显得有些刺目。

尽管贝娄与60年代格格不入,但和他观点相似的也大有人在,如保守派文人欧文·豪也指出了60年代那批叛逆年轻人的破坏性,认为他们只不过是想寻求一段时间的"轻松的欢乐浅薄的享受",是一种肤浅的"新原始主义"(迪克斯坦8),正是他们造成了城市动荡和街头暴行。这种观点也遭到莫里斯·迪克斯坦的讽刺,他在同年出版的《伊甸园之门》中指名道姓地说,"1968年的豪,因肩负抵御野蛮、捍卫文化的使命而热血沸腾,或许会把金斯堡与其他不道德分子和吸毒者一起贬为另一个'新原始人'。"(9)其实,迪克斯坦对豪的评价正好用在贝娄身上,贝娄托赛姆勒先生之手,把那些性解放者、热衷于追求奇特文化表现、反叛和破坏欲强烈的一群青年置于人性道德的天平上,细节丰满地表达了自己深深的厌恶之情和价值摒弃立场。

需要注意的是,对60年代作过详细分析并持中和态度的迪克斯特也在其书中描述了一代年轻人在政治上好斗、生活方式上狂放不羁的现象,将那些到处滋生的激进派、嬉皮士、颓废派称为社会奇观。但他认为这些极端行为背后有其历史必然,美国1950年代极端右倾的政治秩序、麦卡锡主义的迫害、冷战氛围对自由个性的束缚和争端引来的绝望感,以及西方近代以来科技理性传统对人性的简单化控制和压抑等,都成为60年代那种"解放"的深层原因,并在政治、大众文化和个人生活各个层面得到淋漓尽致的表现。也正因此,当时有一些学者对这些反叛行为还在理论上加以肯定,如苏珊·朗格称之为"新情感",认为在旧时代的废墟上产生了新一代,他们是要从理性文明中把濒死的人性拯救出来;马尔库塞则从这些反文化的年轻人中找到了"革命"的力量,认为只有那样的极端行为才能够冲击日益机械化的社会秩序等。

在这样的纷乱观点中,贝娄在当时的批评言论和抵制性行为是确定的、坚定不移的,因此他也在某些场合成了被冲击的对象。但作为一个作家,当他在不无痛苦地审视一代青年乱糟糟的精神状况和生活方式时,在他为此表达着或愤怒或悲哀的情绪时,还是剥茧抽丝般地表现出他对这种现象的深度思考。《行星》中的赛姆勒并不仅仅是一边倒地立足上帝立场进行道德谴责,和迪克斯坦相似,他也理性地审视这场文化反叛的历史缘由,并由此引出了作家创作中的现代性批判。小说中有一大段的思想呈现,可以看做作家的借机发挥:赛姆勒认为,社会只一味地追求现代化和最大利润,却忘了关心人的生活价值,因此使得工作和闲暇同时贬值了,从个人本性来说,每个人都是公众的一分子和城市陷阱的一个居民,只能作为受人强制和操纵的某个体验者和承受者;因此,作为父亲、丈夫、个人,感觉到属于自己本性的这些力量在变得越来越小;几百年来西方追求民主、平等,解放出了新的个人,获得了新式的安闲和自由,却迷失在无边无际的虚假欲望和可能性之中;年轻一代在这样的文化背景中找不到自己的价值归宿,便在感官层面制造狂欢,头发、衣服、毒品、化妆品,放荡、性虐待、戏剧性、独创性,都是表达自己的工具(贝娄《行星》226)。《行星》中的这些思考在贝娄之前之后的作品中都有角度和程度不同的表达:之前是 20 世纪 50 年代发表的《奥吉·玛奇历险记》中那个沉船中幸存的"科学狂人",他的科研目的正是要探讨现代个人迷失者的幸福源泉;之后是八十年代发表的《院长的十二月》,最典型的反文化后代是那个大学生梅森,院长科尔德的外甥,他为了卫护杀人嫌疑犯同时也是自己的黑人朋友,曾持枪威胁证人使之不敢出庭作证,还在校园里掀起学生运动,大张旗鼓地指证正在追究杀人罪犯的院长舅舅是种族主义者;然后又在法庭的取保候审中走上逃犯之路。小说描写了梅森这些嚣张行动中的表演性动因,对梅森来说,种族平等理念只不过是一面提供表演的合理性旗帜,在其生命深处洋溢着的是那种恣意放肆的盲目激情——只要和权威对抗就感到无比的快意。贝娄认为那是粗鲁战胜优雅、野蛮冲击秩序的原始生命力的宣泄。在描写这类现象时,作家站在道德和人性角度,认为那些表面上似乎在用感性和个性反抗日益刻板压迫的工具理性秩序的个人,实质上正在糟践作为人的生命尊严和人性温情,如《赛姆勒的行星》中伊利亚的儿子和女儿,为了满足自己花花绿绿的奇思异想,在父亲老屋挖地板找钱导致水管破裂淹没房屋,而那个时刻父亲正在医院咽下最后一口气。这个典型细节,成为膨胀的个性湮灭了最为基本的人性亲情的一个象征。

因此,贝娄在 60 年代的创作中体现出的价值理念,并不只是对时代表面风气的厌恶,而是他长时期对现代文明、美国文化的深思熟虑的艺术表达。他不是那种认为应该为了社会理性秩序而牺牲个体和个人欲求的简单保守,而是试图深究在一个什么度上来解决问题的思想者。正像几百年来的现代化结果淹没着个性,这种感官个性的极度张扬也同样损害着真正的个性和人性,人们在清理现代科技理性秩序这盆洗澡水的时候,不该将人类理性和文化传统这个孩子一起倒掉,几百年的启蒙成果不应颠覆。正是在此维度,他和哈贝马斯有异曲同工之处:现代性,是一个未完成的方案。贝娄在创作中极力表达的思想是,在获得物质成功和个人解放的同时,在现代性未能提供新的满足、人性个性千疮百孔的背景下,重提古老的道德秩序和人性尊严,是对物质消费、大众文化和感官欲海的一种矫正。贝娄这种对传统启蒙理念和现代性的价值态度,对 21 世纪的中国有着重要的参照价值。

另外,从贝娄小说的现实主义手法上看,也可以说是他保守态度的形式表达。他在一些文章中明确表述过自己对 19 世纪现实主义作家的崇尚,认为他们的作品中蕴含着人性和对现实社会的审视,且能获得大众的理解。1975 年《纽约时报》对贝娄有一个访谈,其中贝娄谈到 20 世纪现代主义作家在审美层面上的小众性,19 世纪经典现实主义作家对社会正义关怀的大众性,而他自己的文学理想则介乎中间(Atlas, James 448 - 449),他希望自己能在小众的现代主义和 19 世纪现实主义之间找到自己的方式。有关写作方式的思考,贝娄早在 40 年代发表的第一部长篇《挂起来的人》中,开篇即提到美国文学中的创作手法问题,他说"这是一个崇尚硬汉精神的时代",行动是他们的主要特征;而他在这里却要用日记方式描述自己的内心世界,并说那些沉默的硬汉英雄们"不懂得反省",以"坐飞机、斗牛、抓鱼"的外在行动补偿自己对思考的穷于应付等,暗示了作家对海明威那种注重行动的小说风格的不欣赏。那部长篇是以第一人称出现的,未叙说一己故事之前先褒贬一番海明威,潜在的作家口吻清楚地显示了一个新手的跃跃欲试,声明了自己内向沉思的叙事方式。而且,那部并不被后来的作家看好的开端之作基本上奠定了他后来的写作模式。这种模式在一种繁细的沉思角度指向丰富复杂的社会现实,"不仅致力于记载外界的现实",而且"致力于为社会发展的进程找到一种相关性"(萨科维奇 66),应该说这就是贝娄小说的现实主义品质,是贝娄对 19 世纪人道主义文学关怀现实的一种继承和发展。在美国 20 世纪 60 年代小说实验风气甚浓的背景中,贝娄守持了自己的风格,认为"现实主义仍是伟大的文学突破"(迪克斯坦 95)。而且,其后来的创作风格一直未变,延续了他 20 世纪 60 年代的现实情怀,如此说贝娄用其一生实现了他的文学梦想。

参考文献

[1] ATLAS James. Bellow:a biography[M]. New York:Random House,2000.
[2] FUCHS D. Saul Bellow and the Modern Tradition[J]. Contemporary Literature,1974,15(1).
[3] 索尔·贝娄.赫索格[M]//宋兆霖译.索尔·贝娄全集(第四卷).石家庄:河北教育出版社,2002.
[4] 索尔·贝娄.塞姆勒先生的行星[M]//汤永宽,主万,译.索尔·贝娄全集(第五卷).石家庄:河北教育出版社,2002.
[5] 莫里斯·迪克斯特.伊甸园之门[M].方晓光,译.上海:上海外语教育出版社,1985.
[6] 萨克文·伯克维奇,主编.剑桥美国文学史(第 7 卷).孙宏,主译.北京:中央编译出版社,2004.

空间与身份建构
——克·乔·罗塞蒂与方令孺作品解读

张　文　马　亮

摘　　要：克·乔·罗塞蒂与方令孺两位东西方才女的文学作品都立足于自我的成长空间，共同关注空间对女性身份建构的影响，揭示人的生存空间与自我之间错综复杂的关系，以家庭空间内的漠视、囚禁折射社会空间失衡给个体带来的身份焦虑；以文化空间的错位传达由个体文化身份的丧失而引发的身份焦虑，以女性细致入微的观察力和丰厚的精神特质，通过诗性的言说方式，传达自身对空间的认识与思考。

关　键　词：空间；身份建构；克·乔·罗塞蒂；方令孺

作者简介：张文，安庆师范学院外国语学院副教授，主要从事中西诗歌比较和英美文学研究；马亮，中南民族大学外语学院 2012 级本科生。本文系教育部国家级英语特色专业项目（项目批号：TS12154）阶段性成果。

福科在题为《其他空间》(Des Espaces Autres)的讲演中曾说，我们时代的焦虑与空间有着根本关系，比之与时间的关系更甚。美国空间哲学大师、地理学家爱德华·索雅(Edward W·Soja)认为，从根本上来说，人是空间性的存在者，是被包裹在与环境的复杂关系中独特的空间性单元的主体。（童强 79）这种空间性单元可划分为物质空间、精神空间和社会空间。物质空间是指家庭空间，它是人类赖以生存的基础；精神空间(包括文化空间)是人的意识空间，是对世界、他人和自我的认知，是人类精神活动的上层建筑。社会空间是指个体在社会群体中所处的地位，是人类不能回避的群体空间。而建构空间的主体在空间中建构自我，确认身份。克里丝蒂娜·乔治娜·罗塞蒂(Christina Georgina Rossetti，1830—1894)，英国维多利亚中后期著名女诗人之一，20 世纪英国著名女作家弗吉尼亚·沃尔芙称她为"英国诗坛第一才女"(伍尔夫 256)。方令孺(1897—1976)，中国现代散文家，安徽籍"新月派"女诗人。两位植根于迥然相异的文化土壤的才女拥有极其相似的生活空间，均出身书香世家，酷爱诗歌、散文，爱穿黑色长袍，患有格雷夫斯氏病(一种内分泌疾病)，爱情婚姻不幸。她们还特别关注空间对女性身份建构的影响，两人的文学作品都立足于自我的成长空间，以女性细致入微的观察力和丰厚的精神特质，传达自身对某种特定空间的认识和思考。本文拟从两个空间性单元即家庭空间和文化空间对她们的文学作品进行比较分析，试图发掘中西方女性共有的文化身份和精神家园。

一、家庭空间内的漠视、囚禁与身份建构

　　家庭空间，作为人的生存方式，与自我、身份的建构之间存在着内在、深层的联系。家庭，是人们赖以生存的栖息之地，是充满爱和相互尊重的场所，是安全、庇护、情感和温暖所皈依的地方。克·罗塞蒂与方令孺两位才女的作品都十分关注家庭空间对女性身份构建的影响。首先呈现在克·罗塞蒂面前的是这样一个空间：她有两位哥哥和一个姐姐，大哥但丁·罗赛蒂（Dante Gabriel Rossetti）是英国文学史上"前拉斐尔派"（The Pre-Raphaelite）的创始人之一，在绘画和诗歌方面都取得了很高的成就。二哥威廉姆（William Michael））和姐姐玛莉亚（Maria Francesca）在文学批评与创作方面也卓有成效。两位哥哥对家庭空间内的女性明显地轻视、漠视甚至遗忘。克·罗塞蒂曾针对大哥但丁·罗赛蒂的绘画作品中漠视女性的现象表示强烈不满。在诗歌《在一位画家的画室里》她这样写道：

> 　　　　　他所有画布都是同一张脸，
> 同一个形象，或坐或行或倚窗，
> 我们发现她在这些帘幕后隐藏，
> 　　　　　镜子反映出她何等惹人爱怜。
> 　　　　　有时是皇后，全身珠光闪闪，
> 有时是青枝绿叶间无名的姑娘，
> 或是圣女、天使——但每幅画像
> 都有同样含意，既不增也不减。
> 　　　　　画家日夜饱餐着她的秀色，
> 　　　　　她也回盼画家，真诚而温情，
> 　　　　　如明月般皎洁、阳光般欢乐，
> 而不在等待和哀怨中憔悴凋零。
> 不像她，却像希望照耀的时刻，
> 　　　　　不像她，却像她进入他的梦境。（飞白 504）

　　克·罗塞蒂尖锐地指出哥哥画中的女性都是"同一张脸"、"同一个形象"，被画女是男性凝视下的没有灵魂、没有意志、丧失主体性的边缘人物，是作为客体的"物"被凝视、被描绘、被玩味，时而被冠名为"皇后"，时而被称为"圣女"，时而被叫作"无名的姑娘"，时而又被唤作"天使"，她只能依赖画家的画笔而存在，缺少女性自己的生存空间。正如美国学者凯特·米勒（ Kate Millet）在《性政治》(Sexual Politics ,1977)中明确表示：男女性别角色定位是男权制为维护"性政治"而通过家庭、社会、宗教、神话等途径向女性强加灌输的，让女性视母性为其天职，自愿为男性牺牲自我。如果母性和妻性成了女人的全部属性，那么，女人便失去了作为"人"的其他要素。克·罗塞蒂连用两个"不像她"来颠覆男性艺术家对女性的塑造，希望归还女性的主体身份和地位，实现女性自我价值的重构。

　　二哥威廉对家中女性成员也抱有漠视甚至遗忘的态度。相对于父亲，母亲弗朗西斯对

克·罗塞蒂的影响似乎更为深远。弗朗西斯是一个极其虔诚的英国天主教徒,心地宽厚,性格沉静坚忍,她力求完美的道德理想主义在克·罗塞蒂及其兄弟姐妹心里烙下了深刻的印痕,使他们在面对尘世生活时经常感到强烈的道德焦虑。11岁的时候就在母亲生日时,克·罗塞蒂写下第一首完整的诗歌"To My Mother on Her Birthday"。姐姐玛利亚经常与克里斯蒂娜一起诵读诗歌,潜心研究但丁的诗歌,参加了"圣姐妹同盟"(the All Saints Sisterhood),最后献身宗教进了修道院,终身未嫁。另外还有三位终身未婚的姨妈——夏洛特(Charlotte)、玛格丽特(Margaret)和伊莱尔(Eliza)从老家搬到伦敦经常同克·罗塞蒂一家交往,她们富有教养,信仰虔诚,思维活跃,其中伊莱尔参加过弗洛伦斯·南丁格尔的护士组织,这个女性群体对克·罗塞蒂今后以宗教为主要题材的诗歌创作产生了不容忽视的影响。克·罗塞蒂去世后兄长威廉一直致力于编辑、整理她的诗歌并撰写她的个人传记。然而,在他编辑的《克里斯蒂娜·罗塞蒂诗歌集》(The Poetical Works of Christina Rossetti, with Memoir and Notes, 1904)中,却只字未提及克·罗塞蒂与母亲和姐姐之间的亲密关系,也没有提及这种亲密关系对罗塞蒂的诗歌创作产生过重大影响,这一现象本身足以说明威廉对家中女性成员的漠视,在他眼里,女性只能呆在家里干点家务活,做些针线活。这种观念形成的主要原因是19世纪维多利亚时代,占主导地位的性别意识形态是女性属于家庭和私人空间,男性属于商业和公共空间。在西方社会语境下,家庭空间长期以来一直是社会等级、社会地位、性别、权力平衡或失衡的象征。克·罗塞蒂的另一首诗《自古以来这是令人厌倦的生活》(From the Antique('It's a weary life, it is'))这样写道:

It's a weary life, it is; she said:—
        Doubly blank in a woman's lot:
        I wish and I wish I were a man;
        Or, better than any being, were not:

None would miss me in all the world,
        How much less would care or weep:
I should be nothing; while all the rest
        Would wake and weary and fall asleep. (Humphries 45 - 46)

诗中描述了女性所属的领地(lot)是无比茫然(doubly blank),而且在这个世界上将没有人思念"我",这是一种多么令人厌倦的生活!诗人甚至连用了两个"我但愿"(I wish)吐露自己要是男儿身(I were a man)那该多好的心声,这正是诗人被失衡的家庭空间挤压所产生的身份焦虑的表现。也正因为这种空间的挤压导致克·罗塞蒂日后转向另一个空间即充满着宗教情结的精神乐土——天堂。

"新月"才女方令孺不像克·罗塞蒂那样幸运,呈现在她的家庭空间里的不是母爱,而是暴力和囚禁,在家庭空间内发生暴力和囚禁则是生存空间失衡、自身价值贬损和身份焦虑的表现。方令孺出生在安徽桐城一个封建大家庭里,属方苞世族后裔,祖父方宗诚是研究宋学的学者,父亲方存之谙熟经典诗书,在封建大家庭里,充满三纲五常的伦理观念,男尊女卑的氛围压抑着令孺,她对一切不平待遇极力抗争。她努力读书,争取有不亚于男性的成绩。

在家庭女儿排行里,她排第九,侄儿侄女都叫她"九姑"。在姐妹中,有 8 人都缠了脚,只有她反抗,没有缠脚。她长得聪明伶俐,但长辈们都不喜欢她,说她性情倔强、粗野,不许她上学,常常打骂她并把她关在屋里,要她服侍兄弟,稍有不顺,又打又骂。家庭成员中的风言风语,时时向她袭来。19 岁时,伯父为高攀豪门,把她作为升官工具,许配给南京陈姓大官僚地主家。丈夫陈平甫是一个娇生惯养的人,婚后二人无共同爱好兴趣,生活习惯、思想各方面矛盾重重,精神上非常痛苦。她曾在解放后期的散文《最欢乐的一天早上》中有过唯一一次披露:

> "想想我自己的过去的生活吧:小时候是封建家庭轻视的女儿,挨打受骂,身上经常带着青紫的伤痕,读书没有权利,幸福没有权利;到后来人更拿经济来压迫我,连鞋穿破了想换上一双新鞋的权利都没有;又被人凭借封建恶势力,命令我做从属,做奴隶式的主人。"(方令孺 113)

方令孺只给了丈夫一个"人"字的称号,这既体现了夫妻情感上的疏离,也体现出她在婚姻关系中的"非人"位置。1931 年刊登在《诗刊》创刊号上的《诗一首》就是诗人忍受不幸婚姻舍弃情感生活的写照:"爱,只把我当一块石头,/不要再献给我:/百合花的温柔,香火的热,/长河一道的泪流。//看,那山冈上一匹小犊,/临着白的世界:/不要说它愚碌,/它只默然,/严守着它的静穆。"(陈梦家 63)陈梦家曾在《新月诗选》中称赞"令孺的《诗一首》是一个清幽的生命河中的流响,她是有着如此样严肃的神采,这单纯印象的素描,是一首不经见的佳作"。(陈梦家 9)而对于"家"这一巨大的精神皈依物,她在散文《家》中则是这样描述的:

> "'家',我知道了,不管它给人多大的负担,多深的痛苦,人还是像蜗牛一样愿意背着它的重壳沉滞地向前爬。做一个是不是一定或应该有个家,家是爱,还是可恨呢? 这些疑问纠缠在心上,叫人精神不安,像旧小说里所谓给梦魇住似的。"(方令孺 6)

长期不幸的家庭生活对于方令孺的人格有很大的压抑和桎梏,在身份失衡的家庭空间里,方令孺并没有像克·罗塞蒂那样大胆地颠覆与反抗男权思想,她在作品中更多地书写亲情之爱来表达自己内心的痛苦和希望。在方令孺的心目中,孩童和少女时代的祖屋才是真正意义上的家。在散文《忆江南》中,方令孺称自己挚爱的父亲和桐城故居为"一生所最心仪的一切"。她也在山水游记中排遣内心的焦虑和压抑。其散文名篇《琅琊山游记》里曾引用了欧阳修的一首诗:

> "踏石弄流泉,寻源入深谷。泉傍野人家,四面深篁竹。溉稻满存畦,鸣渠绕茅屋。生长饮泉甘,荫泉栽美木。潺湲无春冬,日夜响山曲。自言今白首,未惯逢朱毂。顾我应可怪,每来听不足"。"我真想自己也有这样一个'野人'的家,在深林里傍着泉水,昼夜听的是风动竹叶飒飒的声音,流水潺湲的声音,并且一生不遇到一辆'朱毂'"。(方令孺 29)

无论在书信体散文还是在游记散文里,方令孺都不同程度地表现出对封建男权制的既反抗又依赖、既鄙弃又遵从的二元对立心态,只是在《去日本看红叶》中作者才逐渐表露出自觉摆脱人生依附的决心,文中表达了作者自身渴望挣脱家庭空间的囚禁,寻找精神人格独立的美好愿望。

二、文化空间的错位与文化身份构建

文化空间是人的精神空间的一部分,是对世界、自我的认知描绘。文化空间的错位,是指"个体失去自己的本土文化之根,进入一个陌生的异己世界,不得不经历一个复杂而痛苦的文化移入过程"。(张德明 192)

克·罗塞蒂的父亲迦百列·罗塞蒂(Gabriel Rossetti)是意大利爱国者和诗人,因反抗奥地利统治,于 1824 年逃往英国定居,在伦敦大学的国王学院中任拉丁语及意大利文学教授。一家人居住在伦敦波特兰镇哈兰姆街,一个不是上流人士住的地方,一家 6 人靠教书、写书和其他杂活勉强维持生计。克·罗塞蒂完全靠家庭教学,精通英语、意大利语。而作为文艺复兴始发地的意大利是一个充满自由、浪漫、生机与激情的国度,意大利人豪放、自然的性格世人皆知。英国历来都是一个社会阶级分明的国家,贵族精神和绅士风度是英国文化传统的一个重要特征,且不局限于上流社会,社会低层也对此尊崇不已。这样一种向上看齐的风气强化了英国社会生活中的等级观念。她从熟悉的、父辈为之造就的主体空间转向了陌生的、需要重新构筑的他者空间。异乡一开始并没有为她提供通畅的跨文化交流空间,再加上维多利亚时期势利的行为规范对"他者"文化的歧视和排斥,这构成了克·罗塞蒂文化身份焦虑的深层原因之一。创作于 1856 年的诗歌《关在外边》(*Shut Out*)中这样描写道:

The door was shut. I looked between
       Its iron bars; and saw it lie,
       My garden, mine, beneath the sky,
       Pied, with all flowers bedewed and green:

       From bough to bough the song-birds crossed,
       From flower to flower the moths and bees;
       With all its nests and stately trees
       It had been mine, and it was lost.

       A shadowless spirit kept the gate,
       Blank and unchanging like the grave.
I peering through said: 'Let me have
Some buds to cheer my outcast state.'
He answered not. 'Or give me, then,

       But one small twig from shrub or tree;
       And bid my home remember me

Until I come to it again.'

The spirit was silent; but he took(Humphries 53)

　　我的花园里绿树如茵,鲜花盛开,然而现在门已紧闭(the door was shut),这里曾是我的家园但现已失去(It had been mine, and it was lost);我对着守门的精灵说:"请给我一些含苞待放的花蕾让我这无家可归的人振作精神(Let me have some buds to cheer my outcast state.)"。诗人表达了游离于主流群体、文化之外,不被主流社会所包容、接受的外来人的焦虑和惆怅。她天资聪慧,12岁开始发表诗作,在17岁时把自己的一些诗歌习作汇集在一起,当时只能刊登在爷爷个人主办的报纸上,其中就有一首著名的长诗《死亡之城》。该诗充满了爱伦·坡式的奇异想象,具有丰富的象征意义。在当时的英国,来自上层社会的人们经常聚在一起举办茶会、舞会等,这几乎成了一种传统。而在意大利,这种茶会、舞会并不常见。为摆脱这种因文化空间失衡引发的身份焦虑,她有幸在一次茶会上让世人听到了有着意大利血统的中产阶级关于空间的焦虑和自我言说的声音,以期确认自己的文化身份。在女主人兼主持人德布斯太太家中举行的很有文化品位的茶会上,客人们将诗歌作为茶会的主要话题。有人开始评议当下诗人的新作,也有人吟诵起大诗人的名篇佳作来为晚会助兴。就在这时,坐在角落里的一位娇小瘦弱、穿着一身黑色衣服的中年妇女站了起来,径直走到大厅中央,神色庄严地说道:"我是克里丝蒂娜·罗塞蒂!"当人们从惊愕中清醒过来时,她已经回到了自己的座位上。克·罗塞蒂以这种特殊的方式让人们认识她,再进一步认识她的诗——在维多利亚中后期,她的名字还在沉睡,许多人看不到她诗歌的美和威力,今天人们在她的全集中读到的上品诗作,当年基本上毫无例外地被编辑们作为退稿处理了。而在另一方面,一位名为简·茵吉罗(19世纪英国女诗人)的作品,正像克里丝蒂娜带着冷笑说,却一连出了8版。1850年,她以"爱伦·亚琳"的假名在《萌芽》杂志上发表了五首诗,正式开始了她的文学生涯。她的代表作有短诗《上山》《生日》《歌》《等着》《回声》等。1862年,伴随着叙事长诗《小妖精的集市》的出版,克·罗塞蒂的才能被广泛承认。1866年,诗歌《王子的历程》出版,其诗歌清新简洁的语言极具感召力,被称为当时在世的最卓越的女诗人。弗吉尼亚·伍尔芙曾说:"在英国女诗人中克里丝蒂娜·罗塞蒂名列第一位,她的歌唱得好像知更鸟,有时又像夜莺。"(飞白20)1894年,直到去世时,她才被尊称为维多利亚时期最伟大的女诗人之一,也是唯一可以和勃朗宁夫人相提并论的女诗人。

　　方令孺于1923年至1929年期间赴美国留学,她先入华盛顿州立大学,继而转往威斯康辛大学,攻读外国文学专业。在散文《我所见到的"美国生活方式"》叙述了文化空间的错位导致的文化身份丧失。文中开头这样描写道:

　　　"我在美国住过六年。从西美到东美,我住过四个城市;西雅图、绮色佳、芝加哥和麦迪生。游历过纽约、波士顿以及其他的城市和乡村,也进过他们的两三个大学,接触过男女知识分子和工人,时间不能算短,生活不能不算深入,然而当我离开美国的时候,站在船沿,看着轮船慢慢离开美国的海岸,苍翠的森林渐渐隐没在蒙蒙的雾气里的时候,我心里说,我再也不愿意来美国了。""六年中我所看到的美国生活,是庸俗,是偏见,是冷酷,是麻痹,是肥皂泡,脆弱,风稍微大一点就破碎,是一场空,五光十色,是虚假。"(方令孺108)

1927年她带着两个孩子离开丈夫,到威斯康辛大学读书。她听说这个学校是美国最民主的学校,但到那里才知道美国的假民主。学校当局因她是已婚妇女,应该在丈夫身边,不许她注册。她据理力争也无用。后来,她机智地利用美国风俗:年轻姑娘不论到哪里都须有一个结过婚的妇女做监护人。她是和外甥女虞之佩一起去的,就借此理由,作为虞之佩的监护人,才被允许注册。但女生部主任还是经常把她叫去训话,故意找她麻烦。在美国,妇女只是社会的点缀,女大学生虚荣心像污水高涨的泡沫,十有八九是为了争取资格好嫁有钱的人。象征智慧与和平的自由女神雕像徒然做了金元世界的装饰品。那时的哈佛大学不收女生。她在美国的大学同学组织的读书会每周要聚会一次,然而聚会的地点总受限制,有一次他们是在停车场许多汽车的夹缝中间开的。种族歧视现象也很严重。说英语的民族最优秀,拉丁民族和斯拉夫民族是次等,犹太人和黄种人是看做三等以下的民族,垫底的是黑人。美国有个著名的诗人在威斯康星大学做教授,他曾邀请方令孺及同学去他家做客谈论杜甫李白,但是他在众人中间,就不同中国人讲话,如果他和中国人表示友谊,就要被他本国人轻视。没有一种反常现象比异乡人更加反常,他处在秩序和混乱、内与外之间,这个间性空间代表了秩序的不可靠性,表现了内心的易受伤害性。身处异地的外乡客缺乏归属感,只有回到自己的家园,才能重新拾起自己的"文化代码和惯例形成的对于世界的感知"(张德明 6),才有自我的认同,才找得到自己的文化根脉。1930年春回国后,方令孺受聘于国立青岛大学,任中文系讲师,教大一国文课程,成为30年代初期国内为数甚少的几名女大学教师之一。在青岛大学的生活空间里,方令孺度过了一生中十分难得的较为舒心的日子。方令孺结识了不少文学界的朋友如闻一多、梁实秋、赵太侔、沈从文、陈梦家、孙大雨等。他们之间彼此谈诗论艺,为孤寂的生活增添了不少乐趣。

克·罗塞蒂和方令孺从空间的本体论层面,揭示了人的生存空间与自我之间错综复杂的关系,以家庭空间内的漠视、囚禁来折射社会空间失衡给人们带来的身份焦虑;以文化空间的错位来表现由个体文化身份的丧失而引发的身份焦虑,以清秀而俊逸,亲切而蕴藉,闪烁着智睿沉思的言说方式,让世人关注她们关于空间的焦虑和思考。中外女性都自觉地摆脱受囚禁、被挤压的生存空间期望寻找精神人格的独立,这种相似的空间体验证明了,种族和文化的差异并没有影响女性在自我身份的建构中享有共同的生活经历和性格特征,而这种共同的生命体验势必为中西方现当代女性写作和现当代女性成长提供一种新的参考。

参考文献

[1] 童强.空间哲学[M].北京:北京大学出版社,2011.
[2] 弗吉尼亚·伍尔夫.伍尔夫随笔全集[M].北京:中国社会科学出版社,2000.
[3] 飞白.世界诗库(第二卷)[M].广州:花城出版社,1994.
[4] HUMPHRIES Simon. Christina Rossetti Poems and Prose[M]. Oxford:Oxford University Press,2008.
[5] 方令孺.方令孺散文选集[M].上海:上海文艺出版社,1982.
[6] 陈梦家.新月诗选[M].北京:解放军文艺出版社,2000.
[7] 方令孺.方令孺散文选集[M].天津:百花文艺出版社,1992.
[8] 张德明.西方文学与现代性的展开[M].北京:中国社会科学出版社,2009.
[9] 飞白.英国维多利亚时代诗选[M].长沙:湖南人民出版社,1985.

躯体与镜像:论麦卡锡小说
《血色子午线》中的颠覆与重构

张小平　卢　遥

摘　　要:本文运用巴赫金的躯体理论,重点考察当代美国重要作家科麦克·麦卡锡的小说《血色子午线》,如何运用躯体和镜像实现对美国西部边疆神话的颠覆和重构。作为麦卡锡暴力美学的拐点之作,《血色子午线》以其晦涩的标题,难懂的结尾,从童年到少年再到成年的"孩子"的成长过程,描绘了美墨战争大背景下,美墨政府与印第安部落冲突中的一个游离于法律和道德之间并在暴力考验下的血腥空间。在这部复杂而又意蕴丰富的的后现代西部小说中,麦卡锡"为暴力而暴力"的美学诉求与巴赫金的躯体理论不谋而合。通过躯体献祭下的狂欢,麦卡锡直指躯体社会中个人镜像的颠覆与重构。

关 键 词:科马克·麦卡锡;《血色子午线》;躯体;躯体镜像

作者简介:张小平,扬州大学外国语学院教授、文学博士、硕士生导师,主要研究方向为现当代美国小说。卢遥,扬州大学外国语学院 2012 级硕士研究生。本文系国家社会科学基金一般项目"科麦克·麦卡锡小说研究"(项目编号:13BWW039),扬州大学"新世纪人才工程"中青年学术带头人培养项目"混沌学文学批评与美国小说研究"阶段性研究成果。

　　《血色子午线》(*Blood Meridian*,1985)是当代美国重要作家科马克·麦卡锡(Cormac McCarthy)的第 5 部小说。出版以来,这部被誉为"暴力程度仅次于《伊利亚特》的严肃小说","就像扇了读者一记耳光","读后让人难以释怀,更难让人忽视"(Wallach 5-9)。作为麦卡锡文学创作转型的重要标志,麦卡锡通过《血色子午线》将其关注点成功地从美国南方转向了美国西南部的边疆。著名评论家布鲁姆教授(Harold Bloom)曾赞其为"西部小说的终极之作,无可超越"(532)。

　　《血色子午线》自出版后的 20 余年来,学界对其研究热情日渐升温。伊格布莱斯顿(Alex Engebretson)和安德里森(Liana Andreasen)通过史诗的宏大叙事中的各种距离与电影视觉效果所达到的空间感,考察了小说中的空间性事件。怀特(Christopher White)从文本的视觉层面,探讨了小说的各个形象角色以及小说再现的种种假象与妄想;汉密尔顿(Robert Hamilton)主要从小说的情节安排、叙事方式以及叙事内容等角度探究了小说隐藏的"礼仪模式";库舍尔(Brent Edwin Cusher)将小说中恶毒的法官霍尔顿(Judge Holden)的人物形象放置在美国文学史的大背景下,重点梳理了邪恶与公正两个相对永恒的文学主题;

而达克斯（Chirs Dacus）、森色姆（Dennis Sansom）以及伊万斯等（Michael Evans）则重点探讨了小说的社会政治意蕴、天定宿命论以及小说的战争哲学与权力隐喻等。总之，迄今为止学界对《血色子午线》的研究可谓异彩纷呈，视角多元，然而对这部以"暴力永恒"为信条的小说所隐藏的颠覆与重构，尤其是从躯体与镜像所折射的暴力空间以及暴力之下隐含的美国西部神话的问题，缺乏有深层次的探究。如果仅是简单地将《血色子午线》看作一场时代变迁中的狂欢，未免低估了此小说重要的历史与审美价值，因此，借助巴赫金的躯体理论，考察麦卡锡重要小说中的躯体和镜像以及躯体社会中个人镜像的颠覆与重构，便有了重要意义。

一、躯体与构建

巴赫金的躯体问题，主要着眼于主体间性的问题。秦勇认为，"躯体这一范畴统摄了我与他人、我与世界的关系，是我与他人、我与世界的一个交汇处"（14）。在对躯体的定位上，巴赫金把躯体分为人的内外躯体以及巨大躯体。能对自我进行把控和反思的自我认识，构成了人的内在躯体，而利用他人的外位优势而对自身躯体外在的整体体验构成了人的外在躯体。也就是说，"我要统一内在与外在躯体，也即是统一我与他人的关系；我要通过他人对我的外在完整体验结合背后的对应物，来建造一个完整躯体"（秦勇 15）。这样看来，如果从传统意义上来探讨《血色子午线》中的主角"孩子"（The Kid）及其对手，毫无意义，因为身处边疆的每个人都（也被）融入了自私、贪婪与暴力的大环境中。小说对自我的认识以及心理的成长并没有过多的描述，更多的是对一个个的暴力血腥事件刻画和渲染的重复迭代。《血色子午线》一开始就提到，"孩子"对于读书写字，"一窍不通，但血统里却滋长着对野蛮暴力的爱好"（McCarthy 3）。随着小说故事的层层推进，这种野蛮暴力的因子逐渐升级为各种各样的血腥暴力事件，甚至在他的成年世界里愈演愈烈。与此同时，故事也被笼上了一层为颠覆而颠覆，为欲望而欲望，为暴力而暴力的色彩。正是在此，"孩子"的躯体不再脱离世界，也并非仅仅涉及"我"与"他人"的二元建构，相反，"我"与"他人"以及整个世界都参与了"孩子"躯体的多元建构过程。

在构建躯体这一维度上，巴赫金不是仅仅强调个人与他人的关系，更重要的是要表现"人群共同构建的一个新的躯体"（秦勇 17），也即巨大躯体。巴赫金认为，"一切有文化的人莫不具有一种向往：接近人群，打入人群，与之结合，融化于其间；不单是同人民，是同民众人群，同广场上的人群进入特别的亲昵交往中，不要任何的距离、等级和规矩；这是进入巨大躯体"（5），换言之，躯体便是始终以集体的声音言说。在《血色子午线》中，麦卡锡通过他笔下一个个独具特性的个体的声音，融汇成了一个巨大的集体声音。在他看来，"整个世界正在进入一个极其野蛮和残暴的时代，仿佛要去证明人的意志，是否可以凌统于世间万物，或者是要证明人心是否绝非仅是一种泥土"（McCarthy 4-5）。麦卡锡似乎是在通过探讨个人存在于世界的关系，从而将自我也融入一个群体的时代。小说后文，"孩子"骑着那条没有尾巴的丑陋的骡子来到一位隐士的家门口，文中说到，隐士认为是"孩子""迷失了到这里来的路"，抑或"我们都脱离了某种意义上的或者说是另外一种道路"（McCarthy 17-18）。而在随后的叙述中，隐士又说，"人在认识自己的头脑时是很矛盾的，因为头脑是他去认识头脑的全部工具。人可以认识自己的内心，可人通常却不愿去认识。因为上帝在造人的时候，魔鬼就站在旁边。人可以做任何事情。制造机器。制造机器的机器。而邪恶却无需人来照管,它可以自行运转,千载不息"(McCarthy 19)。实际上,麦卡锡是在借助老人和"孩子"的对话,揭示人类的迷失与罪恶以及一切罪恶的根源。同样,在小说的尾声,麦卡锡也隐晦地提及了西部地区的三大重要事件:一是一个种族的几近灭绝;二是一种动物的惨遭灭绝;三是机械启蒙时期给予自由空间设置规则秩序的抽象化实现,而上述事件又与隐士的言语遥相呼应。

在巴赫金眼中,躯体始终是未完成的,因为它"不仅仅是我与他人对存在的躯体的共同建构未完成,而是在躯体中的物质更新交替未完成"(秦勇 19)。躯体的生命性只有在新与旧、生与死、变形的始与终中才得以体现。而麦卡锡笔下的躯体,尤其是自我的躯体,也没有在个人的成长中有所完成,相反,他们没有成长,而是在逐渐地死亡,乃至最终消失在西部血腥暴力的荒野空间中了。

二、躯体与死亡

躯体理论中的死亡,不同于普通的死亡,是有其特殊含义的。既然躯体可以分为内外躯体以及巨大躯体,那么躯体的生与死,便具备了极为重要的文化意义。《血色子午线》中,无论是隐含时间性的环境描写(如,"被试射步枪的美国军队射碎了的圣徒们的雕像","黑迹斑斑的石头","生了锈的指路标志","门上一尊石雕的圣母怀抱着一个无头的婴儿"等(McCarthy 26 - 27)),还是荒唐怪诞的人物塑造(如,收藏干瘪变黑的心脏的隐士,屠杀婴儿且溺死幼犬的恶毒法官霍尔顿,或者是视人命如草芥的美国雇佣军军士等),抑或是惊悚恐惧的故事情节(如,剥头皮、死婴树、耳朵项链等),无一不与"死亡"的阴影挂钩。躯体由于其未完成性与开放性,躯体便始终处于不断更新的过程之中。巴赫金认为,主体自我的时间体验是有限的,而主体内在时间的体验又有无法把握的超越性一面,总是位于作为躯体存在的"时间边缘"(秦勇 24 - 25),此间,弱者的"生理性死亡"构筑了大环境下对死亡的漠然,而个体躯体的死亡融入了他人的影响。正是因为躯体与躯体间的关系,加剧了集体躯体对暴力的崇尚。

躯体不仅具有时间性,同样具有空间性。而"我的躯体的时空是存在于他人眼中的时空"(秦勇 25),因此,世界总是围绕"我"而建构;同样,"我"也可以参与世界的建构。躯体为了获得价值意义,便需要"躯体存在的时空",只有这样,"才会有因躯体存在而具有的价值色彩"(秦勇 27)。《血色子午线》中,具有建构性功能的典型人物无疑是法官霍尔顿。福莱尔(Steven Frye)认为,法官霍尔顿是启蒙哲学的代表人物(78 - 81)。格兰顿匪帮中的幸存者托德温(Todwin)被人问及他来美国西部的目的时说,"你不要想一个人能硬生生地跳出这个国家之外(McCarthy 285)",其言外之意正是体现了个人想要实现躯体存在价值便需依附集体的思想。相较而言,法官霍尔顿更显现出一个具有重新建构的审判者身份。我们知道,世界从来不是被给予的,而是被构想出来的。在小说接近尾声的部分,法官霍尔顿对"孩子"进行审判时说到,"你坐在审判席上去审视自己的行为。在历史的审判之前,你要先做对你自己的评判,你或许不过是一个大团体中的一员,可在很大程度上打破了你曾许下的诺言,而且还是在你正在实行的过程中停缀的……如果战争不神圣,那么人类就只不过是一具古怪而滑稽的肉体罢了"(McCarthy 330)。巴赫金的躯体理论,木质上强调颠覆与建构。在法官霍尔顿眼里,巨大躯体(特指"国家"这个政治集体)在转变为一种"场所"之前,本来可以有很多空间上的尝试。从"孩子"仅有"14 岁这年,他离家出逃","一年之后,他流浪到圣路易斯……"(McCarthy 3 – 4)后来,他又在自由蛮荒的荒野上流浪,再后来参与了对蒂沃族印第安人的大屠杀以及对墨西哥小镇居民的袭击,"孩子"心目中关于"国家"这个巨大躯体的概念的变化越来越大,或许正是这个不断建构的世界,有了麦卡锡确定"血色子午线"这个标题的由来。

正如巴赫金所言,躯体的死亡是与集体乃至整个世界紧密联系。死亡在集体以及在世界的存在中有着重要意义(秦勇 45)。个体的死亡,最初可以追溯到酒神祭祀这个古老的仪式上。酒神祭祀,最重要的就是模拟酒神狄奥尼索斯从死亡到复活的全过程。正因为这种死亡与再生的联系,个体的死亡对于集体的生存微不足道,因为个体的死亡并不是集体的结束,而是个体与集体生命的重生。法官霍尔顿在结尾部分的纵情歌舞,正如酒神祭祀中的狂欢,这样的行为既蕴含了历史意义,又染上了神话色彩。

三、躯体与镜像

巴赫金的躯体理论源于西方中世纪的民间文化,与其狂欢理论有着密切关系,而颠覆与建构则是巴赫金躯体理论中的重要因素。死亡文化寓于艺术性的狂欢和怪诞之中,死亡与再生的交替往复,在欢笑中弱化了对死亡的恐惧心理。但单纯用狂欢诗学来阐释《血色子午线》这部小说,还是有所限制。颠覆是为了建构,也是为了扫除话语霸权的障碍。若要实现颠覆,前提在于正确的认识。巴赫金强调躯体的视觉分析。价值的中心是主角及其生活体验的总体,而其他的伦理和认识的价值都必须服从这个总体(刘康 62)。要修正认识中的片面性并实现个体价值,则需要全面认识的途径。

通过镜子来审视躯体是巴赫金研究内外躯体与"我与他人"关系的重要方式(秦勇 80)。从某种程度上来看,躯体各部分的价值等级体现在躯体的各个部位,比如身体上面的头部就高贵于身体的下部,因此小说中剥头皮的行动,便可以理解为对权力的绝对控制,或是对他人的控制力上。维斯利(Marilyn C. Wesley)认为,法官霍尔顿的血腥行径,其目的是用来确定他在团队中的权力(76)。诚如所言,法官霍尔顿一直以来在荒野中的测量与记录,画草图也好,记录与收藏也罢,均显示了他对荒野,对自然,以及对他人绝对控制的野心。在通往埃尔帕索镇(El Paso)的路上,格兰顿帮发现了大量关于人类狩猎的岩画。法官忙碌地把那些"能看清楚的图画抄写到他的笔记本中",并做了详细的标记。接着,"他拿起一块黑燧石,仔细地刮掉其中的一副画,除了燧石的划痕,其他什么也没有留下"(McCarthy 173)。仅挑选自己需要的,且只保留自己记录的,法官的行为极好地证明了历史是业已挑选和涂抹过的文本。这通常也是殖民者经常采取的逻辑和策略。书写与枪弹一样,都是成功消除他者的武器。多纳休(James J. Donohue)就把法官的"文本事业"比作美国边疆神话的缔造史。他指出,"拓疆留下的叙事……不是因为巧合而被忽略,而是有意为之"(280)。

"我与他人"的关系晋升到"我对他人"的控制。巴赫金的"对话理论"中提到一个叫做"视域剩余"的概念。视域剩余构成了主体观察世界时的外在性。这里的外在性,指的是主体的自我对于他者在时间和空间两个层面上的外在(刘康 63)。就法官霍尔顿来说,话语霸权始终未曾被真正颠覆过。萨特在《紧闭》中说过,"他人就是(我的)地狱"。从表面看,法官霍尔顿的纳粹主义体现在他用宏大的历史观念对"孩子"问罪的过程之中,让读者对道德和公正产生质疑。正是由于书中对道德问题的争议,使得小说人物与作者,甚至与读者产生了对话。

巴赫金认为,"感受自己和感受他人的这一差异,可在认识中得到克服,或者更确切地说,认识无视这种差异,就像它无视认识主体的唯一性那样"(134)。即使在空间上产生了错位,我们依旧可以通过书中的角色关照彼此,或是"我"可以借助他人的外位与超视,进行一种平等对话的关系。人是很难正确认识自我的,但是人可以在被动中主动地借助他人的视角,为认识自我提供更大的可能。麦卡锡其实正是借用他笔下的人物实现了借助他人眼中的"我"来实现主体与客体间的转换,从而强调出"镜像的反映认识功能"(秦勇 89)。"我"与"我"的关系实现了镜像的转化,也使一个人见证的一个时代,得到了镜像的完整呈现。

四、结语

巴赫金的躯体理论始终把集体性放在第一位,这对研究麦卡锡的重要小说《血色子午线》具有较大的启发意义。可以促使人们重新从文化角度,审视后现代文学及其产生和发生的语境,在审视历史的同时,也审视着我们自身的问题。躯体建构始终是为了话语存在,而《血色子午线》本身的复杂性让我们对其中的许多诉求,无法一概而论,更不可以轻下定论,这也是进一步研究麦卡锡及其小说亟待解决的问题所在。

参考文献

[1] ANDREASEN Liana Vrajitoru. Blood Meridian and the Spatial Metaphysics of the West[J]. Southern American Literature,2011(36):19-30.

[2] BLOOM Harold. Novelists and Novels[M]. New York:Checkmark Books,2007.

[3] CUSHER Brent Edwin. Cormac McCarthy's Definition of Evil:Blood Meridian and the Case of Judge Holden[J]. Perspectives on Political Science,2014(43):223-230.

[4] DACUS Chris. The West as Symbol of the Eschaton in Cormac McCarthy[J]. The Cormac McCarthy Journal,2009 (1):7-15.

[5] DONAHUE James J. Rewriting the American Myth:Post-1960s American Historical Frontier Romances[M]. Diss. Univ. of Connecticut,2007. Ann Arbor:UMI,2007. ATT 3265766

[6] ENGEBRETSON Alex. Neither in Nor Out:The Liminal Spaces of Blood Meridian [J]. Southern American Literature,2011(36):9-18.

[7] EVANS Michael. American irregular:frontier conflict and the philosophy of war in Cormac McCarthy's Blood Meridian,or The Evening Redness in the West[J]. Small Wars & Insurgencies,2011(22):527-547.

[8] FRYE Steven. Understanding Cormac McCarthy[M]. Columbia:The University of

South Carolina Press，2009.

［9］ HAMILTON Robert. Liturgical Patterns in Cormac McCarthy's Blood Meridian［J］. The Explicator，2013(71):140－143.

［10］ MCCARTHY Cormac. Blood Meridian:Or the Evening Redness in the West［M］. New York:Vintage International,1992.

［11］ SANSOM Dennis. Learning from Art:Cormac McCarthy's Blood Meridian as a Critique of Divine Determinism［J］. Contemporary Literary Criticism，2007(41):1 －9.

［12］ WALLACH Rick. Twenty-Five Years of Blood Meridian［J］. Southern American Literature，2011(36):5－9.

［13］ WESLEY Marilyn C. Lacanian Westerns:Richard Ford's Rock Springs and Cormac McCarthy's Blood Meridian［M］// Twentieth-Century Literary Criticism. Eds. Thomas J. Schoenberg and Lawrence J. Trudeau. Violent Adventure:Contemporary Fiction by American Men. Charlottesville:Univ. of Virginia Press，2003:62－80.

［14］ WHITE Christopher. Reading Visions and Visionary Reading in Blood Meridian［J］. Southern American Literature，2011(36):31－46.

［15］白春仁,等,译.巴赫金全集(第4卷)［M］.石家庄:河北教育出版社,1998.

［16］刘康.对话的喧声:巴赫金的文化转型理论［M］.北京:北京大学出版社,2011.

［17］秦勇.巴赫金躯体理论研究［M］.北京:中国社会科学出版社,2009.

心理分析视角下《凡人》中主人公的犹太性研究

徐兆星

摘　　要：美国当代犹太裔作家菲利普·罗斯常以犹太人的社会生活为灵感来源，以白描的创作技法展现他们的生存状态，揭示出这一特定族裔群体在美国社会中的独特处境及其对主流价值观影响。目前国内对于其作品犹太性的研究已有了一定的基础，但对于《凡人》中的主人公作为"另类"美国犹太人的犹太性的研究却鲜有人涉及。论文通过弗洛伊德心理分析的方法阐释该主人公在家庭和社会两股力量的影响下对生死意义逐步觉解的心路历程，进而挖掘出以他为代表的一代美国犹太人的群体性特征。

关 键 词：犹太性；心理分析；心路历程

作者简介：徐兆星，黄山学院英语教师，南京大学 2011 届英语语言文学专业硕士，主要从事认知诗学和英语文学研究。

《凡人》(*Everyman*, 2006)的作者菲利普·罗斯(Philip Roth,1933—)是一位当代美国文坛的重要的犹太裔作家。美国文学批评家阿荣哈·阿佩菲尔德曾评论说："在我看来,菲利普·罗斯是一位犹太作家,不是因为他自认为是一位犹太作家,或者因为他人把他视为犹太作家,而是因为他用一种小说家讲述他感到亲切的事情那样,写出了一些名为朱克曼、爱泼斯坦、凯佩史、他们的母亲、他们的生活、他们生活中的沟沟坎坎。"(转引自 Aharon Appelfeld,1988:13) 与马拉默德的"人人都是犹太人"的观点不同的是,罗斯笔下的犹太人都是普通人,有些甚至打破保守的犹太传统。《凡人》的主人公是一个在成长成熟的历程中逐渐摆脱保守的犹太传统对其思想和行为方式的束缚,大胆融入美国主流价值观体系的中产阶级成功人士。作品通过讲述一个普通犹太后裔一生与失去、遗憾、疾病和死亡抗争的故事,展示出他对于生死意义逐步觉解的心路历程,堪称罗斯对犹太性的另类诠释。

"就反映在现当代美国文学中的'犹太性'而言,'犹太性'主要是指犹太作家在其作品中所表达出来的某种与犹太文化或宗教相关联的一种思想观念。一般来说,这主要体现在某犹太作家本人或其作品中人物的思维方式、心理机制以及任何能表现犹太人的生活、性格、语言、行为、场景等特点的东西。"(乔国强 2008:17)作品《凡人》以倒叙手法开篇首先讲述了男主人公入葬时的情景,以各位亲眷的回忆从侧面介绍了他生前的性情、为人和生活习惯,也点出了他与不同人的远近亲疏。接着以他生前最后照顾过他的私人护士莫琳的出场把读者拉向了故事的主线。顺叙是从主人公九岁时做疝气手术开始的,他的哥哥豪伊和父母的出现自然地带出了对其家庭环境的介绍。值得注意的是,这段时间的经历,不仅使他见证了邻床男孩的死亡,还勾起了他对童年在海边看见死尸的记忆。在家中,哥哥的强健体魄与自己的相对孱弱形成了鲜明对比,他崇拜哥哥。父亲是珠宝商,他偏爱与哈西德教派的犹太钻石商做生意。他与一位穿着传统的哈西德教派信徒的服装交好,甚至用意第绪语与之聊天。这令主人公费解且取笑父亲的迂腐。"他还是向他父亲一遍一遍地说,他们现在是在美国,想怎么穿就怎么穿,想剃胡子就剃,爱怎么着就怎么着。"(罗斯 2009:16)这影射了犹太文化的保守性与美国价值观念间的冲突,也反映出了两代美国犹太移民在对美国文化认同程度上的差异。以主人公为代表的一代人更愿意接受美国的本土文化,因而其犹太性也不及父辈表现强烈。又如,"他父亲在人生最后十年皈了教,退休、丧妻之后,还养成了每天至少去犹太会堂一次的习惯。在最后一次病倒之前,他早已请求拉比用希伯来语从头至尾主持他的丧礼……对他父亲的这个小儿子来说,这种语言什么都不是。他 13 岁——也就是在礼拜六行成人礼后的礼拜天——就跟豪伊一起,不把犹太教当回事儿了,从那时起他就不曾踏进犹太会堂一步。填住院登记表时,他在'宗教信仰'那一栏空着没填,他怕填上'犹太教'会招致某位拉比跑来用拉比那套说辞跟他说话。"(罗斯 2009:40)两代人对犹太教这一维系他们犹太人身份的信仰基础也持有迥然不同的态度:主人公父亲对自己犹太人身份的最终归属感和认同感与主人公那一代人对宗教的不以为然和逃避的态度形成了鲜明的对比。

以上主要是从语言文化和宗教信仰的层面对《凡人》中主人公的犹太性进行了分析。要挖掘这种另类的犹太性形成的深层原因,还须对他思想和心理状态及行为方式进行研究。上文提到了他童年和少年时期对死亡的最初见证以及自身的病痛经历带给他的对于健康的敏感意识。弗洛伊德在其《意识的结构》中"赋予心理过程以三种品质:它们或是有意识的,或是前意识的,或是无意识的。把这种材料划分成具有这些品质的三大类,这种划分既不是绝对的也不是永久的……不需要我们的介入,前意识的材料会变成意识的材料;无意识的东西,经过我们的努力,会变成有意识,虽然在转变过程中我们会有这种印象:要不断克服常常是很强的抵抗力"。譬如,对于健康,主人公有着和任何普通人一样的追求和向往。他从小便羡慕拥有健康体魄的哥哥,崇拜他,并且追随他。他哥哥肌肉发达,有运动员的体质;而他唯一值得一提的运动天赋只是游泳。上了年纪后,哥哥身体依然强健,而他却罹患心血管问题,动过多次手术,直至最后在手术中病逝。然而,在与病魔挣扎的岁月里,"无论什么都不能泯灭那个男孩的活力"。(罗斯 2009:148)在一生中,他结婚三次离婚三次,追求过多位美女,留下了两儿一女。他在灵魂和肉体上伤害过三个孤独的女人。综观他的一生,远谈不上轰轰烈烈而又胸怀坦荡;他事业有成,却也不算功成名就。他只是一个普通人,作者甚至没有给他一个名字,他可以是任何人,也可能谁也不是。他对于爱的追求和需要是一种求生本能的表现。像他的父亲一样,他追求事业。所不同的是,父亲经营珠宝店,他则开广告公司。珠宝店叫叫做"凡人珠宝店",名振当地。而他的广告公司尽管位于纽约,也相当成功,却也只是成千上万家广告公司中很普通的一家而已。两代犹太人事实上是在以极为相似的方式传承着犹太民族善于经商的特性。主人公通过在事业上的不懈奋斗要向世人证明自己的能力和尊严,与此同时,他对女性和母性的不断追求也是为了"保持自己无懈可击的男人本色所作的努力"(罗斯 2009:12)。尽管三次失败的婚姻给家庭生活带来诸多诟病,而自己的荒唐行为也成为子女们的笑柄——"快乐的笨画匠""花心丈夫"。"我们所说的爱其核心自然包括以两性结合为目的的性爱,并且这是人们所指的爱,也是诗人所讴歌的爱……但是我们并没有从这个词得出爱,而是对父母和孩子的爱、友谊和对整个人类的爱,还有对具体事物和抽象思想的热爱……精神分析研究显示,所有这些倾向都是同一种本能冲动的表达……"(弗洛伊德 2006:159)主人公在性行为方面的不道德性是可以用弗氏的力比多理论加以解释的。他婚姻的一再失败,特别是其后掩藏的盲目冲动性既属于正常的人性表现,同时也包含着深刻的社会人伦问题。在摒弃了犹太教的道德规范后,他在性道德方面堕入了混乱的歧途。

美国犹太人在融入美国主流价值体系的过程中实际上同时在追求两个梦想:一个是美国梦,一个是犹太梦。从文化渊源上说,《圣经》把基督教和犹太教紧密地联系在一起,而新教中的一些观念如勤奋获救的思想与犹太人艰苦创业的传统等,也是不谋而合的。二十世纪下半叶以来,犹太人与基督徒日益亲善,因其同根同源,价值观念相似,所以能团结起来面对世俗社会的各种挑战。《凡人》体现了罗斯的"犹太人都是普通人"的独特创作视角,在主人公的身上犹太性更多地体现为美国性。以他和他生活的族群为代表的美国犹太人既是美国公民,同时也是犹太人。在融入美国社会的过程中,他们逐渐地摒弃了犹太文化中的一些保守的元素,并代之以美国开放自由的价值观。对于这种变化,罗斯在这部作品中并未流露出明显的肯定或否定的态度。相反,他以白描地手法表现了以一个犹太男人为代表的一个家庭几代人的生活图景,既有特写又有群像。主人公面对美国主流文化的强大攻势,自然地选择了顺应。同时,这种改变也是他个人成长经历导致的,他的相信"大多数人都曾认为他很落伍"的舆论压力,他的自认为"很落伍""规规矩矩""缺乏闯劲",都迫使他在行为上做出调整。另外,在健康状况方面,他从小就感到来自哥哥健壮体魄的压力,却只有羡慕的份儿。他与秘书、模特、护士,以及绘画班学生有过不伦关系,这也或多或少是受到了美国当时社会风气、特别是情爱观的影响。凡此种种,也侧面地暴露出了美国社会的种种弊病,而这些问题是包括美国犹太人在内的全体美国人所共同面对的,也只有通过全社会各种族族裔团结起来共同努力才能解决。弗氏认为,本能具有保存属性。"本能似乎就是一种内在于有机生命的激励恢复到早先状态的动力,生命体在外界干扰力量的压力下已被迫放弃这种早先的状态;就是说这是一种有机灵活性,或换句话说,是有机生命的一种内在惯性的表达。"(弗洛伊德 2006:160)主人公在心理上感受到的这些压力来源可以理解为压抑的本能需要,同时也是他改变自我的动力。同样的,无论是他父亲那一代人所经历的大萧条,还是他自己及其子女所经历的"9·11"事件,以及社会伦理道德问题,都是所有美国人面临的共同压力,而不仅仅是犹太人所面对的特有问题。随着他们对美利坚民族整体的认同感加强,犹太性会在他们身上以与主流文化更和谐的方式呈现出来。

需要指出的是,犹太性其实是一个具有复杂性的概念,比较难以清晰界定,而菲利普·罗斯作为犹太人和美国作家的双重身份无疑赋予其作品独特的视角。虽然作者在作品中极力强调其美国立场,宣扬美国开明的自由主义思想,但他的犹太族裔身份又使他自然而然地将观察的视线聚焦于美国犹太人这一特定群体上,并致力于诠释美国化的犹太性。较之罗斯的"美国三部曲"和晚期作品,《凡人》并非其代表作,历来受到关注不多,但正是这样一部相对短小的作品从一个美国中产阶级犹太男人的视角展示了作为普通人的犹太人的心路历程。以往对于菲利普·罗斯作品的研究往往因其主题中蕴含的犹太保守文化传统与美国文化开放性的冲突性进行伦理批评,抑或从作者本人的美国人和犹太人双重身份入手挖掘其作品主题的双重性,这两个视角实际上都不能充分解释犹太性和美国性固有的对立性给犹太人群体带来的困扰。因为伦理批评是建立在对作品本身价值取向或作品中人物行为方式的价值判断基础之上的,出发点即带有先入为主的立场;而身份研究更多地是对两种文化价值观中不可调和的相异成分的揭示,这类研究强调作为少数族裔的犹太人在美国社会中处境的边缘性,得出的结论较为悲观,容易带给人一种心理挫败的阴影。而菲利普·罗斯作为美国主流作家其实还是希望通过其作品展现一种犹太裔在融入美国社会的过程中虽然经历文化激烈碰撞的创痛和逐渐磨合的忧烦,依然积极追求个人发展和事业成功的生生不息的精神面貌。

本研究从心理分析视角切入,试图还原犹太人作为普通人的真实内心诉求,从而揭示人性中普遍具有的求生本能。笔者以为,也正是在这个意义上,尽管在叙述技巧上看似平淡无奇,这部以清淡如水的白描手法呈现的《凡人》具有超出罗斯其他作品的独特价值。因此,与其说罗斯一直致力于表现美国化的犹太性,不如说他是在精心建构一种具有犹太性的美国民族性。

参考文献

[1] 江宁康.美国当代文学与美利坚民族认同[M].南京:南京大学出版社,2008.

[2] 刘海平,王守仁.新编美国文学史:第四卷[M].上海:上海外语教育出版社,2002.

[3] 刘爽.死亡之河的生命倒影——解读菲利普·罗斯的《凡人》[J].中国海洋大学学报,2012(1).

[4] 罗斯,菲利普.凡人[M].彭伦,译.北京:人民文学出版社,2009.

[5] 乔国强.美国犹太文学[M].北京:商务印书馆,2008.

[6] 童明.美国文学史[M].南京:译林出版社,2005.

[7] 薛春霞.论菲利普·罗斯作品中美国化的犹太性[D].上海:上海外国语大学,2010.

[8] 朱刚.二十世纪西方文论[M].北京:北京大学出版社,2006.

异化的婚姻，物化的自我

——华顿纽约小说研究

张　卉　王丽明

摘　　要：美国女作家伊迪丝·华顿创作的《快乐之家》《国家风俗》以及《天真时代》等纽约小说从不同侧面勾勒出妇女消费倾向的改变，以及她们经历转变与适应的过程。作品以白描的手法再现了美国 20 世纪上半叶妇女作为商品、艺术品以及消费品的情景。本文在消费主义理论观照下阐释商品市场对女性人物婚姻观和自我认同的作用力，揭示女性的经济依附状态和社会客体地位弱化了女人的社会角色及身份建构。纽约小说在很大程度上反映了华顿对待消费意识形态的复杂矛盾态度，以及她与主流思想之间的互动关系。

关 键 词：婚姻；华顿；消费文化；自我；女性

作者简介：张卉(1993—)，女，天津师范大学外国语学院学生，研究方向：英美文学、女性文学。王丽明(1969—)，女，中国矿业大学外国语言文化学院副教授，硕士，研究方向：英美文学、女性文学。

一、引言

美国女作家伊迪丝·华顿(Edith Wharton，1862—1937)以擅长刻画 19 世纪末 20 世纪初老纽约上流社会贵妇人形象而著称。其代表作《快乐之家》(*The House of Mirth*，1905)、《国家风俗》(*The Custom of the Country*，1913)和《天真时代》(*The Age of Innocence*，1920) 被视为"纽约小说三部曲"。曾有批评家埋怨华顿只会发现贵族们的"鹭鸶羽毛和装扮"。(M. Bell，1991:14)然而，以苛刻著称的亨利·詹姆斯称《快乐之家》对纽约上流社会的讽刺是"正确、深刻、真切"的讽刺性，而且是"毁灭性"的。(Hoeler，2000:121)事实上，华顿的成就在很大程度上归功于其对作品中的女性人物的描摹，她们始终与家用品、服饰等消费品联系在一起。用文化批评家的话来说，"女人的身体属于一种准商品，看似难以捉摸，但早已成为她们社交场合中必不可少的东西。女人可以在她的自我描写与身体描述之间划上一条鸿沟"。(Orbach，1993:187)和一切文化的创造物一样，消费品拥有具体形象，直视逼眼。本文从消费主义视角阐释纽约小说三部曲中女性人物的婚姻观、着装和审美倾向，探讨她们在消费文化影响下对自我的建构及其所处的社会客体地位，从而深入地品味女性消费这一物质文化所内蕴的精神文化和制度文化内容。

二、消费文化特征下异化的婚姻

华顿纽约小说三部曲中铺陈大量笔墨描写女性在婚姻背后所隐藏的物质贪欲和虚饰的体面。同时，她通过对服饰、家庭摆饰等细节的详尽描述，表现了美国世纪末慢慢兴起和盛行的消费主义和享乐主义。比如在《国家风俗》中，华顿以女主人公安丁·斯普拉格的四次婚姻经历为故事发展的明线，强盗式的资本家莫法特——安丁的第一任同时也是第四任丈夫的兴与衰为暗线来烘托消费文化主题。安丁无视任何道德信念，摆脱了纽约上层社会对她的束缚。两度离婚后，安丁嫁给了法国贵族。伴随安丁的数次婚姻的是金融资本主义初期产生的"新财阀"代表人物莫法特的上升过程。小说一开场，与莫法特离婚已两年的安丁由父母陪伴来到心仪已久的纽约，他们离开家乡还因为"阿匹克斯对于安丁来说是太小，它负载不了她的梦想"。（*CC*，9）①初到纽约第五大街时，城市高大建筑物的空中轮廓使安丁异常激动，因为它正形成了她愿望实现的背景幕。此时的莫法特通过种种伎俩使其财产猛增，但他仍然进入不了纽约的社交圈，依然危如累卵，因为有关他不择手段以及和安丁关系暧昧的谣传也接踵而至。可以说，全书近一半的篇幅都是在叙述安丁利用姿色买进卖出自己的婚姻，这和莫法特的商业冒险交相辉映。

华顿聚焦于纽约上层社会是因为她已洞悉当时许多许多未婚小姐们按照习俗把自己打扮得像集市上精美的商品，等待各自的丈夫来选购，最终完成从一个男性——父亲——手中转换到另一个男性——丈夫手中的过程。一方面，贵族女性被售卖成为男性的附庸，这无疑强化了女人的从属地位；另一方面，她们又是商业消费的先锋，沉湎于享受物质生活，"注重化妆品和诱人的服装，好使丈夫心中喜乐"。（189）她们把装扮、打牌和开 party 看成是生活的重要组成部分，其生存的终极目的得依靠男人来实现。19 世纪末的纽约婚姻市场上，最俏销的就是《天真时代》里的梅，美丽优雅，遵循传统；其次是《快乐之家》中的莉莉，风流迷人，给男人带来炫耀的资本；再就是《暗礁》里的苏菲，美丽动人但狂放不羁。她们的共同之处在于拥有一张符合男人审美标准的面容——她们是被造就做装饰品取悦于人的。伊莲恩·肖瓦尔特曾就此深刻地指出："在现代商业特质如此浓厚的社会里，是女人自己，而非他们的父兄，将她们变成婚姻交易的拍卖者。"（Showalter，1995:89）华顿所刻画的女人被看成了消费品，她对安丁数次婚姻的描写是用来表现当时的消费意识形态和异化的消费文化，而不仅仅是在描写道德堕落。小说关注的是，在消费文化的形成过程中，婚姻以新的面目出现，呈现出贵族女性极端的婚姻观。这是有其深刻的历史和文化原因的。

从南北战争到 19 世纪末，一批莫法特式的企业家、银行家、投机商的财富积累速度之快、规模之大，为闻所未闻。他们以封建贵族为榜样，在老纽约和其他新兴城市建立佛罗伦萨式的宫殿，或是英国式的庄园邸宅；他们为一个晚上的演出，可以从巴黎邀来整个剧团；他们买下了"旧大陆"（即欧洲）出卖的一切艺术珍品和名贵文物。值得一提的是，华顿在写《国

---

① 本文夹注中只标页码未标注出处的引文均引自伊迪丝·华顿的纽约小说三部曲：Edith Wharton. *The House of Mirth*［M］. New York：Bantam Books，1984.*The Custom of the Country*［M］.New York：Bantam Books，1991. *The Age of Innocence*［M］. New York：Bantam Books，1996. *HM*，*CC* 和 *AI* 分别代表上述三部小说。

家风俗》时,正值德莱塞创作《巨人》之际,美国的报纸和刊物频繁报道美国舞台上活跃的巨人,从穷光蛋到大富翁到更富有的人这样成功的模式是美国公众的梦想。"不论是农场主还是技工都羡慕金融征战中的英雄,都梦想着做投机买卖,都希望发财。"(Hicks,1985:2)杰伯说"德莱塞的三步曲也赶上了当时最时髦的话题"。(Gerber,1964:88)这些"商界成功人士"力图借助联姻同欧洲名门望族建立裙带关系,这样,旧大陆的世家恢复了他们的财产,美国的暴发户装上了高雅的门面。同詹姆斯一样,华顿所表现的正是这些新兴的亿万富翁的消费心理。批评家拉西指出:"她(华顿)深感不满的地方是他们并不欣赏高级的趣味、举止和风度。"(Lasch,1991:10)美国富翁在这方面的欠缺,正好由华顿用工细的笔墨点染起来。如果说,豪威尔斯是以"微笑的现实主义"来为美国资产阶级社会粉饰太平,那么,华顿则是以比头发丝还细的感觉来描绘那些以剪息票为生、悠闲的上层资产阶级。

　　华顿所处的文化特征是"不择手段的生意法,包括贿赂政治家,践踏别人的财产权,不增资而获利,甚至敲诈勒索等等"。(Gammel,1994:155)她对暴发户极为反感,因此在小说中反映出的是对传统道德和新的消费意识形态的复杂态度:她在总体上赞成与新的意识形态相关联的、反对蹈常袭故保守思想的越界行为,但又对它们进行某种程度的抑制。我们可以说她无意识当中代表了对社会秩序的调整的观点,使它更加稳定和安全,适合新的发展。因而华顿在写她的主人公跨越传统界限时,结果是在巩固主体的政治制度和意识形态。这是可以理解的,因为华顿是社会的一分子,她的主体性受到当时的社会文化的影响,因此难以逃脱各种文化的假定。但需要指出的是,其他作家反映这一意识形态的方式还是比较激进的,比如,当他们处理性问题时过于直接。而华顿作品的调子始终与传统的道德社会法则相一致。她认为,艺术在根本上是个"取舍的问题",小说家的任务就是"从生存这个混乱的局面中剥离出重要的时刻",使它们变得有意义。虽然华顿在《快乐之家》和《国家风俗》中对"婚姻交易"的描写比较频繁,但她并不认为把婚姻当作买卖是"可以接受的"。在她看来,理智才是幸福的保证,是免于婚姻异化的关键。(Wagenknecht,1952:263)

三、商品服饰定义异化的自我

　　19世纪末的美国社会发生了巨大变革,出现了由生产主导的文化向消费文化转变的局面。这种文化转向给美国人民带来了精神阵痛,这种变化意味着"给每个人重新定位","接受不同的生活方式"。(Schlereth,1991:79)作为一位极具思考力的作家,华顿在其作品里表现了对这一问题的关注。纽约小说三部曲从不同侧面勾勒出妇女消费倾向和自我认同方式的改变。此前,美国社会流行的还是老纽约式社会意识,即强调"真正的女性",认为女人应承担家务活动,充当道德的维护者和保持性的纯洁,换言之,生养孩子和传统的家务就是女性的道德与社会义务。20世纪初叶,由于美国女性生活现实的变化,这种老纽约式模式受到了很大的冲击。在这个变动不居的时期产生了一种"新女性"形象:追求自立,打扮摩登,拥有某种全新的自我感觉。此外,贵族女性还广泛地加入异性的社交活动,尤其是商业化的消遣活动。她们在牌桌前、剧院、百货商厦等消费空间获得了自我的存在之感,按照自我满足的理想构筑自我的殿堂。她们在日常生活中发展自我实现的模式,适宜地装扮自己,为的就是建构她们的自我。王尔德在《狱中记》中说,"我的本性就是追求一种自我实现的新形式。这就是我所关心的一切。"(Wilde，1966:19)这正是华顿的主人公的代表性思想，也可以看成是享乐主义女性某种瞬间的自我实现的标志。不过，华顿笔下的莉莉、安丁无论在追求个性独立还是做成功女性的实践方面都受制于男人对其形象的审美式体验。正如华顿对《快乐之家》原拟的书名《玫瑰之年》所暗示的，女人是"一时的装饰"，顷刻即谢的"玫瑰"。(*HM*，18)她们终其一生饰演贤妻良母和风采迷人的贵妇人的双重角色，在个人生活中完全受男人的支配，在社交场上成为他们炫耀的资本和猎取的对象。商品文化中纯外观形象的强调，使女人进一步被物化，也使商品变成脱离其使用价值的形式，变成符号，变成偶像，导致商品崇拜，即马克思所说的"商品拜物教"。

经过半个多世纪的迅速工业化，美国成了真正的消费社会。华顿把握了这一时代的脉动，并在作品中对20世纪初在美国兴起并盛行的消费主义特征适时地予以批判。在这个社会里，不仅富人，就连一般普通人的购物都并非出于需要，而是因为购买可以带来娱乐和享受，追求一种时尚。例如，男人戴手表，抽雪茄烟，女人买化妆品和时装。最能说明消费热潮的是美国人以疯狂的态度对待慢慢普及的汽车，"汽车已经成为不仅是运输的工具，而且成为第一个全国都着迷的消费品。"(Current & Williams，1979:714)《国家风俗》与《快乐之家》中的女人们被排斥在男人的商业社会之外，她们耽于物欲，大把花费丈夫或情人们甩给她们的巨额金钱，嘴里优雅地叼着名牌香烟，每天坐在牌桌前以填补她们不能融入社会的空虚。不过，与有闲阶级的男人不同的是，安丁和莉莉的消遣和消费是被迫发生的，并不具有抒情性和审美特征，也没有自觉的批判意识。她们被社会现象迷惑，被消费文化吞噬，陶醉于五光十色的城市生活，沉浸在消费过程之中，无法主动与之保持距离；相反，她们以炫耀性消费为荣。从根本上来说，女性经济依附与消费文化之间的博弈使她变成消费文化的牺牲品和被动承受者，看似追求身份定位的她即使想反抗甚至反抗成功，她们可能终究难以逃离消费的牢笼。金钱"教会了人们根据商品市场来定义自己的需求和生活风格"，而且表明"资本主义和美国主义在一种称为'美国制度'中连在一起不能分割"。(Parenti，1986:65)

父权制度下女人的这种特殊消费暗示了男人不仅有经济目的，而且是有政治企图的。换言之，它帮助男性巩固其社会地位，帮助人们建立适合新兴的意识形态的意识，与此同时，侵蚀旧的意识形态以及支持它的价值观。消费社会"强调花费和物质占有，削弱传统的勤俭、节约、自控和冲动的价值体系"。(Spindler，1991:108)大众消费导致了女人的虚荣心胜于以往任何时期，互相攀比斗富，在消费中进行狂欢，"使鼓吹享乐和满足为生活方式的消费享乐主义得以兴起。"(Parenti，1986:132)此外，生活可以成为审美的对象，因而也就是审美快感的源泉："自衣食住行至一切的物品器具、室内装修等，一切的消遣，皆是艺术化，这样的生活何等快乐，何等美丽。"(周小仪，2002:219)这一被消费意识形态统治的政治舞台为华顿提供了广阔的创作背景。生活在这样的现实中，华顿的主体性深受广泛传播的消费思想的影响和塑造。纽约小说在很大程度上反映了华顿对待消费意识形态的复杂矛盾态度，以及她与主流思想之间的互动关系。

《快乐之家》中莉莉小姐的"像猪一样生活的亲戚"在他乱糟糟的客厅里悬挂着一幅库尔名画《人生旅途》的复制品。(*HM*，39)《国家风俗》也同样描写道：刚到纽约尚未有定所，安丁·斯普拉格家临时安置在四壁皆是各类装饰的旅馆，"房间是典型的套式结构，光亮的护墙板上方悬挂着用橙红色大马士革锦缎衬里的玛利安图瓦内头像,①华丽无比的地毯中间立着一方饰有缟玛瑙的金色茶几……壁画《巴斯克维尔的猎犬》的复制品悬在对面的墙上②……屋里没有任何生活气息。"(CC,5)此外,斯普拉格夫人打扮得"像是橱窗里的一尊模特,衣着华美时髦,脸化得苍白,涂了眼影的眼皮肿胀不堪,嘴唇奄拉着,端着双下颏,整个一副即将融化了的蜡像"。(178)美国中产阶级的这种消费时尚遭到来自上流社会的种种非议:他们指责这种在客厅墙上乱挂饰品和艺术画的做法显得缺乏艺术修养,亵渎了高雅艺术。(Schlereth,1971:45)《天真时代》对商品的描写亦致力于家庭里卧室、客厅、餐桌和阳台的描摹,展现了19世纪后期20世纪上半叶"美国家庭生活的斑斓景象"。(AI,2)它们对中产阶级生活方式的刻画令人咀嚼、玩味,从中可以透视美国社会的一面。在华顿这位现实主义作家的笔下,美国的日常生活几乎都是由物质来支配的,人物从不同的商品中找到了自我存在感。

诚如历史学家所言,商品的重要性还体现在它对社会结构的影响,使得一种社会秩序不得不让位于另一种社会秩序。消费文化的产生与商品的大众化直接有关。毫无疑问,19世纪美国消费文化的兴起是一个有着问题意识的文化现象,值得进一步审视。尤其需要阐明的是商品在社会关系和女性自我形塑过程中所扮演的角色。外在的东西被不断内化并成为自我形象中不可缺少的有机成分。作为物品的衣着已将穿戴者物化,并使其客体化,于是一定的服饰就成为个人自我表现的载体。华顿倾注了大量笔墨描写服装。依她看来,衣服和女人以及宅邸一样,可以暗示人的气质、举止和社会地位。《国家风俗》中安丁的最大满足就是在亮如白昼的灯光下穿戴一套套时装和首饰,她的身上也有作家的影子,传记作家奥琴克劳斯曾对此这样评论:"幼年的伊迪丝常常揽镜自照,play a lady(即玩大扮淑女之游戏)"(Auchincloss,1971:45)这当中其实隐含了一个谜:女性的"自我"究竟是什么?在某种程度上,安丁的自我就是对衣着的自我选择。《快乐之家》里的莉莉则更是懂得如何通过不同场合的穿戴来展现多面的形象,华顿曾将书名拟定为《一时的装饰》也充分体现了她自己以及其女主人公的看法:女人是靠衣装来打扮的。在她们自我的确认过程中形成了一种符号:衣着=自我,自我=衣着。在这样一种似乎辩证的关系中体现了服饰与穿戴人的依附性。难怪后来拉西毫不讳言,商业社会造就的自我说穿了就是"别人眼中的形象"。(Lasch,1991:59)以往不少研究并没有关注物质商品在社会上所起的作用。因此有必要从历史语境来关照商品文化,深入考察这些商品对使用它们的人所起的作用。美国著名文化评论家斯图亚特·尤温充分肯定商品在现实中的作用。他认为商品在人的自我属性建构中扮演了举足轻重的角色,直接影响到人的社会关系,因为19世纪后期美国出现的新型社会形态很大程度上"是由资本主义生产方式决定的"。这里,商品的自我属性很强,对个人的自我成就和自我意识都提出了明确的要求,而这些要求只能在市场竞争中获得满足,却失去了自我的精神内涵。(Ewen,1988:47)

19世纪美国社会还流行一种新柏拉图主义,尤其体现在类型学的分类方面。华顿的文学创作也受其影响,《国家风俗》就有这一影响的痕迹。每当安丁要外出,她都要在"炽热的像摄影棚内的灯光下顾盼良久"(55)。在《快乐之家》中作家对莉莉刻意营造的艺术画面作

① 玛利安图瓦内(1755—1793):法国皇帝路易十六之妻,1774—1792期间为法皇后,后被处死于断头台。
② 巴斯克维尔(1706—1775):英国印刷业者,活字设计者。

了相当别致的类型描写：她扮演了英国肖像画家雷诺兹笔下的劳易德夫人。当幕布再度打开，出现一副毫无装饰、真实的莉莉的画像时观众无不为之倾倒，但他们所赞扬的并非是雷诺兹笔下的劳易德夫人，而是活生生的莉莉。她"选择这幅画足以表明她的艺术鉴赏力，……她那充满活力的优美仪态赋予画中人有血有肉的生命"。（178）如此看来，自我表现与美学观念在服饰话语里不可避免地联系着。如果没有衣服的话，人很难保持他的身份。正是穿在我们身上的衣服"一天天和我们融为一体"，表现我们某种程度上的自我。总体而言，华顿小说有关服饰的话语基本上是从审美的角度对衣服进行褒奖，尤其突出服饰在表现穿戴者身份方面的特征。穿戴者用艺术的眼光选择服饰本身就是要通过一定的着装来表达或强化自己的身份和性格特征。当代著名时装评论家安妮·霍兰德在《服装透视》一书中全面阐述了服饰文化的性质和特征。她认为服饰不能仅仅作为一种文化的副产品来研究，而是应该把它看作一种艺术形式："审视和研究服饰应该像研究绘画一样。"（Hollander，1980：xvi）

四、恶化的女性社会客体地位

华顿与德莱塞、史蒂芬·克兰、弗兰克·诺里斯等自然主义流派的作家都反映过消费意识形态。与这些同时代作家相比，华顿是作为一个女作家而勇敢地描写"婚姻市场"，而且使它成为小说中突出的主题。其纽约小说以白描的手法再现了美国20世纪上半叶妇女作为商品、艺术品以及消费品的情景。她把妇女、服装和艺术品等同起来。女人既是一个能消费的主体，更是一个美的被消费的客体。《快乐之家》中的犹太商人罗斯代尔就想方设法要将莉莉据为己有，并力图使之成为自己收藏匣内又一珍宝，尽管她渴望着自己在男人心目中不单单是"一件赏心悦目的东西，一种转瞬即逝的消遣品"。（5）华顿认为妇女已经成为性的目标，她们无法拥有自己的身份和地位。实际上，艺术品、美女和衣服不仅代表人的社会地位、权力，而且是满足人欲望的物。在《国家风俗》里，华顿预言了莫法特将要得到的是"艺术品、车辆、首饰和美女；整个大厅里装满了无价的字画；一个无以比拟的辉煌宫殿"。（77）

华顿时代的妇女和消费品的地位一般。她们是抽象的、见色思淫的目标，妇女的身体象征着日益复杂的消费经济。为了把妇女维持在这样的低等位置上，社会使用了一系列的技巧来调节和控制她们。至于现代驯化人的技巧，福柯用了一个非常生动的例子来说明——他使用了一个18世纪的监狱模型来说明现代权力是如何运作的。那个圆形监狱里有一个塔。通过塔上的窗口，监视的人可以看见因犯们的活动情况，但因犯们却看不见塔中的监视人，所以他们就一直在怀疑有人在监视他们。因此，因犯们会必然地将这种监视内化，结果也使监狱的纪律内在化了，他们做到了自己驯化自己："没有必要使用武器。暴力和物质上的限制。只有监视。一个监视的盯梢，处于这种盯梢下的个人结果将它内化，自己成了自己的监督，每一个人都对自己实行监视。"（Foucault，1979：15）同样，女人们为了将自己抛售出去，"连睡着了都得做出迷人的姿态。"（Gilbert & Gubar，1979：10）在《快乐之家》中，实际上在许多自然主义的作品中，这些统治的手段也都被明显地使用，"自然主义作家创造出的世界让人注意到福柯权力规范人的概念。这一权力规范通过让他们屈服的技巧构建个体，调节他们的身体和心灵。"（Gammel，1994：45）华顿小说还表现了空间调节女人地位的规范性作用。如果我们注意到女人活动空间范围的规则性,我们就会看出她们是在一个非常狭小的圈子里活动的。例如,我们很少见到安丁走出家门。安丁虽然天性好动,充满活力,也是被局限在有限的空间内活动。我们常常看见她在家里乔装打扮或者费力赢得丈夫的欢心。至于莉莉,她似乎拥有更多的活动空间,但她是在陪上流社会的太太们打牌、消遣,以便能够有朝一日跻身豪门。在男权社会里,作为第二性的女性一直是被男性凝视观察的对象,是一个被动的客体,每时每刻都处在他人的无形凝视之下,处于社会对女性的规训之中。只有在消费的麻痹下,她们才暂时离开家庭生活的封闭空间,但是,她终究要回到现实世界,让她重回压抑的现实,重返父权社会的凝视之中,难怪安丁有强烈的购买欲,一天的消费经历打破了她日常生活的常态,让她脱离家庭空间,体验触觉视觉味觉等各种感觉的苏醒,在不同的社会空间里经历意识的觉醒,在漫游状态下体验消费文化和"国家风俗",从而更真切地感受到自己的经济依附状态,深陷在消费文化的牢笼中难以自拔。

如果我们注意到了华顿小说中女性低下的地位,我们就容易理解在《国家风俗》中,莫法特既是艺术品的拥有者也是安丁的主人。安丁是作为他的地位的象征而塑造的:对安丁的征服必然成为莫法特活动的一部分,因为渴望更多的占有之刺激,安丁失而复得,这成了他能力的象征,是可以看得见的成功。莫法特和罗斯代尔显然是从男性的角度看女人的,他只是把女人看成是一件物品,他要拥有它(她)。当她风华正茂,千娇百媚,可以给丈夫声望,给那些观赏的人带来愉悦之时,她价值连城。所以,我们可以得出结论:女人和艺术品收藏是等同的,推而广之,女人就是消费品。第一次离婚后,莫法特再次追求安丁所暗示的与其说是性还不如说是审美的变化,与其说是婚姻上的胜利还不如说是其财力的游戏,跟他不断改变的艺术收藏有异曲同工的作用。《国家风俗》确实是把财富和艺术连在了一起。在《快乐之家》中,甚至梦想与莉莉共创"精神共和国"的塞尔顿也认同"名誉、艺术和精力的最终目的就是美"。(Spindler,1983:141)

由此可见,纽约小说中,男人们从一个女人换到另一个女人,是为了寻求美,寻求满足,也是为了寻求自己的价值和地位。莉莉们所受的教养使其成了"一种脱离了它的生活区域就像被剥下岩石的海葵那样无法生存的有机体",她们是被造就做装饰品取悦与人的。(HM,97)古代的消费品多是用来满足人的最基本需求,尤其是物质上的需求,但现代的消费品不仅仅是满足基本的需求了,更重要的是满足人的社会地位。在纽约投资做生意的犹太人罗斯代尔为了进入老纽约的主流社会,他想到了极好的敲门砖——莉莉。他懂得,在现代都市里,人们难以互相认识,很难引起对方的注意,于是,人们不得不使用象征。斯宾德勒说过:

> 在他长大的典型的小社区里,他的社会地位人人皆知,但在匿名的大都市里,他的地位要通过能立即认出的符号来标记。另外,郊区居民的无根性以及工作的流动性迫使他完全依靠金钱地位树立自尊和自我,表明这种地位的通常符号是他能获取和显示的耐久的物品。地位系统是一个在不断变化的等级制,这与隐含的阶级认同是密不可分的,因为只有那些符合了有闲阶级口味的商品才被认为是有敬意的。(Spindler, 1983:117)

既然罗斯代尔将女人与商品混为一谈,那么他不懈地寻求目标女人,每一个人都满足他的一个方面的要求，无论是心理上的也好，还是生理上的也好，这都不足为奇了。

在代表审美客体和消费品的女人中，华顿还借《国家风俗》聚焦于给男人带来炫耀资本的性感尤物安丁。在安丁身上看不见传统的影子，她充满了活力和生气，反抗精神也极为明显，可以说她是那个时代的象征：一个消费者的形象和象征。她对冒险和浪漫，对贵重时髦的服装，对居住豪宅都感到欣喜若狂，以为那是她地位的象征，可以满足她无名的欲望。莫法特正是被她身上所体现出来的青春、美丽、生气和戏剧化的本领所折服。但莫法特仍然把她看成是"他能控制但又不一定是永久性的猎物"。(Geismar，1979：317)安丁被安置其间的房子就是一个真正的珠宝收藏地，里面到处可见的是麟凤龟龙，如地毯、挂毯、奇彭代尔风格的、谢拉顿风格的、赫普尔怀特风格的家具①，还有玲珑剔透的瓷器、雕刻以及世界名画，而安丁是莫法特挥霍消费的最挥霍的物品。莫法特只相信女人是有价值的艺术品，而不具有什么能力。他不久就意识到安丁并不是那种可以帮助他进入纽约上流社会的女人，因为她身上缺乏文雅，性情急燥，态度生硬，"明显会失去社会承认的机会"。(35)事实上，他心里明白，她已经不再有助于他的坦途了。在小说的结尾，安丁对自己不能参加大使举办的宴会感到不解，莫法特则很平静，他搪塞道："那是因为他们不愿意有如此多的漂亮女人！"(398)某种程度上，她成了他的累赘，因为他所升的高度是她所无法企及的。安丁最终代表的是他难以忍受的东西了，更遑论代表艺术上或者身体上所渴望的了。正所谓，魅力即逝，符咒乃断。华顿笔下的纽约贵族女性在本质上仅仅是一件艺术品、一种高级商品，是男人的所有"物"(object)。

五、结语

华顿在纽约小说三部曲中表现了美国19世纪末20世纪初兴起和兴盛的消费文化以及自己对它的矛盾心态。她所塑造的人物多被消费主义所俘虏。华顿并非完全赞同消费主义意识形态，对挥霍消费持怀疑和不赞同的态度。对待挥霍消费的矛盾心态在华顿的短篇小说《最后的用途》(1904)中也有明显的表现。斯宾德勒对主人公纽俄尔太太式的消费意识和心理，做过精辟的分析："她们心理长期受到经济上消费倾向的风格和价值观的影响，否定清教主义的约束，欢迎建立满足个人需要的享乐主义。"(Spindler，1983：141)同样，在《国家风俗》里，华顿沿用老纽约的价值观批评这种对物欲的贪得无厌。拉尔夫在遭遇安丁之前显露出很好的绘画才能，但在安丁的压力之下，他受到了"挥霍消费"生活态度的影响。为了满足安丁"渴望住豪华的房子，穿贵妇服装"的奢求，他因此荒废了绘画才艺转而做生意。

总体来说，纽约系列小说表明了华顿的主体性深受复杂的文化假定的影响和塑造，还显示了华顿作为一个现实主义作家，具有自己的独立思维。她也试图通过自己的作品来影响

---

① 谢拉顿风格因英国设计师托马斯·谢拉顿于1791年出版的《橱柜制造师与家具商图册》一书而得名。谢拉顿风格属于新古典风格，其特点包括线条精致，制作轻巧，对比色镶板，新古典艺术图案和装饰。谢拉顿风格主要流行于美国联邦风格的鼎盛时期。奇彭代尔是一位诞生于18世纪英国的家具设计大师，其贡献在于他善于吸收东方艺术思想，并将各种家具风格融于一体，创造新的家具样式与风格，他是英国最有权威的家具设计大师，也是第一位得以用自己名字给家具风格命名的平民。赫普尔怀特是一位深受路易十六时期法国家具影响的橱柜工匠，他设计的家具比奇彭代尔家俱更轻巧、更优雅。他设计的椅子，其腿部修长，刻有沟槽，腿部略向外叉开。

和塑造她的人物形象以及读者,因为她的写作不仅记录了社会事实,而且还将她的审美趣味和社会事实融为一体。作为消费者,读者总在"重新创造和重新塑造他们自己"(Brewer & Porter,1993:30)。华顿写作的态度旨在影响社会和道德态度。实际上,"社会结构的变化是非常缓慢的,特别是习惯、习俗和已成定式的传统方式……即使一个政治秩序被战争或者革命所颠覆,建立新的社会结构任重而道远,而且要使用旧秩序的砖瓦来建构。"(D. Bell,1978:8)华顿以其细腻的女性触角和敏锐的文化感知使作品具备了多重解读的可能性,纽约小说表明了她对商业文化的批评,表现出她是个语言家,是个有主体性的作家,更是个现代性的作家。

参考文献

[1] AUCHINCLOSS Louis. Edith Wharton:A Woman in Her Times [M], New York: The Viking Press,1971.

[2] BELL Daniel. The Cultural Contradictions of Capitalism [M]. New York:Basic Books, Inc., Publishers, 1978.

[3] BELL Millicent. ed. The Cambridge Companion to Edith Wharton [C]. New York: Cambridge University Press, 1995.

[4] BREWER John, RAY Porter, eds. Consumption and World of Goods [C]. London: Routledge,1993.

[5] CURRENT Richard N, T Harry Williams, etc. American History—A Survey [C]. New York:Alfred A. Knopt, 1979.

[6] EWEN Stuart. All Consuming Images:The Politics of Style in Contemporary Culture [M]. New York :Basic Books, 1988.

[7] FOUCAULT Michel. Discipline and Punish:The Birth of the Prison[M]. Trans. Alan Sheridan, New York:Vintage Books, 1979.

[8] GAMMEL Irene. Sexualizing Power in Naturalism:Theodore Dreiser and Frederick Philip Grove [M]. Galgary:University of Galgary Press, 1994.

[9] GEISMAR Maxwell. American Moderns — From Rebellion to Conformity [M]. New York:Hill and Wang, 1979.

[10] GERBER Philip L. Theodore Dreiser. Twayne's United States Authors Series [M]. New Haven:College and University Press, 1964.

[11] GILBERT Sandra M, SUSAN Gubar. The Madwoman in the Attic:The Women Writer and the Nineteenth-Century Literary Criticism [M]. New York:Pantheon Books, 1985.

[12] HICKS Granville. The Great Tradition:An Interpretation of American Literature since the Civil War [M]. New York:The Macmillan Company ,1985.

[13] HOELER Hildegard. Edith Wharton's Dialogue with Realism and Sentimental Fiction [M]. Gainesville:University Press of Florida, 2000.

[14] HOLLANDER Anne. Seeing Through Clothes [M]. New York :Avon , 1980.

[15] LASCH Christopher. The Culture of Narcissism:American Life in an Age of

Diminishing Expectations [M]. New York：Norton，1991.

[16] ORBACH Susie. Psychological Processes of Consuming[J]. in British Journal of Psychotherapy 1993（10）.

[17] PARENTI Michael. Inventing Reality：The Politics of the Mass Media [M]. New York：St. Martin's Press Inc.，1986.

[18] SCHLERETH Thomas J. Victorian America：Transformations in Everyday Life，1876 – 1915 [M]. New York：Harper Collins，1991.

[19] SPINDLER Michael. American Literature and Social Change—William Dean Howells to Arthur Miller [C]. Hong Kong：The Macmillan Press Ltd.，1983.

[20] SHOWALTER Elaine. "Spragg：The Art of the Deal" in The Cambridge Companion to Edith Wharton [A]. Ed. Millicent Bell. New York：Cambridge University Press，1995.

[21] WAGENKNECHT Edward. Cavalcade of the American Novel：From the Birth of the Nation to the Middle of the Twentieth Century [C]. New York：Henry Holt and Company，1952.

[22] WHARTON Edith. The House of Mirth [M]. 1905. New York：Bantam Books，1984.

[23] WHARTON Edith. The Age of Innocence. New York：Bantam Books，1996.

[24] WHARTON Edith. The Custom of the Country [M]. New York：Bantam Books，1991.

[25] WILDE Oscar. Complete Works of Oscar Wilde [C]. ed.，Vyvyan Holland，London：Collins，1966.

[26] 周小仪. 唯美主义与消费文化 [M]. 北京：北京大学出版社，2002.

隐性的遥契:《西厢记》与《伪君子》的叙事话语

唐扣兰

摘　　要:《西厢记》与《伪君子》是中、法文学史上著名的古典戏剧作品。虽然创作年代前后相距三百多年,但是由于艺术意识、艺术思维、艺术品质上的相通,它们在诗学特征方面表现出了隐性的遥契。具体概括为:王实甫和莫里哀通过文本意指结构的相似传达出共有的自由理念,即婚姻关系上的两情相悦与人际交往上的平等共处。它们是人类生命本体意义的呈现,也是人类生存的理由和依据。

关 键 词:《西厢记》;《伪君子》;意指结构;自由理念

1295—1332 年,元代的杂剧继续呈现出繁荣发展的劲头。在这阶段,王实甫以其卓越的才华创作出了《西厢记》。自《西厢记》问世至清代初年,有关它的校注本、评点本、插图本多达数百种。《西厢记》因此成为我国古典戏曲中版本最多、影响最大的一部剧本。1664—1669 年,法国古典主义喜剧大师莫里哀完成的《伪君子》,成为世界戏剧史上的经典之作。《西厢记》与《伪君子》前后距离三百多年,分属中、法文学史,但是它们的叙事话语却具有召唤读者阅读的研究机制:类型学。类型学是比较文学学科里的概念。它面对的是那些彼此之间并无直接接触、或虽有接触而并未构成主要动因的不同民族、不同国度、不同文化圈,在不同时代以不同语言从事创作而产生的文学现象,由于艺术意识、艺术思维、艺术品质上的相通而呈现出共通的诗学特征[1]205。《西厢记》与《伪君子》的类型学研究表现为文本意指结构的相似。借助于相同的艺术构思,它们传达出了共有的自由理念。

一、意指结构的相似

意指是符号学里的术语。一篇给定的文本涉及一个意指整体,也就是说,它是由一个能指和一个所指构成的[2]28。能指与所指的划分相当于表达与内容的区别。尤瑟夫·库尔泰指出,"位于深层而且具有逻辑-语义学特征的意指的结构的组织形式,取用一种很明确的形式,在空间上可用符号学矩阵(Carré sémiotique)来代表(也被称为构成模式)。"[2]38用下图表示为:

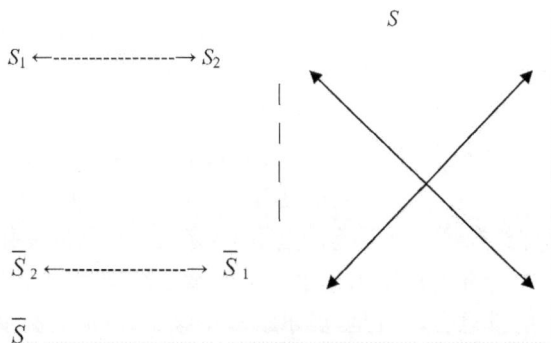

说明：← - - - - - → 表示相反项之间的关系

      ←————→ 表示相矛盾项之间的关系

      — — — — 表示蕴涵关系

其中，意指 S 是语意轴，它与 $\bar{S}$ 相对立，$\bar{S}$ 在此被看成是一种绝对的无意义。S_1 和 S_2、$\bar{S}_1$ 和 $\bar{S}_2$ 分别是两种相反的义素。义素是最小的意指成分，它也是语义的基本要素。另外，S1 和 $\bar{S}_2$、S2 和 $\bar{S}_1$ 之间有一种蕴涵关系。

《西厢记》与《伪君子》的意指结构分别如下图所示。

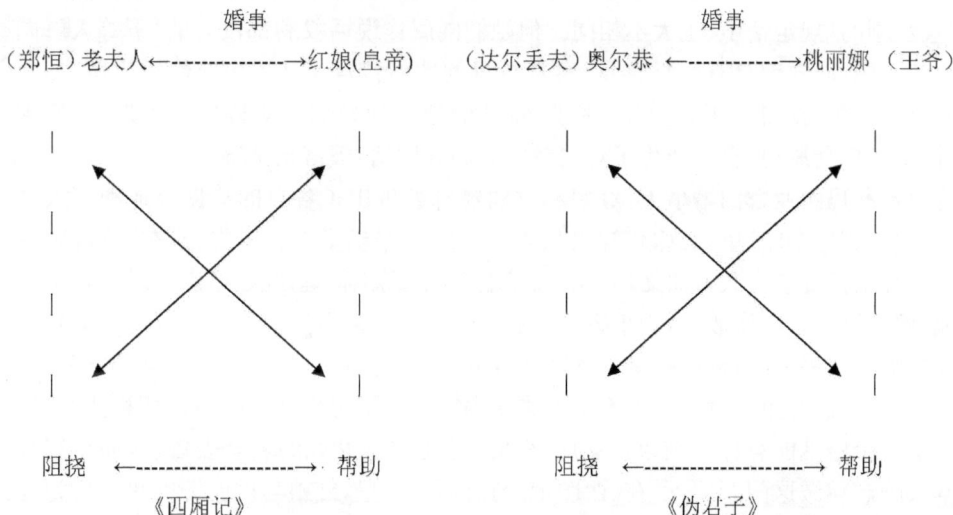

由上图示可以看出，《西厢记》和《伪君子》的意指结构非常相似。它们的相似性，首先表现为《西厢记》和《伪君子》的语意轴都是"婚事"。前者谈及老夫人的女儿莺莺和秀才张珙的恋爱，后者提到奥尔恭的女儿玛丽亚娜和瓦赖尔的情感。在"婚事"范畴里，《西厢记》和《伪君子》里的义素可以分别概括为老夫人（郑恒）与红娘（皇帝）、奥尔恭（达尔丢夫）与桃丽娜（国王）。老夫人与郑恒、奥尔恭与达尔丢夫都属于阻挠婚事进行的一类义素；红娘与皇帝、桃丽娜与国王则属于帮助婚事成功的另一类义素。老夫人（郑恒）和红娘（皇帝）是两个相反的项；奥尔恭（达尔丢夫）和桃丽娜（国王）也同属此例。

其次，《西厢记》和《伪君子》意指结构的相似性还表现为各个义素的性质的相像。如：

1. 老夫人 VS 奥尔恭

老夫人和奥尔恭分别是《西厢记》和《伪君子》里的权威型人物。他们主宰着自己女儿的婚事,都有赖婚的行为,都蛮横顽固。老夫人是已故前朝相国的妻子,女儿莺莺曾许配给郑尚书之子郑恒为妻。在孙飞虎率兵围住普救寺之际,张珙出计派人送信给杜确将军来解救。老夫人答应将莺莺许与张珙为妻。对于郑恒与莺莺的婚事来说,这时候的老夫人已经食言。不料,等贼兵退去之后,老夫人又告诉莺莺和张珙以兄妹相称。老夫人第二次赖婚。由于莺莺和张珙坚持己见,老夫人无奈暂时同意,但又要求张珙进京赶考。张珙中了状元之后,老夫人借口认为张珙变了心,于是又把莺莺许给郑恒。在莺莺的婚事上,老夫人是几经变化。

与老夫人类似的是,奥尔恭对待女儿的婚事也是出尔反尔。奥尔恭已经把玛丽亚娜许配给了瓦赖尔,并且玛丽亚娜和瓦赖尔也情投意合。可是,奥尔恭却不顾女儿的情感,要把玛丽亚娜嫁给达尔丢夫。他自以为玛丽亚娜和达尔丢夫的结合才是温情与快乐浓得化不开的婚姻,才会像一对鸽子似的在互相表示忠诚的爱情里过日子。奥尔恭的专制使得玛丽亚娜和瓦赖尔的婚姻蒙上了阴影。

2. 红娘 VS 桃丽娜

从社会地位上来讲,红娘和桃丽娜都是身份卑微的人物,都是伺候主子的侍女,然而都获得了读者的喜爱。《卑贱者的凯旋歌——从〈伪君子〉和〈西厢记〉看中外戏剧中的女仆形象》指出:"红娘和桃丽娜,一个是我国唐代封建士大夫崔相国府中莺莺小姐的贴身丫鬟;一个是17世纪法国庸俗资产阶级奥尔恭家庭中的女仆。二人不仅所处的时代背景和社会环境各异,而且戏剧的'规定情境'也大不相同。但她们同属连说话权利都没有的'下等人';同样地来自劳动人民;同样地具有纯朴善良、爽直活泼的性格特点。又天生地伶俐机敏,加上在大户人家里待久了,见得多了,应付得多了,特殊的地位使她们出落得玲珑剔透、乖巧善辩。同时,由于长期受压迫,自然产生了对弱者的关心和同情,极富正义感。"[3]74

在对待莺莺和玛丽亚娜的婚事上,红娘和桃丽娜都表现出了各自的善良心地和成人之美。在"张君瑞害相思杂剧"里,红娘传递书信帮助莺莺与张珙了却相思之苦;在"草桥店梦莺莺杂剧"里,红娘指责老夫人言而无信;在"张君瑞庆团圞杂剧"里,红娘指点张珙与郑恒对证。同样地,桃丽娜也是敢作敢为,为小姐玛丽亚娜的幸福出谋划策。当她亲耳听见奥尔恭说要把女儿嫁给达尔丢夫时,桃丽娜毫不犹豫地告诉奥尔恭:"把这样好的一个女儿,许给像他那样的一个男人,您心里真就一点也不觉得难受码?您也不想想他们是不是相称相配,您也不预料一下这个婚姻能有什么结果?您应该知道这是拿您女儿的名誉去冒险,如果您真要逆着她本人的志趣做这门亲。"[4]26在《西厢记》与《伪君子》里,红娘与桃丽娜的热心行为还有很多,在此不一一列举。

3. 郑恒 VS 达尔丢夫

郑恒与达尔丢夫的共同特征是说谎。说谎具有二元性:骗者和被骗者。说谎者知道事实的真相,但是用谎言掩盖了事实的真相。说谎是对真相否定的行为。郑恒与达尔丢夫为了实现自己的真实意图,不惜欺骗老夫人和奥尔恭。郑恒编造出张珙娶了卫尚书家女儿的谎言:"我在京师看榜来,年纪有二十四五岁,洛阳张珙,夸官游街三日。第二日,头答正来到卫尚书家门首,尚书的小姐十八岁也,结着彩楼,在那御街上,则一球正打着他。我也骑着马看,险些打着我。他家粗使梅香十余人,把那张生横拖到拽入去。他口叫道:'我自有妻,我是崔相国家女婿!'那尚书有权势气象,哪里听?则管拖将入去。这个却才便是他本分,出于无奈。尚书说道:'我女奉旨,结彩楼,你着崔小姐做次妻。他是先奸后娶的,不应取他。'"[5]232郑恒的言辞使得老夫人信以为真,破坏了张珙在老夫人心目中的好印象。老夫人再次同意把莺莺许给郑恒。

老夫人成为郑恒谎言的接受者,奥尔恭则成为达尔丢夫撒谎的对象。达尔丢夫的骗术堪称一流。他根本不相信天堂和地狱,但是却装扮为最虔诚的信徒。他每天到教堂,"一副和善模样","专心致志,祷告上天","时时刻刻,卑躬屈节,亲着土地"。奥尔恭被达尔丢夫哄得团团转,以至于可以看着自己的兄弟、子女、母亲、妻子一个个死去,也无动于衷。当奥尔恭决定把女儿嫁给他的时候,达尔丢夫大言不惭地以服从上帝为借口答应了奥尔恭的提议,从而满足了自己的私心。

4. 皇帝 VS 王爷

《西厢记》和《伪君子》里还有一组特殊的人物,即皇帝 VS 王爷。与上述三组人物不同的是,他们都是没有正面出场的剧中人物。《西厢记》里的皇帝通过使臣表达了自己对莺莺和张珙婚事的赞同,赐他们为夫妇。《伪君子》里的王爷通过侍卫官揭穿了达尔丢夫的阴谋诡计,解除了奥尔恭的危机,为玛丽亚娜和瓦赖尔顺利成婚奠定了基础。虽然剧本用于描写他们的笔墨并不是很多,但是有关他们的意见却很有分量。《西厢记》里的皇帝和《伪君子》里的王爷也分别获得了剧中人物的肯定。张珙称赞皇帝是德行超过了伏羲和轩辕,胜过了尧和舜,文治武功都符合儒家的仁义原则。使臣夸奖王爷最善于辨别是非,对于任何事情都看得非常准确,王爷怀念别人的好处更甚于记忆别人的坏处。在文本的意指结构里,皇帝和王爷可以说是释恩的义素。

《西厢记》和《伪君子》相似的语意轴以及义素的性质带来了最终共同的意指结局:老夫人和奥尔恭收回了原先的决定,同意了各自女儿的婚事;郑恒和达尔丢夫分别受到了惩罚。郑恒自尽身亡,达尔丢夫被抓到监狱里去。红娘和桃丽娜、皇帝和王爷的助人行为获得赞歌。莺莺和张珙、玛丽亚娜和瓦赖尔两对有情人终成眷属。

二、自由理念的张扬

从《西厢记》与《伪君子》的意指结构来看,王实甫和莫里哀强调了中法两国文学共同希冀的自由理念。自由是人类的一种生存意识,也是人类活动的首要条件。"自由意味着始终存在着一个人按其自己的决定和计划行事的可能性;此一状态与一人必须屈从于另一人的意志(他凭借专断决定可以强制他人以某种具体方式作为或不作为)的状态适成对照。经常用以描述这种自由状态的古老的说法,因而亦就是"独立于他人的专断意志"(independence of the arbitrary will of another)[6]4-5。《西厢记》和《伪君子》相似的意指结构表明了王实甫和莫里哀的自由观:在婚姻关系上注重两情相悦,在人际交往上追求平等共处。

1. 注重两情相悦

婚姻是家庭的基础,是社会生活的细胞。王实甫和莫里哀同时认为,婚姻关系必须在两情相悦的前提下建立。两情相悦是男女两性在精神领域里的纯粹的自由。莺莺和张珙、玛丽亚娜和瓦赖尔可以随时把异性对象的形象同自己头脑中早就存在的思想、观念、价值定向、观点加以对照。"这是一个对知觉进行思考的过程,是根据理性对这些知觉加以评价。每一方都或多或少地了解对方的外貌和品质在多大程度上符合他自己的观念和理想。""如果直观对象符合主体的欲念和心意,就必然产生一定的感情。"[7]114-115

这种感情即是爱情。《情爱论》说:"爱情的基础总是相互的好感、彼此中意。这适用于作为肉体和精神、遗传和文化的整体的任何一个人。"[7]52莺莺遇到张珙时,后者即唱出了心声:"颠不刺的见了万千,似这般可喜娘的庞儿罕曾见。则著着眼花缭乱口难言,魂灵儿飞在半天"[5]9。莺莺也是一边往回走一边往后看张珙。他们两在普救寺里一见钟情。郑恒欲娶莺莺为妻,只是他个人一厢情愿的想法。玛丽亚娜和瓦赖尔也是极端热烈地爱着对方。瓦赖尔说:"不管我们怎样努力去准备,我的最大的希望,说真的还是在你身上。"[4]42玛丽亚娜当着瓦赖尔的面表明心迹:"不过除了你瓦赖尔之外,我是任何人也不嫁的。"[4]42莺莺和张珙、玛丽亚娜和瓦赖尔——两组人物——经过感官知觉的逻辑处理,各有情意,都视对方为自己的理想对象。

两情相悦同时也是一种行为上的自由,是男女两性在婚姻生活中的作为或不作为的自由。"自由可以表述为一个人由所有条件的总和决定的内在能力,使他能作出决定,能在自己的思想和行动中在几种方案中进行选择:①借助于对事物的认识在必然的范围内;②不受他人意志的压力;③根据自己的信念,按照自己的动机。"[7]453因此,莺莺全然不顾老夫人平时的家规礼教,做出了抱枕私定终身的举动,"不恋豪杰,不羡骄奢,自愿地生则同衾,死则同穴"。这在封建卫道士看来,十足是忤逆的行为。玛丽亚娜更是清楚地告诉桃丽娜,如果父亲硬逼着她嫁给达尔丢夫,那么她就会去死。为了争取自己的幸福,玛丽亚娜求助于自己的女仆桃丽娜,"快告诉我们应该施展些什么巧妙的计谋"。在桃丽娜的指点下,达米斯和欧米尔都站在了玛丽亚娜一边。《伪君子》第四幕第五场里,欧米尔单独约见达尔丢夫,暴露了达尔丢夫的真实嘴脸。玛丽亚娜与瓦赖尔婚事上的障碍得以扫除。

王实甫和莫里哀提倡两情相悦的自由理念是对元代和17世纪法国婚恋观的明确反对,也是对父权文化的否定。有元一代,封建文化继续向前发展。始于宋代的理学至此成为正式的官学。它宣扬三纲二纪和五常之道。"父母之命,媒妁之言"是当时流行的婚恋模式。在法国,女子的地位自古罗马时代起很低,她们被要求在家从父,出嫁从夫。婚姻常常成为商业上的金钱交易。女子出于情感选择配偶的可能性受到限制。她们不得不压制自己心底的激情。王实甫和莫里哀以笔下的成功婚姻喊出了共同的心愿。

2. 追求平等共处

人总是生活在社会上。一个人周围的社会环境特别是人际环境构成了他对生活意义的全部体验。对人类交往问题的思考也成为对个人与他人、个人与社会相互关系的思考。历史上的交往学说曾经有"个人主义论"观点,它最早出现在古希腊晚期到古罗马时期。"个人主义论"在雅斯贝斯看来,不可能真正建立个人与他人、社会的统一性,结果不得不走向自身愿望的反面。王实甫和莫里哀分别以剧本的形式提出了他们对于人际交往的理解,即实现平等共处的自由理念。

在《西厢记》和《伪君子》里,王实甫和莫里哀赋予红娘和桃丽娜超乎身份的话语权。红娘和桃丽娜虽说都是奴仆,但是并没有被自己的角色所束缚。相反,她们时时勇敢地说出了自己的想法,为莺莺与张珙、玛丽亚娜与瓦赖尔的婚事的顺利确定立下了功劳。在《西厢记》的《拷红》一出戏里,老夫人本来是要拿红娘是问,指责她没看好莺莺。不料红娘大胆地挑明老夫人所犯下的过错,即言而无信。"信者,人之根本,'人而无信,不知其可也。大车无輗,小车无軏,其何以行之哉?'"[5]182老夫人被驳得只能称对,无奈同意了莺莺与张珙成亲。在《伪君子》的第一幕第一场里,尽管奥尔恭的母亲嫌弃桃丽娜"有点太爱说话"、"并且一点规矩也不懂",桃丽娜还是毫不客气地数落着达尔丢夫:"……不过为什么,尤其是这些日子,他简直不许任何人和我们来往了呢? 正正经经的朋友前来拜访,有什么得罪上天的地方,何至于大吵大闹,让我们大家都头痛呢? ……"[4]6王实甫和莫里哀都以赞赏的笔调刻划着红娘和桃丽娜,实现了平等共处的自由理念。

其实,王实甫和莫里哀追求平等共处的自由理念,与他们的生活年代有很大的关系。他们都生活在等级森严的讲究尊卑秩序的社会里。元代自建制以来,在国民级别上实行了"蒙古""色目""汉人""南人"四个分类;在舆论上降低知识分子的社会地位,文人学士们才能无所施展。17 世纪的法国,在政治上拥护封建君主专制制度,贵族阶级享有特权;在文学上青睐悲剧创作,喜剧不登大雅之堂。面对相近的时事状况,王实甫和莫里哀通过《西厢记》和《伪君子》共同发出了突破等级限制的个人意愿。他们以此表明,平等共处的自由理念是人类积极生存的前提条件。人类只有保持严格的人格平等而没有等级之分,才能相互提醒、相互纠正和相互追问,才能实现统一、真诚和信赖、创造和发展的交往过程。

总的说来,《西厢记》与《伪君子》蕴涵的自由理念是人类生命本体意义的呈现。它是人在领会着自身并展开自身的生命活动过程中加以关联的事物,驾驭着人类生存的方向,成为人类生存的理由与依据。

参考文献

[1] 陈惇,孙景尧,谢天振.比较文学[M].北京:高等教育出版社,1997.

[2] 尤瑟夫·库尔泰.叙述与话语符号学[M].怀宇,译.天津:天津社会科学院出版社,2001.

[3] 王梅.卑贱者的凯旋歌——从《伪君子》和《西厢记》看中外戏剧中的女仆形象[J].昭乌达蒙族师专学报,1989,(4).

[4] 莫里哀.伪君子[M].北京:人民文学出版社,1955.

[5] 王实甫.西厢记[M].北京:人民文学出版社,1995.

[6] 弗里德利希·冯·哈耶克.自由秩序原理[M].邓正来,译.北京:生活·读书·新知 三联书店,1997.

[7] 瓦西列夫.情爱论[M].赵永穆,等,译.北京:生活·读书·新知 三联书店,1997.

《时时刻刻》中的多维度空间

刘晓婷

摘　　要：美国当代作家迈克尔·坎宁安的《时时刻刻》描写了生活在不同时空的三个女人,她们有着各自的生活,却因弗吉尼亚·伍尔夫的意识流小说《达洛维夫人》巧妙地连接起来。根据列斐伏尔的空间理论,空间可分为具有客观性的物质空间,具有主体性的精神空间以及蕴含着无限可能的社会空间,分别生活在 20 世纪初期伦敦、20 世纪中期洛杉矶、20 世纪末纽约的三个女人的物质空间和社会空间截然不同,精神空间更是相差甚远。空间不仅是生产的结果,其自身同时具有生产性,三个女人的空间环环相扣,相辅相成。本文探讨了多维度空间在文学作品中多元化作用,生活在各种各样空间中的人们,却往往忽略了空间的存在,殊不知,空间时时刻刻都在影响着人们的生活,乃至身心。

关 键 词：空间理论;困惑空间;束缚空间;压抑空间;交叉空间
作者简介：刘晓婷,中国矿业大学外国语言文化学院在读研二学生。

美国当代作家迈克尔·坎宁安的《时时刻刻》描写了三个生活在不同时空的女人,三个女人过着原本看似毫无关系的生活,却因为弗吉尼亚·伍尔夫的意识流小说《达洛维夫人》一书巧妙地连接起来。三个女人的一天,钩织成一部关于人的失落、绝望、恐惧、憧憬和爱情的作品。坎宁安将三个时代并置与同一时间维度,探讨三个女人不同的人生。然而,又因不同的时代、不同的生活经历以及不同的性格等主客观因素,每一个女人的空间又各具特色。笔者将根据列斐伏尔的空间理论思想,依次分析三个女人的不同空间以及交叉空间,展示空间在文学作品中多元化的作用。

一、"达洛维夫人"的困惑空间

通读整部作品,"达洛维夫人"空间的困惑特点非常明显,无论是在亲情空间,爱情空间还是在社会空间,困惑都贯穿了"达洛维夫人"的生活,笔者将在亲情空间、爱情空间以及社会空间中详细论述她的困惑。

1. 亲情空间无力的困惑

19 岁的朱莉娅是"达洛维夫人"的女儿,她希望自己的女儿温柔美丽动人,做一个标准的淑女,可是事与愿违,朱莉娅男性化十足,她的品味以及穿衣打扮和她母亲所期盼的完全不同。"达洛维夫人"多次看见橱窗里面漂亮的黑色蕾丝小礼服,她想象着自己的女儿穿上它之后会是多么光鲜亮丽,风情万种,但是她知道得很清楚,朱莉娅是永远不会穿上这条裙子的。朱莉娅喜欢穿着再简单不过的背心以及一条松松垮垮的牛仔裤,如假小子一般,蹦蹦跳跳。"达洛维夫人"不明白女儿为什么会变成这样,是因为缺少父爱吗?然而她无法与女儿沟通,每一次对话都以一团糟为结果,她最终只能自己苦苦寻思原因。在朱莉娅18岁的生日上,她送给女儿一枚戒指,然而朱莉娅唯独不戴那一枚戒指,自始至终,"达洛维夫人"都在思索原因,为什么女儿不戴那一枚戒指,女儿是否知道那枚戒指的价格很昂贵。但是在这些领域,她是无力的,她困惑着却不能够改变格局,她每一次想展开谈话,都以失败告终,对于女儿,"达洛维夫人"充满没有答案的困惑。

　　"达洛维夫人"是一名同性恋,她和萨莉已经维持了18年的恋情,可是这并不代表她希望自己的女儿也是一名同性恋,她希望朱莉娅结婚生子,而她则成为慈祥的外婆。可是她只能再次困惑,因为朱莉娅和一个四十多岁的老女人玛丽是同性恋关系。她和玛丽都对朱莉娅有着强烈的欲望,她是亲情的占有欲,而玛丽则是身体上的强烈欲望。"达洛维夫人"想改变这一状况,可是根本无从下手,因为她自己就是一名同性恋者,而且眼下正与萨莉同居。朱莉娅在如此美丽的年龄却成了同性恋者,她无法知道原因,又无法改变现状。可见在亲情空间中,她剩下的只有困惑,无力的困惑,祈求哪一天,玛丽离开朱莉娅,而朱莉娅成为她心目中的女儿。

　　2. 爱情空间美丽的困惑

　　虽然当了18年的同性恋,"达洛维夫人"仍然无法忘记她18岁那年和理查德在一起的那个夏天。那年夏天,她与19岁的理查德是恋人关系;那年夏天,他们的生活充满了爱情。如今四十多岁的她仍然时不时地回忆起她与理查德在黄昏下枯草地上的吻,在"达洛维夫人"心中,那段回忆是最美好的,是无法取代的,哪怕时隔几十年,每当回忆起来时,她都自然地会心一笑。

　　对于那段爱情,"达洛维夫人"不仅仅是回忆,她时常扪心自问,如果当时没有分开,如今的他们是否会成为令人钦佩的一对伉俪?如果不存在路易斯,他们会不会相爱如旧?如果真的在一起,现如今的他们会是怎样?她的心中充满了这样或那样的问题,可是她并不抵触这一切。即使分手几十年,她心中仍然放不下理查德,就如同理查德是她的空间中的必然组成物。基本上每天她都要去看望身患癌症的理查德,虽然他的公寓破破烂烂,甚至肮脏。她对理查德始终无法释怀,即使现如今她和萨莉拥有不错的生活,她总是在思考,如果,他们之间到底有没有如果。爱情空间的那种想象是美丽的,是令人向往的,虽然对于这种关系她很困惑,她也不会选择与萨莉分手,可是她不愿意选择遗忘与理查德曾经的一切,因为那永远是她最美丽的回忆,值得珍藏一辈子的回忆。

　　3. 社会空间盲目的困惑

　　"达洛维夫人"的社会生活中充满了困惑,为理查德举办庆祝晚会的路上,她遇见不同的人,可是应该以何种方式打招呼却让她不知所措。遇见靠写俊美男同性恋小说而发财的沃尔特时,她心中油然升起一段厌恶之情,她笨拙地避开与其亲嘴,可是事后她又开始后悔,不知沃尔特是否察觉自己的厌恶之情;遇见花店老板芭芭拉时,她很开心,可是她们只是亲吻了额头,而她又开始担心,这样打招呼是否显得生疏;遇见理查德时,考虑到他的身体状况,她忽视了他眼底的失望,只是亲吻了脸颊,可是同时她又害怕敏感的理查德多想。简单一件事情,被"达洛维夫人"复杂化,她没有理由地反反复复,思前想后,在社会空间中,她的困惑是盲目的,令人不解的。

她的困惑不仅源自与打招呼方式,同时一件鸡毛蒜皮的小事她也会思考很久。奥利弗,一个没落的影星只邀请了萨莉共进午餐,却没有请她。对于"达洛维夫人"来说,这件事是无法忍受的,整个下午她都在思索奥利弗不请她吃午饭的原因。他讨厌她?他觉得她无聊?他忘记了她?种种问题萦绕在她的心头,可是她不会有答案,也许她也不需要答案吧,她只需要时间让她来淡忘。在社会空间中,"达洛维夫人"经常因为一件小事就生气许久,可是一般她不会哭泣,她只是生气,困惑。与多愁善感的路易斯相比,她是坚强的,也许她曾寻思这是理查德选择路易斯的原因吧。她的各种困惑源自琐碎的小事,而且异常地盲目,大多数情况下是多此一举的。

二、伍尔夫夫人的束缚空间

无论是在物质空间还是在精神空间,伍尔夫夫人的生活充满了束缚,这也最终导致了她自杀的结局。笔者将主要分析她物质空间强制性的束缚以及精神空间摧毁性的束缚,以便解析她的束缚空间。

1. 物质空间强制性的束缚

伍尔夫夫人的身体状况一直欠佳,为了让她更好地康复,她的丈夫伦纳德搬家到伦敦的郊区——里满士,谁知,这一切成为她束缚的来源。

第一个束缚来源是她的丈夫——伦纳德。出于深深的爱,伦纳德搬家到了郊区,希望那里清新的空气、安静的生活能对她的疾病有所帮助。可是伍尔夫夫人的内心却被忽视了,她对危险的东西有着强烈的向往,这也是她活着的驱动力,郊区的一切只能扼杀她的灵魂。伦纳德每天规定伍尔夫夫人要吃什么,如果她拒绝,就只能强迫她吃了,每天都会不厌其烦地问她睡得怎么样。伍尔夫夫人提出要回伦敦,她觉得伦敦是一片没有束缚的天空,却被伦纳德坚决否定,有一次她甚至买了去伦敦的火车票,最终只能闷闷不乐地跟随伦纳德回家。理所当然,伦纳德很爱伍尔夫夫人,可是无形中他的爱对伍尔夫夫人形成了很大的压力和束缚。她不可以做自己想做的事情,过自己向往的生活。

第二个束缚来源是她的姐姐——瓦妮莎。瓦妮莎是一个幸福而且成功的女人,她有三个漂亮的孩子,而且她有着健康的体魄,只要她愿意她可以乘坐卡车,带着自己的孩子周游世界。可是这些对伍尔夫夫人来说都太过奢侈。她没有子女,她也没有健康的身体,所以她失去了过自己想要的生活的权利。小说开篇描写了伍尔夫夫人的自杀,画面最后定格在一个母亲和孩子、一辆坐满士兵的卡车。而这些都是伍尔夫夫人的束缚来源,这时时刻刻在暗示她生活中的缺陷与不足。

第三个束缚来源是她的仆人——内利。伍尔夫夫人将内利形容成亚马逊女战士,她不知道该怎么样和内利交谈,既能不失主人的尊严又很亲切。可是伍尔夫夫人就是办不到,每一次与内利的谈话在她看来就是一场战争。有时候,她甚至躲避内利,害怕她打断自己写作的思绪。在仆人面前,伍尔夫夫人失去了主人的身份,甚至让仆人成为她束缚的来源,不禁为她感到可悲。

在物质空间中的这三大束缚,深深地影响了伍尔夫夫人的生活,而且这些束缚是强制性的,容不得伍尔夫夫人的半点反抗,她时刻与这些束缚搏斗,只是最终惨败的是她自己。

2. 精神空间摧毁性的束缚

伍尔夫夫人一直深受病魔的折磨,那种强烈的头痛有时甚至会要了她的命。每一次头痛发作的时候,她都恨不得结束自己的生命。如果那种疼痛仅仅是头痛,那么显然低估了那种强烈的痛。疼痛渗透了她的身体,疼痛像病毒一样寄居在她的体内,时刻都会向她袭来。有时疼痛一两天就结束了,有时却迟迟不走,直到她倒下。异常痛苦的病魔是伍尔夫夫人看上去比她的姐姐都要苍老,她不敢照镜子,害怕镜子中憔悴的自己。病魔一小时一小时的折磨着她,当最后病魔逝去时,她已经筋疲力竭,体无完肤,不过她的想象又一次饱满,她又可以写作了。

病魔虽然是异常恐怖的,可是伍尔夫夫人又觉得它不可或缺,不然她的想象会凝固,她的思绪会枯竭。可是要承受的痛苦实在是太大了,每一次疼痛来袭,她都感觉自己看见了一缕缕奇异的光,听见一阵阵奇怪的声音,她几乎不能做任何事情,她被病魔完全地束缚住了。为了早日回到伦敦市区,她强忍着痛苦,为的是不让伦纳德担心。可是最后病魔还是无情地再次向她发起攻击,而且这一次她感觉自己无法战胜病魔,另外,她迷失了自己活着的意义,再次让伦纳德担心受怕吗?还是永远活在里满士?这不是她想要的生活,她不愿意被束缚在这里,最终她选择了自杀,对她而言,自杀也是一种自由。

病魔摧毁了伍尔夫夫人原本可以幸福的生活,病魔让她只能活在种种束缚中,她幻想着胜利的一天,可是现实永远是残酷的,在重重束缚下,她甚至不能呼吸,也许,自杀对伍尔夫夫人来说也是一种解脱吧!

三、布朗太太的压抑空间

布朗太太生性忧愁,她厌倦种种平凡的生活,同时她也是一个极其容易发怒的女人。笔者将主要从她家庭空间责任的压抑以及心理空间忧愁的压抑来解析她充满压抑的生活。

1. 家庭空间责任的压抑

在布朗太太的家庭生活中,她的压抑主要来源于丈夫以及儿子。她的丈夫从死者国度回来,曾经参加过二战,经历过战争的人对生命都会格外珍惜,同时也会积极地去繁衍后代。现在怀着第二个孩子的布朗太太内心并不想要这个孩子,因为她讨厌责任给她带来的压抑。她本想在床上多看会儿书,可是迫于她丈夫的生日,她极其不情愿地下楼。看见丈夫和儿子的那一刹那,她有种重新回到床上看书的冲动,可是她克制住自己的怒火,来到丈夫和儿子中间。她并不喜欢做蛋糕,可是迫于这个场合,她强迫自己为丈夫做蛋糕。这个蛋糕就代表了生活中的责任,作为一个妻子必须承担起的责任,除了生儿育女,她还要照顾自己的丈夫。可是在她看来,这一切无聊的事情都占用了她看书的时间,她宁愿永远看书,也不要去承担起那些责任。

布朗太太的儿子理查德是一个异常敏感的小孩,有时候甚至一个眼神都能令他哭泣。他时时刻刻都在观察她的母亲,而且对他的母亲有着深深的迷恋。可是这样的一个儿子,对于布朗太太而言，就是一个赤裸裸的责任。丈夫上班后，她必须负责照顾孩子，她不能做自己最想做的事情——看书。过分感性的儿子让布朗太太觉得很累，她需要考虑的东西太多了，一不小心，理查德就会泪流满面。和儿子在一起，她总感觉被监视着，失去了所有的自由。

生活在丈夫和儿子之间，布朗太太被迫承担起妻子和母亲的责任。她一刻也无法抛弃这两个身份，她只能活在这两个身份中，除非她选择逃离。最终，她真的选择了离家出走，离开生活中的责任，因为她受够了生活中的琐碎，她被生活折磨着，然而同时她自己又是一个恶魔。

2. 精神空间忧愁的压抑

布朗太太是一个多愁善感的女人，她的忧愁无意间流露在她的日常生活中，她为丈夫做了两次蛋糕，颜色都是蓝色的，做蛋糕的碗也是蓝色的，就连她车里放杂物的篮子都是蓝色的。她无时无刻不在忧愁，因为这极度的忧愁，她迷恋上了自杀。在她看来，死亡可以给人以慰藉和自由。死后，她就不需要承担各种责任了；死后，她可以随意地看自己喜欢的书籍；死后……她深深迷恋着死亡，可是最终她没有选择死亡，在她看来死亡和登记旅馆一样简单。她庆幸自己可以选择，而伍尔夫夫人不可以。

她不仅是一个忧愁的女人，同时她也是一个易怒的女人。她的生活充满了烦恼，因为丈夫在吹生日蛋糕的时候，不小心把吐沫星弄到蛋糕上而生气，她觉得自己的丈夫是愚蠢的。同时她也因为自己那么敏感的儿子而生气，她自己琢磨着为什么理查德那么容易哭泣，他不知道自己是个男孩子吗？这些问题都压抑着她，让她无法再与丈夫和儿子多生活一天，最终她选择离家出走，离开自己压抑的源泉，前往加拿大，成为多伦多一名普通的图书馆管理员。

可见，在家庭空间中，布朗太太深受责任的压抑；而在精神空间，她又受自己忧愁性格的压抑，最终她只能选择逃离生活，逃离一切！

四、三个空间的交叉空间

虽然说每个女人都各自生活在自己的生活中，表面上没有任何交集，可是作者通过一些微妙的联系将她们串联起来，笔者将主要分析她们之间的交叉空间，而她们的串联点就是《达洛维夫人》和黄玫瑰。

1.《达洛维夫人》的影响空间

伍尔夫夫人是《达洛维夫人》的作者，她创造了一个独特的空间。她根据自己的实际生活，在达洛维夫人的生活中寄予自己的希望和梦想。她膝下没有子女，同时她自己不知道如何同仆人打交道，因此她创造了一个可以既有尊严又不失亲和仆人打交道的达洛维夫人，另外，她还有一个美丽的女儿。伍尔夫夫人将自己想要的生活或者自己丝丝缕缕的愿望糅杂进达洛维夫人的生活中，创造了一个独一无二的空间。

布朗太太作为《达洛维夫人》的读者，可谓是深受其影响。和达洛维夫人一样，她和一个女人有过一个不一样的吻，这个吻也许她会铭记一生。另外，她迷恋着自杀，她想象着自杀后的一切，觉得只有死亡才可以给人慰藉和自由。最终离家出走的布朗太太对理查德、她的儿子的一生都有着不可磨灭的影响，理查德和她母亲一样，充满忧愁，最终选择自杀。而理查德的死又间接影响到"达洛维夫人"的生活,后者决定开始新的生活,不再停留在过去。《达洛维夫人》的影响空间如同一条链锁,一环紧扣一环,相互影响着。

"达洛维夫人"在故事的开头准备为一个晚会买花,隐隐约约中她似乎真的成了达洛维夫人,她在这个虚拟空间里生活了几十年,一直到理查德的死,这个空间才崩塌。如同《达洛维夫人》一书中一样,"达洛维夫人"有一个女儿,她最终没有死去,而另外一个具有抵挡世界上一切诱惑的人会死去,即理查德。理查德的死,结束了"达洛维夫人"这个外号的生命,她开始了自己的新生活,标志着虚拟空间的完结。

2. 黄玫瑰的象征空间

在伍尔夫夫人的生活空间中,黄玫瑰以画眉尸床的装饰物出现。孩子们对埋葬画眉的兴趣很快就消失了,而伍尔夫夫人却对装饰着黄玫瑰的尸床产生了浓厚的兴趣。她觉得那是多么美妙,她甚至渴望自己也可以躺在这样美丽的尸床上。深受病魔折磨的伍尔夫夫人也许早就想到了死亡。在她眼里,美丽的黄玫瑰是她对死亡的向往。在生活中各种束缚的控制下,她对生活没有信心了,也不想再被病魔折磨,死亡对她来说才是最高尚的,而这里的黄玫瑰就成为死亡的化身。

布朗太太两次为丈夫做蛋糕,都选择了用黄玫瑰来装饰。她厌倦平淡无奇的生活,她渴望过着无拘无束的自由生活,她不要被各种责任压抑得不能呼吸。第一次做的蛋糕被称为"可爱",这激怒了布朗太太,她不能胜任生活中琐碎的责任,她将第一个蛋糕扔进垃圾桶,开始做第二个。这个蛋糕生动地体现了她的压抑,蓝色的蛋糕看出她本身的忧愁,而黄玫瑰则代表了她无法逃避的责任。

"达洛维夫人"为理查德举办晚会时买了很多漂亮的黄玫瑰,同时萨莉也为"达洛维夫人"买了一束黄玫瑰作为礼物,在她的空间中,黄玫瑰代表着激情与欲望。特别是理查德死后,"达洛维夫人"决定开始全新的生活,将过往统统关在门外。

五、总结

《时时刻刻》中的三个女人生活在各自的生活中,品尝着各自的痛苦,"达洛维夫人"生活在困惑中,伍尔夫夫人生活在束缚中,布朗太太生活在压抑中,然而看似毫无关系的三个人,却因为《达洛维夫人》一书以及黄玫瑰巧妙地联系起来。空间在这部小说中表现得尤为明显,空间辅助作品情节的展开,同时又将不同的空间联系起来,且相互影响、渗透。

人类倾向于忽略赖以生存的空间,却更多地重视时间,殊不知,空间和时间同样重要,都是生活中不可或缺的一部分。人类生活的方方面面时时刻刻受空间的影响,而空间时时刻刻都在建构。《时时刻刻》中三个女人貌似毫无关系的空间,却在互相影响和渗透。通过空间理论的分析,三个女人的空间特色愈来愈明显,而空间在作品中的作用也愈来愈清晰,空间在促进故事情节发展的同时,也促进了小说主题的升华。

参考文献

[1] 迈克尔·坎宁安.时时刻刻[M].王家湘,译.北京:人民文学出版社,2012.

[2] 王丽莉.解读迈克尔·坎宁安的《时时刻刻》[J].外国文学研究,2004(12).

[3] 张玮艳.小说《时时刻刻》的空间文化解读[J].河南大学学报,2012(4).

[4] 徐雯雯,张武.《时时刻刻》的互文性解读[J].哈尔滨学院学报,2012(5).

[5] 刘东生.从空间角度解读迈克尔·坎宁安的《时时刻刻》[J].西安外国语大学学报,2012(6).

[6] 王丽莎.从空间角度看《时时刻刻》中女性人物的异化[J].作家,2013(11).

[7] 刘钰.时空交错,生命彷徨——小说《时时刻刻》叙事策略分析[J].江西广播大学学报,2012(9).

[8] 孙丹萍.在个人空间内寻找女性主体意识[J].广东外语外贸大学学报,2007(4).

鲍里斯·维昂:反叛与颠覆

李万文

摘　　要：鲍里斯·维昂(Boris Vian, 1920—1959)被称为 20 世纪法国文学史上的奇才。他的作品中对社会的反叛和颠覆是多方面的：他对盛极一时的精神分析法和存在主义哲学予以严厉的质疑，对西方神圣的宗教给以辛辣的讽刺，对国家最高权力象征的总统以及维护社会稳定的警察进行无情的鞭挞，对现实社会中的各种规范标准加以彻底的颠覆。探讨维昂作品中的反叛和颠覆精神，有助于我们更加全面地了解和把握二战后的法国文学。

关 键 词：维昂；权威；反叛；颠覆

作者简介：李万文，文学博士，南京航空航天大学外国语学院副教授，研究方向为法国文学。

一、对精神分析法和存在主义的质疑

一战以后，西方世界的价值体系日益崩溃，精神病患者日益增多，许多精神病医生从心理学角度深入探究病因和治疗方法。奥地利精神病医生、心理学家弗洛伊德创立的精神分析学说打开了潜意识的大门，为后来者拓展出挣脱理性禁锢的新天地。这一学说的问世，不仅在心理学界激起强烈反响，而且对其他人文学科也产生了巨大的影响。面对如火如荼的精神分析热潮，维昂则表现出了极大的质疑。他的最后两部小说《红草》(*L'Herbe rouge*, 1950)和《揪心》(*L'Arrache-coeur*, 1953)的共同点，便是对精神分析学进行系统地贬低，对其毫无实质的效果给予无情地嘲讽和尖锐批评。当然，他所讥讽的不是这门学科，而是人们把它当作某种教义那样崇拜的心理。

表面上看，小说《红草》似乎是叙述沃尔夫试图抹掉记忆的故事。事实上，那个所谓的"机器"是用来让使用者重现记忆，并随之将其彻底毁灭。尽管《红草》具有一定的科幻小说的痕迹，但是仔细阅读，就会不由自主地将它与精神分析法进行对照比较。当沃尔夫梦中来到另外一个世界的时候，他遇到了一个叫佩尔勒的老人，扮演的角色正是一个心理医生。他给沃尔夫推荐了一个分成六个部分的计划，这个计划与精神分析法治疗有许多相似之处。然而计划毫无疗效，因为沃尔夫无法完成。在进入第五部分时，他遇到了一个在沙滩上的公职人员。这个人不停地纠缠着沃尔夫，要求他支付荒唐的"洗浴税"。愤怒之下，沃尔夫用沙子将他杀死了。杀人之后，沃尔夫自己也消失得无影无踪。死亡终结了他的心理历程，因为他在这里找到了一个方程式:完美＝死亡。"死了就好了,那就完整了。那样就没有记忆了,也就结束了。人不死是不会完整的。"(Vian IV 140)沃尔夫杀人后发出如此感叹。他之所以想洗去记忆,那是因为他想重新开始,而精神分析法却引导他走向死亡。可见,精神分析法不仅不能解决无意识的混乱,而且它还预示着死亡。沃尔夫经历了巨大的痛苦,也没能达到那个"计划"的终点。最后,"什么都没有留下。似乎一切都是空空如也。"(143)小说就在这段描述中结束了。这也许是维昂为另一部小说《揪心》埋下了伏笔,因为《揪心》的始点就是一个字"空"。

《揪心》这部小说的开篇描述的是孩子的出生,寓意从头开始。作品中的男主角雅克莫是一个心理医生,他以一个"空"的符号出现,意图将自己填满。他说:"我随身带着一个证明:心理医生,空,需填满。"(295)整部小说中,他都想进行一次完整的精神分析,以便将自己"填满",而他自始至终都没能做到这一点,最后只得在一只猫,而且是一只阉割过的猫身上完成了一次所谓的完整的精神分析。由于找不到合适的精神分析对象,他希望安杰勒给他推荐几个。"太多了,"安杰勒说,"那个女仆,你想要,随时都可以。村里人应该也不会拒绝。这些人虽说有些粗俗,但很有趣,而且很富有。"(293)这一回答寓意深刻:首先,精神分析法真是令人可怜,村子里那么多人,而雅克莫却找不到一个可以分析的对象;第二,精神分析法大概也只能忽悠那些没有文化的仆人,任其胡来;最后,精神分析法还是一个有利可图的行当,"很富有"这个词语说得再明白不过了。

《揪心》从"零"出发,意图"填满",其实是一部描述"空"的小说;而《红草》却恰恰相反,它从"满"开始,意图"排除",是一部精神发泄的小说。无论是沃尔夫,还是雅克莫,他们最终都没能解决自己的问题。这足以证明精神分析法的无效。拉庞认为:"这两本小说可以被当作是反对精神分析法的宣言,因为在小说中精神分析法根本就无力改善人的精神状态。"(Lapprand 60)由此可见,这两部小说不仅意味着精神上的孤独,也象征着精神分析法的失败。

二战之后,欧洲满目疮痍,战争的浩劫所造成的后果尚未消失,原子弹和冷战又在人们的心里投射了新的阴影,道德标准、价值标准受到动摇,理想破灭。法国哲学家、作家萨特的论著和作品所宣传的世界是荒诞的,人生是没有意义的思想,正好迎合了人们对现实生活怀疑悲观的认识和他们苦闷消极的情绪。读过小说《岁月的泡沫》(*L'Ecume des jours*,1946)的人都知道,维昂在书中对萨特及其存在主义进行了无情的讽刺,其中最典型的当属那场著名的报告会以及阿丽丝用"摘心器"杀死保特(影射萨特)的场景。

为了聆听这位著名作家的演讲,人们要尽各种手段以求混进会场:有乘灵车来的,有从飞机上跳伞下来的,还有从下水道进入,甚至有人从天花板上跳下来……这些盲目崇拜者的言行举止简直是荒谬绝伦。保特俨然成了一个明星,受到了疯狂崇拜。可是,这么一个偶像却被维昂描绘得异常冷酷无情。当保特在演讲时,天棚倾塌。不幸发生了,不知有多少人窒息、倒下。而面对眼前的混乱、血腥和死亡的场面,保特的反应竟是得意忘形,"看到那么多人被卷进这场意外事件他很高兴,拍着大腿开心地笑了。"[1](维昂 92)

阿丽丝为了挽救希克,特地来到保特经常写作的小酒店与他商量,希望他能推迟出版他的那本《恶心大全》。从下面的对话中,可以看出作者如何挪揄和嘲讽存在主义的自由选择。

阿丽丝向保特解释说:"希克把他的钱全用来购买您写的东西,他已经没钱了。"

保特说:"那是他的权利,他做出了他的选择。"

阿丽丝说,"我也做出了选择,我要杀死您,既然您不愿推迟出版。"

"您是要使我丧失存在的手段,我要是死了,您让我怎么领取稿酬呢?"(194)

我们知道,萨特的存在主义哲学的核心主要是"存在先于本质"、"自由选择"以及世界是荒诞的思想。维昂试图通过阿丽丝与保特之间的对话,进一步阐述存在主义同样也是荒诞的,它并不能解决二战之后出现的各种社会问题。

读者也许会认为,维昂对萨特的不满源自他们之间的恩怨情仇。应该指出的是,实际情况并非如此。在写作这部小说时,维昂还是萨特等人创办的《现代》(*Les Temps Modernes*)杂志的专栏作者,他对萨特很推崇,甚至将他视为"父亲"。萨特也十分赏识维昂的才华,还力荐《岁月的泡沫》参加"七星书屋奖"的评选。维昂真正要讽刺和反对的不是萨特这个人,而是他所代表的权威,以及世人对权威盲目崇拜的现象,萨特只是一个化身而已。至于他的妻子米歇尔成为萨特的情人,让他们的关系变得紧张,那是后话。

二、对权力机构和宗教的嘲讽与批判

维昂在作品中经常对国家权力机构加以批判,他的反战诗歌《逃兵》(*Le Déserteur*,1954)至今仍很有影响。诗歌中连续出现了四个拒绝,"拒绝服从命令,拒绝服役当兵,拒绝奔赴战场,拒绝出征效命!"最后,那个准备当逃兵的人甚至还奉劝总统:"如果需要流血,您应该先行,是您发动战争,可敬的总统先生!"[2]作者对国家最高权力的蔑视与愤怒表现得淋漓尽致。

警察通常代表国家的司法形象,它的职责是维护社会秩序,制止和惩治违法行为。然而在维昂的笔下,警察往往是愚蠢的,甚至危害百姓的生命安全。在《岁月的泡沫》中,因为希克没有按时纳税,在警长的带领下,一帮警察来到他家。出发前,警长交代说这是一项"特别任务"。书记员在警长的口授下,记录下了这项"特别任务":"对希克先生预先扣押以征收税款。偷偷地痛打一顿,严加惩处。全部或部分扣押,外加擅闯民宅。"(维昂 191)这段公文的文字显然是矛盾百出,一份多么滑稽的文书。警察全副武装,警长更是夸张,他不仅带上了手枪,而且还腰悬一颗镀金手榴弹。希克被这种阵势吓坏了,连忙告之他会完税的。警长说,"你以后会完税的。不过我们首先得让你尝尝走私烟草的厉害。"(维昂 199)警察到底是来追缴税收,还是查办烟草走私,简直把人弄糊涂了。希克无法忍受警察粗暴地翻动他收藏的书籍,与他们发生争执。警长便发出开火的命令,希克就这样被枪杀了,简直是草菅人命。警察执法时的荒唐行为跃然纸上,而这正表现了维昂对执法机关的辛辣讽刺。

维昂反对教会是众所周知的,西方神圣的宗教一直是他笔下讥讽的对象。他以犀利的文字对宗教提出了质疑和批判,对神职人员进行了无情的嘲讽。不过,这种态度在二战后并无奇特之处,只是他总是以一种与众不同的方式表现出来。那就是从来都没有直接的批判,而字里行间无不流出对宗教的嘲讽与调侃。

维昂在法国广播电台主持过一个节目,节目中曾出现了这么一段话。地点在梵蒂冈。"先生们,昨天晚上,教皇的太太反抗了,她提出了离婚。不过,她必须获得罗马教皇的许可,先生们,有可能她永远都不会得到许可。"(Duchateau 147)教皇竟然有太太,而且还提出离婚,离婚又必须得到教皇的许可。这真是滑天下之大稽。

在他写的剧本《肢解众人》(*L'Equarrissage pour tous*，1950)的补充部分《贱业》(*Le Dernier des métiers*，1962)中,宗教活动被描绘成夜总会的表演,上帝、耶稣、修道院院长、本堂神甫,以及那些教士一个个都粉墨登场。维昂从不对宗教进行严厉的挑衅,他反对宗教的主要方法,是将神圣的宗教拉下神坛,破除宗教的权威和神秘,将宗教平民化。这样,他就既能够对宗教进行大量的愚弄和嘲笑,又可以避免受到处罚。在《红草》中,当神甫拿出一张上帝的照片给沃尔夫看的时候,沃尔夫很是吃惊。因为他发现这人竟然是从前的一个同伴,"这是我的伙伴戛纳赫。在学校演戏的时候,总是他扮演上帝。""正是,"神甫说道,"戛纳赫,谁会相信呢? 那时,他可是一个既懒又笨的学生啊! 戛纳赫。上帝。谁信呢?"(Vian IV 96)将一个既懒又笨的学生变成上帝,对一个教徒来说,似乎有些亵渎神明。不过,对一个不信神的人来讲,只是将上帝视作一个普通的凡人而已。将神职人员世俗化,一直是维昂作品里反复出现的主题。

在《岁月的泡沫》中,维昂利用谐音创造出一系列新词来贬斥教会,如将宗教仪式上的执事改成"执食",讽刺其因中饱私囊而大腹便便;教堂的"圣器室"加上贬义的后缀成了杂物堆放间;大主教变成了"鸦教"等等。最具讽刺意味的是高兰和克洛埃的婚礼和葬礼上所发生的事情:高兰结婚时很富有,支付了一大笔钱,婚礼非常隆重。宗教人士衣着漂亮,载歌载舞,因为这样的婚礼让教会赚得盆满钵满。可是,到了克洛埃病逝时,高兰已经穷困潦倒。为了安葬克洛埃,高兰去找教士。教士声称,没钱只能办一场"蹩脚的葬礼"。正因为高兰没钱,就连挂在墙上、钉在十字架上的耶稣都快快不快。在这里,教会唯一关心的是钱,根本没有他们所鼓吹的教义和人道。

在《揪心》小说中,用一连串表示物质财富的词语符号来比喻上帝,给人留下了深刻的印象。"上帝,那是金线绣的锦缎垫子;是镶嵌在太阳里的钻石;是爱情中精雕细琢的珍贵艺术图案;是丝绸长袍、绣花袜子、项链、戒指……上帝,那是克拉的快感,是盛大的白金色秘密仪式。"(Vian IV 395-396)已经找不到其他的词汇来形容上帝了,只能借用小说中神甫的一句话,那就是"上帝是豪华的象征"。维昂还创作了一首诗歌,名叫《用简单而错误的方法对上帝进行数字计算》。他将法语中"上帝"(Dieu)与数字"二"(Deux)进行拆分来奚落宗教。最终通过演算得出的结果:"上帝等于数字1减1,也就是等于零。"(Vian XIV 408)作者通过数字二与上帝在字母上的相似,经过一系列眼花缭乱而又荒诞不经的演绎推理,最终得出的结果是上帝等于零。由此可以清晰地判断他的宗教态度。

在他看来,宗教只是人类自我创造的枷锁,上帝根本无法给人以拯救或祝福,沦入痛苦的人们只能继续痛苦。《岁月的泡沫》中神职人员在婚礼和葬礼中的丑恶嘴脸;《揪心》里的神甫组织的"奢华表演";《本堂神甫之卵》中讨论教士的传宗接代问题的描述等等,这些无不表明作者对宗教的批判。这种幽默式的讽刺或许比正面的攻击来得含蓄,但更有深度和力度,且耐人寻味。

三、对社会规范的颠覆

20世纪二三十年代,无论是达达主义,还是超现实主义都对传统文化以及一切社会规范予以了猛烈的抨击。维昂也反对传统文化,不过是以他的独特方式:他从来不正面攻击,而是从侧面加以嘲讽和批驳。

凡是读过维昂作品的人,通常都有这样的感觉:那就是小说中的人物都厌恶工作。从中央理工毕业后,维昂从事的第一份工作是在法国标准化协会担任工程师的工作。在小说《脑包虫和浮游生物》中,他这样描述协会的工作:"那些人坐在柔软的扶手椅上,领着丰厚的薪水,整天无所事事,想象着 2000 年的巴黎……"(Arnaud 70)为了讽刺挖苦标准化协会的工作,他还编写了一套辱骂标准并声称:"本标准旨在确立各种辱骂等级,任何一个法国人在愤怒之时皆可使用。"(Duchateau 49)从此之后,大凡涉及所谓规则、规范之类的社会准则,维昂皆对它们嗤之以鼻,并加以无情的嘲讽。

在《岁月的泡沫》中,高兰在蜜月途中路过一片矿场。那些矿工怀着敌意的目光看着他们,这让克洛埃很是不解,便问高兰:"他们为什么那样蔑视人? 干活不是很好吗?"高兰说:"人家对他们说干活好,一般大家也觉得这么做挺好。可实际上,谁都不这么想。之所以说干活好是因为大家习惯了这种说法,而且恰恰是为了不去考虑这个问题才这么说。"(维昂79)高兰的回答表面上似乎平平淡淡,而实际上却饱含着深刻的哲理:别人说好你就去做,还是要思考为什么人家会这么说。高兰进而说明错不在他们,那是因为有人对他们说:"劳动是神圣的,劳动好,劳动高尚,劳动比什么都重要,而且唯有劳动者有权得到一切。"(80)然而我们知道,在现实中真正享受劳动成果的并不是那些普通劳动者,而是那些唱着高调的人。在这部小说中,最为恐怖的劳动场面要数希克工作的车间。每个人奋力挣扎是为了避免被机器吞噬,而那些因稍有不慎,或是因机器故障而造成的肢体被切断的场景更是触目惊心。相信谁都不会喜欢这样的工作。

在《北京的秋天》里,安内被视作是一个粗俗、自私的人物,不过,我们也会发现他身上的抗争精神。他将办公室视作是僵化的棺木,将官僚主义者看作是活死人。他认为应该将他们消灭掉,以便净化这个世界。"他的这种观点与作者维昂非常相似,它强烈地谴责了一成不变和令人窒息的社会结构、现代资本主义僵化的社会、封闭的政治、墨守成规的教育、机械的思想。"(Pestureau 39)显然,安内成了维昂的代言人:"办公室数不胜数,办公室里的人也是不计其数。他们从早就开始感到厌烦,晚上也是如此。他们中午会吃些大锅里不像样的东西,下午会在纸上打打孔,写些私人信件,或是给朋友打打电话,以此来消化食物。"(Vian III 229)维昂猛烈地抨击了社会体制中最根本的罪恶,"这种罪恶并不仅仅是存在于人剥削人所获得的利润中,而是产生于这种剥削的封建关系之中。"(Bens 46)

他对社会秩序的颠覆也涉及家庭关系:《岁月的泡沫》中六个年轻人好像孤儿一样生活在这个世界上。高兰虽然家境殷实,但是小说从未交代他的双亲。克洛埃也是如此,即使在他们的婚礼上也未出现家人的身影。希克只有一个经常接济他的叔叔,不过这个叔叔也很快就去世了。阿丽丝唯一有血缘关系的,就是她的舅舅尼古拉,虽然小说中提到过她的父母,但他们似乎处在虚无缥缈之中,从未现身。读者仅仅知道他们的名字,连姓什么都无从知晓。《北京的秋天》里安杰勒、安内、洛歇尔,《红草》里沃尔夫和拉祖立以及《揪心》中的雅克莫、克莱蒙蒂娜也都是如此,概莫能外。总之,在维昂的作品中,家庭被他毁灭了。

此外,商品社会的贸易关系也被维昂搅乱了:同样在《岁月的泡沫》里,高兰为了给克洛埃治病,忍痛割爱将他的"鸡尾酒钢琴"拿去出售。通常情况下,高兰应该尽可能卖个好价钱,更何况,当时他是那么需要钱。然而,下面的一段对话着实令人诧异。

"您的鸡尾酒钢琴真是件神奇的玩意儿,"古董商说,"我愿意出三千双金币。"

"不,"高兰说,"太多了。"

"我一定要出三千。"古董商说。

"可这很愚蠢,"高兰说,"我不干。要是您愿意的话,两千吧。"

"不,三千。"古董商说,"否则,您把它拿回去吧,我不要了。"

"我不能卖三千,"高兰说,"那是巧取豪夺!"(维昂 157)

看到这里,读者大概都被他们两人之间的对话弄糊涂了,到底谁是买家,谁是卖家? 其实,这是作者想要颠覆资本主义社会的商品贸易习惯。

四、结语

维昂的名字鲍里斯在俄语里是斗士的意思,这也许是巧合。他短暂的一生始终对世俗和宗教的权威给予辛辣的嘲讽和无情的鞭挞,无论是精神分析法、存在主义哲学,还是天主教中的上帝、教士,或是上至总统下至普通警察的权力机构,乃至种种社会规范标准等,总之,他从各个方面对现实社会进行反叛和颠覆。他是多么希望通过对现实世界的否定,从而建立一个给人类带来自由、欢乐、幸福的新世界。

注释

① 译文均引自周国强译,《岁月的泡沫》,南京:译林出版社 2013 年版。略有改动。

② 译文引自张月楠译 "法国博里斯·维昂诗三首",载《当代外国文学》,1981 年第 2 期第 66 页。

参考文献

[1] ARNAUD Noël. Les Vies parallèles de Boris Vian[M]. Paris:Christian Bourgois Editeur,1981.

[2] BENS Jacques. Boris Vian[M]. Paris:Bordas,1976.

[3] DUCHATEAU Jacques. Boris Vian:Les Vies perpendiculaires[M]. Paris:La Table ronde,1969,147 - 149.

[4] LAPPRAND Marc. Le procès de la psychanalyse[J]. Magasine littéraire,Janvier 2005. Hors-série.

[5] PESTUREAU Gilbert. Dictionnaire des personnages de Vian[M]. Paris:Christian Bourgois Editeur,1985.

[6] VIAN Boris. L'Automne à Pékin,Oeuvres Complètes Ⅲ[M]. Paris:Fayard,1999.

[7] VIAN Boris. L'Herbe rouge,Oeuvres Complètes Ⅳ[M]. Paris:Fayard,2000,143 - 140.

[8] VIAN Boris. L'Arrache-coeur,Oeuvres Complètes Ⅳ[M]. Paris:Fayard,2000,295 - 293.

[9] VIAN Boris. Chroniques,Critiques,Oeuvres Complètes ⅩⅣ[M]. Paris:Fayard,2002.

荒芜、邪恶与死亡

——科马克·麦卡锡后 9·11 小说《路》中的后启示世界

李顺春　王维倩

摘　　要：后 9·11 小说《路》乃科马克·麦卡锡的一部后启示作品，它沿袭末世题材，却以其独特的艺术风格而有所超越。麦卡锡对荒芜、邪恶与死亡之描写，旨在揭示人类面对世界末日的集体恐慌与生存焦虑，并为探询人类之生存提供一种后启示意义。他真实呈现末日后之荒原景象，以启示录般的寓言揭示人类面临的残酷的现实处境，从而唤醒人们的危机意识与忧患意识；他书写末日浩劫后的人性变异如暴力、猎杀和食人，揭开了隐藏于悲伤与恐惧下的黑色河床；而其笔下末日后的死亡世界却揭示出蕴含其中的后启示意蕴：末日灾难即天启之始，亦即拯救与永恒至福时代之开端。

关　键　词：科马克·麦卡锡；《路》；后启示世界

作者简介：李顺春，江苏理工学院外国语学院教授，主要从事比较诗学和英美文学研究。王维倩，江苏理工学院外国语学院院长、教授，主要从事英语教学与英美文学研究。

启示文学(apocalyptic literature)中的末世情结是西方集体无意识的组成部分与文化精神内核，它集中体现了西方的历史迁变、信仰丧失、末世灾难等危机意识。随着"上帝之死"及现代科技之发展，宗教末世情结渐从想象性书写中消失，取而代之的是，全球性毁灭不仅可能，且可信(Miller 3)。许多现代、后现代及后 9·11 小说即源于对核战争、环境危机、生态浩劫、9·11 恐怖袭击事件及其后的诸多恐怖事件之危机意识与恐惧情愫。科马克·麦卡锡(Cormac McCarthy，1933—)第 10 部作品《路》(*The Road*，2006)"有厚度，也有启示录特质"(Bell 2)，它是对《启示录》的仿拟和改写，更是一部后 9·11 时代的后启示小说(post-apocalyptic fiction)。(方凡 70)自出版以来，该小说曾获包括普利策小说奖在内的众多大奖，亦被《纽约时报》(*The New York Times*)、《时代周刊》(*TIME*)等众多媒体推为年度好书，并被称为影响未来百年之巨著。据之改编的电影《末日危途》亦因其后启示警示作用而引发巨大的轰动效应。这部"将读者带入后启示时代"(Davis 57)的小说在国内外学界引起广泛关注和讨论，如扎卡里·斯瓦兹(Zachary C. Swartz)探讨了该小说中科幻与启示文学之融合及后启示小说所引发对神学的思考。(17)本文则拟从荒芜、邪恶与死亡等三方面探讨小说《路》所呈现的后启示世界——末日后的荒原景象、人性变异及无处不在的死亡，揭示人类面对世界末日的集体恐慌与生存焦虑，并为探询人类之生存提供一种后启示意义。

此乃麦卡锡对人类终极命运的忧思与探索,亦极具批判现实的警世作用。

一、荒芜:末日后的荒原景象

　　《路》沿袭历来关于末世景观文学所描写的荒凉与黯淡,小说却自始至终描绘的是一幅末世灾难后真实而可怕的荒原景象。在这末日浩劫后的世界里,一切均已被摧毁殆尽,世界暗黑无光,气候不断恶化,曾经的文明业已消亡。麦卡锡笔下的荒原在承继传统的基础上更凸显其在末日劫难后的荒芜景象。他欲以启示录般的危机意识和灾难想象的审美幻想形式,揭示人类所面临的社会现实的残酷性,唤醒人们的危机意识和忧患意识。

　　波德莱尔(Charles Pierre Baudelaire,1821—1867)曾将其生活环境称为"比极地更荒凉的不毛之地"(73);T. S.艾略特(Thomas Stearns Eliot,1888—1965)实现了从自然荒野向精神荒野之转变,其笔下的荒原乃现代文明土壤中滋生之精神废墟,象征西方文明的没落及西方人精神的式微。然而,麦卡锡小说《路》却迥然不同,它所呈现的乃末日后的荒原景象:诗歌的大地和天空已消失,人类文明的大厦已坍塌,人类社会和自然生态系统均已毁灭,整个世界被灰烬覆盖,昔日的伊甸园已沦为但丁(Dante,1265—1321)笔下的人间炼狱(Inferno),大地俨然成了一座死亡废墟——"荒凉、静寂、邪恶"(科马克·麦卡锡 6)。在这个末日后的世界中,一切皆在劫难中消失殆尽,"万物都失去了支撑,在灰蒙蒙的空气里无所依托"(麦卡锡 7)。既然如此,那么,《路》所呈现的荒原景象到底有何意义呢? 阿什利·昆萨或许给出了部分答案:该小说是在一个看似无意义的世界上对意义之探索。(57)

　　小说将末日来临的时间定格于凌晨"一点十七分","先是一长束细长的光,紧接着是一阵轻微震动。"(麦卡锡 40)究竟发生了什么? 是火山爆发、彗星撞击地球,抑或核战争? 作者虽未明言,但末日后的荒原景象却酷肖《圣经·启示录》所描写的末日降临的情景。上帝降七印、七号和七碗毁灭和惩治人类,每印的揭开、每号的吹响和每碗的倒出,皆是毁灭性的灾难:天上落火,金乌隐遁,蟾宫被遮,星辰坠落,大地震动,草木皆焚,山岭移位,海岛漂浮,船舶毁坏,瘟疫肆虐,尸横遍野,生命灭绝。空前的灾难,致命的打击。暴雨、大雪、地震和山火齐发,举世狼藉一片。小说中末日后的荒原景象甚而过之:尸横遍野,大地成焦土,"这片大地已经被切割、被侵蚀,变得荒芜了"(麦卡锡 146),到处都没有生命的迹象。唯一活动的物体乃风刮起的灰尘。遍地是木乃伊般的死尸,韧带收缩,恰如绳索,脸皮像煮过的床单,牙似泛黄的栅栏。城市几乎完全被烧毁,似荒漠中的炭笔素描;大自然亦被毁,死去的生物残骸散布于干涸的河床,葛草枯死而变成焦黑的草丛,芦苇泡在黑色的水里,空中悬浮的是灰黑的尘雾,而大地尽头则悬挂着阴郁的烟霾,整个天地间"幽冥如地狱之窖"(麦卡锡 146)。在末日后的世界,人类文明消失殆尽,人类社会倒退回到最原始、最野蛮的状态。即便对末日后那些寥寥无几的幸存者而言,他们时刻面临着生存危机和生命危险,此时的世界似乎没有果腹之物。如果说尚有可充饥之物的话,那就是仍存活的同类,因此到处是猎杀与谋杀。若不愿成为食物,就得时时警惕那些"眼睁睁当着你的面就能吃掉你儿子、女儿的人"(麦卡锡 149)。

　　为了更好描绘和展现末日后严酷的荒原景象,麦卡锡采用了反乌托邦(dystopian)的写作模式。他改写柏拉图(Plato,约前 427—前 347)《理想国》(*The Republic*)中的洞穴寓言,显示乌托邦思想如进步与科学之荒谬性,使之成为一部警世寓言。如果说乌托邦是美好蓝图,那么,反乌托邦则是一场噩梦。核爆炸 10 年后的冬天,尘雾笼罩全球,处处仍充满末日后的死亡气息,到处是废墟、残骸与黑暗。曾经生机勃勃的世界却似乎没有了生命,只有阴冷的风吹起黑色的灰烬,在空中盘旋飞舞。海是灰的,河是黑的。即使在曾经温暖的南方,气温也在冰点以下。公路上是烧焦生锈的汽车残骸,轮毂嵌在熔化的橡胶里,还有焦黑的电线,烧焦的尸体。那些气势恢弘的建筑物,其内部的钢筋也被热能软化而倒塌,窗户玻璃熔化后凝固成像蛋糕上的冰激凌。曾经孕育生命的森林中,只剩一根根焦黑的木柱,无言地矗立在这暗黑的末日后世界中。动物死了,植物也死了。"从前的一切,如今都已黯然荒弃了。"(麦卡锡 4)曾经文明的世界,只留存于那些仍有幸存活的人的记忆之中,绿色也只能在梦里才能见到,而小说中的红色则是仍在熊熊燃烧的烈火或是幸存者的鲜血。这种末日后景象与美国传统西部文学中广袤粗犷之原野形成强烈对照,它再也不是美国人曾经梦想的"世界花园",而是一个令人时时惊心处处恐怖的末日后的荒原世界。

即便在这个被"洗劫、损毁、荒弃"而"荡然一空"(麦卡锡 104)的荒原里,仍有一对幸存的父子默默穿行"在尸首间的廊道上"(麦卡锡 158)。山里仍不时传来尖锐的炸裂声,大地还在不停震颤,还有风暴不断袭击,雷声轰然炸开。世界万物的脆弱彰显无遗,每种生物均"走向毁灭"(麦卡锡 21),那些没有生命之物也随末日后的毁灭而毁灭。人类的一切像小说中父亲的地图一样早已支离破碎,希望似风中摇曳的烛火忽明忽暗。曾经生机勃勃的地球变成了一个迷失的荒原,曾经文明的人类则被"从大地上连根拔起",人类丢失了生存家园,亦丢失了"精神家园"。(冈特·绍伊博尔德 195)这是关乎人类甚至整个生命世界能否幸存的问题。(Edwards 55)

在如此严酷的荒原中,未来的人类该何去何从呢?诚如蒂姆·爱德华兹所言,这是关乎人类甚至整个生命世界能否幸存的问题,(55)应引起后 9·11 时代的人类社会进行深刻反省与思考。作为后启示寓言,《路》所呈现的末日后的荒原景象虽荒芜、可怖,然而最可怕的却是笼罩这荒原的人性之恶。

二、邪恶:末日后的人性变异

人性乃文学作品审美与价值观照之永恒话题,亦是人类困惑难解之生命谜题。小说《路》冷峻而残酷,具寓言性与启示性,却也充满了邪恶的魅力,故该小说有"残酷诗学"之称。麦卡锡将浩劫后的残酷景象"真切"地展现在我们眼前,揭开隐藏于悲伤与恐惧下的黑色河床。

末日后的荒原是残酷的,处处充满暴力,幸存者的人性之恶无处不在。其实,麦卡锡早期作品中所表现的人性之邪恶与残忍就令人震惊,如《外部黑暗》(*Outer Dark*,1968)中的乱伦杀婴、《上帝之子》(*Child of God*,1973)中的疯狂杀人与恋尸、《血色子午线》(*Blood Meridian*,1985)中剥人头皮以换金子及《老无所依》(*No Country for Old Men*,2005)中杀手掷硬币以定生死等,他将"上帝的花园"变成血淋淋的屠场,在流血、暴力与杀戮中触及人类的心灵,揭示生活的严酷与生命的本相。《路》不仅延续了《血色子午线》之主题,将 19 世纪的血腥位移至 21 世纪(Cunnningham 36),而且是在末日后的荒原中展现幸存者的人性之变异。如果说麦卡锡早期作品中的暴力多是个人或群体所为,且充满对死亡的恐惧,那么,《路》中的暴力却蔓延至整个人类,使人类回到最原始最野蛮的生存状态。在此,麦卡锡所揭示的人性就更本质亦更本真。

小说中的现代文明已随末日劫难远去,暴力、猎杀和食人等"恶之花"在"再没有任何生命的迹象"(麦卡锡167)的荒原上衍生,人性之恶被无限放大。人类的道德秩序、社会赖以维系之根本已如双子塔楼般坍塌。在末日后荒芜的世界里,幸存者或恐惧绝望而自杀,如男孩之母因绝望于人类与未来而选择逃避,像追随"情人"(麦卡锡44)一样随死神而去。其自杀的极端行为表明,在人类的精神荒原里,生存比死亡更恐怖;或苟延残喘或似僵尸般倒下,如90岁老人伊里,佝偻着,拖着步子向前移动,如一个被熏烧过的人,在路边坐下后,再也没起身了。即便是一直保护男孩的父亲在穿过小镇时,也遭遇暴力袭击而腿部受伤。所有这些均是变形暴力之结果,而其结果则体现出深层的人性变异。然而,人性之变异莫过于小说中赤裸裸的猎杀与食人场景了。此乃康德(Immanuel Kant,1724—1804)"人性中的根本恶"思想及我国荀子"人性恶"思想之极端体现。在奥德赛之旅中,父子俩不时遇到食人族外出猎杀的场面。有些人似恐怖电影里的活僵尸,手持棍子、标枪、长矛作为武器,带着由套枷奴隶拉的车辆、女人和娈童队伍。有些人戴着防毒面具,另有人穿着生物防护服,而那些站在车顶挡板后的男子则手持来复枪。在与食人族遭遇中,父子俩亦险些成为被猎杀的对象,曾有三名手持长棍的男子从卡车后冒出,父亲举枪逼退他们,父子俩方得以逃生;在又一次遭遇中,父亲开枪杀死食人男后,带着儿子逃走了。那些人劫掠食人而沦落到同类相食的兽化地步,他们蚕食婴儿,屠杀老人,凌辱妇孺。一次,父子俩误入食人窟,看见那些被当做食物的"光身子的男男女女",有个男人的两条腿被截断。父子求生路上随处可见尸骨和人皮,被煮过的人骨、摊在地上的肚肠及烤焦的无头婴孩的身体。这些食人的恐怖场景充分说明后启示时代中群体人性之恶——群体人性的全面异化,他们不仅杀人且吃人。科技迅猛发展,而人性却并未随之有所改善,相反,文明的基石轰然坍塌,人类传统价值体系亦已彻底分崩离析,人性扭曲变形,乃至于泯灭,人与自然、人与社会、人与人之关系彻底断裂,人与自己完全分裂,以至于成为"非人"。可见,这种群体人性的全面异化乃现代科技与工业文明发展结出的罪恶之果,更是人类现实生存状况及其自身"黑暗的心"所潜藏的问题的反映。

"那一场场血祭一定已耗尽了彼此的人力"(麦卡锡11),末日后的世界退化为灰暗死寂的荒原,幸存者的精神亦随之荒原化。面对末日后的荒原世界,幸存者该何去何从?父母、幸存者与猎食者浓缩了人类在后启示世界里的未来光景,凸显了后9·11时代人性的生态危机和人类的精神危机。即使对仍坚守人性之善的父子而言,面对邪恶时为避免被食,慈爱的父亲告诫儿子:"如果他们发现你⋯⋯你把枪放进嘴里,指着上面。要又快又坚决。"(麦卡锡90)当遇见被雷劈的男子、一个小男孩,甚至一条狗时,原本善良的父亲也不敢或不愿施以援手。在陷入人性生态危机甚至毁灭的后启示世界中,个体人性之善也在群体人性之恶中消隐殆尽。在"人活不了的地方"(麦卡锡141),在没有根基、没有依靠的极端状态中,他们不知何去何从?末日后,幸存者失去了家园,失去了文化与传统,也失去了信仰。在邪恶与危机横行、在尚未被救赎的世界中,启示录的灾难与乌托邦的警示比弥赛亚主义更具现实的警示意义。历经两次世界大战、9·11恐怖袭击及现代文明大厦的崩塌,面对恐怖暴力袭击后血腥弥漫的荒原,小说《路》通过对个体人性与群体人性冲突之描写,揭示了后9·11时代人性的本质和人类真实的生存状态,亦质问生存的价值和生命的意义。

末日毁灭并不可怕,可怕的是人类丧失信念与希望,丧失人性之善与爱,丧失人之良知。麦卡锡对暴力之书写揭示出人性之恶,然其目的却是渴望人性之善。末日后的世界遍布死亡之恐怖,死亡虽不可抗拒,人类却可通过死亡而走向救赎之路。

三、死亡:末日后的全新启示

科马克·麦卡锡宣称,死亡是一个关乎人的终极命题,是整个世界的主题。死亡自然也成为其小说中最常见之主题。其剧本《日落号列车》(*The Sunset Limited*,2006)曾以"生命与死亡的存在主义辩论"为基础,展现了生命的真谛在于死亡这一惊世骇俗的主题。他曾用响尾蛇之喻,说明大自然的神秘威力,暗示其对死亡之独特哲思。从威廉·布莱克(William Blake,1757—1827)宗教诗歌到赫伯特·乔治·威尔斯(Herbert George Wells,1866—1946)科幻世界,从艾略特诗歌《荒原》到电影《最后一人》(*The Omega Man*,1971)、《疯狂的麦克斯》(*Mad Max*,1979)及《2012》(*2012*,2009)等,皆展现出人类对世界终结的认知。小说《路》关乎文明世界的终结、生命的陨灭,这是一个充满死亡气息的末日后世界。而恰恰是小说对末日后的描写揭示出蕴含其中的启示意义。末日灾难即天启之始,亦即拯救与永恒至福时代之开端。

末日劫难后的世界可谓是死亡的荒原,在这个失乐园中,人性丧失,死亡成为唯一真实的存在。在这个黑暗与死亡笼罩的后启示世界里,幸存者恐惧死亡,更恐惧生存。死是一种解脱,活着却不啻为一种更沉重的痛。随处可见那些因绝望而选择死亡的尸骨,主人公之妻生下孩子后,她的"心就被割走了"(麦卡锡44)而毅然选择死亡。法国思想家布莱士·帕斯卡(Blaise Pascal,1623—1662)曾说,"人……是自然界最脆弱的东西……一口气、一滴水就足以致他死于死地。"(帕斯卡尔157)何况是绝对地绝望于这个末日后的世界呢?老人伊里虽活着,却希望自己已死,或幻想自己从未降生,因为"这里除了死就什么都没有了"(麦卡锡142)。父子俩前往的南方海岸只有海鸟的骨骸,交织着水草和鱼群的残骨,一望无际的海岸线就像"死亡之等斜线,海之盐墓"。(麦卡锡183)父亲羡慕死去的人,因为他们解脱了,不再忍受生存的苦难,而他却因要照顾儿子而不能去死。父子30余则对话中,有14则是关乎死亡的,自然之死使人类失去赖以生存的家园,人性之死令人类回复到最原始的野蛮状态,而上帝之死则使幸存者失去心灵依靠与精神支柱。

死亡是生命的终极,但它却使生命的价值得以澄明;死亡是给生命以启迪的力量,没有死亡也就没有生命。正是死亡与生命之二元关系,激发人类探索死亡,而对死亡的探究恰恰体现人类对生命的热爱。死亡虽摧毁并解构了所有生命元素而使生命回归到最原初之状态,然而麦卡锡却通过直接再现死亡,以此消解父子俩对死亡的恐惧。就在这死亡的世界中,父亲坚持有一种东西"连死亡都灭它不掉"(麦卡锡173),他坚守生命和希望,"现在即是未来。人所珍视的美都起源于痛苦。它们本就出生在哀伤与灰烬间。"(麦卡锡41)于是在烧成灰烬的荒原上,在前往南方海岸的奥德赛之旅中,父子躲避一切人类与邪恶,搜寻加油站、车库、粮仓、作坊、超市、农场、大房车、药店、果园、地窖、火车头、船等,以寻求渺茫的生存希望。

荒原是死亡意识的表征,而死亡意识则是荒原的本质。小说中的荒原既是死亡的荒原,也代表追寻的开端——追寻一种超越性的存在。死亡代表生之终结,亦代表洗去原罪,获得永生之始。死亡虽带来痛苦与恐惧,但作为新生之始,也带来永生的希望。因此,只有死亡方能赋予人类存在以新的含义,发现人类生命的终极意义。如果说 T. S.艾略特《荒原》中衰败的泰晤士河、倒塌的伦敦桥、行尸走肉的人们及那些破败的自然、社会、人群已构成一个死亡荒原,那么,麦卡锡《路》中的荒原就是艾略特荒原在末日后的延伸,亦是人类对死亡的渴盼,因为末日后的世界虽使人感到"生存即死亡",而死亡恰又预示人类与世界之再生。

父亲梦里"悄然跨入黑暗之中"(麦卡锡 1)的怪兽暗示基督教文明的终结,而代之以混沌之始。小说中引爆末世灾难的原因从未言明,克里斯曼(Phil Christman)认为,这场不知名的灾难是核屠杀(nuclear holocaust)(41),而麦卡锡自己则将此场灾难想象为陨石撞击之结果,尽管他声称在环境灾难发生之前,人类就已灭绝了。灰尘笼罩下的一切,如细长的光、轻微震动、父亲莫名之病、暴雨、大雾、寒冷等,皆令人联想起核爆。冷战以来,国家间的军备竞赛、世界上的生态危机与核威胁萦绕人类心头,广岛核爆、切尔诺贝利事件、福岛核泄漏等乃威胁人类生存的残酷现实。而 2001 年的 9·11 恐怖袭击事件则引发全球性的恐慌:人人均面临暴力与恐怖,无人能幸免。当人类面临自我毁灭的灾难、文明走向灭绝之时,人类该何去何从?尽管在后启示世界中死亡笼罩一切,父子间却有暖色的爱,父亲竭力保护男孩的纯洁,使其成为"携带火种"(麦卡锡 233)的人间天使。这种父爱饱含深刻的生命哲学。

小说虽呈现出末日后的死亡景观,但其"文本没有结束,文本中所描述的世界没有结束,世界本身也没有结束"(曹荣湘 194)。如方凡所言,小说中的末日绝望仍孕育着希望。(方凡 69)"历史弥留之际的面容"虽是"僵死的原始的大地景象"(本雅明 130),然而,被改变的自然面貌在救赎之光闪现的瞬间却得以揭示,苦难是对人类罪恶之救赎,亦是使人灵魂净化的必要阶段,如寓言世界里废墟之重生似凤凰之涅槃,死亡即救赎之始。麦卡锡后启示世界里的荒原、废墟与死亡亦是剥蚀殆尽后再生的期待,毁灭并非为了得到荒原与废墟,而是要找到穿越之路。在全球化恐怖袭击的猖狂与黑夜中,唯有死亡方能将人们从生命的沉沦中唤醒。在文化衰落到近乎无可救药的边缘时,才会迸发出恢复生命之活力。末日尽头仍有救赎,无情的深渊即拯救,弥赛亚的拯救乃在灾难之后。只有那些标志世界毁灭、历史终结、生命大限的荒原,才能展示现实之维度,方能驱动在废墟、荒原与死亡中救赎之动能。这个后启示世界属于男孩(Davis 63),父亲去世后,他成为"要为所有事情操心的……那个人"(麦卡锡 214),其弥赛亚形象使这个后启示世界闪现出了微弱的赎救之光。

四、结语

在后 9·11 时代的今天,经济危机、生态浩劫和恐怖袭击一再上演,比雾霾更浓烈、比黑色更冷酷的末世恐慌始终隐忧于人心。末日后世界充满恐怖与死亡,这个后启示世界将人们从麻木的沉沦中唤醒,穿越现代、后现代及后 9·11 时代之废墟而警醒世人。如果说末世论承诺在世界终结时有荣耀的再生、有历史目的与意义的最终实现,那么,《路》中的后启示世界则是对末日后获得救赎的期盼。父子在后启示世界中的天路历程,乃是面对末世而渴望救赎之启示录情结——于虚无中寻找意义、于绝境中寻找希望与救赎。此乃麦卡锡对人类命运忧思而发出的警示而具有启示般的意义。作为后 9·11 时代关乎世界末日题材的小说,小说《路》沿袭了历来末世景观的荒凉与黯淡,重启生存与毁灭的哲学命题,如伊夫林·沃(Evelyn Waugh,1903—1966)所言,"能给人以深刻的精神启发"(鲁道夫·奥伊肯 3)。麦卡锡关注劫难后世界的真实图景,他描绘出一个荒凉、邪恶与死亡的后启示世界,试图在灰烬中寻觅人类希望的种子及生存的意义,在绝境中探寻人类未来的出路。

参考文献

[1] 波德莱尔.恶之花:巴黎的忧郁[M].北京:人民文学出版社,1991.

[2] BELL Vereen. The Achievement of Cormac McCarthy[M]. Baton Rouge:Lousiana State UP,2006.

[3] 曹荣湘.后人类文化[M].上海:上海三联书店,2004.

[4] 沃尔特·本雅明.德国悲剧的起源[M].北京:文化艺术出版社,2001.

[5] CHRISTMAN Phil. A Tabernacle in the Dark:On the Road with Cormac McCarthy [J]. Books and Culture:A Christian Review, 2007,13(5):40-42.

[6] CUNNNINGHAM Mark Allen. The Art of Reading Cormac McCarthy[J]. Poets and Writers, 2007,35(5):33-37.

[7] DAVIS Melissa. Barren, Silent, Godless:The Southern Novels of Cormac McCarthy [M]. Clemson:Clemson University, 2008.

[8] EDWARDS Tim. The End of the Road:Pastoralism and the Post-Apocalyptic Waste Land of Cormac McCarthy's The Road[J]. The Cormac McCarthy Journal, 2008(6): 55-61.

[9] 鲁道夫·奥伊肯.生活的意义与价值[M].万以,译.上海:上海译文出版社,1997.

[10] 方凡.绝望与希望:麦卡锡小说《路》中的末日世界[J].外国文学,2012(2):69-75.

[11] KUNSA Ashley. Maps of the World in Its Becoming:Post-Apocalyptic Naming in Cormac McCarthy's The Road[J]. Journal of Modern Literature, 2009(1):57-74.

[12] 科马克·麦卡锡.路[M].杨博,译. 重庆:重庆出版社,2012.

[13] MILLER Walter M Jr. Forewarning[M]// Beyond Armageddon:Twenty-One Sermons to the Dead. Ed. Walter M Miller Jr, Martin H Greenberg. NY:Primus / Donald I. Fine, Inc., 1985:3-16.

[14] 帕斯卡尔.思想录[M].何兆武,译.北京:商务印书馆,1985.

[15] 冈特·绍伊博尔德.海德格尔分析新时代的科技[M].宋祖良,译.北京:中国社会科学出版社,1993.

[16] SWARTZ Zachary C. "Ever Is No Time at All":Theological Issues in Post-apocalyptic Fiction and Cormac McCarthy's The Road[D]. Washington: Georgetown University, 2009.

朝圣之旅——论《长日留痕》中的管家的阈限之旅

汤晓敏

摘　　要：文学作为文化的一种表现方式,与文化相关的学科理论都可以成为分析和阐释文学文本的一个途径。笔者将结合维克多·特纳以及纳尔逊·格雷本有关旅游、朝圣及阈限的理论分析石黑一雄"布克奖"获奖作品——《长日留痕》,阐明管家史蒂文斯的西部乡村之旅是一次生命历程中的"通过仪礼"(the rites of passage),是一次感受真实的自我以及自我和他人之间的真实关系的阈限之旅。

关 键 词：《长日留痕》;朝圣;阈限

作者简介：汤晓敏(1990—),南京大学外国语学院,在读文学硕士,师从王守仁教授。

文学作为文化的一种表现方式,与文化相关的学科理论都可以成为分析和阐释文学文本的一个途径。近年来越来越多的学者将文学文本与人类学分析有机地结合到一起,探寻文本中表现出的文化现象以及这种文化现象对于人类这个整体带来的启示与思考。本文结合维克多·特纳以及纳尔逊·格雷本有关旅游、朝圣及阈限的理论分析石黑一雄"布克奖"获奖作品——《长日留痕》,阐明管家史蒂文斯的西部乡村之旅是一次生命历程中的"通过仪礼"(rites of passage),是一次感受真实的自我以及自我和他人之间的真实关系的阈限之旅。

一、朝圣与旅游

朝圣这一传统历史悠久,11 世纪到 14 世纪,朝圣就成为一种广为流行和传播的旅行活动和宗教现象,它经常交织着宗教、文化以及人们的情绪等多种因素。14 世纪英国诗人杰弗里·乔叟的《坎特伯雷故事集》就是以这一时期 29 位香客从伦敦去坎特伯雷朝圣的旅途为背景的,众香客的朝圣历程也象征着当时人们寻找心灵家园的精神之旅。美国《韦伯英语语言百科全书》(*Weber's Encyclopedic Unabridged Dictionary of the English Language*)对"朝圣"有两个解释:其一是"虔诚地到一个神圣的地方朝拜的旅程,特别是较长距离的旅程";其二是"任何长途旅程,特别是为追寻某种特别的目标,例如为表示敬意而进行的旅程"。由此看来,在"后信仰时代",朝圣的涵义已经有所扩展,应用范围更为广阔。此外,人类学家们更是从具体现象出发,提纲挈领总结朝圣的本质所在。如人类学家纳尔逊·格雷本更是将朝圣与旅游置于同等地位。在《人类学与旅游时代》一文中,纳尔逊指出朝圣从本质上体现的是人类"倒换生活体验的需要",这是一种"全人类普遍存在的需要"(49),而旅游便是一种离开其日常生活、外出体验变化的一种"非同一般"的人类行为,因为"人在旅途"时的思想和行为也与平时呈现出不同程度的差异甚至相对性。朝圣与旅游可被视为人生中短暂而又特殊的生命历程。此外,根据人类学仪式研究的巨擘维克多·特纳的理论,朝圣和旅游与人的出生、成年、成婚、晋升、死亡等事件一样,都可以看做是生命历程中的"通过仪礼",是人从一种状态过渡到另一种状态的仪式性事件(维克多·特纳 94)。后继的研究者们将特纳的理论进行引申,将旅游类比为现代人的"宗教"和"意识",强调旅游在人类社会生活起到的重要作用。

人类学仪式研究范·盖内普在观察世界各地各种仪式的基础上概括出一个普遍模式,为其定名为"通过仪礼"(rites de passage):"伴随着地点、状态、社会位置和年龄的每一次变化而举行的仪式。"在这一模式框架下,所有的仪式都可以分出三个标识性阶段:分离(separation)、边缘(margin)阶段和聚合(aggregation)阶段。基于盖内普的研究,特纳扩展并细化"通过仪礼"的三段论,将其运用到其对朝圣的过程的分析。特纳认为,朝圣的全过程可以分为离开常住地进入朝圣状态、超越情绪阈限融入朝圣环境、返回常住地重新投入日常生活三个阶段。其中"阈限"或"类中介状态"最为重要,在这个过程中,随着角色的转变,朝圣者经历了心理状态或精神状态以及本性的复归、情感的交融等过程。他说:"一名旅游者,有一般是朝圣者,或者说一名朝圣者有一半是旅游者。在海滨,旅游者把自己融入重任当中,寻求一种神圣的具有象征意义的公众社会模式,而这一切是他们在日常工作及生活当中所不能得到的(49)。"

通过格雷本与特纳的理论,可以发现朝圣和旅游都是一种"通过仪礼"或"转换仪式",在特纳看来,朝圣者借外出旅行,离开原来的家庭、社会、环境以及每天居住和劳作的地方,摆脱日常的生活、事物乃至于习俗,前往一个神圣的地方。这就成为一种仪式或象征行为,它让当事人从原有的状态中解脱出来,进入具有提升或脱胎换骨的新阶段。特纳特别注意朝圣过程中的"沟通"、"交融"的意义。"此沟通并含有超越的意味,即离开了原有的时间、空间及旧有的自己,进入一个新的阶段,摆脱了日常的生活及原有的社会结构,投入朝圣过程中,不论朝圣者是为赎罪或还愿而来,信徒都能在过程中超越原有的自己,并以一个新的个体与神沟通(96)。"特纳这里的交融可以理解为朝圣者或旅行者离开原先熟悉的环境,不仅与神灵沟通,还增加了不同社会阶层和不同文化之间的沟通与理解。

从小说空间转换来看,《长日留痕》的主要是在达林顿府邸,以及管家史蒂文斯离开达林顿府寻找肯顿小姐的英格兰西部乡村之旅。小说在史蒂文斯的回忆与现实的交错中进行。然而,从小说人物的发展来看,史蒂文斯的成长主要体现在他的外出旅行上。笔者将从以下几个方面论述。

二、朝圣之旅

根据特纳的理论,这些"通过仪礼"一般都有三个标志性的阶段:①阈限前阶段(分离:离家出行);②阈限期阶段(过渡:朝圣与旅游过程);③阈限后阶段(交融:回归生活)。首先,特纳认为朝圣者"与曾经相对稳定的生活方式及社会地位分离,进入阈值或临界点,面临他们未曾经历和预料到的经历"(29)。虽然史蒂文斯多次强调他的西部乡村之旅是为了解决达林顿府"不完善的员工计划",这次的驱车旅行是要"好好地处理一下工作方面的问题",但是一般读者并不信服这个理由,连其雇主法拉戴先生也不相信,在后文史蒂文斯自己心里也坦白这次的驱车之旅乃是"寻求一种方法去防范(改正)应由我负责的那一系列的小差错"。既然史蒂文斯明白此次驱车之旅是去改正某些错误,那么这种认识自我与他人又是如何得以实现呢?这就要需要关注史蒂文斯在旅行过程中即阈限阶段他的经历以及这些经历引发的思考。

特纳认为"朝圣的阈门、法门可以是长廊或走道、隧道等。阈限喻指两者之间,既非此亦非彼,既此亦彼(50)"。史蒂文斯的这次旅行从踏出达林顿府的那一刻就呼应着特纳对于"朝圣阈门"的定义。

> 不久之后,四周的环境终于渐渐变得陌生,于是,我明白我已走出了我原来熟悉的所有①边界线。……这种情况就发生在我转了一个弯后,发现面前是一条围绕山缘的弯曲道路那一刻。我凭感觉知道我的左面是险峻的陡坡,只不过在路边的那一排排叶茂枝繁的树木使我无法看清罢了。我猛然强烈地意识到我的确已将达林顿府远远地被在了后头,我必须承认我确实感到有点儿惊恐——这种惊恐的感觉更为加剧,那是因为我感到也许我根本没有行驶在正确的道路上,而是飞快地沿着完全错误的方向驶进荒郊野岭。(石黑一雄 22)

史蒂文斯清楚地意识到,他离开了熟悉的"安全区域",即将展开在他面前的是陌生的"荒郊野岭"。同时,这里的"边界线"既指事实上他离开困了他半辈子的达林顿府,也是他摆脱旧我、重新认识自己以及自己与他人关系的开始。

关于阈限的定义,特纳强调这是一种两者之间(in-between)的状态。史蒂文斯离开了达林顿府,旅途中人们对他的身份定位不再是管家:在旅店主人和莫斯库姆村民眼中他是绅士,可事实上他的自我认知依旧停留在男管家上。除了身份认同,史蒂文斯的"两者之间"的状态还表现在小说中他的叙述方式上。史蒂文斯叙述发生在达林顿府的故事和叙述在旅途中的经历并不是简单地按照时间的先后关系,而是体现了在朝圣途中朝圣者在阈限上的徘徊,两者的交织是朝圣者获得全新认识的必由之路。首先,史蒂文斯在叙述达林顿府时竭力强调两件事情。第一是为备受英国民众诟病的达林顿勋爵洗刷"冤屈"。在这种叙述中,史蒂文斯始终在强调达林顿勋爵是英国真正的绅士,他关心的是整个人类的痛苦;然而这些肯定达林顿勋爵的话语不过是史蒂文斯为自己的愚忠找借口:对于达林顿勋爵这样伟大的绅士,作为普通民众的我(史蒂文斯)只需要服从命令,即使这意味着要赶走两位无辜的犹太女佣以讨好来访的纳粹代表团。小说中,史蒂文斯曾多次声称他的事业的几次关键的转折点,而且他认为这些转折点也是世界历史上的转折点,如 1923 年达林顿勋爵私自组织的协商会议。但是读者们所掌握的历史事实证明所谓的历史的转折点不过是纳粹们设置的障眼法,掩盖他们即将开始的杀戮;而所谓史蒂文斯事业的转折点不过是他为了所谓的"杰出的男管家"称号,是他不顾父子之情,为了伺候"大人物们"放弃见父亲的最后一眼,也是他压抑个人

---

① 着重号为本文作者所加。

感情,错过自己一生的幸福。在叙述这些事件时,史蒂文斯的语言中规中矩,非常正式,他的表达方式具有系统性,如同他在履行男管家的职责。戴维·洛奇把他的语言命名为"管家式的语言,没有任何文学特点,缺少妙语、美感和创意"(引自 Parkes 46)。史蒂文斯的叙述中的谦逊的说辞,如"我当然可以设想"(石黑一雄 173)、"我可以这样讲"(115)、"可这并不纯粹是我自己在想入非非"(135)等等这些不确定叙述恰好可以证实他内心隐含的自我否定。回忆叙事与当前叙事之间相互交织,史蒂文斯的认知也在两者之间不断徘徊,这也是获得新的认识的必经之路。

与达林顿府叙述中史蒂文斯克制、谦逊的叙述语态相比,史蒂文斯在旅途中的叙述则自然、真诚。从他离开达林顿府的一开始,他的叙述就开始有了细微变化:"站在那儿,任凭那夏日之声将你整个笼罩,听任那轻柔的微风轻佛你的面孔,这的确让人感到无限的惬意。正是从观看风景的那是起,我才相信我第一次开始具有了愉快的心境"(24)。在达林顿府的叙述中,史蒂文斯很少流露任何感情,因为他赞同他父亲的观点:即管家的尊严就在于"节制情感","绝不为外部事件所动摇,不论那外部事件是多么地让人兴奋、使人惊恐或是令人烦恼"(40)。在第二天到达索尔兹伯里时,他为一只母鸡让道,为此他受到了女主人的热情感激,他直言女主人单纯的感激让他对未来几天的旅行"感到特别的振奋"(68)。对于肯顿小姐,在达林顿府的叙述中,史蒂文斯始终将自己的感情隐藏得很好。在肯顿小姐的姑母去世时,他明知肯顿小姐就在门的那一边伤心,他却徘徊在门边,犹豫他表达他的哀痛是否合适;又如在被告知肯顿小姐接受别人的求婚时,他只是像个绅士般地表达了他的祝福,只用几句"那是当然"、"现在请务必原谅我"将自己的失落掩饰得干干净净。但是,在韦茅斯遇到她并得知她没有重返达林顿府的打算而且家庭生活还算幸福时,他没有再一次压抑自己的情感,直言道:"说实话——我为何不应该承认呢?——在那一刻,我的心行将破碎"(235)。

特纳认为朝圣之旅是朝圣者旧我死亡新我诞生的预演,通过前往远方他们可以更好地理解他们周围熟悉的世界。他引入非洲成人仪式中的"戴面具的人"来解释朝圣者在旅途中如何获得对于旧我的新认识,从而经历重生。笔者认为史蒂文斯的西部之旅中所遇到的人中符合特纳所说的"戴面具的人",这些人的角色就是引导史蒂文斯去思考他对自己的定位以及他对他人的认知。符合这种定义的第一个人是史蒂文斯第一天旅行在索尔兹伯里遇到的那位老者:

> 我记得当时我沿着路旁走了一截,一面走一面极力透过那茂密的树叶向远处仔细地瞧着,期望看得更清楚一些时。蓦的,我听到身后发出一个声音。……在标志小径入口处的那块大石头上,作者一位瘦削的男子,他的头发为白色,戴着一顶布帽,嘴里叼着烟斗。(22)
>
> ……
>
> 那汉子指着上山的小径。"……那儿有一块挺不错的地方,还有一条长凳和别的东西。在英格兰的任何地方你都找不到比那儿更好的景致。"(23)

在这位老者的指引下,史蒂文斯爬上山顶并且领略到"数英里范围内最让人心旷神怡的乡村景色",并且随后由英格兰拥有"伟大绝伦"的风景想到他对"杰出"的男管家的思考。从此时起对于管家这个职业的专业精神的思考成为整部小说的主体。从这个角度来说,"头发

花白的老者"正是特纳所说的朝圣旅途中的"戴面具的人",即引导者。(Karen Scherzinger 11)

　　第二天史蒂文斯在旅行的路途中,他在路过一家农舍时为一只母鸡停车让道,一位"系着围裙的年轻女人"热情地感谢他,并邀请他"进屋喝杯茶"。这个看似简单的小插曲对于史蒂文斯意义非凡。正如他坦白道:"我必须承认,这次小小的遭遇使我的精神为之一振;我因单纯的善意而受到感激,也受到了单纯的善意作为回报"(石黑一雄 68)。这种"单纯的善意"对于史蒂文斯来说十分珍贵,因为在达林顿府他作为男管家,对于主人和客人他需要小心翼翼地伺候,他和这些人交流与互动不是建立在平等的基础上推进的,他伺候他们是出于职业道德使然;另一方面对于像肯顿小姐这样的同事来说,他在地位上又自感优于他们,认为有责任监督他们完成他们的义务。这种建立在平等地位上,纯粹是因帮助别人而得到的单纯的感谢对于史蒂文斯来说"使我的精神为之大振"。为了进一步强调这一点,史蒂文斯回忆 1923 年那次重要的国际会议前的准备工作。他讲述了他如何出于好心尾随肯顿小姐,并向她一一指出其职责所在。本应该是出于互相扶持,但是史蒂文斯表现得却像上级在找茬,最终引得肯顿小姐发怒:"我想请您从现在起别直接对我说话"(78)。此外,史蒂文斯还叙述了自己如何受达林顿勋爵所托向其教子雷金纳德传授"有关生活方面的基本知识",史蒂文斯对于达林顿勋爵的请求的回答极其机械与教条:"的确如此,老爷""我明白,老爷""理应如此,老爷""这我能理解,老爷""好的,老爷"(81)。从这些应答中,读者能清楚地感受到强烈的地位差别,虽然达林顿勋爵是请求史蒂文斯帮忙,但很明显在史蒂文斯看来这是他的职责所在。"系着围裙的年轻女人"让史蒂文斯得以重视往事,也为他今后的领悟奠定基础。

　　第二天下午史蒂文斯驶进多赛特郡境内后福特车出故障。这里对道路的描述十分符合特纳对于阈限的定义:"这时,我发现我身处在一条狭窄的道路上,路的两旁被浓密的树叶包围着"(117)、"我又继续行驶了半英里左右,这时那恼人的气味越来越浓烈了,一直延续到我最终驶出了那条路,进入一段宽敞笔直的大道上"(118)。沿着这条大道,史蒂文斯遇到了一位司机,他不仅解了史蒂文斯的燃眉之急帮忙修好了汽车,在他询问史蒂文斯是否为达林顿勋爵工作时史蒂文斯否认了。这也让史蒂文斯回想到几个月前来自美国的韦克菲尔德夫妇也询问过同样的问题。两次询问史蒂文斯都下意识地否认曾为达林顿勋爵工作,这也是史蒂文斯在旅途中逐渐意识到自己对于勋爵的态度已经渐趋理智,明白勋爵的确犯过错误。这也预示着史蒂文斯对于自己曾经奉为真理的"职业精神"的怀疑,推进他后来的反思。

　　对于史蒂文斯冲击最大的应该是他汽车的汽油耗尽被迫待在特勒夫妇家里。在与其中一位村民哈里·史密斯关于何为绅士以及普通公民对于国家大事的作用的讨论中,史蒂文斯一直坚持的"尊严论"及"历史车轮论"被彻底颠覆了。哈里认为尊严并非是绅士的特权,每个公民都可以通过奋斗而获得。史蒂文斯认为普通民众没有资格直接参与决定国家大事,只能像他那样为达林顿勋爵这样有权之人服务,间接影响国家政策,但哈里坚持认为每个公民都有责任参与决定国家政策。史蒂文斯坦言这番言论"对我精神方面造成的负担远比我不久之前曾面对的实实在在的肉体磨难要沉重得多"(161),虽然史蒂文斯起初对于哈里的激烈言辞下意识地回避,但是哈里确实激起史蒂文斯进一步思考:"当最后上楼到这房间里来、并且花上一段时间对在达林顿府所有的那些岁月里能记得起的事情反复考虑,这确实让人感到是一种解脱"(161)。对于他曾经的行为,他在重新认识。例如在回忆肯顿小姐曾多次主动向他示好,但他一味地强调自己生活的一切都是"尽我所能去照料勋爵阁下完成他赋予自己的那些伟大使命",武断地拒绝回应肯顿小姐的任何爱意。从未怀疑自己的史蒂文斯这时却开始后悔:"自然而然地——对此我为何不该承认呢——我偶尔也暗自思忖,倘若我不曾那般毅然地对晚上会面的问题做出决定……倘若我做出的反应稍稍不同,那么又将发生什么呢?"(172-173)哈里对于"尊严"的定义让史蒂文斯想起1935年前后他被询问对当时一些事关民族之重大决策的看法。虽然史蒂文斯此时仍然不认同哈里认为民众有权参与国家大事,但此时他意识到"达林顿勋爵的许多主张在今天当然似乎是相当古怪的——有时甚至是不讨人喜欢的"(196)。从认为达林顿勋爵的一切行为都是正确的、值得追随的,到此时承认勋爵的"艰辛努力是被误导的、甚至是愚蠢的"(198),我们可以说正是因为存在着哈里这样的引导者,我们的朝圣者史蒂文斯才得以重新认识自己与他人。

黄昏中海滨小城的码头是史蒂文斯返回达府前的最后一站。在这个陌生人来往聚散的公共空间里,阶层、身份的差别都被消弭。在这里,史蒂文斯第一次摘下他的面具,面对自己身份认同的迷惘和情感的失落(刘凡群 31)。在见过肯顿小姐并理解到她并没有回达林顿府的打算后,史蒂文斯独自坐在海滨码头的长凳上,他遇到了这次朝圣的最后一位引导者——一位退休的男管家。正是这位男管家指出一个严峻的事实,即:"我俩现在都完全不再处于经历旺盛的青年时期,可你必须保持朝前看。你必须自我解脱。……现在你能够双腿搁平来休息了,而且要享受人生(240)。"对于未来,史蒂文斯承认他同伴的话是正确的,他获得了一次顿悟:沉湎与过去无法带来什么,人当充分利用生命之"日暮时分"。至此,史蒂文斯的阈限之旅到达终点。

特纳认为朝圣的第三阶段是"交融",即朝圣者在旅行结束时能够以全新的面貌重新回到原先的群体之中。虽然石黑一雄并未在《长日留痕》中向我们描述史蒂文斯重新回到达林顿府后的情况,但是史蒂文斯对于未来却"满怀期望",有信心在法拉戴先生归来时能"使其满意地大吃一惊"(242)。虽然有学者认为史蒂文斯离开达府,进入大自然,进入乡间,进入玫瑰厅,最终准备回达府。他完成了一个环形的空间移动过程,但是他身份认同的焦虑和情感的失衡并没有得到解决(刘凡群,2012;丁纾寒,2013),但是通过本文以上关于史蒂文斯的两种叙述方式中的不同以及几位"面具人"的引导下,我们可以说史蒂文斯对于自己、对于他人已经有了新的认识。

此外,石黑一雄在采访中谈到他的小说的结尾有着淡淡的救赎色彩,在他的小说的结尾,叙述者对痛苦的事有了部分的适应,他或她终于开始结束那些原先无法接受的痛苦事情(137)。史蒂文斯虽然为了某个虚幻的目标曾经犯过错,但是"那样一种辛酸,那样一种情感,受挫却依然寻找你有让自己感受某种乐观因素"(石黑一雄 137)。石黑一雄认为,作为作家,"我认为在某种程度上,人类在真正的绝境中挖掘希望的能力既非常悲怆又相当崇高。我是说,人们在困境中寻求勇气是何等地令人惊奇"。(137)这样看来,文本中含糊的结尾暗示着史蒂文斯能够以更好的姿态重新回到达林顿府,以更为积极的态度面对未来,向前看!

三、结论

在西部旅行中,史蒂文斯抛开职业尊严面具,充分发展自己敏感和坦诚的品质,他不再压抑自我,他能够自由表达内心的真实情感,他能够与他人进行平等沟通,他能够解放被抑制的人性。(张平 47)史蒂文斯的西部之旅事实上也是他的一次朝圣之旅,是史蒂文斯的记忆之旅和心灵之旅。在朝圣旅途中史蒂文斯挖掘自己的意识深处,展示自己的心灵世界。在旅途中的经历促使史蒂文斯重新审视自己以及自己与他人的关系,这即是特纳所谓的"阈限",一旦通过这个"阈限",朝圣者能够获得"新生",也完成了朝圣的既定目标:即完成自我身份的重新建构。

　　史蒂文斯这一人物是特定历史语境下的产物,他所遭遇的身份危机及价值危机却能够体现人类生活的本质,而他为了认识自己而进行的朝圣之旅对于整个人类有着一定的启迪作用。

参考文献

[1] 丁纾寒.帝国"遗民"的悲怆与救赎——关于小说《长日留痕》的文化反思[J].浙江社会科学,2013(12):131-136.

[2] 刘凡群.看不见风景的房间——《长日留痕》中作为隐喻的空间意象[J].河北北方学院学报(社会科学版),2012(3):29-32.

[3] 刘璐.隐喻性话语和"朝圣"叙事结构——论《长日留痕》的叙事特点[J].外语研究,2010(1):108-111.

[4] 纳尔逊·格雷本.人类学与旅游时代[M].伍乐平,译.桂林:广西师范大学出版社,2009.

[5] 石黑一雄.长日留痕[M].冒国安,译.南京:译林出版社,2003.

[6] 石黑一雄.石黑一雄访谈录[J].李春,译.外国文学评论,2005(4):134-138.

[7] 维克多·特纳.仪式过程:结构与反结构[M].黄剑波,柳博赟,译.北京:中国人民大学出版社,2006.

[8] 维克多·特纳.模棱两可:通过仪式的阈限时期[M]//20世纪西方宗教人类学文选.上海:三联书店,2011.

[9] 杨慧.朝圣与旅游:特纳"类中介性"研究与旅游人类学[J].怀化学院学报,2007(4):1-3.

[10] 张平.论《长日留痕》中的多重反讽与男性气质[J].北京第二外国语学院学报,2012(4):45-53.

[11] 张晓萍,黄继元.纳尔逊·格雷本的《旅游人类学》[J].思想战线,2000(2):47-51.

[12] PARKES Adam. Kazuo Ishiguro The Remains of the Day:A Reade Guide[M]. New York:The Continuum International Publishing Group Inc,2001.

[13] SCHERZINGER Karen. The Butler in(the)passage:The liminal narrative of Kazuo Ishiguro's The Remains of the Day[J]. Literator,2004,4(25):1-21.

[14] TURNER Victor. Blazing the Trail:Way Marks in the Exploration of Symbols[M]. Ed. Edith Turner. Tucson:University of Arizona Press. 1992.